3084
Das Futura-Projekt

von Hans-Christian Bauer

Science-Fiction-Roman

Buchbeschreibung:
Wie würden Sie unsere Erde finden, in der der Mensch nur noch eine untergeordnete Rolle spielt? Frau Xola Sternfeld erwacht nach einem 1000jährigen Tiefstschlaf in einer ihr fremden Welt. Sie wehrt sich gegen die Überwachung der übermächtigen digitalen Personen. Für die „Anderen" verkörpert sie die Hoffnung auf Veränderung. Sie wollen die Macht der digitalen Personen über den Menschen brechen.

Über den Autor:
Der Autor, Hans-Christian Bauer, wurde 1948 in Tirol geboren. Er arbeitete in der Forschung im Bereich Entwicklungsbiologie. Zuletzt hatte er eine Forschungs- und Lehrtätigkeit in Salzburg. Sein Debütroman „Pfarrer Mayer und die Götter" wurde 2023 veröffentlicht.

3084

Das Futura-Projekt

von Hans-Christian Bauer

Spatzen-Verlag, Salzburg, Österreich

1. Auflage, 2024
© 2024 Alle Rechte vorbehalten.
© Spatzen-Verlag, Salzburg, Österreich
www.spatzen-verlag.at

Buchcover: Sabine Köth
Korrektorat: Karin Leherbauer-Unterberger
www.korrekte-texte.at
Porträtfoto Rückseite: © Dr. Christian Weingartner
www.weingartner.photos

Druck: Libri Plureos GmbH, Friedensallee 273, 22763 Hamburg

Printausgabe: ISBN: 978-3-903544-03-1

*Hinweis: dieses Buch ist als E-Book unter
ISBN 978-3-903544-04-8 im Buchhandel erhältlich.*

„Mein Dank gilt allen,
die bei der Entstehung des Buches
mitgeholfen haben,
besonders Diana Kauba,
ohne die das Buch erst
3084 fertig geworden wäre. "

Das Futura-Projekt

Autor: J. B. Lee
Historiker der Regionalbehörde der Konföderation
Plano Nord 6/12-7
Verfasst im Jahr 3285

Die untergehende Sonne hat den Himmel flammend rot gefärbt, die Winterbuchen davor sind schwarze Skelette, so als wären sie nach einem Waldbrand die letzten Reste eines ehemaligen grünen Waldes. Ich schaue aus dem Erdgeschoß des administrativen Zentrums der Hauptstadt der euro-asiatischen Konföderation hinaus auf die Ebene, die sich gegen Westen bis zu den riesigen Glashäusern erstreckt, die eben noch kurz vorher die Sonne widerspiegelten. Ich liebe diesen Ausblick, er hat etwas Zeitloses, ich stelle mir manchmal vor, wie es hier in alter Zeit ausgesehen hat, wie Herden grasender Rinder oder noch urtümlicher, wie gewaltige Wildtierherden, Wisente oder Rentiere langsam gegen Westen gezogen sind. Wie dann kleine Gruppen von Menschen mit Hunden, Schafen und Ziegen die fruchtbare Ebene langsam besiedelt haben, zuerst in Holzhütten hausten und dann in kleinen Siedlungen mit Häusern aus gebrannten Ziegeln.

Eben habe ich das dritte Buch des Futura-Reports gelesen, das heißt ich habe es aus den Archiven in mein Bewusstsein geholt. Der Report geht zurück bis in die Anfänge des Projekts, also ins 21. Jahrhundert christlicher Zeitrechnung und ist vor 200 Jahren das herausragende Ereignis der damaligen Gesellschaft gewesen, also im Jahr 3084. Damals war die Gesellschaft immer noch bemüht, die ungeheuren Schäden aus den Jahrhunderten zuvor, die geprägt waren von Kriegen und Naturkatastrophen, aufzuarbeiten. Weite Landstriche zu entgiften und resistente Pflanzen anzubauen, neue Nutztierarten zu generieren, wieder Struktur in die Gesellschaft zu bringen, neue Ziele zu definieren.

Dieser Report ist ein belletristisches Nebenprodukt meiner wissenschaftlichen Arbeit als Historiker, mit dem ich diese alte

Geschichte in einem neuen Licht beschreiben und die Fragwürdigkeit der früheren Weltraumbesiedlung und der Weltraumforschung überhaupt, die Interessen machthungriger Männer, vor allem aber die global dominierende Rolle der anorganischen Intelligenzen, der digitalen Personen, erleuchten will.

Natürlich will ich auch die umstürzlerische Seite des Ganzen darstellen, die man eigentlich nicht interpretieren muss. Ein wichtiges Thema, die zentrale Geschichte, ist das persönliche Schicksal von Frau Xola Sternfeld, der einzigen Überlebenden der „Sun Ra", des Weltraumschiffs, der wichtigste Teil des Futura-Projekts (im vollen Namen: „Futura maihao", also: „leuchtende Zukunft"), das Prestige-Projekt der frühen bemannten Raumfahrt, also um 1970 bis 2200. Es ist/war ein gewaltiges Raumschiff, mit dem man hoffte in den interstellaren Raum vorzudringen und Exoplaneten besiedeln zu können. Dieses Schiff verließ niemals Terra und in seinem Bauch schliefen die Raumfahrer, die auch Siedler sein würden. Nach etwa 1000 Jahren im Jahr 3084 wurde das Schiff in verlassenen, unterirdischen Hangars wiederentdeckt.

Unbegreiflicherweise wurde das Raumschiff nach wie vor von der Infrastruktur der alten Hauptstadt versorgt, sodass die lebenserhaltenden Systeme die Schläfer am Leben erhielten. Aber nur eine Raumfahrerin, Frau Xola Sternfeld, überlebte diese unglaublichen 1000 Jahre im Tiefstschlaf, erholte sich langsam und geriet dann in eine fremde Welt. Es war eine ganz andere Welt, als jene, von der sie aufgebrochen war. Diese neue Welt war sehr anders. Eine von digitalen Personen geführte und kontrollierte Gesellschaft, die aber durch die Ereignisse rund um diese alte/junge Frau nachhaltig verändert wurde.

Am Anfang des Textes habe ich einen kurzen Zustandsbericht über Terra und die Gesellschaft geschrieben, also über jene Welt, in die Xola Sternfeld im Jahr 3084 hineingeworfen wurde.

Dezember, 3285 pC

Die Zeit um 3084

Allgemeines

Terra im Jahre 3084 nach christlicher Zeitrechnung (pC) hatte sich in den letzten 300 Jahren, nach Beendigung der großen weltumspannenden Konflikte (von etwa 2200 bis 2800 pC), stark verändert. Die daraus entstandenen ungeheuren Zerstörungen weiter Teile der Erdoberfläche, sowohl zu Land als auch im Meer, waren, abgesehen von den Wüsteneien auf allen Kontinenten und den anderen Küstenlinien, kaum mehr sichtbar und von den Menschen fast vergessen. Die Bevölkerung war auf etwa zwei Milliarden geschrumpft und würde auch nicht wieder ansteigen, die riesigen städtischen Konglomerate, die sich über halbe Kontinente erstreckt hatten, waren ersetzt durch neue, am Reißbrett geplante und weitgehend unterirdische, ,verdichtete' Städte.

Die verseuchten Landstriche waren abgesperrt und sich selbst überlassen. Wo das Klima lebensfreundlich war, entstand langsam eine andere Natur, mit neuen Pflanzen und vielen kleinen Tieren, Mutationen von Insektivoren, kleine Reptilien und neue Insektenarten. Amphibien waren fast gänzlich verschwunden, nur in den wenigen Dschungelgebieten hatten sie überlebt und eine Vielfalt des Lebens war dort noch zu finden. Die Meere wurden wieder befahren und befischt, allerdings fing man nur manche Sorten von Schalentieren und Fischen, Arten, die sich am schnellsten von den radioaktiven und chemischen Verseuchungen erholt hatten. Vögel gab es, aber nur wenige Arten, deren ungeheure Vielfalt in der Zeit vor den Kriegen war verschwunden, die spärlichen Wälder und Auen in den neuen Landschaften waren ruhig, der Vogelgesang war auf alten Tonträgern in Archiven zu hören. Das Leben der Menschen spielte sich weitgehend in den vielstöckigen unter- und oberirdischen Bauten ab, die Stadteinheiten bildeten und durch unterirdische Transportwege verbunden waren.

Die Gesellschaft war praktisch zweigeteilt, in einen analogen Teil der Menschen, also der aus vorwiegend organischen Materialien evolvierten Organismen und einen digitalen Teil, den digitalen Personen, der dPers, die sich aus anorganischen Materialien ursprünglich von KIs zu virtuellen Organismen entwickelt hatten.

Die Gesellschaft der analogen Personen hatte sich in den letzten Jahrhunderten, seit der großen Katastrophe, verändert, war in vieler Hinsicht homogener geworden, friedlicher, ruhiger, den elektronischen Chips geschuldet, die in bestimmten Hirnregionen der meisten Menschen implantiert waren und welche ein aggressives Verhalten weitgehend hemmten. Es gab verschiedene Klassen von Menschen: Homo I, II, III und Androide. Daneben gab es Mechanos, Robots, Servs, die schon vor langer Zeit entwickelt worden waren. Fast alle Homos hatten Chips, die durch KI-Rechensysteme, den sogenannten Coms gesteuert und kontrolliert wurden. Damit und durch Sensorsysteme aller Art wurden alle Bereiche des Lebens, des menschlichen, tierischen oder pflanzlichen beeinflusst und gesteuert.

Die Coms wurden als Cent in größere, analytische Bereiche zusammengefasst, wurden durch die digitalen Personen kontrolliert und führten deren Befehle aus, sie waren eine Art Exekutive. Die digitalen Personen waren Legislative und autokratische Herrscher in ihren Reichen. Sie waren in einer parallelen Evolution mit neuartigen asymmetrischen Algorithmen entstanden, waren dem Menschen sehr ähnlich, aber in allen kognitiven Bereichen überlegen. Sie besaßen neue Bewusstseinsebenen, die undenkbar, im wahrsten Sinn des Wortes, für uns Menschen sind. Seit den 3000er Jahren übernahmen sie alle Bereiche der Erde und agierten um 3084 absolut autonom.

Es gab vier oberste digitale Personen: Terrapers, eine Art Kaiser im historischen Sinn, der global die Erde repräsentierte und deren Überleben garantieren sollte. Darunter ein Triumvirat: Adminpers, die alle Bereiche der Verwaltung und Logistik beherrschte. Govpers herrschte über das Reich der Wirtschaft, der Informationen, politischen Entscheidungen und gesellschaftlichen Bewegungen und Ethpers war die oberste

Instanz aller Bereiche, wo ethische, moralische Bewertung und Standards notwendig waren. Diese digitale Person war anders als die vorher genannten, die ursprünglichen Algorithmen waren sehr wahrscheinlich durch die Kopien jener, welche die humane Kulturevolution abbildeten, ergänzt worden. Dies könnte auch die andere Rolle von Ethpers während und nach dem Umsturz erklären. Neben diesen obersten Herrschern gab es noch weitere digitale Personen, die Teilbereiche der Gesellschaft kontrollierten.

Die Folgen dieses autokratischen Systems für die Gesellschaft waren unter anderem: erzwungener Friede, keine Kriege und Morde. Die Kontrolle war global und lückenlos und niemand kannte den genauen Regelkatalog. Trotz der Vorteile dieser Herrschaft gab es Unzufriedenheit und manchmal Chaos in der Gesellschaft.

Die Übersetzungsprogramme wurden vereinheitlicht und auf drei große Verkehrssprachen beschränkt, welche die Mehrheit der Weltbevölkerung leicht sprechen konnte: Eoleng, das aus Spanglisch und einigen Elementen von Chinesisch und Afro hervorgegangen war, Mandind, das aus Mandarin und anderen asiatischen sowie indischen Sprachen entstanden war und Afro, eine Mischsprache aus den vielen afrikanischen Sprachen gebildet. Nur in einigen kleinen Bevölkerungs-gruppen hielten sich alte Sprachen.

Als tolerierte Randgruppen der Gesellschaft lebten auch Verweigerer der Gesellschaftsordnung und deren digitaler Kontrolle, die sich keine Neurochips implantieren ließen und damit vom „Info-Mainstream" ausgeschlossen waren, aber auch nicht von einer der mächtigen digitalen Personen, der Adminpers, beeinflusst und gesteuert werden konnten. Obwohl es Berichte gibt, dass auch diese Gruppen, wie alle Homo-Arten, unter der Kontrolle der digitalen Personen standen.

Daneben existierten noch andere Außenseiter, Dropouts und Drogenabhängige aller Art, Bilderstürmer, Chip-killer und Bussarde, wie die Anhänger religiöser Sekten genannt wurden. Auch die Mitglieder all dieser Gruppen erhielten primäre medizinische Versorgung und Essensgutscheine. Alle Randgruppen hießen in der jeweiligen Gesellschaft: „Andere" und lebten auch an den Rändern der großen Städte, meistens in kleinen oberirdischen, selbstgebauten primitiven Siedlungen, den *schexs*.

Macht und Einfluss in der analogen, also menschlichen Gesellschaft, gab es nur in den Bünden, in Zirkeln, in Interessensgruppen, die nur regional politisch aktiv waren. Kriege gab es, wie weiter oben erwähnt, keine, nur physische Scharmützel zwischen Polizei-Androiden und Outlaws oder sportliche Kämpfe, mit tödlichem Ausgang.

Niemand hungerte, Krankheiten waren selten, den Tod gab es immer noch, spätestens nach 160 Jahren. Kryokonservierung von Menschen war selten und nach wie vor unsicher, Tiefstschlaf-Technologien ebenso. Auch deshalb war die Weltraumbesiedlung am Boden, es fehlten die finanziellen Mittel, die Bereitschaft, die Begeisterung, die Sinnhaftigkeit, die Einsicht in die Notwendigkeit der Besiedlung, als langfristige Perspektive für die Menschheit.

Die Geschichte des Futura-Projekts beginnt im Jahre 2084 und erlebte seinen denkwürdigen Höhepunkt etwa 1000 Jahre später, mit dem anscheinend zufälligen Fund des Raumschiff-Torsos mit den Kokons der Tiefstschläfer in stillgelegten Teilen der alten Hauptstadt. Dieser Torso war, wie sich bald herausstellte, die Sun Ra, ein interstellares Schiff, das dem Nachschub oder der Neubesiedlung von zukünftigen interstellaren Siedlungen dienen sollte, wobei Proxima centauri b, ein besiedelbarer Planet im Alpha centauri System, also jenes Fixsternsystem, das unserem am nächsten ist, das Hauptziel darstellte.

Es war das erste Schiff seiner Art, es war mit einem neuartigen Fusionsantrieb ausgestattet und hatte, neben kompletter Neubesiedlungs-Hardware auch Siedler an Bord, die in einen Tiefstschlaf versetzt worden waren. Dieser Tiefstschlaf war auf mehrere hundert Jahre ausgelegt. Das Schiff verließ die Erde nie! Warum das so war, ist nach wie vor im Dunkeln, obwohl ich sehr wohl plausible Erklärungen hätte.

In der Zeit der unglaublichen Wiederherstellung und Integration der einzigen Überlebenden im Medic-Center von Plano Nord, Xola Sternfeld, wurde diese Frage aufgegriffen, diskutiert und konnte jedoch nie beantwortet werden. Diese Begebenheit und die Ereignisse rundherum wurden in einem gesicherten, schwer zugänglichen Speicher verschlüsselt aufgezeichnet und abgeschirmt vom allgemeinen Datenspeicher, also in der autonomen Rechenanlage der zuständigen Wissenschaftsbehörde aufbewahrt. Ich konnte diese Daten aufspüren und habe sie verwendet, um sowohl einen historischen **Report** zu schreiben (J. Lee, Scient. Com. 3285, F 187A) als auch den folgenden **Roman**, der in dieser Zeit, also um 3084 pC, spielt.

Die Entdeckung

Wenn nicht das Kribbeln wäre, ein Jucken und Ziehen, nicht schmerzhaft, aber so, dass man nur mehr daran denken konnte! Es wanderte von den Beinen aufwärts, verweilte in der Bauchgegend und breitete sich über den Rumpf aus. Der Kopf blieb *kul*, schaute dem Ganzen zu und war doch eines anderen Gedankens, wie den an die Kribbelempfindungen, nicht fähig.

Dann begann es in den Lippen, als würde man Brennnesseln küssen, oder eine sehr scharfe Sauce schlürfen, das war dann wirklich mehr als unangenehm und nur das Wissen, dass es verschwinden würde, das juckende, jetzt schmerzhafte Gefühl, verhinderte Stöhnen und Schreien. Nach einer Zeit, wie lange wusste sie nicht, verschwand dieses ziehende, juckende Kribbeln, das dann zum Schmerz wurde, den ganzen Körper erfasste. Doch nach einiger Zeit wich der Schmerz einem Gefühl der Wärme auf der Haut und in den Muskeln. Das Zentralnervensystem registrierte jetzt andere Dinge: ein tiefes Dröhnen ringsherum, einen metallischen Geschmack im Mund, Dunkelheit, Bewegungslosigkeit.

Sie verfiel nicht in Panik, sie spürte eine abwartende Ruhe – es war ja Nacht, Nacht wo? Lange Zeit war nichts, keine anderen Wahrnehmungen, nur das Kribbeln, Ziehen und die Wärme auf der Haut, keine Erinnerungen, keine Gefühle. Doch dann tauchte aus dem Nebel ein Bild auf, ein Display vor ihren Augen, oder in ihren Augen? Es zeigte Zahlen, die sich änderten, physiologische Daten, Umweltdaten, Maschinendaten? Buchstaben tauchten auf und dann eine Reihe von Namen, die ihr bekannt vorkamen, die nach dem Alphabet geordnet aufgelistet waren, angefangen mit Ahab Koim bis Xola Sternfeld.

Besonders dieser letzte Name kam ihr sehr bekannt vor. War das sie, ja das war sie, sie selbst, ihr ID-Schild mit diesem Namen tauchte in ihrem Gedächtnis auf. Über der Namensliste stand als Überschrift: "Besatzung und Siedler der Sun Ra" und darunter eine Reihe von Kürzeln und Logos, ESA und NASA, Space X, MirTech – da wusste sie es: Sun Ra war das

Raumschiff, ihr Raumschiff! War sie, Xola Sternfeld, im Raumschiff? Warum konnte sie sich nicht rühren, war sie gelähmt, oder gefesselt?

Das Kribbeln, Brennen, Jucken verschwand allmählich, Arme und Beine konnte sie spüren, erahnen und versuchen, sie zu bewegen. Natürlich vergebens, und dann erinnerte sie sich: Sie war ja im Kokon, in ihrer Lebensschale im Raumschiff, eingebettet, angeschlossen an die Systeme des Raumschiffs.

Die Dunkelheit war die Augenmaske, die Teil der Kokonausstattung war. Wieder warten, ja warten wurde ihr damals bei den Instruktionen für die Zeit des Aufwachens gesagt, bis der Partner aktiv wird. Der Partner, Ron, ja Ron hieß er, wo war Ron, nebenan im Nachbarkokon sollte er sein, verdammt, warum rührt er sich nicht? Am unteren Ende des Kokons blinkte ein grünes Licht und der Kokon bewegte sich, wurde bewegt.

Xola erinnerte sich an ein ähnliches Gefühl, wann war das, war das früher, wann früher, was heißt früher? Lange Zeit hielt die Bewegung an, manchmal rumpelte es und dann wieder war ein Zischen zu hören. Schließlich hörten die Geräusche auf und ein anderes leises Zischen setzte ein. Xola versuchte vergeblich ihre Muskeln anzuspannen, versuchte sich zu bewegen, aber sie war noch wie gelähmt und obendrein völlig im Körperschaum des Kokons eingebettet.

Plötzlich drang grünes Licht in den Kokon, zwei Gesichter mit Atemmasken waren sichtbar: *„Taa okee"*, glaubte Xola zu hören und sah hinter den beiden Gesichtern Röhren, Stromleitungen, graue Betonwände. Der Kokon öffnete sich weiter mit Zischen und sie sah Geräte um den Kokon aufgebaut, mit Bildschirmen und merkwürdigen Fortsätzen, im Hintergrund Schleusen mit verschiedenfarbigen Lichtern. Die Gesichter gehörten zu zwei Figuren in grünen Anzügen, die vor der Kokonöffnung standen und fremdartige Geräte in den Händen hielten. „Caramba", rief eine der beiden Figuren und beide hantierten an den Geräten. Die angebrachten Bildschirme wurden bunt mit räumlichen Farbmustern, Graphen, Zahlenkolonnen.

Xola befiel ein leichter Schwindel, sie sah nur verschwommen, ihr wurde wieder sehr warm, nicht unangenehm, und sie verspürte den Drang zu reden, was aber durch das Atemgerät ihrer Kokonmaske nicht möglich war. Dann befiel sie eine Müdigkeit, die Augen fielen ihr zu und sie driftete weg, von der neuen Wirklichkeit zurück ins Dunkle. *„Bolna"*, sagte einer der beiden Hermeneuten, und hantierte am Steuerhandy. *„Wi nid assist"*, sprach er/sie ins Handy und verließ dann den Raum. Die andere Person setzte sich in eine Sitzmulde neben dem Kokon, reglos, die Augen sanken nach innen, der Anzug verfärbte sich in ein Dunkelviolett – die Schlaffarbe.

Der Boss „Big Joe"

Lon

Lon Pun, einer der beiden Hermeneuten, von Beruf ein leitender Ingenieur der Infrastrukturbehörde, saß in einem Shuttle, das ihn von den alten Hallen mit dem riesigen Torso des archaischen Raumschiffs namens Sun Ra, zurück in die sterile Gegenwart des Verwaltungszentrums brachte. Er war verstört und euphorisch zugleich.

Im Shuttle erwartete ihn schon eine Nachricht von Hart Johansson, dem Leiter der Infrastruktur und damit sein unmittelbarer Chef. Der Shuttle würde ihn direkt zu ihm bringen, damit er seinem Chef sofort vom Fund berichten konnte. Er und sein Partner, der Techniker Ramos Os und der Android Jos hatten im vorderen Teil eine Personenkabine entdeckt, die etliche große sargähnliche Behälter enthielt, die mit vielen Kabeln und flexiblen Verrohrungen mit den Aggregaten des Schiffs und offenkundig auch an Dockstationen außerhalb des Schiffs verbunden waren.

Lichtsignale waren auf den Außenseiten der Särge, die Lon Pun für sich als Kokons bezeichnete, weil ihm sofort klar war, dass dies die Schläferbehausungen waren, für den langen Weg zu einem Exo-Planeten oder zu einer Raumstation im Sonnensystem. Manche Kokons hatten keinerlei aktive Signale, an anderen wiederum blinkten LEDs verschiedener Farben und in unterschiedlichen geometrischen Mustern.

Lon und Ramos versuchten die Kokons zu öffnen, was ihnen auch nach einigen Versuchen gelang. Im grünlichen Notlicht sahen sie zu ihrem Erstaunen und Entsetzen in den meisten der Behälter in durchsichtigen Schalen menschliche Körper in verschieden starkem Verfall und Austrocknung. ‚Die Kokons sind Särge geworden', dachte Lon und spürte, dass ihm heiß geworden war und Schweiß auf seiner Stirn stand. Lediglich in zwei oder drei der Kokons waren unversehrte Körper und in einem der Behälter war eine Frau zu sehen, deren Haut durchblutet schien und die den Eindruck einer Schläferin machte.

Lon versuchte, über seinen endogenen Speicherzugang zum wissenschaftlichen Netzwerk der Konföderation – der allgemeine Zugang funktionierte nicht in diesem Teil der Stadt – eine Datenverbindung zu der Person herzustellen, was ihm auch gelang. Nach einiger Zeit sah er, dass die Arme und Beine im engen Raumanzug zu zucken begannen und die schlafende Frau sich langsam bewegte. Lon und Ramos beugten sich instinktiv über die Person hinter der durchsichtigen Abschottung, deren oberer Teil langsam und geräuschlos zur Seite fuhr und sie sahen, dass diese die Augen aufschlug und sie ausdruckslos und wie aus weiter Ferne ansah.

Ramos konnte einen Ausdruck des Erstaunens nicht unterdrücken und Lon Pun aktivierte den Lebensnotfallkit, den er wie immer im Außendienst mit sich trug. Es war ihm klar, dass die Frau vielleicht sofort nach dem Aufwachen an einem Kollaps sterben könnte und applizierte die Kontaktstellen im Anzug der Frau mit dem Kit. Auf den Monitoren sah er physiologische Datenkolonnen und auch Reaktionen der Steuerung des Kits. Nach einer Weile des Zuckens und Schauens der Frau hörte das Zucken auf und die Augen schlossen sich.

„Wir müssen schleunigst Medic Central informieren und aktivieren, wir müssen die Person in die Notaufnahme bringen, in Quarantäne – und die anderen Körper müssen wir auch entfernen lassen, einfrieren zunächst einmal", sagte Lon zu Ramos. Er aktivierte das Notsignal und verlangte Hilfe. „Du bleibst hier mit dem Notfallkit und passt auf, wenn die physiologischen Daten in den Keller gehen und die Sirene losgeht, dann applizier das Überlebensprogramm vom Kit. Ich werde so schnell es geht mit Hilfe und Unterstützung zurück sein." Damit verließ Lon die Sun Ra in der vergessenen Halle und lief die gewundenen Gänge zu dem Shuttle, das ihn so schnell wie möglich zum Büro seines Chefs brachte.

Big Joe und Lon

„God verdomen! Warum habt ihr sie noch immer nicht heraus, wir brauchen sie lebendig, hirnaktiv und kooperationsbereit", brüllte Hart Johansson, seines Zeichens Chef der gesamten Infrastruktur der Hauptstadt, Zornesröte im fleischigen Gesicht. Lon Pun schaute ruhig auf den großen Mann, der hinter einem altmodischen Schreibtisch thronte, und sagte nichts, dachte aber bei sich: ‚Dieser Chef ist ein Stammhirndinosaurier, er kann nichts dafür, drum reg ich mich nicht auf, Big Joe nennen sie ihn in seinem Team, klingt nicht freundlich.'

„Die Frau ist wertvoll, für uns, für die Raumfahrt und für den Genpool, für die Historiker, and you clowns let her down, Goddam, she be dead tomorrow like space-buddies!" Big Joe war in einen neuenglischen Slang abgerutscht. Pun schaute immer noch gleichmütig in das rote Gesicht seines Gegenübers: großporige Haut, rote Nase, die blauen Augen etwas blutunterlaufen, das Alter klar ersichtlich, keine Gesichtsoperation – will er nicht, ist Machoman, kurz gelebt, aber intensiv, Alks, junge Frauen, Sturzflüge mit achtfacher Erdanziehung ...

Pun unterdrückte das Selbstprogramm und richtete seine interne Aufmerksamkeit auf Johansson. ‚Warum will er diese Person unbedingt am Leben haben, diese Frau war vergessen worden, sie ist ein Zufall, interessant sicher für die Historiker, aber sicher unbrauchbar für das Jetzt-Leben. Ihre Partner sind sowieso tot, die Chips in ihrem zentralen Nervensystem sind sicher hoffnungslos veraltet, sie kostet nur viel Geld ...'

Johansson war immer noch rot im Gesicht, aber ruhiger, er fixierte Lon Pun und ersetzte das Reden durch den wortlosen Chip-Dialog-Modus: „Wir brauchen sie Pun, sie ist für viele Leute wertvoll, schau, dass sie schnell zurück ist, suche den Chip oder das Programm oder was immer sie im Großhirn hat. Spiel ein Sprachprogramm hinauf, sie versteht uns sicher nicht mehr. Die Jahrhunderte im Kokon sind eine lange Zeit. Ich gebe dir und deiner Gruppe ein paar Medics vom Medic Central, die sind Regenerations-Spezialisten."

„Ja, ich werde es probieren, das Aufwachen beschleunigen, trotzdem wird es wahrscheinlich Wochen dauern und ..."

Johansson winkte ungeduldig mit seinen fleischigen Händen, schaute Pun ärgerlich an und ließ sich in einen altmodischen Sessel zurückfallen, die Wandfarben wurden dunkel und bläulich, Musik erklang leise.

„*Okee, okee*, ich bin schon raus."

Lon Pun verließ das Chef-Modul und trabte im Infrastruktur-Komplex, viele Stockwerke unter der Erde der umgebenden Erdoberfläche, wie ein riesiger Termitenbau mit endlosen Gängen, die irgendwo hinführten, meistens in Sperrzonen, wo nur die Alphas, also die Chefs oder Chefinnen Zugang hatten. Es war der alte Gebäudeteil, der noch fest gebaut war, aus anorganischen Materialien und unzähligen Rohren und Leitungen aus Metallen und Kunststoffen, mit all den Stationen, die mehrheitlich von Robots besetzt und gewartet wurden. Die Luft roch nach Klimaanlagen und war schwül, stickig. Lon wechselte in die neuen Teile des Zentrums, in den letzten 100 Jahren gebaut, entwickelt mit neuen Hybridmaterialien, integrierten Strukturen, dezentralen Energiezentren, die aber ebenfalls No-entry-Zonen waren, ohne Personal, völlig autark, eine Klimaspielwiese, die wechselnden Klimazonen fühlbar, sichtbar, riechbar, die Klimamodelle jederzeit abrufbar und mit der Gegenwartsrealität von Terra vergleichbar: Die Trockenzonen, die sich immer weiter ausbreiteten, sich wie helle Leichentücher immer weiter über das dionysische Grün der Wälder legten, daneben der Landfraß der Meere, unerbittlich und doch nur der Physik von neuen Strömungen und geschmolzenen Gletschern geschuldet ...

Lon linkte sich ins Geschichtsnetz ein. Sun Ra: Raumschiff; gebaut um 2080 also vor etwa 1000 Jahren, wahrscheinlich in der damaligen EU-Region, erschien in seinem virtuellen Gesichtsfeld. ‚Mein Gott, was für eine Zeit, Rechenmaschinen, Programme aus der Steinzeit, keine Androide, miese Roboter, keine zentralnervösen Chips mit Sprachprogrammen! Wie haben sich die Leute unterhalten oder Infos ausgetauscht, haben die immer nur geredet, e-Briefe, notes geschrieben oder was weiß ich welche Art der Kommunikation sie hatten und das alles in Echtzeit? Die Raumschiffe waren zwar erstaunlich passabel, aber sehr klein, die Antriebe waren langsam, die Reichweite kurz, konventionelle Materialien.'

Endlose Infoseiten strömten vorbei. Man schrieb das Jahr 2084, das Schiff, die Sun Ra, war fertig gebaut, sollte startklar für die lange interstellare Reise zu Proxima B gemacht werden. Die Besatzung war bereits im Tiefstschlaf, etliche Siedler waren "weg", aber es war nicht ersichtlich, welche Leute das waren, woher sie kamen, wie sie ausgesucht wurden, die Infos darüber waren blockiert, die Prozedur des Tiefstschlafs nicht auffindbar. Auch die Daten über Flugverlauf, die Raum-Traktorien der Sun Ra waren blockiert.

War die Info verloren gegangen oder wurde sie absichtlich gelöscht? Wo waren die Speicher? Lon Pun beschloss, einen Historiker hinzuzuziehen, vielleicht erfuhr er mehr über die Zeit damals und vielleicht sogar über die Sun Ra und deren Besatzung. Er blieb nachdenklich bei einem virtuellen tropischen Wasserfall stehen. Warum hat Big Joe dieses Interesse an einer lebendigen Mumie, die nur Geld und Ressourcen kostet? Als die Sun Ra vor etwa 1000 Jahren gebaut worden war, wurde sie in einen Raumbahnhof, mitten in einer leeren Gegend Russlands, verfrachtet und startete nie. Irgendwann, wahrscheinlich nach der großen Katastrophe, wurden Teile des Raumbahnhofs etwas westlicher in die Nähe der jetzigen Hauptstadt verlegt und in das große Forschungszentrum integriert. Der alte Standort mit der Sun Ra wurde wahrscheinlich auch Teil des Infrastrukturnetzes, das die Jahrhunderte und die verschiedenen Katastrophen überdauerte und über das jetzt Big Jo herrschte.

Lon setzte sich in eine Relax-Nische und ließ den Memo-Film von der Entdeckung der Sun Ra wieder vor seinem inneren Auge ablaufen: Er hatte von InfraCom, also von Johansson, die Aufforderung erhalten, alte stillgelegte Teile der Station zu durchsuchen, um Datenlecks oder Energielecks zu identifizieren. Ramos, Jos und er waren dann in den Ostflügel in das zehnte Untergeschoß vorgedrungen, in weitläufige Gangsysteme mit alten Maschinen, die Generatoren sein konnten, Rohrsysteme, Schleusen, die seit wer weiß wieviel 100 Jahren nicht mehr geöffnet worden waren. Das Leitsystem existierte hier nicht, aber die Peilung war noch intakt. Auch der Luftaustausch funktionierte, es schien, als hätte Adminpers auch hier die Kontrolle übernommen.

Sie fanden Raumschiffteile, die dem Austausch defekter Raumschiffteile dienten, Versorgungsräume und dann schließlich im 13. Untergeschoß Teile der Sun Ra. Es war Ramos, der die sieben Kokons entdeckte und herausfand, dass diese immer noch intakt waren und von Adminpers bedient wurden. Sie hatten mit ihren Peilungen rasch herausgefunden, dass in sechs der sieben Kokons nur noch Mumien lagen, aber im siebten sehr wohl noch Leben war.

Sie hatten dann beratschlagt, was sie tun sollten, um das Leben des/der Überlebenden nicht zu gefährden. Im Memo-Film sah das reichlich amateurhaft aus, sie standen herum und palaverten wie Affen, etwas aufgeregt, angespannt und unschlüssig. Die Großaufnahme zeigte den Kokon, ein unförmiges, beiges Ding, verbunden mit den anderen Kokons durch Kabel und Schläuche. An der Stirnseite oben stand eine Inschrift, die Ramos buchstabierte: „Seamos realistas, sonemos lo impossibile!"

„Das liest sich wie Spanglisch, aber mehr span als glisch."

Ramos aktivierte sein Übersetzungsprogramm und erklärte es seinem Begleiter ungefähr so: „Man ist aufgefordert realistisch zu sein, aber wir sollten von dem Unmöglichen träumen."

Dann fand sein Peilsystem den Öffnungsmechanismus und signalisierte, dass alles *okee* war, Luftzufuhr und -abfuhr und dass die Aufwachprozedur schon längst in Gang gesetzt worden war. Durch wen? Adminpers? Sollten sie den Kokon mit Maschinen nach oben bringen, oder den Deckel öffnen? Ersteres war nicht so schnell zu realisieren, der Kokon war groß, schwer und eingepasst in die Schiffsgeometrie. Also würde er es riskieren und über das Peilsystem den Deckel entsichern, um zu wissen, wer in dem Kokon war, wer Träger der Unwahrscheinlichkeit war, nach fast 1000 Jahren wieder ins bewusste Leben zurückzukehren.

Lons Gesicht wirkte in der Nahaufnahme selbst mit Maske und Mundschutz angespannt, Ramos und er verharrten in einer merkwürdigen Pose, so als würde aus einem Hafenbecken ein Kriegsrelikt gezogen, das eine Explosionsgefahr barg. Als der Deckel hydraulisch angehoben war und der Inhalt zu sehen war, entfuhr ihnen ein Oh und wow. Im gelben Licht der Innenbeleuchtung des Kokons erschien die Gestalt einer großen Frau! Sie war zwar in einer Art Raumanzug eingehüllt, aber ihr Gesicht war gut zu erkennen. Es war blass, die Augen waren geschlossen.

Merkwürdig, im Film sah man Ramos, Jos und Lon wie Zwerge aus einem vorsintflutlichen Märchen, die eine Prinzessin im Schlaf ertappen und überwältigt sind von dem Bild, von der Begegnung. Etliche Minuten passierte nichts, man sah im Memo-Film wie sie, Lon und Ramos, in grünen Overalls um den Kokon standen. Wahrscheinlich ließ jeder von ihnen irgendwelche internen Info-Programme ablaufen, um den Fund einordnen zu können oder medizinisch richtig zu handeln. Jos war zu den Shuttles zurückgegangen, um den Zugang offenzuhalten. Lon hob schließlich die Hand, also wollte er seinen Mitstreiter/Mitentdecker an irgendwelchen unüberlegten Handlungen hindern. „Wir tun noch nichts, das Aufwachprogramm ist noch nicht beendet. Wir schließen wieder den Deckel und wenn sie wach und stabil ist, dann fahren wir den Kokon mit ihr vorsichtig in die oberen Labors des Medic-Centers", sagte er. Das war das Ende des Memos und keinerlei Kommentar dazu war hörbar oder sichtbar, wahrscheinlich hat nur AdminCom Einblicke erhalten.

Mittlerweile hatte Johansson die Medics informiert und Andros und Robots mit Ausrüstung auf den Weg gebracht, die mit einem Guide zu den alten Weltraumhallen gehen sollten. Lon traf diese Art Rot-Kreuz-Truppe oder der Notfalldienst an den Schleusen zu dem alten Teil der Stadt und übernahm die Führung.

Wach auf, steh auf!

Ach, die vielen Bilder, die verschwommenen Gesichter der Verwandten beim Abschied, der Techniker und Ärzte, die Vertreter von Gaia, die Wünsche und Abschiedsfeiern, die letzte Umarmung von Ron ... alles unscharf, Traumfiguren: Nur schlafen, nicht wach werden! Xola driftete in den Vorraum des Unbewussten, in die Eingangshalle des Hades sozusagen, Lethe hinter sich lassend, den Obulus auf der Zunge.

„*Nos loosella!*", schrie Ramos ins Interkom und „Lon, *comsubito!*" Die Lebenskurven Xolas verflachten, die metabolischen Ersatzsysteme waren ausgefallen, der Kokon war nicht an die Lebenssysteme der Station angeschlossen. Der Notfallkit schien nicht zu funktionieren, Ramos war auch überfordert. Pun raste die Korridore von der letzten Schleuse zum Aufzug, der in die Tiefenlabyrinthe der Station führte. Die inneren Schleusen waren noch offen, Kameras verfolgten ihn, aber ließen ihn weiter stürmen. Unterwegs gab er Anweisung, die Lebenssystem-Anschlüsse in den Bunker zu bringen, beruhigte Ramos und überlegte, warum die junge Frau sich von dieser Welt verabschieden sollte, ihre Werte waren gut gewesen, die Aufwachprogramme stabil ... Und dann wieder: Warum war ihr Kollege, der mit ihr zumindest mechanisch gekoppelt im Nachbarkokon lag und wahrscheinlich ihr männlicher Partner war, gestorben, wann? War jemand in die Programme eingedrungen? War es vielleicht Sabotage? Und warum war Johansson so aufgebracht gewesen, der Vorfall war doch eher für Historiker und die Biomedics interessant?

Lon stürmte aus dem Aufzug, vorbei an der letzten Schleuse, hörte die Sirene und die Lebenssystemgeräusche und flog die letzten Stufen zur Kokonhalle hinauf. Ramos stand am Kontrollpult und rief immer wieder „*Madre mi!*" Lon schob ihn zur Seite und sah auch, dass die Kurven der wichtigsten Lebensparamater verflachten. Auffällig war, dass Herz und Kreislauftätigkeit langsamer wurden, aber nicht wirklich bedrohlich, es war die Hirntätigkeit, die gegen 0 ging, fünf, sechs Minuten lang, dann wäre das Organ flach und die junge

Frau in kritischem Zustand, von den Spätfolgen ganz zu schweigen, falls sie überleben würde. Das Aufwachprogramm war verschwunden, abgeschaltet. „Shit, *merd*, was für ein Scheißprogramm!"

„Tu was!", schrie Ramos, „Big Joe reißt uns den Kopf ab, wenn sie geht!" Lon stieß Ramos vom Kokon zurück, riss die Verschlüsse der Notversorgungskits auf und fummelte an den Adaptoren. Mittlerweile sprang eine Sirene an, man hörte weit hinten im Bunker Geräusche vom herannahenden Medic-Trupp, ein merkwürdiges Sirren von irgendwelchen Robots. Es könnte Krieg sein, kam es Lon in den Sinn. Obwohl der letzte große Krieg schon lang vorbei war und dessen Katastrophe nur mehr in unzähligen *muvis* beschworen wurde. Aber der Krieg der Sterne fand hier im Bunker, zehn Ebenen tief in diesem gottverlassenen Bunker, statt!

Die Kurven verflachten, die Organe drohten schrittweise zu versagen, noch zwei Minuten Zeit, endlich koppelte die Sauerstoffzufuhr, die ersten Überlebenscocktails schossen in den Blutkreislauf, Lon wischte sich den Schweiß von der Stirn, Ramos war in den Sitz neben den Kokons gesunken.

„Verdammt Lon, das war knapp, wird ihr Zentralnervensystem okay sein?"

„Keine Ahnung, aber wahrscheinlich haben die Jahrhunderte im Tiefstschlaf ihr Hirn sowieso verändert oder geschädigt. Schau mal nach, ob es Vergleichsdaten gibt."

‚Der Nebel lichtet sich‘, schoss es Xola durch den Kopf, die Augen geschlossen, den schwachen Puls spürend, die Beine zuckten, kalt und glatt war die Unterlage. Sie versuchte die Augen zu öffnen, obwohl das mit viel Anstrengung verbunden war. Es gelang! Dämmrig war es, keine Sonne, sehr ungewohnt! Dann sah sie wieder die merkwürdigen Lichter und ein paar vermummte Gestalten, die um sie standen und alle zu ihr schauten. Dann wurde ihr plötzlich warm und heiß und sie wollte sich unbedingt aufrichten.

„*Stay*, schschscht, *no, no!*", rief Ramos und stürzte zum Kokon, weil die Verbindungen von Xola und den Überlebensmaschinen bedrohlich gespannt waren. Er drückte sie zurück in die Tiefen des Kokons, versuchte zu lächeln, sah ihre Angst, ihr Befremden.

„Warum kann ich nicht raus, ich will raus aus dem Kokon, wo ist Leonard, wo ist Ron, wo bin ich jetzt überhaupt?"

„Verdammt, was sagt sie da, was ist das für eine Sprache, schaltet das verdammte Übersetzungsprogramm ein!", rief Pun, die mittlerweile anwesenden Technics murmelten etwas in ihre Interkoms und nach kurzer Zeit hörte man die metallene Stimme vom SciCom: „Seltene historische Sprache Mitteleuropas, Allmand, sie will raus, fragt nach Ron – vermutlich der Partner – weiß nicht wo sie ist."

„Med-Stat?" Ramos schaltete sich ein, „stabil, transport-fähig, Rollaut kommt", lautete die Antwort von MedCom.

Xola sah langsam klarer, erfasste die Konturen des Raumes, die Texturen der Wände, sah über dem Rand des Kokons den einen kleineren Mann mit Maske, dessen Augen lächelten und der hin und wieder in das Interkom sprach. Sie hörte nichts, sie sah nur seine Mundbewegungen. Dann war noch der andere mit dem dunklen Gesicht, der aufgeregt schien. Im Hintergrund hörte man noch andere Laute, Gestalten, die herumliefen und Geräte trugen, die Xola völlig fremd waren. Langsam verschwand die Angst, die Neugierde kam zurück.

Plötzlich kamen vier Figuren, alle in bunten Anzügen mit Gesichtsmasken und Handschuhen zum Kokon und hoben Xola heraus, setzten sie in eine Art Rollstuhl neben dem Kokon und begannen, die Schläuche und Kabel behutsam zu entfernen, nicht ohne vorher andere Verbindungen an ihre Gesichtsmaske zu legen und neue Kabel an den Rollstuhl zu klinken. ‚Merkwürdig riecht es hier, nicht nach Schiff, eher wie ungelüftete Kellerräume, und die vielen Rohre und Leitungen sind schon merkwürdig.' Xola vermisste die schiffspezifische Enge und die Signallampen, Bildschirme.

Der Kleine sprach zu ihr und eine metallische Stimme ertönte: „Hast du Hunger oder Durst, ist dir schwindlig?"

„Nein, nein, aber wo bin ich, wo sind die anderen, wo ist Ron?" Ihre Worte klangen gequetscht, die Töne piepsig, alles war so langsam.

„Du wirst alles in der Kommando-Zentrale erfahren."

Lon hielt Xolas Hand, eine eigenartige weiße Hand, der Handrücken durchzogen von dünnen dunkelblauen Adern. Lange Fingernägel, die zum Teil grün lackiert waren. Die Frau war noch jung oder sie war einfach zeitlos, mit einem ovalen hellen Gesicht, mit Augen, die im Licht der LEDs dunkelblau waren, verhangen, die Wimpern verpickt von der Konservierung, ein schöner Mund mit blassen Lippen. Haare und der Rest des Körpers waren bedeckt oder verborgen hinter dem Kokonanzug. ‚Ziemlich alt und sehr altmodisch', dachte Lon ‚merkwürdig, aber nicht wirklich hässlich war die Frau, ein gelungener Klon, aber größer als ich, Alt-Europäerin sehr wahrscheinlich.'

‚Was sind das für merkwürdige Anzüge der Figuren neben mir, ohne Farbe und Textur, nein beides war da und unter den wiederkehrenden hell beschienenen Gangabschnitten waren die Anzüge verschiedenfärbig, manche mit einer Textur wie eine alte Haut. Klein waren die Figuren, waren das alles Männer, oder Frauen? Übel riecht es hier, eher faulig, WO bin ich? Merkwürdig ruhig ist es, die Schiffs-Aggregate wahrscheinlich abgestellt, aber wie funktionieren die Lüftungen und warum ist der Gang so lang, bin ich schon wach oder drugged oder ...'

‚Verloren sieht sie aus, naja sie hat noch gar keine Ahnung, wo sie ist, dieser Teil des aufgelassenen Raumfahrtbahnhofs war viele hundert Jahre unbenutzt, versiegelt, offenkundig aber mitversorgt von Adminpers, sonst wäre sie eine interessante Mumie oder unbrauchbar wie ihre Kollegen in den anderen Kokons', dachte Lon Pun. ‚Wird sie ohne Implantate und Chips je physisch funktionieren? Wird ihr Gehirn je den Zustand, die Fähigkeiten vor hunderten von Jahren erreichen?'

Die Rückkehr in die neuen Teile der Stadt, in die Gegenwart dauerte lang und schien endlos lang für Xola. Immer neue Schleusen, Gangsysteme, die diffus oder grell ausgeleuchtet waren. Schließlich wurden die Förderbänder erreicht und der Transport verlief wesentlich schneller. Die Gänge weiteten sich, wurden zu unterirdischen Straßen mit Auslagen, blinkenden Überschriften, Reklametafeln. Andere Menschen oder Gestalten begegneten ihnen, aber schienen nicht erstaunt, beim Anblick des seltsamen Trupps aus grün gekleideten

Männern und Frauen, schwarz gekleideten Andros und matt schimmernden Robots, in deren Mitte ein voluminöses Transportbett sowie fahrbare Aggregate waren und mit großer Vorsicht bewegt wurden.

An Xola zog die Umgebung vorbei, die leicht schaukelnde Bewegung und die zunehmende Wärme der Umgebung wirkten einschläfernd auf sie. Schlussendlich erreichten sie die Gegend des medizinischen Zentrums und sie fuhren mit einem Aufzug an die Oberfläche des Stadtteils. Wieder wurden Schleusen passiert, Gänge durchfahren mit Türen zu unbekannten Räumen oder Gebäuden, bis sie die Quarantänebereiche des medizinischen Zentrums erreichten und von weiteren Medics in Grün in Empfang genommen wurden. Deren Sprecher und Chef war Dr. Dunant, ein kleiner, etwas pummeliger Mann, der alle begrüßte und auch Xola ausdrücklich über das Sprachprogramm willkommen hieß.

Xola nahm das nur vage wahr, sie war in einer Art Halbschlaf und konnte nicht entsprechend antworten. In einem eigenen abgeschlossenen Trakt mit getrennten großen Zimmern und sanitären Einrichtungen wurde das Transportbett mit Xola hineingeschoben, wo bequeme Sessel waren. Ein ausladender schön gezimmerter Holztisch stand mit einer altertümlichen Vase aus Kristallglas und einem bunten Blumenstrauß auf der polierten Tischplatte. Die Wände schimmerten in einem gedämpften, warmen gelben Farbton und waren behängt mit Bildern, deren Farben und Objekte oszillierten. Eine Wand war als Info-Portal installiert, und stuhlähnliche Möbel komplettierten die Einrichtung. Nach einer kurzen Beratung der medizinischen Mitarbeiter und Mitarbeiterinnen, allerdings schweigend und nur über das Intercom des Zentralnervensystems in Kontakt, verblieben zwei im Zimmer und aktivierten die Sichtschirme. Xola nahm von all dem nicht sehr viel wahr, sie war wieder in einen ruhigen Schlaf gefallen.

Johnansson und Lon

„Damned, da seid ihr endlich!", donnerte Johansson, als Lon, Ramos und die Techniker in den Besprechungsraum neben Johanssons Büro hereinkamen. „Wie schaut´s aus, wo ist der Zombie, das Mittelalterfräulein?"

„Noch nicht transportfähig oder kommunikationsfähig", sagten die Medics.

„Morgen vielleicht, wahrscheinlich aber erst in einer Woche", sagte Lon, „aber wir haben interessante Daten."

„So, welche, die ich noch nicht habe?" Lon verzichtete darauf zu fragen, welche Big Joe schon hatte.

„Sie ist kaukasisch zu 100%, medizinisch gesehen in einem relativ guten Zustand. Alle anderen ihrer Kollegen sind wahrscheinlich vor zwei- dreihundert Jahren verstorben, weil sie ja nur für etwa 500 Jahre Schlafzeit ausgelegt waren. Oder sie hat eine spezielle genetische Konfiguration oder ein Programm implantiert. Das wissen wir noch nicht, die Analysen sind erst morgen fertig."

„Great, das ist nichts Neues, aber schaut, dass sie am Leben bleibt, ich will sie lebendig." Big Joe sagte das sehr bestimmt, schaute seine Mitarbeiter der Reihe nach gebieterisch an und entließ daraufhin die Überlebenstruppe.

„He, was meint er damit: Er will sie lebendig", sagte Ramos etwas perplex hinter den Panzertüren der Verwaltung, „das klingt wie im Mittelalter, Islam und ähnliche religiöse autoritäre Praktiken."

„Pass auf, Ram", meinte Lon Pun väterlich, „erstens ist das nicht so ganz korrekt, geschichtlich betrachtet, und vor allem: komm Big Joe nicht ins Gehege, weiß Gott, was er mit dieser Frau vorhat."

„Er, der die Holofrauen vernascht und irgendwelche scharfen Hormonhybride einnimmt – der will doch nicht diese Uralt-Frau!"

„He, Ram, STOPP!", sagte Lon scharf, „denk, was du willst, aber sag es hier nicht. Selbst hinter den Panzertüren kann dich vielleicht jeder hören, zumindest wird´s in Speichern von Adminpers aufbewahrt, was du sagst. Johansson wird das dann mitgeteilt, oder Ethpers versetzt dich. Dann bist du deinen Job los, kommst in die Putzkolonnen, im besten Fall in die Kellergulags. Du kennst Big Joe, der bügelt dir die Nase platt, wenn ihm was partout nicht passt."

„Nein, wir sind in der freien Zone, da kann jeder sagen, was er will."

„Denkste, aber das ist ein weites Feld, in meiner Gegenwart sag so was nicht, sonst häng ich auch noch mit drin und kann dir dann im Gulag Manieren beibringen. Denken wir lieber über das Überleben nach: Die Frau war metabolisch ca. 1000 Jahre im Off, verträgt sie das synthetische Blut, wie ist ihr Immunstat? Wir haben auch noch nicht die vollständige Genkarte, von der Meta-Karte ganz zu schweigen. Niemand weiß, was für genetische Dispositionen sie mitbringt. Glaubst du, Ram, hat sie überhaupt einen Neurochip im Gehirn oder finden wir ihn einfach nicht?"

„Weiß nicht, was die vor der langen Zeit der Finsternis konnten. Können wir sie nicht einfach durchscannen?"

„Nein, dürfen wir nicht, die Medics wollen zunächst schauen, ob sie durchkommt, was sie aushält und welche *aids* sie im Körper hat."

„*Okee*, dann werde ich einmal meine Histo-Programme bemühen, vielleicht find ich was Interessantes." Und Ram verschwand in Richtung seines Moduls.

Lon Pun stand etwas ratlos im langen Gang, dessen Wände diskret leuchteten, alle paar Minuten die Farbe wechselten und verschiedene Landschaften zeigten. Landschaften, die es längst nicht mehr gab, tropische Wälder vor schneebedeckten Bergen oder kleine Siedlungen mit einzelnen Häusern und Gärten. Am Ende des Gangs waren Schleusen, die zu den Transportern führten. Lon ging etwas unschlüssig den Gang hinunter zu den Schleusen, er wollte ursprünglich in sein Modul, aber dann beschloss er, in die Öffentlichkeit, vielleicht unter andere Leute, zu gehen, er könnte sich mit seiner alten Freundin Enna treffen und mit ihr über die Frau aus der Vergangenheit reden und überhaupt wieder einmal mit ihr reden.

Xola

Halb dämmrig schlichen sie durch endlose Gänge und viele Schleusen zu Stationen von merkwürdigen Geräten und merkwürdigen Leuten, alle ausgerüstet mit Mundschutz und schwerer Schutzkleidung. Sie redeten mit ihr über irgendwelche Sprachprogramme, es klang wie Pidgin-Englisch, manchmal wie Spanglisch. Meistens verstand sie es nicht, oft schien es nur zu ihrer Beruhigung zu dienen. Aber sie war nicht aufgeregt, sie war müde, nicht einmal hungrig, sie war allein! ‚Wo sind die anderen und wo ist Ron, Ron, ja Ron, mein Partner und wo bin ich überhaupt? Auf welchem Planeten oder in welcher Raumstation? Wieso ist alles so diffus, was ist mit meinen Augen, alles dreht sich auch, die Farben der Wände wechseln ständig! Gott im Himmel, wann kann ich endlich aufstehen und mich umsehen?' „Kann ich endlich erfahren, wo ich bin, und wo Ron ist und wo ein Kommandant ist, mit dem ich reden könnte?"

Mehrere Male hatte sie das einem der Typen in grünen Mänteln gefragt, stammelnd und leise zwar, aber die lächelten allesamt, wenn man ihre Grimassen unter den Masken als Lächeln bezeichnen konnte. ‚Verstanden die das nicht, oder wussten sie nicht, was ich meinte, wer Ron überhaupt ist? Wenn ich nur aufstehen könnte!' Dann wurde ihr warm und sie wurde schläfrig und das leise Zischen der Raumlüftungen, das Summen der Geräte, das Gemurmel der Medics entfernte sich, Xola glitt in die Zwischenwelt, wo Traum und Wirklichkeit nicht mehr zu unterscheiden sind.

Auf ausdrücklichen Wunsch von Big Joe gingen die Daten sofort an die Abteilung von Johansson: *Short Report: weiblich, ca. 24 J, 174 cm, ca. 52 kg, kaukasisch, sub nutri, iOrg: OB, Mikro Muskelstatus negativ, Physio schlecht, Herz-Kreislauf negativ, Neuro: medium (s. Differentialdiagnose), ZNS auch mikro, chip defunkt, Gen-Profil: interessant, Mutationen-Chromosom 14/5, epigenetische Modifikationen?*

Johansson überflog die Nachrichten und verband sich mit den Medics, um die detaillierten Analysen von Neuro- und Gen-map zu erfahren. Was er erfuhr, erfreute ihn und nach einem großen Schluck von sehr feinem Brandy am Schreibtisch dachte er über Konsequenzen nach ...

Enna I

Hinter der Schleuse der medizinischen Universität mit den Labors und klinischen Bereichen, den Notaufnahmen und

Seuchenarealen gab es Rolltreppen, Lifte, E-Taxis, welche die Leute der Station zu ihren Modulen brachten oder in die Rec-Zonen, zu den Cafés, Bars, Versorgungs-Zentren und virtuellen Räumen. Es waren viele Leute, Homos I und II, und Andros unterwegs, eben war die zweite Schicht in den Labors und Analyse-Zentren zu Ende, die Dunkelschicht würde in Kürze beginnen. Die Luft roch nach Frühling, es wehte eine Brise, so als wäre man wie vor langer Zeit auf einer grünen Wiese im Mai. Es war kühler als in den Stationsräumen, Lon atmete tief und versuchte in sich Ruhe einkehren zu lassen.

‚Die vergessene Frau im Kokon wird ziemlich verwirrt sein, wenn sie die Station und die Stadt dazu sieht und keine grünen Wiesen, die es nur mehr in ganz wenigen Naturparks gibt. Wird sie den Himmel vermissen und noch mehr ihre Gefährten, ihren Partner?' Lon versuchte sich in die Lage der Schläferin hineinzuversetzen, aber deren früheres Leben und deren Psyche waren ihm wohl zu fremd. Während er sich die neuen politischen Entwicklungen in der Konföderation in sein bewusstes Gesichtsfeld holte, fiel ihm wieder Johansson ein und dessen merkwürdiges Interesse an der wiedererwachten Frau. Warum war dieser Typ an der Person so interessiert, was steckte dahinter?

Er konnte Enna, seine sehr gute Bekannte und ehemalige Partnerin fragen, sie hatte direkten Zugang zu Johansson. Er verband sich mit dem Chip von Enna, den sie beide noch aus ihrer gemeinsamen Partner-Zeit hatten und Enna meldete sich auch nach kurzer Zeit.

„Hey Lon, schön, dich zu hören, wie läuft es so bei dir?"

„Enna entschuldige, wenn ich dich so ohne Vorwarnung überfalle, aber ich würde gern mit dir reden, hast du eine halbe Stunde Zeit?"

„Naja, ist es wichtig?"

„Ja, irgendwie schon."

„Hat es mit mir zu tun?"

„Nein, mit einer ganz neuen Sache, die mich beschäftigt."

„Gut, ich bin in circa 30 Minuten in der 3milesisland-Bar."

„*Bolna*, ich freu mich!", sandte Lon und suchte auf dem Platz nach einem freien E-Taxi.

Die 3milesisland-Bar war in einer etwas anrüchigen Gegend hinter den Plantagen, aber weiter oben, knapp unter der Oberfläche. Etliche Bars waren hier, Restaurants mit merkwürdigen Angeboten, aber Enna und er hatten früher viel Zeit hier verbracht, bevor sie eingegliedert waren als Partner. Als Lon ankam, war Enna schon da, sie wartete auf ihn außerhalb der Bar, man konnte nur als Paar in die Bar hinein.

‚Gut schaut sie aus, irgendwie anders, schlanker, andere Nase, hellere Haut, eher kaukasisch.'

„Lon, lange nicht mehr gesehen, gesprochen, gehört, wie gehts dir, alte Schnecke?"

‚Wie immer', dachte Lon ‚ich weiß nicht, was sie wirklich denkt, aber sie gefällt mir immer noch.' Dann sagte er: „Danke, Enna, dass du Zeit hast, mein Kompliment, du schaust sehr gut aus."

Enna nahm das Kompliment huldvoll entgegen und sagte noch ein paar Nettigkeiten auf dem Weg in die Bar, so wie: „bist völlig unverändert, gut aussehend, und ich hab über deinen Hierarchie-Aufstieg gelesen. Bist jetzt sicher reich, hast sicher ein Gartengrundstück oben in den Alpen gekauft", aber eigentlich interessierte sie nur der Grund, warum ihr Ex-Partner mit ihr reden wollte und so gut sah Lon ja wirklich nicht aus, hat Bauch bekommen, bräuchte einen Lift....

Die 3milesisland-Bar war immer noch ein Szene-Lokal, wo man sich traf, wo Liaisonen entstanden, Dreamers unterm Tisch gehandelt wurden und die Aufsicht nur bedingt eingriff. Lon steuerte auf einen hinteren Tisch zu und bestellte zwei Drinks beim Andro-Kellner.

„Also schieß los, *watsap*?"

„Enna, was ich dir jetzt erzähle, sollte ich eigentlich niemandem außerhalb der innersten Station erzählen, aber ich weiß, dass du nichts rumerzählst. Ich habe meinen Chip auf privat gestellt und du sicher auch, damit nicht jeder mithören kann und Adminpers speichert solche Gespräche nur, ohne sie weiterzugeben.

Also, die Geschichte geht damit los, dass ich betraut war, die verschlossenen Bereiche der Station zu durchforsten um Brauchbares in jeder Hinsicht zu finden und um die Elektronik und die Präsenz von Coms zu überprüfen. Was wir gefunden haben, war ungeheuerlich: einen ganzen Bereich, der vom InfraNet nicht erfasst war, der überhaupt nicht präsent ist. Wir sind eingedrungen in riesige Cavernen und fanden neben vielen sehr altertümlichen Geräten und Maschinen den Kokon-Raum und Nebenräume eines riesigen Raumschiffs der ersten Generation, etwa 800 bis 1000 Jahre alt. Die Kokons liefen autochthon, waren aber an ComCent angeschlossen. Und jetzt kommt der Knüller: Es waren Passagiere in Kokons im Subtiefschlaf, teilkonserviert, aber nur eine Raumfahrerin hat überlebt, also etwa 1000 Jahre lang!

Eine Frau, kaukasisch und fremd! Wir haben sie dann fast verloren, ihr Körper hätte fast aufgegeben, sie hatte scheinbar defekte AutoMed-Hilfen implantiert. Wir haben sie in einer Notaktion an MedCentral angeschlossen, war knapp. Johansson hätte getobt, wenn wir sie verloren hätten!"

Enna, zunächst eher interessiert schauend, aber eigentlich gelangweilt, wurde plötzlich munter und hörte interessiert zu. „Johansson, was hatte der alte Lüstling damit zu tun, warum ist der an dem Ganzen interessiert, er war ja nur für die Infrastruktur zuständig."

„Ja, und das ist der Punkt, warum ich dir das erzähle: Warum ist Johansson so interessiert, er ist zwar ein alter Lustmolch und liebt erotische Eskapaden, aber mit einer so alten Frau, noch dazu altmodisch/kaukasisch kann ich mir das nicht vorstellen."

„Ich auch nicht."

Enna dachte kurz an ihre Liaison mit Johansson, von der Lon natürlich nichts wusste. Sie hatte ihn gemocht, seine ungestüme Art, seinen großen, massigen Körper mit dem kleinen, aber sehr aktiven Liebesteil. Aber seine Saufereien, seine Großspurigkeit, sein unstillbarer Ehrgeiz, sein Zug zur Macht, das konnte sie auf Dauer nur schwer ertragen. ‚Big Joe war/ist ein fast schon archaischer Stammhirndino', kam Enna in den Sinn. Kurz war auch der alte Schmerz wieder da, den sie damals verspürt hatte, als Big Joe ihr über PersCom in zwei Sätzen mitteilte, dass er sie nicht mehr sehen wollte. Hatte eine neue Schickse ... Aber das ist viele Jahre her und sie war hintennach froh gewesen, Johansson loszusein und war glücklich in ihrer jetzigen Frauenkommune. Dass sie immer noch mit ihm auf Abstand befreundet war, hatte andere Gründe.

„Aber lass mich nachdenken: Vielleicht will er den Fund dazu benutzen, von der Sackgasse der Infrastrukturleitung der Station loszukommen und der Siedlerbewegung beitreten, mit Blick auf eine Beförderung und eine Karriere in der Hauptstadt."

„Enna, könntest du die Sache sehr diskret verfolgen? Du sitzt in PersCom und kommst an Infos heran, die mir verwehrt sind. Ich halte dich am Laufenden über die alte Frau im Kokon, vielleicht interessieren dich medizinische Daten oder was immer herauskommt in den Labors, ich schick dir Holos."

„Ja, klingt interessant, aber Honey, ich muss mir das überlegen, wenn Big Joe wirklich interessiert ist an der Gruftie-Frau und draufkommt, dass ich das auch bin, dann bin ich weg und kann mich irgendwo im Krater bei den Retros als Putze bewerben."

„Hm, ja vielleicht, aber wir könnten so tun wie früher, sodass PersCom glaubt, wir hätten unsere Beziehung wieder aufgefrischt und benutzen Codes für was weiß ich."

Lon sah irgendwie rührend aus. Enna betrachtete ihn mit etwas Mitleid, aber auch mit Interesse. Wollte Lon auf diese Art wieder ein Techtelmechtl mit ihr? Sex könnte er ja überall haben, da brauchte er sie nicht dazu, aber *chuxi* konnte sie sich mit ihm nicht mehr vorstellen, die Zeit war vorbei und retro war out. Oder wollte er auch nach oben, so wie Johansson?

Enna leerte rasch ihren Drink, der Alk tat ihr gut, machte sie alerter und war für ihr System besser als die rosa Uppers, die früher ihre bevorzugten Drinks waren. Der Andro kam sofort zum Tisch und fragte, ob alles gut war oder besser werden sollte, und machte das übliche Kompliment für Damen, dass sie besser denn je aussähe und tausend Liebhaber haben könnte.

„Lon, Liebling, ich will dir helfen, aber ich muss mir das überlegen, bevor ich dir fix zusage. Muss erst die Hintergründe herausbekommen, muss aber zuallererst mein Schutzprogramm auffrischen, dass nicht jeder mein Hirn wie ein offenes Buch lesen kann. *Bolna?*"

34

Lon sah sie dankbar an und dachte gleichzeitig an die gemeinsame Zeit mit Enna zurück, an die glückliche Zeit. „Danke, Enna, du bist ein Schatz, schick mir eine secret, *maniana* oder irgendwann." Lon bezahlte die Drinks und beide verließen 3milesisland, küssten sich am Ausgang und gingen getrennte Wege. PersCom verschickte die Bilder an die jeweiligen Chefs von Enna und Lon.

Xola erinnert sich und Lon überlegt

‚Alles dunkel, still, aber wohlig warm! Veilchen im grünen Gras, wie im Wald an der Donau? Ist es Abend oder ganz früh am Morgen, bevor die Vögel wach sind und singen?' Sie suchte Schneeglöckchen, wie sie im Garten der Großmutter unter den Hecken und unter den Johannesbeerbüschen wuchsen. Das Weiß der Blüten mit den zarten Stängeln, den schlanken grünen Blättern, die aus dem Grau-Weiß des letzten Schnees herauswachsen. ‚Es riecht nach Schnee und nach Frühling. Wann kommt der Frühling mit der Sonne, die durch die hellgrünen Blätter der Schwarzerlen scheint und sich im breiten, ruhig dahinfließenden Fluss spiegelt? Ich kann die Augen nicht öffnen, etwas bedeckt die Augen. Arme, Hände kann ich bewegen, aber nicht zum Gesicht führen, sind mir die Hände gebunden oder bin ich zu schwach, um die Arme zu heben, sind überhaupt die Muskeln noch intakt?'

Noch intakt, natürlich, sie war ja schon mit Hilfe aufgestanden, hat die Arme um diese grünen Männchen gelegt, die sie in ein Liegebett führten, bevor es wieder schwarz um sie wurde. Und die Nerven, die diese Muskeln stimulierten, vielleicht waren sie defekt oder doch nur zeitweise funktionsunfähig. ‚Den Rumpf kann ich bewegen, aber er ist arretiert, an den Seiten abgestützt und unter meinen Fußsohlen spüre ich einen Widerstand. Das dunkle, leise Rauschen der Donau ist verschwunden, woher ist das andere, hellere Rauschen? Wahrscheinlich von der Klimaanlage hier drin. Und der Schneeglöckchenduft ist weg, wurde ersetzt durch den etwas abgestandenen Geruch der gereinigten Umluft, die aus den Luftschlitzen in den Wänden strömt. Aber da sind auch noch andere Laute, Geräusche oder Stimmen, *nada*, ich bilde mir das nur ein, nur manchmal macht es klack, Klack, KLACK und dann ist wieder Ruhe.'

Langsam lichtete sich der Nebel, Xola konnte die Augen öffnen und blinzelte im Licht der verdeckten Lichtquellen. Sie war allein in einem Raum und lag in einem Bett, von dem Schläuche zu- und abführten und Kabel wegliefen. Der Raum war klein, nieder, die Wände waren in einem freundlichen Gelb gehalten, eigenartige Möbel aus Metall oder Kunststoff waren da, einige Sessel, ein Tisch mit Blumen, die aussahen wie Fresien mit grünem Beikraut. Zwei einfärbige, hellgrüne Vorhänge verhüllten Fenster oder Nischen. Auf einem Nebentisch stand ein Glas Wasser, in Reichweite von ihrem Platz. Die Wände waren leer, keine Bilder, keine Deko, allerdings war eine Wand anders, die Oberfläche war glatter, zudem leuchteten am unteren Rand kleine Kontrolllichter in rhythmischen Abständen auf. Leise Musik erfüllte den Raum, eher klassisch, langsam, beruhigend.

,Merkwürdig, alles ist sehr sauber, und riecht angenehm, wie eine Wiese nach einem Regen … Bin ich in einem Motel gelandet mit Wellness-Charakter, oder in einem Sanatorium, jedenfalls habe ich mir Ankunftsräume auf Raumstationen anders vorgestellt. Kalt ist es hier, ich würde mich gern zur Seite drehen, auf der ich normalerweise im Bett liege. Allein bin ich, vorläufig, aber ich denke, bin ich wirklich, irgendwo und wo ist irgendwo? Wo sind Lugo und Katja, und die anderen Mitsiedler/Raumfahrer? Wo ist vor allem Ron, mein geliebter, geschätzter Partner? Wie bin ich aus dem Kokon, dem Schiff herausgekommen, wo sind die grünen Helfer oder Helferinnen geblieben, waren das die berühmten kleinen grünen Männchen vom Mars? Bin ich auf dem Mars zwischengelandet? Bin ich hungrig oder durstig und woher kam dieser merkwürdige metallische Geschmack im Mund? Die Zunge fühlt sich so dick, groß und pelzig an. Ach könnte ich wieder schlafen! Vielleicht ist alles ein Traum und ich werde in Futura nuestra, der Raumstation, wohin die Sun Ra zu einem Zwischenaufenthalt fliegen sollte, wieder geweckt. Oder daheim, auf Urlaub in den sanften Vorbergen der Alpen.'

Dann wurde es wieder langsam dunkel um sie herum und das Bewusstsein kippte wieder in das traumregierte Zwischenreich, das folgende klack, Klack, KLACK erreichte Xola nicht mehr.

Lon

Lon öffnete die Tür zu seinem domus, einem Standard-Appartement für alle gehobenen Mitarbeiter der Station: zwei Zimmer, Nasszelle, Kochnische, IT-Wand. Das domus lag im 20. Stock *ap*, eine Lage die eigentlich nicht sehr beliebt war unter den Bewohnern der Station, die meisten bevorzugten domi, die *daun* waren, also viele Stockwerke unter der Erdoberfläche. Von seinem Wohnzimmer aus sah Lon durch schmale, dicke Glasfenster auf eine braun-graue Fläche, die sich vor den ausufernden Gebäuden und Anlagen der Station bis zum Horizont erstreckte.

Ganz hinten war ein dunkler Streifen zu sehen, das waren die Felsenberge, eine kahle Gegend, die jedoch auch bewaldete Flecken aufwies. Lon war einmal dort gewesen, allein, weil er oft allein war und sich allein wohl fühlte. Die Wälder dort in den Bergen waren staubige Nadelwälder, in denen angeblich noch echte Hirsche lebten, die er und andere Wanderer aber nicht zu Gesicht bekommen hatten. Vielleicht waren sie nur eine Fiktion, von der Zentralregierung lanciert, um abzulenken, um vielleicht den Bürgern den Glauben an Natur und Wildtiere zu ermöglichen. Aber die Luft war dort deutlich besser oder geruchfreier als in der Station und es war ruhig dort, nur dann und wann waren Kopter in der Luft zu hören oder dumpfe Geräusche der unterirdischen Verkehrssysteme.

Lon kehrte vom Fenster zurück, nachdenklich: Der heutige Tag war so ungewöhnlich verlaufen wie nur wenige Tage zuvor in seinem Berufsleben. Als Chef der Wartungskolonne war er meistens mit kleinen technischen Katastrophen konfrontiert, wie kaputte Steuerungssysteme, die lokale Über-schwemmungen, zu kalte Labors oder Schimmelbefall betrafen, aber nicht mit vergessenen halben Raumschiffen mit Kokons aus der grauen Vorzeit der Raumfahrt, voll mit Mumien und mit einer Überlebenden, einer merkwürdigen Frau, eine unglaubliche Entdeckung, die eigentlich jede Vor-stellung sprengt!

Er hatte keinen Hunger, aber er musste etwas essen, damit er MedCent nicht beunruhigte. Also beauftragte er seinen Robot, eine Suppe mit gewürzten Algen und Soja zuzubereiten sowie geröstete Reisfladen, die gefüllt waren mit Chili-Tomaten-Gurkenschoten. Und heißem, grünem Tee, viel Tee, ‚wird mich wieder aufmuntern und aktiv werden lassen‘, dachte er sich, als er Teller und Essbesteck aus dem Trockner holte.

Dann aktivierte er die Holo, die lichtabgewandte Wand, auf der in Lebensgröße Regierungssprecher, politische Nachrichten und allgemeine News zu sehen waren. Die IT brachte in den Nachrichten keinerlei Notiz über den Fund in ihrer Station, was Lon erstaunte und was er auf den Einfluss von Johansson und anderer einflussreicher Leute zurückführte, die offenkundig alle ein Interesse hatten, den Fund, den Fall, die Ungeheuerlichkeit nicht bekanntwerden zu lassen.

Aus vielleicht unterschiedlichen Gründen, die Lon nicht kannte, nur mutmaßen konnte und nur durch Enna und ihre diplomatische Neugier mehr erfahren würde. Die Medics und Technics wollten sicher den Fund für sich verwenden, wissenschaftlich, medizinisch, biologisch und historisch ausschlachten und damit bekannt werden, in die Medien kommen, beziehungsweise zusätzliche Forschungskredite aquirieren.

Und der Fund, was würde mit den Leichen in den Kokons passieren und was würde vor allem mit der Frau, die überlebt hat, geschehen, falls sie länger überleben würde? Wenn sie als Untersuchungsobjekt ausgedient haben wird, was würde sie machen, was für einen Beruf, welche Befähigung hatte sie in ihrer Zeit? Würde sie hier auf der Station bleiben oder in die Hauptstadt übersiedeln, ein IT-Star werden? Was wird Ethpers und Adminpers schlussendlich unternehmen?
Aber vielleicht war die Frau durch die lange Zeit physisch geschwächt, ihr Zentralnervensystem beschädigt, so wie der primitive Chip in ihrem linken Hirnvorderlappen, und konnte kein normales Leben führen, war vielleicht geistig behindert und würde Jahre hinsiechen, eine lebendige Mumie sein oder sie bekäme Herzprobleme und würde früh sterben.

Draußen ging die Sonne langsam unter, ein großer roter Ball, dessen Konturen in der dunstigen, staubigen Luft unscharf wurden. Endlos lang rutschte sie immer tiefer unter den Horizont, die violette Dämmerung verdeckte gnädig die trostlose Landschaft. Viele Wochen schon war kein Regen gefallen, die Wasserspeicher waren fast leer, die Recycling-Anlagen liefen auf Hochtouren, die Wettervorhersagen waren negativ. Bald würde man Klimatec einschalten und Regenwolken erzeugen müssen.

Die Verwaltung der nahen Hauptstadt durfte das ohne Zustimmung der Konföderation veranlassen, weil es die Gegend um die Hauptstadt betraf, mit begrünten Anlagen zwischen den Regierungstürmen und den riesigen Parkanlagen zwischen den unendlich ausgedehnten Wohn- und Industrieagglomerationen. Der Bewuchs war ein Luxus, aber auch ein Prestigeobjekt.

Viele Stockwerke unter Lons Behausung und etliche Transekte Stationen auswärts lag Xola auf der Intensivstation des MedCent. In tiefem Schlaf, aber nicht mehr im komaähnlichen Tiefstschlaf. Die Physiodaten waren nach wie vor instabil und ohne MedCent mit den Überwachungssensoren, Diagnose-Einheiten, automatischen Therapiemethoden und Robotern wäre sie ihren Gefährten von der Sun Ra in den immerwährenden Tiefschlaf gefolgt. Mehrere Tage vergingen, MedCent überwachte die ungewöhnliche Patientin und schaltete langsam den Wachmodus ein.

Die Technics wussten mittlerweile alles über den Körper Xolas, vor allem ihre Hirnstruktur war genau untersucht worden, sie hatte den jahrhundertelangen Tiefschlaf erstaunlich gut überstanden, keine Nekrosen oder Ansammlungen von körpereigenen Toxinen. Das Zentralnervensystem war in gutem Zustand, keine Ansammlungen von abartigen Zellstrukturen oder ungewöhnlichen Proteinmengen.

Allerdings war die Hirnmasse insgesamt auch geschrumpft, vor allem der Glia-Anteil und die neuralen Stammzellen. Aber die großen motorischen und sensorischen Bahnen waren völlig intakt und alle Sinnesorgane waren funktionstüchtig. Manche neuronalen Areale waren etwas verändert. Was das für Xola bedeuten würde, war noch unklar, oder die Areale waren von Vornherein anders im Vergleich zu Hirnen vergleichbarer Menschen. Nur eine Schrumpfung war zu beobachten. Hauptproblem war die etwas veränderte Muskelstruktur, vor allem jene der Gliedmaßen und deren Muskelmasse, die wahrscheinlich um 1/3 verringert war und langsam aufgebaut werden musste. Auch andere Organe wie Leber, Niere, Magen, Drüsen waren stark geschrumpft und würden Zeit zum Aufbau brauchen. Das Herz aber war sehr gut erhalten und wies kaum Abnormalitäten in der Funktion auf. Langsam erhöhte sich die Herzschlagfrequenz, der Blutdruck wurde stabiler, die Erythrozytenanzahl nahm zu und damit verbesserte sich auch die Sauerstoffversorgung. Die Stammzelldepots wurden aktiviert. Am Interessantesten war die Gen-Karte, die einige Veränderungen im Vergleich zur großen Masse der Menschen aufwies.

Diese Veränderungen betrafen Neuronen-Funktionen, neuronale Überträgersubstanzen und Membran-Veränderungen. Die epigenetischen Modifikationen waren noch nicht abzusehen, aber könnten auch zu einem etwas anderen physiologischen/ psychologischen Verhalten führen. Das Immunsystem war ebenfalls reduziert, die Zellpopulationen der B-Zellen stark verkleinert, aber die Anzahl der Stammzellen im Knochenmark war groß, sodass sich das System erholen konnte. Inwieweit neue Erreger oder Antigene erkannt werden würden, konnten die Medics noch nicht vorhersehen.

Insgesamt war offenkundig die Versorgung mit Nutritiven sehr gut gewesen und die körperlichen Voraussetzungen Xolas optimal. Ihr Partner, den sie als "Ron" bezeichnet hatte, war schlechter dran gewesen, sein Zentralnervensystem war von Nekrosen durchsetzt und seine Körperorgane wie Leber und Niere hatten viel früher aufgehört zu arbeiten. Nur die Herztätigkeit war länger erhalten geblieben. Die fünf anderen Siedler in den Kokons waren an ähnlichen Symptomen verstorben.

Von all dem wusste Xola nichts, als sich wiederum die Nebel lichteten. Sie erwachte im selben Zimmer wie vorhin, nur die gegenüberliegende Wand leuchtete matt und manchmal huschten Symbole, Bilder, Zahlenkolonnen über den mittleren Teil der Wand. Diesmal war Xola viel schneller wach, oder wacher insgesamt, ein Geräusch ähnlich dem Klingeln eines Telefons schien sie aufgeweckt zu haben. Ron fiel ihr sofort ein, ihr jahrelanger Partner und auch engster Vertrauter der Siedlergemeinschaft. Wahrscheinlich lag er in einem Zimmer nebenan. Und die anderen, waren sie ebenfalls in Quarantäne, oder noch im Schiff? Xola versuchte sich aufzurichten, es gelang ihr fast, aber das Bett hielt sie immer noch zurück. Aber sie konnte sich schon gut bewegen und sie verspürte Hunger!

Die Erinnerung an Essen, der Geruch von Gebratenem und frisch gebrühtem Kaffee tauchte in der Erinnerung auf. ‚Wie viel Zeit wird wohl vergangen sein, 100 Jahre oder 250 Jahre, was hatte man vorhergesagt? Ich kann mich nicht mehr daran erinnern, ich weiß auch nicht mehr den Namen der interstellaren Raumstation, die für uns vorgesehen war. Wie waren doch die Namen der Siedler? Ron, klar ihr Partner, Techniker, Physiker, Mädchen für alles in Raumstationen, Argo, ja Argo wie Argonaut ist für den Aufbau der In-vitro-Kulturen der Algen usw. zuständig, dann Katja, die gute Seele, die Körper und Seele heilen kann, Koim, der Mechatroniker, jede Maschine, jeder Antrieb ist ihm vertraut. Und Buga, die IT-Spezialistin, die mir immer fremd war. Das Projekt, ja das Futura-Projekt war es, das mich so angezogen hatte. Und das berühmte Raumschiff, die Sun Ra, mit dem neuen Fusionsantrieb, das angeblich bis zu 95% der Lichtgeschwindigkeit erzielen konnte. Wenn doch jemand wieder käme, jemand von den grünen, lächelnden Menschen, die aussahen wie übergroße Lego-Personen.‘

Xola verlor den Faden der Erinnerung, sie kippte hintüber. Das fühlte sich an, wie früher in ihrer Studentenzeit, nach viel Alkoholgenuss im Bett, das dann wie eine Wippe gebaut schien und sie nach hinten kippen ließ. Der Schlaf oder die Bewusstlosigkeit kam erneut, begleitet von einem unkontrollierten Zucken der Beine, als wäre sie ein Patient einer neurologischen Station. Auch die Augenlider zuckten und wollten nicht jene Ruhe haben, die das Gehirn verlangte.

Enna II

Lon

Nach zwei, drei Wochen meldete sich Enna bei Lon. „Honey", meinte sie in liebevollem Ton, „Ich bin dabei, Johansson in Gespräche über die Schläferin zu verwickeln, wird aber noch dauern, bis ich mehr weiß." Lon war erfreut und überrascht. Er hatte den Kontakt schon abgeschrieben – Schmetterling Enna hatte wahrscheinlich viele Blüten zu betreuen. Er war seit dem Fund der tiefschlafenden Siedlerkolonie irgendwie aus seinem buddhistischen Gleichgewicht geraten. Eine Unruhe war in ihm, die er sich nicht erklären konnte. Auch die Neugierde nach dem Befinden von der Kokonfrau mit dem unaussprechlichen Namen trieb ihn umher. Er ließ seine Kontakte zu den Medics spielen und war somit auf dem Laufenden.

Xiaomi, hübsches Mädchen, so nannte Lon bei sich die junge/alte Frau aus dem Kokon, würde noch zwei Wochen in der Intensivstation betreut werden, und dann noch mindestens vier Wochen auf Rehabilitation, bis sie sich allein bewegen konnte. Was dann mit ihr geschehen würde, wusste vorläufig niemand. Interessant war, dass der Fund die letzten zwei Wochen immer noch nicht in den Hauptnachrichten, in allen Ebenen der sozialen Kommunikation, der Netzwerke aufgetaucht war. Lon war auch nicht zu einem Interview eingeladen worden, immerhin hatte er die Katakomben entdeckt, in dem die Kokone lagen. Sogar Johansson, welcher der Infrastruktur-Chef der Stadt war und sonst sehr gerne in der Öffentlichkeit posierte, tauchte in den Medien nicht auf.

Die Gründe könnten vielfältig sein. Lon vermutete, dass er nicht wollte, dass der Fund öffentlich würde, dass Johansson dann als unfähiger Manager bezeichnet würde, der den eigenen Keller nicht kannte oder dass Krankheiten befürchtet würden, die die alten Siedler in die Gesellschaft eintragen könnten. Oder dass Johansson und andere Alphas Dinge über die Siedler wussten, die nicht in die Öffentlichkeit dringen sollten. Würden Johansson und die anderen möglichen Geheimniskrämer

Xiaomi unter Verschluss halten, sie womöglich wegsperren für ihre Zwecke?

Enna

Enna räkelte sich im riesigen Bett, es roch nach Veilchen und Rosen, eine perfekte Illusion der InfraComs. Leise Musik ertönte, erzeugt von wirklichen Musikinstrumenten und wirklichen Musikern – da war sich Enna gewiss. Sehr, sehr angenehm war es hier in Big Joes domus. War kein Fehler, Johansson wieder für sich zu begeistern, noch dazu, wo es viel leichter gewesen war, als sie gedacht hatte.

Sie war natürlich rein zufällig zu einer Feier der Energie-Station der Stadt eingeladen worden, wo Johansson als Infrastruktur-Chef und damit wichtigste Person der Station, also der ganzen riesigen Vorstadt Plano Nord, die Festrede hielt und nachher quasi Hof hielt, Smalltalk beim Buffet und wie immer Ausschau nach hübschen Frauen hielt, um ihnen schöne Augen zu machen. Enna war frisch vom Schönheitssalon gekommen mit dem großen Service von Hautstraffung, neuem Haarstil, Gesichtsmodeling und Stimmtransfer. Sie sah sehr gut aus, fand sie, perfekte Figur, glatte, ja samtene hellbraune Haut, die rehbraunen Augen groß und fragend, die Haare voll und glänzend und alles in einem atemberaubenden, engen Kleid, das ihren faltenlosen Ausschnitt wunderbar zur Geltung brachte. Jeder freie Mann mit normalem Hormonstatus würde sie wollen und Johansson sollte anbeißen.

Als sie beschlossen hatte, Johansson zu kontaktieren, war sie überzeugt, dass das gelingen müsse, es war wie ein sportliches Ziel und der eigentliche Grund – die Info-Beschaffung über die Gruftie-Frau im Kokon – war in den Hintergrund getreten. Also war sie auf Pirsch gegangen und Big Joe hatte wieder angebissen, so wie vor vielen Jahren bei ihrer ersten Begegnung. Objektiv gesehen war er gealtert und eigentlich physisch nicht sonderlich attraktiv, aber er hatte immer noch eine virile Ausstrahlung und viel Dominanz. Außerdem war er der Chef von sehr vielen Leuten und hatte dadurch Ansehen und Einfluss, was immer gut für nahestehende Personen war. Und sie stand ihm zurzeit sehr nahe.

Natürlich hatte das fortschreitende Alter an Johansson seine Spuren hinterlassen, zudem er keine regenerativen Behandlungen in Anspruch nahm. Er war faltiger, behäbiger, langsamer geworden und beileibe kein heißer Liebhaber mehr. Er bemühte sich, besser gesagt, er mühte sich ab mit mehr Ächzen als Stöhnen und Enna erweckte den Anschein von Befriedigung und Liebesglück. Aber das Rundherum, die Bewirtung, der Luxus im domus mit der perfekten Illusion, das war sehr, sehr angenehm. Wie hieß jemand wie Johansson in alten Liedern: "sugar daddy" oder so, ja, das kam hin und hatte seine Reize.

Außerdem hatte er wenig Zeit und sie konnte auch andere Beziehungen befriedigender Art unterhalten, mit Vorsicht. Das Geheimnis der Gruftie-Frau konnte noch etwas warten. Johansson würde schon von selbst darüber reden, es brauchte einfach Zeit und Vertrauen seinerseits. Enna war gut im Zuhören und verschwiegen und Letzteres wusste und schätzte Big Joe. Ach der Luxus, warum hatten ihn gewisse Leute und sie nicht? War nicht jeder Bürger der Station gleich und hatte dieselbe Anzahl von Credits zur Verfügung?

Und doch hatten etliche Leute mehr Credits und mehr Luxus als die anderen, war das nicht ein großer Widerspruch zum Dogma der Konföderation, das da lautete: „Alle Homos der Konföderation haben auf Terra und im Weltraum dieselben Rechte, dieselben Chancen." Wie konnten diese Leute Adminpers, den Wächter dieses Dogmas und Ethpers, dem unbestechlichen Gewissen, das die moralischen Standards setzte, umgehen? Wie auch immer, sie würde jetzt aufstehen und in ihren neuen, garantiert natürlich hergestellten Kleidern flanieren gehen. Dann in ihr domus fahren, arbeiten, erholen, schlafen, vielleicht noch einmal mit Lon reden.

Besonderheiten

In den Labors der Medizinischen Universität beugten sich Chriso und Pal, die beiden BioTeks, die zuständig für Genome waren, sehr interessiert über die Daten der Genanalysen und der phänotypischen Charakteristika der Frau aus dem Kokon. Die Analysen zeigten auffällige Unterschiede zu den Standards der Durchschnittseinwohner der Konföderation. Die unterschiedlichen Sequenzen und Merkmale betrafen Abschnitte auf verschiedenen Chromosomen, merkwürdige proteomische Merkmale und vermutete epigenetische Ausprägungen, die ungewöhnlich waren.

„Was, glaubst du, haben die Unterschiede zu bedeuten, wo sind die physiologischen Endpunkte?", fragte Chriso seinen Partner im Labor.

Der kaute nur an seiner Unterlippe und wusste auch keine wirklich plausible Antwort. „Wir machen einen Physio-Abgleich und engen die Zielfelder ein", meinte Pal, obwohl das von Vornherein klar war. Die Datenströme zogen an der Wand vorbei und das Holobild Xolas erschien mit verschiedenen Einfärbungen, die Unterschiede anzeigen sollten. Besonders auffällig waren physiologische Felder des Fettstoffwechsels und der die Induktionsfaktoren für Stammzellreifung betreffenden Bereiche.

Auch im Zentralnervensystem waren Auffälligkeiten zu sehen, die von Chriso und Pal nicht gedeutet werden konnten. Die Schlussfolgerungen waren nicht eindeutig, SciCom stellte viele Unsicherheiten fest, aber insgesamt deutete die Analyse auf eine große Anpassungsfähigkeit an äußere, widrige Umstände wie Hunger, Kälte und vor allem auf eine endogene Langlebigkeit des gesamten Organismus. Zudem gab es diese Anomalitäten im ZNS, schwer zuordenbar, sie waren sowohl im Frontalhirn als auch im Hippocampus, die SciCom in Richtung außergewöhnliche Persönlichkeitsstruktur deutete.

Chriso hatte rote Ohren bekommen, die Aufregung und die Forscherneugier waren daran deutlich abzulesen. Pal hatte den Mund offen und er drehte sich langsam zu Chriso: „Holy cow, weißt du, was das heißt?"

„Naturalmente, *stupido*." Pal drehte sich zu seinem Schreibtisch und kramte eine Flasche mit einer klaren Flüssigkeit hervor, der Verschluss der Flasche poppte auf und Pal nahm einen langen Zug, worauf sein Gesicht noch röter wurde und ihn ein Husten schüttelte. Er streckte die Flasche in Richtung Chriso, aber der schüttelte vehement den Kopf, diesen Fusel seines Partners kannte er, ein schrecklich scharfer Alkohol, der nach nichts schmeckte, war nur wie Medizin, nur dass sie Kopfweh erzeugte statt vertrieb. Er starrte auf das Holo und die Texte auf dem Sichtglas, sie waren verschlüsselt und er hatte keine Befugnis, sie in seinem ZNS-Chip oder überhaupt auf SciCom zu speichern.

Die Daten waren als sehr vertraulich klassifiziert, nur Compers hatte Zugang. ‚Kein Wunder, dass sie noch lebte und die anderen, die wahrscheinlich diese Besonderheiten nicht hatten, nicht mehr leben, sondern trotz aller Tiefstschlafbehandlung wahrscheinlich schon viele Jahrzehnte oder Jahrhunderte tot sind. Das ist ein echter Hammer, diese Frau ist eine sehr seltene Mutation, ein unglaubliches Exemplar von Homo nuovo. Andererseits könnte es sein, dass die alten Biomediziner Methoden des Tiefstschlaf-Auslösens entwickelt hatten, die heute unbekannt waren. Und dass diese Frau aus dem Kokon dank ihrer genetischen Anlagen besonders gut auf diese Methoden ansprach. Naja, leicht wird sie es hier nicht haben, die Gesellschaft hat sich vermutlich krass verändert. Was wird sie hier machen, wie wird sie hier leben?‘ Chriso dachte darüber nach und Compers speicherte die Gedanken.

Erwachen I

Xola wachte wieder langsam auf, eigentlich war es eher ein Wieder-Bewusst-Werden. Die Augen waren immer noch von einer Binde bedeckt, aber Arme und Beine konnte sie bewegen. Langsam drangen die Außengeräusche an ihre Ohren, es waren dieselben leisen, mechanischen Geräusche, die, verschmolzen mit Gesprächsgeräuschen, irgendwie vertraut waren, obwohl sie weder die Quellen der mechanischen Geräusche, noch die Wörter der Gespräche rundherum verstand. Es klang wie beim Einchecken in die Sun Ra, wo die Medics und Techniker die letzten Anschlüsse an den Kokon legten und die Psykos beruhigende Gespräche führten, damit die Einschläferung stressfrei begonnen werden konnte, die Angst davor nehmen sollte, die Angst vor dem Abgleiten in Einsamkeit, dem

Absinken in die tiefe Dunkelheit, die Angst vor dem Aufwachen in fremder Umgebung, vor dem möglichen Nicht-Aufwachen.

Die letzten Worte von Ron fielen ihr ein: dass er sich wieder auf sie freute, dass er sie liebte und immer lieben werde. ‚Wird er mich wieder lieben, nach einer so langen Zeit, vielleicht waren sie beide stark gealtert, vielleicht konnten sie sich nicht mehr an die Zeit davor erinnern, an die Jahre vor dem Futura-Projekt und vor der Sun Ra, wann und wie sie sich kennengelernt hatten?‘ Xola versuchte zurückzudenken, aber die Anstrengung war zu groß, sie gab nach einiger Zeit auf und ihr Denken fiel wieder zurück auf die ungelöste Frage: ‚Wo war Ron und wo war sie überhaupt? Vielleicht war Ron krank, oder einfach in Quarantäne, wegen möglicher Keime, die er oder auch sie oder die anderen Siedler aus der alten Zeit mitgenommen haben. Aber wenigstens melden könnte er sich!‘

Xola kleidete diese Gedanken-Fragen nicht in laute Worte, es hätte nichts genützt, schon vorher hatten die grünen Männchen sie nicht verstanden oder vielleicht doch und hatten auf Antworten verzichtet, weil sie sie, Xola, nicht verstanden hätten.

Langsam sank ihr Bewusstsein wieder zurück in einen Halbschlaf, wo sich Vergangenes mit der Gegenwart vermischte, die Geräusche in dem unbekannten, fremden Raum mit den Tönen und Gesprächen vorher, also vor dem langen Schlaf eins wurden. Rons Stimme, die sie so sehr mochte, und vor dem langen Schlaf zu ihrer Linken noch einmal zu vernehmen war, ohne dass sie ihn sah, die Ansagen über das Interkom, dazwischen die halblauten Befehle der Administratoren, die leise Musik im Hintergrund, harmonische Musik, Musik aus der Romantik, Schubert vielleicht.

Und dann nahm Xola auf einmal die Gerüche im Kokonraum vor dem langen Schlaf wahr, diese Mischung aus Plastik und Metall, typisch für die aufbereitete Luft aus den Wanddüsen, manchmal roch es auch nach Blumenwiese, durch die Duftzugaben in der aufbereiteten Luft. Auch die Gerüche im Kokon selbst kamen ihr ins Gedächtnis.

‚War das sehr lange her oder nur eine lange Nacht?‘ Xola versuchte darüber nachzudenken, aber den Nebel, den Schatten konnte sie nicht durchdringen oder beleuchten. Dann drang eine einzelne männlich verhaltene Stimme durch den Nebel, eine Stimme von früher oder von jetzt? Es war jetzt und die Stimme war keine künstliche computergenerierte, sondern hörte sich sehr organisch an. Xola bemühte sich Wörter zu unterscheiden, sie auch zu verstehen. Die Stimme war beruhigend und ihr Sprecher sprach eine Art von Englisch.

"How are you, do you feel well?", konnte Xola ausmachen. Sie überlegt eine Antwort und probierte einen Satz zu sprechen, aber sie konnte nicht, ihr Mund ging auf, aber nur ein Krächzen kam heraus. „No problem", tönte die Stimme, sehr ruhig, sehr langsam.

Xola probierte es noch einmal, wieder ein Krächzen, aber auch ein leises, verdecktes „Where am I?" konnte sie produzieren. Die Stimme verstummte eine Weile, dann hörte Xola: „You are at the central station of the confederation." Xola fragte: „Which planet?"

Lange schwieg die Stimme. „Terra, Weltraumstation Uno."

Die Stimme sagte "Weltraumstation". Xola erkannte den deutschen Ausdruck, bevor ihr die Ungeheuerlichkeit bewusst wurde. Sie lag ganz still, aber ihr Herz begann heftig zu pochen, sie spürte es und hoffte, dass das Pochen aufhören würde, das Herz wieder langsamer schlagen würde und nicht ab einer bestimmten Schlagzahl einfach aufhören würde, so wie ein überdrehter Motor plötzlich aufhört oder explodiert.

Und dann wollte sie einfach schreien, ‚Nein, nein, nein, das gibt es nicht, sie belügen mich, sie missbrauchen mich für irgendwelche Tests!' Aber sie konnte nicht schreien und es schnürte ihr die Kehle zu, kein Laut verließ diesen Knoten. Im Hirn rasten die Gedanken, was war passiert und wie lange war sie im Tiefstschlaf gewesen?

Und sofort entstand in ihr wieder die Frage nach Ron und den anderen. Aber Xola wurde ruhiger, eine Wärme verbreitete sich in Arme und Beine, natürlich hatte MedCent reagiert und Tranquilizers in ihren Körper geschleust. Und endlich konnte sie die Frage stellen: „Wo sind die anderen, wo ist Ron?" Die Stimme schwieg wieder länger und sagte endlich: „Not here."

Und diese Antwort beruhigte Xola, vielleicht auch wegen der hilfreichen Pharmaka, die rasch in ihr Zentralnervensystem eindrangen. Schläfrigkeit erfasste sie, die Lider wurden schwer, die Umwelt verschwand langsam hinter dem Nebel und der Schlaf bemächtigte sich ihrer.

Später, nach Stunden oder Tagen, wachte sie wieder auf oder wurde aufgeweckt. Stimmen ertönten und jemand machte sich an ihr zu schaffen, tauschte Anschlüsse aus und nahm ihr die Binde von den Augen. Zunächst war alles nebelig und dunkel im Raum. Xola sah Gestalten, Maschinen, Wände voller Graphiken, keine Schränke, nur komische Sitzmulden. Vor ihr standen zwei Figuren in Ganzkörperoveralls mit Mundschutz und Brillen. Es schienen ein Mann und eine Frau zu sein, die Stimme kam von der Frau: „Wir freuen uns, dass es Ihnen gut geht und dass Sie bei uns sind." Es war DIE Stimme von vorhin, freundlich, langsam. „Mein Name ist Mara, Cho Mara, und ich bin für Ihre Gesundheit verantwortlich."

Xola starrte die Frau an, sie sprach ein Mischmasch aus Englisch, Spanisch und Deutsch. Dann versuchte sie zu lächeln. Was sollte sie sagen, dass sie Xola hieß und von der Sun Ra kam, aber das wussten die Leute hier sowieso. Also fragte sie nochmals mit krächzender Stimme: „Wo sind meine Kameraden aus dem Raumschiff und wo ist Ron, mein Partner?" Die Frau schien zu lächeln und sagte diesmal sofort: „Sie sind nicht hier, aber wir kümmern uns."

„Warum bin ich hier und nicht im Weltraum?" Die Anstrengung dieser Frage trieb Xola eine Röte ins Gesicht. Die Frau zögerte wiederum, dann sagte sie schließlich: „Es gab eine schwere Panne im Raumschiff und das Projekt wurde gestoppt."

„Wie lange ist das her?"

„Sehr lange."

„Wie lange?"

„Fast 1000 Jahre." Langes Schweigen.

„Wie lange?"

„Ungefähr 1000 Jahre."

Xola triftete sofort weg, die Antwort hatte sie aus jedem antrainierten Korsett der Kontrolle geworfen. MedCent wurde sofort tätig, schleuste noch mehr Tranquils ein, dazu Kreislaufstabilisatoren und Relaxantien. Die Medics, die jetzt rund ums Bett Xolas standen, sahen sich an, „Und wie soll`s jetzt weitergehen?", meinte Frau Cho Mara, welche die Stimme war und damit Wörter ausgesprochen hatte, die sie dem Sprachcomputer einfach nachgesprochen hatte. „Was soll ich ihr als Nächstes sagen?"

„Gar nichts, sie wird sich einfach an die Wahrheit gewöhnen müssen, schlimmer für sie wird die Nachricht zu verkraften sein, dass Ron, ihr Gefährte, wahrscheinlich schon lange tot ist, so wie alle Besatzungsmitglieder von der Sun Ra. Aber selbst das werden wir ihr in den nächsten Tagen sagen müssen", meinte Alan Greenberg, der Chef-Psycho des Teams der unabhängigen Universität, die den ‚Kokon-Fund' übernommen hatte.

Kontakte spielen lassen

Lon versuchte zwei Wochen lang die Medics in der Station nach dem Zustand der Kokonfrau zu befragen, aber die verwiesen auf die Quarantäne-Station der Freien Universität, in die Xola gebracht worden war. Und dort hatte Lon keine Freunde. Also suchte Lon die Universität auf und versuchte die fachkompetenten Medics zu sprechen. Er hatte Glück, der Mediziner, der mit der psychischen Betreuung Xolas betraut war, war zufällig in der Cafeteria, in der Lon wartete und hatte die Quarantäne-Station kontaktiert.

„Sie waren also der Mann, der die Kokons entdeckt hat", sprach Al Greenberg, der Psycho, Lon an und stellte sich auch vor.

„Ja", meinte Lon einsilbig und musterte Herrn Greenberg.

„Herr Lon, es geht mich ja nicht direkt an, aber warum wurde dieser alte Teil der Station so lange nicht erkundet, warum blieb der Kokonraum der Sun Ra so lange unentdeckt?"

Lon betrachtete sein Gegenüber, den kleinen bärtigen Psycho, bewehrt mit Brille und etwas schmuddelig gekleidet, überlegte kurz, ob er überhaupt auf die Frage eingehen sollte, ob Herr Greenberg nicht irgendwelche Spitzeltätigkeiten ausübte und warum ihn das überhaupt interessierte. Aber dann dachte er an die Möglichkeit über Greenberg an die Frau im

Kokon heranzukommen, und meinte langsam: „Wir wissen es nicht. ComCent hat uns nicht informiert und wir haben eine, von oberster Stelle, also von Adminpers angeordnete Routineaufnahme aller Räume der alten Stationsgebäude durchgeführt, das heißt wir haben abgeschirmte Räume, eigentlich riesige Kavernen entdeckt, die uns ComCent vorher nicht aufgezeigt hatte. Wir sind durch spezielle Detektoren draufgekommen und mussten gewaltsam eindringen."

„Hm, schon merkwürdig. Wissen Sie mehr über das Schicksal der Sun Ra, warum ist sie nie gestartet?"

„Das weiß ich nicht, aber ComCent verwaltet die Daten. Darf ich Sie meinerseits fragen, wie es der einzigen Überlebenden geht, und wissen Sie vielleicht warum nur sie überlebt hat?"

„Der Frau geht es physisch gesehen ganz gut, sie hat stabile Werte, ihre Muskeln wachsen, der Zellstoffwechsel ist im Lot, ihre Hirntätigkeit ist, naja, wir wissen es natürlich noch nicht genau, eigentlich normal. Aber was ist normal nach einer unglaublich langen Tiefstschlafzeit. Absolut unglaublich, in der damaligen Zeit waren die Schlafzeiten auf eine Zeitspanne von etwa 500 Jahren ausgelegt." Greenberg verstummte, weil ihm auf einmal seine Schweigepflicht einfiel.

„Kann ich die Frau besuchen, vielleicht erinnert sie sich an mich, ich habe sie aus dem Kokon befreit und in die Medic-Station gebracht."

„Nein, ich glaub nicht, es ist zu früh, und überhaupt, ich kann das nicht verfügen, da sollten Sie den Chef von der Quarantäne fragen. Aber vielleicht sind Sie in der ganzen Sache noch wertvoll, weil Sie ja der Erste waren, den die Frau gesehen hat und den sie vielleicht wieder erkennt."

„Könnten Sie mich mit dem Chef der Quarantäne bekannt machen?"

„Nein, das hat keinen Sinn, der ist sehr beschäftigt und die ganze Geschichte ist sowieso in Stufe 3 der Geheimhaltung."

„Naja, dann vielleicht bis in ein paar Tagen, jedenfalls vielen Dank für Ihre Zeit", sagte Lon und zog sich aus der Cafeteria zurück.

‚ComCent hat uns sicher zugehört‘, dachte er, ‚aber ich kann mich doch einfach erkundigen und außerdem weiß

ComCent vielleicht schon, dass mich die Kokonfrau, meine Xiaomi, interessiert, naja warum eigentlich so sehr? Als Mann oder als neugieriger Mensch, der seinen Job ernst nimmt? Die Frau ist schon ein Rätsel, fast 1000 Jahre alt und schaut aus wie 30! Hübsch ist sie nicht, aber doch irgendwie faszinierend, sehr fremd auch, ein Nischen-Homo, eine, die im Nirwana war und jetzt in eine andere Welt kommt. Was wohl in ihrem Hirn vorgeht?'

„Verdammt, pass auf wo du gehst", schrie ihn ein Kurier an, weil Lon in Gedanken die Fahrstreifen vor der Quarantäne-Station gewechselt hatte.

Die Station war oberirdisch, der natürliche Himmel spannte sich grau über den Gebäude-Komplexen der MedCent-Station. In der Ferne waren Dunstwolken zu sehen, die sich über der eigentlichen Hauptstadt der Konföderation auftürmten, die etliche Kilometer im Süden zu ahnen war. Es roch nach Rauch und schaler Abluft, aber hin und wieder brachte der warme Wind natürliche Gerüche von Pflanzen und Holz heran. In der Nähe des medizinischen Zentrums gab es einen Park, der mit viel Aufwand angelegt und begrünt worden war und auch grün gehalten wurde. Lon wanderte zwischen den Grünflächen, wunderte sich über die merkwürdigen Blumen in den Rabatten, die der Hitze und der belasteten Luft trotzten. Es waren blaue und rote Tulpen, die für die einzigen starken Farben im Park sorgten. Das Gras war grau-grün, die Bäume hatten eine dunkelgraue Rinde und kleine grün-braune Blätter, die Wege waren gekiest. Dahinter die enormen, glänzenden Fassaden der MedCent-Gebäude, die den nördlichen Teil des Parks flankierten.

Hin und wieder war das "ChopChopChop" eines Kurier-Kopters zu hören, der vom flachen Land kam, weit hinter dem Zentrum. Im Westen zogen dünne Schleierwolken auf, die tiefstehende Sonne, schemenhaft hinter dem Grau der verschmutzten Luft, wurde ein roter Ball mit diffusen Rändern, dessen Licht schwächer und schwächer wurde und dann lange auf dem Horizont zu sitzen schien. Die weite, grau-braune, grau-grüne Ebene, die sich im Dunst der späten Sonne gegen Westen verlor, war trostlos, so als ob sie sich der früheren Schändung durch nukleare Explosionen und chemische

Vergiftung erinnerte, den großen Krieg, der als kleine Auseinandersetzung zwischen Nationalstaaten begann und dann aus dem Ruder lief.

Adminpers-Vorläufer hatten die Lage falsch eingeschätzt und einen aggressiven Spielmodus begonnen, den niemand mehr stoppen konnte. Hunderte Millionen Menschen verbrannten, verdampften in den ersten Minuten der Nuklearschläge, die aufgewühlte Erde schwängerte mit giftigem Staub auf viele Jahre den Himmel, so als bliese Vulkanos aus allen Schloten zornig in den teilnahmslosen Himmel. Die Bunker füllten sich mit Strahlenopfern, Verwundeten, Hungernden der Spezies Homo, den Ursupatoren von Gaia. Das Schreien und Stöhnen und anschließende Schweigen trieb Gaia in den Wahnsinn und zu grausamer Rache, so predigten es hirnlose Schamanen noch hunderte Jahre später.

‚Warum fällt mir das ein, es ist doch so lange her und alles ist anders und gut. Vergaß die Erde sich zu drehen oder wanderte die Sonne zurück? Nein.', kam es Lon in den Sinn. Die Vergangenheit wiederholt sich nie, die Zukunft ist strahlend: *„maihao de weilai!"* Halblaut sagte Lon das allgegenwärtige Mantra von ComCom.

Er saß auf einer alten Bank aus Holz und sah nach Westen zur Sonne. ‚Wird in der Nacht Regen kommen und die Luft etwas reinigen oder werden weitere Wochen der Trockenheit kommen und die Wolken wie Theaterkulissen wieder verschwinden, eingezogen vom großen Klima-Macher? Wie mag es hier vor 1000 Jahren ausgesehen haben, zur Zeit des großen Aufbruchs und der großen Kriege? Auf alten Bildern war hier eine Steppe zu sehen, mit weit verstreuten kleinen Siedlungen, verbunden mit schmalen, staubigen Straßen. Hatte Xiaomi hier gelebt, oder war sie von Europa gekommen, nur um von hier wegzufliegen?'

Der alte Raumbahnhof lag irgendwo zwischen der neuen Hauptstadt der Konföderation und der jetzigen Station, die nach dem letzten großen Krieg gegründet worden war. ‚Wie es wohl in der alten Station, dem Raumbahnhof, ausgesehen hatte?' Dann kehrten Lons Gedanken wieder zu der ungelösten Frage: ‚Warum waren die Kokons erst jetzt entdeckt worden und warum war Xiaomi die einzig Überlebende? Und was hatte Johansson mit der ganzen Sache zu tun?'

Die Sonne war schlussendlich doch unter den Horizont gekrochen, als wären die dichter werdenden Wolken eine Daunendecke, die sich wärmend über die Sonne breitete. Ziemlich schnell wurde es dunkel, aber nicht kühler. Lon saß da und grübelte. Dann kam der Parkwächter und verwies ihn auf die belebte Straße außerhalb des Parks, weil nach Sonnenuntergang niemand im Park sein durfte. Lon ließ sich mit den Menschen treiben und landete in einem der riesigen Konsum-Parks die kilometerlang im dritten Untergeschoß gelegen waren.

Nach einer Weile des Beobachtens von den Tausenden von Besuchern, die mit ihm durch die Galerien schlenderten und so wie er die Holos, die neuesten Schönheitsmodels, Kleidung, Food-Designs, und Musikkreationen anschauten, befühlten, erspürten, der Begleitmusik lauschten. In den Speaker-Corners wurden die neuesten Wortspiele live präsentiert, humoristische, satirische Beiträge oder neue Entwicklungen in der Konföderation wurden thematisiert. Lon hörte etwas zu und erwartete eine Wortmeldung über das entdeckte Schiffspersonal der sagenhaften Sun Ra, die Terra niemals verlassen hatte. Aber nichts dergleichen kam. Entweder interessierte es niemanden oder es wusste niemand etwas über den Fund, die Toten in den Kokons, über die einzige Überlebende.

Der Abend kam, die Farbprogramme der Gebäude, Liftanlagen, Stiegen änderten sich, so wie auch die Kleider der Flaneure. ComCent belohnte heute die Androiden, die Putzkolonnen, die Server und Kurzlebigen, Gratiseintrittskarten für shows&fun wurden ausgegeben und gratis *bebidas* and *sneggs* konnten in bestimmten Gastlokalen gratis genossen werden, eben ohne *credits*. Lon wollte Enna kontaktieren, aber ihre Interkom war blockiert, wahrscheinlich wollte sie kein Gespräch, vielleicht war sie gerade bei Johansson und wollte ungestört sein.

Also schlenderte Lon weiter, vielleicht traf er Freunde oder zumindest Bekannte – das Alleinsein war manchmal schwer zu ertragen. Aber lauter fremde Gesichter, freundliche, müde, traurige von den Menschen, stoisch unbewegte von Andros und

Servern, maskenhafte von Robots, alle in Bewegung, von
Pflichten erfüllt, von Unterhaltungshunger getrieben von der
unbewussten Last des ziellosen Lebens gedrückt.

Wahrscheinlich sah er auch so aus, ein mittelgroßer,
unscheinbarer Mann, mittleren Alters mit dunklen Haaren, die
um die Stirn lichter waren, gut gekleidet, unverkennbar ein
Angestellter im mittleren Gesellschaftssektor. Lon vermied es,
in einen der vielen Spiegel zu blicken, die in den Schaufenstern
der Geschäfte aufgestellt waren, er wollte sein Abbild partout
nicht sehen. Trotz der vielen Reize und der leichten Musik war
der Nebel in seinem Gemüt nicht zu vertreiben, auch nicht die
Schatten einer unbekannten Vergangenheit.

In der Höhle des Löwen

„Honey, nimm noch einen Schluck und erzähl mir, was dich so
bewegt oder beunruhigt." Enna saß malerisch in der
Sitzlandschaft in Johanssons domus: Es war ruhig, mit leiser,
melodischer Musik im Hintergrund. Der private Android hatte
Tapas und süße Häppchen auf echten Porzellantellern auf die
Bar in einem Zimmereck bereitgestellt, aus dem Eiskübel
daneben schaute der Flaschenhals einer teuren Schaum-
weinflasche heraus. Frische Tulpen in verschiedenen Rottönen,
sorgsam in zwei Kristallglasvasen angeordnet, belebten die
Nüchternheit der Fenster.

Johansson sah müde aus, seine Leibesfülle war in ein
schillerndes Kasak-ähnliches Textilgebilde eingehüllt, oder
besser gesagt, eingedämmt, die Augen saßen tief in ihren
Höhlen, die Tränensäcke darunter schienen mit wirklichen
Tränen gefüllt zu sein. Die Virilität, die er sonst immer zur
Schau stellte, war für heute futsch. ‚Kein Sex', dachte Enna,
‚auch nicht schlimm.' Sie hatte schon zu Beginn ihres Treffens
ihr Verhaltensmuster auf Mütterlichkeit umgestellt.

„Naja, weißt du Enna, ich mach mir Sorgen um unser
Findelkind, das alte, du weißt schon, die Frau im Kokon. Sie ist
nach etwas mehr als vier Wochen immer noch nicht
physiologisch hergestellt, ohne die Medics kommt sie sicher

nicht durch. Sie ist so ... fragil, hat keinen brauchbaren Chip im ZNS, kein gutes Übersetzungsprogramm, einfach uralt und aus einer anderen Zeit. Wenn die hops geht, dann stehen wir in der Station ziemlich blamiert da. Von den Kosten ganz zu schweigen, sie nützt uns vielleicht gar nichts mehr."

Big Joe drehte das langstielige Glas mit dem Schaumwein in seinen fleischigen Händen, nahm einen Schluck und stellte das Glas auf den niederen Glastisch.

„Wieso: Sie nützt nichts mehr? Die alte Dame wäre doch eine Mediensensation und die Medics sind wahrscheinlich auch nicht unglücklich mit ihr, sie haben einen interessanten Fall, sozusagen ein wissenschaftliches Spielzeug, können sich aufplustern und irgendwelche Besonderheiten der Dame gut vermarkten für ihre Zwecke."

„Ja, ja, das ist ja auch das Problem, die Medics sind ganz wild auf sie, schirmen sie ab, stellen sie unter eine Glashaube, lassen niemanden an sie ran, vielleicht noch einen Historiker, und was hat die Allgemeinheit davon, außer viele Bilder und das Problem der Kosten ihrer Existenz, falls die Gute überhaupt überlebt." Johansson war agitiert, irgendetwas regte ihn auf, der Kasak war verrutscht, sein enormer Bauch drängte sich in den Vordergrund, die dicken Hände gestikulierten.

„Und wie würdest du vorgehen, was ist dein Plan mit der alten Dame?"

„Ich würde sie in unsere Stations-Rec-Module übersiedeln, wo man sie überwachen und versorgen könnte und auf ihre Bedürfnisse eingehen kann. Sie abschirmen von den Medics und Wissenschaftlern. Man könnte in Ruhe ihre genetischen und zellbiologischen Charakteristika studieren, ihr Verhalten, ihre psychologische Prägung usw. vielleicht sogar Nutzen daraus ziehen, für unser Programm, das wir für die nächsten 10 Jahre oder so ..."

Johansson führte den Satz nicht zu Ende, sein Gesicht nahm einen brütenden Ausdruck an. Enna war klug genug, um nicht weiter zu fragen, sondern blieb ruhig sitzen und betrachtete den Farbwechsel der Wände, die eine warme Orangetönung annahmen, die den Gefühlszustand Johanssons positiv beeinflussen sollten. Es wurde eine Spur wärmer im Modul und ein feiner Geruch von Kiefernwald in der Sonne breitete sich aus.

„Also, ich glaube, ich werde einen Sicherheitsantrag stellen, den mir das Counsil nicht verwehren wird können. Die alte Dame muss geschützt werden, vor irgendwelchen Besuchern, Medienvertretern und Wissenschaftlern, sowohl physisch wie auch psychisch. Meine Freunde und ich vom Counsil werden die Kontrolle und Aufsicht übernehmen, ja das werden wir wirklich, zum Wohle der Dame."

„Wie schaut die Frau überhaupt aus, altert sie schon und wie ist sie geistig strukturiert?"

„Schau sie dir an", erwiderte Johansson und auf der Wand erschien lebensgroß Xola im Kokon und wie sie dann im Medic Central sprach, zuhörte, schlief. Enna war fasziniert, das war ja eine junge Frau mit heller Haut und blauen Augen, von großer Gestalt und etwas unförmiger Figur. Schön war die ja nicht, exotisch und mit fremder, kehliger Sprache. Aber eben jung, obwohl sie unendlich alt war, chronologisch gesehen.

‚War Big Joe etwa in sie verliebt, weil sie jung aussah?' Nein, sie verwarf sofort den beunruhigenden Gedanken. Big Joe stand auf zierliche, sportliche Frauen mit glatter brauner Haut und hellbraunen Augen, rehäugig, so wie sie aussah.

„Exotisch, und mit blasser Haut, fremd und sicher interessant."

Enna vermied es reflexhaft allzu positive oder negative Beurteilungen abzugeben, beides könnte Big Joe auf merkwürdige Gedanken bringen.

„Ja, merkwürdig, so wie sie aussieht, ist sie im besten Alter, aber allein die Vorstellung, dass das eine uralte Frau ist, macht es unmöglich sich mehr vorzustellen …ha,ha,ha", meinte Johansson darauf.

‚Ach du altes Warzenschwein, das Stammhirn lässt dich wohl nie los', dachte Enna mit einem Lächeln auf ihrem schönen Gesicht. Aber sie war auch erleichtert, dass Big Joe andere Interessen außerhalb seiner Stammhirnreflexe an Xola Sternfeld hatte. ‚Aber welche waren das? Und welches Projekt verfolgte er und seine Kreise in der Regierung? Wusste Govpers davon?' Enna maskierte diese Gedanken sofort und hoffte, dass Adminpers diese Gedanken nicht als wichtig einstufte. „Komm, alter, süßer Höhlenbär, nimm noch einen Schluck, das Problem mit der Uralt-Frau wird sich sicher lösen lassen, immerhin ist sie weiterhin hier und nicht in irgendeinem Sana in der Hauptstadt."

Joe brummelte vor sich hin, aber leerte sein Glas und goss sich noch eins ein. Normalerweise würde er jetzt seine Aufmerksamkeit Ennas physischer Person zuwenden, aber heute hatte er keine Lust dazu, er lehnte sich zurück und ließ Enna gewähren, die ihm vorsichtig den Nacken massierte und ihn dann zärtlich ins Ohrläppchen biss. Langsam wechselte die Farbe der Wände und die Musik wurde einen Tick schmelzender. Maiglöckchen wuchsen aus dem grünen Gras, dufteten und suggerierten ewigen Frühling.

Erwachen II

Xola wachte auf und diesmal fühlte es sich echt an, es war wie früher, wo sie plötzlich hellwach war, nicht in einem Nebel, der von einem dunklen Rand in ein helles Grau mit Schatten und Schemen überging, deren Konturen unscharf waren, farblose Winterbilder begleitet von einem langsamen, schweren Herzklopfen, das dann in ein Rasen überging. Jetzt war es ganz dunkel, dann ganz hell, ganz scharf. Also sah sie das medizinische Modul, in dem sie aufwachte, klar und in dessen ganzer Fremdheit: Maschinen von unverständlicher Funktion mit dem Holobild ihrer selbst in der Mitte, ihr virtueller Körper, in dem ständig irgendwelche Lichter aufschienen und Datenkolonnen kamen und gingen.

Vor allem die Hirnregionen zeigten sehr komplexe, ständig wechselnde Muster von Hunderten roten, orangen und grünen Punkten, flächige Einfärbungen einzelner Areale mit wiederkehrenden Zahlen und Textteilen, die sie in der Geschwindigkeit weder genau zuordnen noch lesen konnte und deren Bedeutung nicht ersichtlich war. Xola lag halb aufgerichtet auf einer Liege, Kabel und Schläuche gingen von deren Unterseite weg, sie selbst war aus ihrem ursprünglichen Kokon-Anzug befreit worden und steckte in einer Art Overall, der sich angenehm weich und warm anfühlte. Man hatte ihr Windeln angezogen und Anschlüsse an das externe Medic-System gelegt, um ihr Biosystem zu überwachen und korrigieren zu können.

Sie bewegte sich, atmete tief und beobachtete die physiologischen Veränderungen in ihrem Holobild. Es war ein perfektes lebendiges Abbild, eine Art Lifecam, deren Bilder im mSekunden-Bereich speicher-getaktet waren. Die Luft im Raum roch merkwürdig erdig und das Licht war auf Dämmerung gedämpft. Xola sagte laut: „Wo sind jetzt die kleinen grünen Männchen?" Keine Antwort, keine Bewegung, nur Flackern einiger färbiger Hirnareale. „Meine Stimme klingt seltsam, irgendwie piepsig und zu hoch, komisch. Trotzdem tut es gut zu reden, sich selbst zu hören."

So als hätten die kleinen Grünen doch zugehört, ging die Tür auf und zwei der Medics in ihren grünen Overalls kamen in den Raum. Der Eine sprach mit knarrender Stimme: „Wie geht es Ihnen heute?"

„Gut, aber hätten Sie die Güte, mir endlich zu sagen, wo meine Kameraden vom Schiff sind und wie es kam, dass wir wieder oder vielleicht immer noch auf Terra sind?"

„Das Schiff, die Sun Ra, hat Terra nie verlassen, es sind, sagen wir, Fehler beim Start aufgetreten, der Antrieb war später auch noch defekt. Danach war die politische Situation schwierig. Ihre Kameraden sind hier und in Sicherheit, *todo okee*, will be good. Haben Sie Hunger oder Durst?" Xola verwunderte die Frage, sie verspürte kein Hunger- oder Durstgefühl.

Andererseits war der Gedanke reizvoll und Erinnerungen tauchten auf von knusprigem Gebäck, Butter und Marmelade, der Geruch von frisch gebrühtem Kaffee in Kaffeeschalen mit Weltraumbildern an der Außenseite. „Ja, vielleicht, naja, nicht wirklich, aber schön wäre es schon, ein Frühstück wie früher, mit frischem Brot und Gebäck, Croissants, Butter und Jam."

„Wir werden sehen, was wir machen können, unsere Möglichkeiten sind begrenzt", meinte der Sprecher der zwei Grünen nach einer langen Pause. Dann lasen die Zwei halblaut die Daten von der Projektionswand und diskutierten sie in einer

Sprache, die Xola zwar nicht wirklich verstand, aber etliche Wörter kamen ihr bekannt vor.

Sie dachte über die Tatsache nach, dass die Sun Ra Terra nie verlassen hatte. Schon der erste Dolmetscher hatte das gesagt und jetzt kam die Bestätigung durch die zwei Medics. ‚Was war genau passiert, im Schiff oder im Raumbahnhof, und wie lang in Tagen waren sie, Ron und die anderen im Schiff gelegen?' Etwa 300-400 Jahre sollten sie unterwegs sein, ihr Tiefstschlaf-Programm war für so einen Zeitraum ausgelegt. Merkwürdig war der Sprachenunterschied, ihr Übersetzungs-chip konnte diese Sprache hier nicht übersetzen und sie konnte nur die englisch-ähnlichen Wörter halbwegs verstehen. Aber die Übersetzer sprachen Deutsch mit ihr, allerdings ein sehr einfaches, durchsetzt mit englischen oder spanischen Einsprengseln, das heißt die Sprachcomputer sprachen mit ihr so und die Grünen sagten das nach. Xola starrte auf ihr holographisches Ebenbild mit all den Farben, Zeichen, Datenkolonnen und verfolgte ihre Denkarbeit auf der Fläche des Gehirns ihres Ebenbildes. Sie verspürte immer noch keinen Hunger, aber sie empfand eine freudige Erwartung, wenn sie an das Frühstück dachte, das dann durch die Tür hereingerollt werden würde.

Die Beleuchtung hatte sich mittlerweile verändert, und auf einer Wand entstand ein Himmel mit einer Sonne, die zwischen Wolken stand, knapp über einem virtuellen Horizont aus grünen Hügeln mit Weingärten und Obstbäumen, durchzogen von einem Fluss, der in der Sonne glitzerte. Kleine Dörfer schmiegten sich an die Hänge, „wie im Weinviertel", sagte Xola halblaut und dachte an die Gegend in Mitteleuropa, in der sie als Kind im Sommer im Haus ihrer Großeltern zu Besuch war. Sie starrte auf das riesige Wandbild, das zu leben anfing, die Wolken zogen vorüber, das Wasser schien zu strömen, Fahrzeuge schienen auf den schmalen Straßen unterwegs zu sein. Heimweh schlich sich in die Erinnerung, die lieben, alten Gesichter der Großeltern, der kleine Hof mit dem Weingarten hinter den Wirtschaftsgebäuden, der kühle, dunkle Keller, die frühen Morgen mit Nieselregen, ach, so weit weg, so unendlich weit weg, versunken wahrscheinlich, verödet, aufgefressen von der nächstgelegenen Megalopolis, oder ganz anders geworden, aufgegeben und jetzt vielleicht eine Strauchlandschaft mit spärlichen Bäumen, eine Steppe. Tränen stiegen in Xola auf, die sie unterdrücken wollte.

Feuchte Augen, ja, sie die taffe Raumfahrerin, die freudig aufgebrochen war zu unbekannten Welten, eine unbemannte Raumstation, vielleicht sogar einen Planeten besiedeln wollte. Die Bilderlandschaft wechselte und es wurde eine Wasserlandschaft gezeigt mit Segelbooten und Wellen, die sich am Strand brachen. Xola erinnerte die Szenerie an das Mittelmeer, aber irgendetwas stimmte nicht. Die Segelboote waren unbemannt, zumindest konnte man niemanden an Deck und Ruder erkennen. Waren die Boote von Robots gesteuert oder überhaupt nur eine Animation? Bevor die Szenerie von Neuem wechselte, verschwand die Projektionsfläche und eine große Wandtür öffnete sich.

Fast wie in einer monarchischen Prozession kamen gelb gekleidete Menschen und Robots herein und schoben, wie in alter Zeit, Rollwägelchen, worauf das umfangreiche Frühstück stand, das sich Xola gewünscht hatte. Der Kaffee duftete, die Croissants waren braun gebacken mit glänzender Oberfläche, nur die Kaisersemmeln sahen ärmlich aus. Butter und Marillenmarmelade waren echt oder doch nicht. Das ganze Frühstück war auf Porzellantellern serviert, mit einer Tasse plus Untersetzer, die an die alte Augarten-Porzellan-Manufaktur zu Großmutters Zeiten, also frühes 21. Jahrhundert erinnerten, mit grünen Blumenmustern und zartem, geschwungenem Henkel.

Xola kam sich plötzlich vor, als wäre sie in einer teuren Rehab-Klinik irgendwo in der Schweiz, wo im Hintergrund schneebedeckte 4000er leuchteten. Ja, wie im "Zauberberg", nur dass ihre Krankheit nicht Tuberkulose war, sondern Fremdheit und ein junger/alter Körper. Der Anführer der Prozession war dieselbe Person, die vorhin mit ihr gesprochen hatte, und auch diesmal sagte er mit schnarrender Stimme: „Wir hoffen, dass das breakfast in der Form recht ist und Sie auch nährt."

„Danke, und ich schätze das außerordentlich", sagte Xola. Ob es sie "nähren" würde, war noch unsicher, ihre Nahrung war bisher in Infusionen verpackt gewesen, beziehungsweise in

Gelbeuteln enthalten, deren geschmacklosen Inhalt sie in den Mund drückte. Xola füllte sich vorsichtig eine Tasse schwarzen Kaffees ein und betastete die Semmel. Der Kaffee war stark und heiß und der erste Schluck verbrannte ihr fast den Gaumen. Das Croissant schmeckte nach Vanille und Zimt, war aber noch warm von der Zubereitung in einem Ofen.

Die drei Grünen schauten ihr zu, mit interessierten Mienen, aber schon recht befremdet von der großen Frau, die in diese unglaublichen Hörnchen biss und den Kaffee mit Zucker trank! Der Anführer der Grünen war auch ein Medic und passte auf, dass sie nicht zu schnell und zu viel aß. Eine zweite Tasse Kaffee verbot er, dafür durfte Xola noch die Semmel mit Butter und Marmelade essen, aber langsam! Dann wurden die Reste wieder in den Frühstückskorb geräumt und die Grünen zogen ab.

Im Bauch von Xola begann es zu rumoren, ihr wurde auch schlecht, aber nach einiger Zeit ging dieses Gefühl vorbei und sie fühlte sich zum ersten Mal seit den Wochen ihrer Entdeckung oder besser gesagt, seit ihrer Erweckung, gut und unternehmungslustig.

Sie dachte noch einmal an Ron und wollte die Medics noch einmal zu sich bitten, um Genaues über ihn zu erfahren. Wahrscheinlich war er auch auf einer Quarantäne-Station, oder noch nicht so weit wie sie. „Hoffentlich hat sein ZNS den Tiefstschlaf gut überstanden", sagte Xola halblaut zu sich selbst.

Aber dann beschloss sie die Station zu erkunden, die Gegend rundherum, die Veränderungen der letzten Jahrhunderte, die neuen Techniken kennen zu lernen, die Menschen und ihren Wandel in Aussehen, Charakter, Möglichkeiten ... „Vorwärts denken!", sagte sie laut zu sich, wie um sich Mut zuzureden und die übergroßen Schatten gar nicht erst über die Flusslandschaft kommen zu lassen, die an der gegenüberliegenden Wand in einer warmen Mittagssonne prangte.

Einsamer Lon

Irgendwie verfolgte die "alte Dame" Lon, wenn er alte Anlagen der Station wartete und die Robots dirigierte, beim Kochen, Essen und Trinken, mit dem Gedanken: ‚Was SIE wohl aktuell essen und trinken würde und was SIE wohl vor 1000 Jahren gegessen und getrunken haben mag?' Wann immer er in Geschichtsdateien über das Leben und die Natur dieser Zeit nachlas, meinte er, ihre Geschichte zu lesen und sie als junge Frau zu begreifen.

Lons Psycho-Kontroller war beunruhigt und riet ihm, das Subjekt seiner inneren Beschäftigung zu treffen. Also begann Lon zu recherchieren, wo Xola derzeit untergebracht war und wer für ihr Wohlergehen zuständig war. Es war kompliziert: Sie war in einem Medic-Trakt der Hauptklinik der Station untergebracht, die der lokalen Universität assoziiert war, zuständig für sie war aber offiziell der Leiter der Infrastruktur, Johansson, der ein paar Leute abgestellt hatte, die Xola abschirmen und die Medics irgendwie beaufsichtigen sollten. Also musste er sich an die Medics heranmachen, Johansson war zu gefährlich und Enna schwieg bislang. Zu seinem Glück war der Best-Bekannte der mit Xolas Gesundheit und Anpassung betrauten Medics im selben Licht-Zirkel, einer spirituellen Vereinigung, wie er, dessen Name in dieser Vereinigung war Saturn und wie die Ringe den Planeten umgeben, so umgab sich Saturn mit einer Reihe von jüngeren Bewunderern, zu denen auch Lon gehörte.

Saturn war eloquent, witzig, mit vielen musischen Begabungen. Er konnte es sich leisten, seine Chips, die ihn mit Daten und Wissen versorgten, in seinem Gehirn, dem zentralen Nervensystem, dem ZNS, die meiste Zeit abzuschalten und nur auf seine eigenen mentalen Fähigkeiten zu vertrauen. Lon nahm mit Saturn, im normalen Leben J. Pilger benannt, Kontakt auf und erzählte ihm, dass er es eigentlich war, der die alten, vergessenen Kokons entdeckt hatte und somit auch er es war, der die alte Dame entdeckte hatte. Er könne die Begebenheit nicht vergessen und wolle auch mitverfolgen, was weiter mit ihr geschehen wird und vor allem was für ein Mensch diese Frau sei. Saturn schien amüsiert und sagte Lon auf den Kopf zu, dass er, Lon, in dieses alte Mädchen vielleicht ein ganz klein wenig verliebt sei. Natürlich verneinte Lon, aber Saturn schien einer Begegnung der zwei nicht völlig abgeneigt zu sein, allerdings bräuchte Lon einen guten Grund, um das alte Mädchen besuchen zu können.

Lon bedankte sich und schaltete alle ZNS-Interkoms ab, um in Ruhe über einen Grund für den Besuch nachdenken zu können. Natürlich war der Hauptgrund die Neugier, aber auch eine gewisse Anziehung dieser Frau, die sehr fremd war, so fremd, als käme sie wirklich von einem anderen Planeten. Fremdheit, das war der Schlüssel, er, Lon, könnte eine Studie über Fremdheit machen. Er hatte sich während seiner Lehrjahre mit Xenobiologie beschäftigt und Extra-Terrestik war sein Lieblingsfach gewesen. Schnell deponierte er über das Science-Interkom, in SciCom, dem großen autonomen Computersystem für Wissen, eine Studienabsicht mit Homo als Studienobjekt.

Er verfasste, mit der Hilfe von Coms, eine Einleitung ins Thema, formulierte Forschungsziele und mögliche Ergebnisse, unter anderem führte er auch einen experimentellen Studienteil ein, also Beobachtungen an entfremdeten Personen oder an Personen, die tatsächlich fremd in der jetzigen Gesellschaft waren. Und er nannte in seinem Antrag Xola als die derzeit aktuellste Person, die fremd in dieser Gesellschaft war. Ihre Selbstempfindung sollte durch einen Fragenkatalog erhellt werden und parallel dazu Gehirn-Scans durchgeführt werden, die mit den verbalen Antworten korreliert werden sollten. Vielleicht konnte das wieder einen kleinen Beitrag zur Auflösung des Dilemmas zwischen physiologischem Befund, Wahrnehmung und Darstellung der Wahrnehmung beitragen. Zudem war das Projekt ja auch für die Archäologen von Interesse.

Entfremdete Personen, die wie früher Symptomatiken wie Schizophrenie oder andere Phänomene aufwiesen, gab es in der Station, der Hauptstadt oder auch in der ganzen Union nicht mehr. Und doch, Lon dachte nur ganz zögerlich an seine Empfindungen, manchmal kam er sich fremd vor, fremd in der

Arbeit, mit Kollegen, die ihm suspekt vorkamen, als versteckten sie etwas vor ihm, als sähen sie ihn von der Seite an mit großem Fragezeichen in ihren ausdruckslosen Augen. Fremd in Gegenwart von Frauen, die ihn sogar mochten, begehrten, das Gefühl des Von-außen-Zusehens ergriff ihn manchmal mit Macht, die Worte und Gesten der Zuneigung waren, dann nur mehr Automatismen, robotartig. War er vielleicht doch ein Transgener, ein Androide, der nur besonders gut gelungen war? Wirkliche Menschen, Homos waren authentisch, immer im Hier und Jetzt. So war es definiert. Nein, das war es nicht.

Er, Lon Pun, war authentisch, seine Genkarte, sein Phäno-Pass bewiesen es, er oder seine Vorfahren waren nie geklont worden, sein Stammbaum war sehr alt, dieser begann in Hongkong, einer Handelsstadt, die immer noch existierte. Trotzdem hatte er dieses Gefühl in bestimmten Situationen. Ob ComCent das wusste?

Würde er aussortiert werden, sein Genotyp eliminiert werden, weil zu wenig authentisch? Aber bis jetzt war ihm noch nichts aufgefallen, er war geschätzt in seiner Arbeit, hatte eine Gruppe zu leiten, war in der Hierarchie der Infrastruktur sogar aufgestiegen, seine *credits* waren mehr wert geworden, die Medics nahmen sich mehr Zeit für ihn, alle zwei Jahre hatte er Anspruch auf ein Phäno-Shape-Up. Die Frauen sahen in ihm einen Winner, alle vergönnten ihm das immer bessere Leben! ,Alles *kul*', dachte Lon und beruhigte sich.

Vielleicht waren seine zeitweiligen Gefühle der Fremdheit, des Außen-vor-Seins günstig für das Projekt und falls ComCent alles wusste, dann wäre es ein Vorteil für ihn. Er übermittelte das Projekt via SciCom an Saturn. Saturn war blockiert, er war diesen Tag außerhalb aller ZNSComs, aber das beunruhigte Lon nicht, ein paar Tage länger auf die Gelegenheit, Xiaomi zu treffen, zu warten, war nicht schlimm. Sie würde noch etliche Wochen in den Labors der Medics sein. Im Fremd-Projekt-Antrag hatte er bis zu zehn Treffen vorgeschlagen, pro Woche etwa zwei oder drei. Er musste sich noch halbwegs glaubhafte Fragen an Xiaomi ausdenken und vor allem musste er Saturn voll einbinden und seinen Vorgesetzten bei der Infrastruktur benachrichtigen. Geheim ging nichts, Centpers würde sowieso alles erfahren, SciCom konnte nicht unabhängig agieren.

Nach diesen Aktionen fühlte sich Lon gut, fast euphorisch, seine depressive Phase war vorbei, er hatte das Gefühl, dass etwas Neues in sein Leben gekommen war. Er war auch fast überzeugt, dass das Treffen mit Xiaomi stattfinden würde, dass er ein gutes Projekt mit ihr machen könnte. Die immer selbe Musik, die in den Verkehrswegen der unteren Etagen der Stadt zu hören war, störte ihn nicht mehr, innerlich pfiff er sogar mit und lächelte wildfremde Entgegenkommende an. „Ach Lon", würde sein Psycho sagen, „alles nur Schein."

Willkommen

„Willkommen", sagte mit warmer Stimme der Anführer der Grünen, als er durch die breite Tür kam und Xola zum ersten Mal in einem normalen Sessel an einem Tisch sitzen sah, lesend! Er war in Begleitung von mehreren anderen Personen, die ebenfalls in den grünen Kleidern/Uniformen steckten, die sie als medizinisches Fachpersonal auswiesen. Manchmal waren die Oberteile unterschiedlich von den Unterteilen, meistens weite Hosen, gefärbt, das heißt, beide Kleiderteile konnten verschiedene Farbschattierung annehmen, je nach Umgebung oder Stimmung der Träger.

Die Besucher nahmen auf den zahlreichen Sitzgelegenheiten im Raum Platz, alle schienen ernst aber freundlich gestimmt. „Mein Name ist Alain Dunant und ich leite unter anderem das Rehab-Zentrum, in dem Ihre Wiederherstellung stattfindet."

„Ja, sehr angenehm Sie wiederzusehen", sagte Xola. „Sie waren schon früher ein paar Mal kurz da, oder irre ich mich?"

„Sie haben völlig recht, das beweist auch, dass Ihre Merkfähigkeit durch den langen Schlaf nicht gelitten hat! Ich nehme an, dass es Ihnen sonst schon viel besser geht als vor einigen Wochen?"

„Ja, sicher, ich fühle mich auch zumindest physisch wohl, aber ich weiß immer noch nichts über meine Mitschläfer, die anderen Raumfahrer. Auch möchte ich etwas mehr Freiraum, die Gebäude erkunden und in die freie Natur hinausgehen. Aber am dringlichsten ist mir die Frage nach den anderen im Schiff!"

„Ja, ja natürlich, denn das ist auch der Hauptgrund meines Besuches bei Ihnen."

Dr. Dunant machte eine Pause, blickte kurz zu Boden, schaute dann auf, richtete den Blick auf Xola, die Wiedergeborene, die Erweckte in ihrem Peddigrohr-Sessel und sagte dann in einem ernsten, fast entschuldigenden Ton: „Ich muss Ihnen leider die traurige Mitteilung machen, dass Sie die einzige Überlebende des Raumschiffs sind. Wir konnten die anderen nicht mehr aufwecken, einige sind schon seit sehr langer Zeit tot. Es tut mir sehr leid für Sie, ich kann mir vorstellen, dass Sie enge und gute Beziehungen zu den anderen im Schiff hatten."

Xola blickte den Doktor unverwandt an, sie merkte, dass ihr schwindlig wurde, sie fasste die Tischkante mit beiden Händen und versuchte, sich mit dem Blick auf das ernste, braune Gesicht des Gegenübers anzuhalten. Still war es geworden im Raum und für Xola war es totenstill. In ihrem Kopf hörte sie nur ihren langsamen Herzschlag, der ihr unregelmäßig vorkam und nicht von ihrem Körper. Mit ihrer ganzen Willenskraft wehrte sie sich gegen das Drehen der Umgebung, versuchte dem Wegkippen zu trotzen, sitzenzubleiben, wach und bei Bewusstsein. Unwillkürlich erinnerte sich ihr Geist und Körper an das jahrelange Training, mit Katastrophen aller Art zurechtzukommen, nicht aufzugeben, denk- und handlungsfähig zu bleiben. Also blieb sie sitzen und atmete tief aus und schaute unverwandt in die Augen des Überbringers der ungeheuerlichen Nachricht.

Dieser war ruhig sitzen geblieben und musterte sie aufmerksam, auch etwas Bedauern war in seinem Blick, er war es nicht gewohnt, empathisch zu sein, sondern rational kühl, das Verströmen einer positiven Überlegenheit und Macht, statt Mitgefühl. Dr. Dunant war so eine Situation nicht gewöhnt, aber die fremde Frau gegenüber tat ihm leid und faszinierte ihn gleichermaßen. Die Neugier erfasste ihn: Wie wird diese Frau reagieren, wenn sie bis in die letzten Folgen realisierte, dass sie ganz allein in einer neuen, fremden Welt wiedergeboren wurde? Würde sie völlig destabilisiert werden oder mit der Situation fertigwerden?

Immerhin war sie Kosmonautin und Siedlerin, also sehr wahrscheinlich auf solche Situationen vorbereitet und geschult. Trotzdem war er auch Mediziner und beobachtete genau die Veränderungen der Gesichtsfarbe, den Griff der Hände an der Tischkante, den Fokus der Augen, die Spannung des Körpers, und war auf dem Sprung, die ihm anvertraute Frau aufzufangen oder zu stützen.

Aber nichts derart war notwendig, Xola saß regungslos, ihre Hände umfassten von beiden Seiten den kleinen ovalen Konferenztisch so fest, dass die Fingergelenke weiß hervortraten, ihr Gesicht war noch weißer als sonst, aber sie zitterte nicht, sondern blickte weiterhin starr in das Gesicht von Dr. Dunant.

Dieser bemühte sich um weitere Erklärungen, sagte etwas wie „Wir haben alles versucht wenigstens ihren unmittelbaren Kokon-Nachbar wiederzubeleben, ... es ist überhaupt ein Wunder, dass Sie überlebt haben, ... wir werden alles tun, damit Sie sich hier wohlfühlen ... sollen wir Ihnen eine Psychotherapeutin vorbeischicken? Ja, ich werde jemand vorbeischicken, der sich um sie kümmern wird ...“ Und noch einmal betonte er: „Es tut mir sehr leid, dass das so gekommen ist.“ Dann stand er langsam auf und ging mit seinen Mitarbeitern aus dem Raum.

Xiaomi, einen Schritt näher

„Ja, ich kann mich natürlich an Sie erinnern“, meinte Dr. Greenberg, nachdem ihn Lon höflich begrüßt hatte. Er sprach laut, nicht aus Unhöflichkeit oder um Lon loszuwerden, sondern weil die Aggregate der Station ein lautes Summen erzeugten. „Sie sind doch jener Mann, der Xola Sternfeld, die einzige Überlebende der Sun Ra gefunden hat, und Sie wollen sie wieder treffen, oder?“

„Ja, richtig, ich will sie immer noch wieder treffen. Mich interessiert, inwieweit sie diese unglaubliche Zeit unbeschadet überstanden hat."

„Ja, natürlich, aber viele sind daran interessiert und möchten die Frau sehen und sprechen. Wie Sie sicher wissen, handelt es sich um ein Projekt mit hoher Geheimhaltungsstufe."

„Ich weiß, aber ich komme nicht aus purer Neugierde, ich habe mich wissenschaftlich mit ‚Fremdsein' befasst und habe auch bei SciCom ein Projekt über diesen unglaublichen Fund eingereicht, das angenommen wurde, unter der Auflage der Verschwiegenheit und der Übergabe der Daten an SciCom."

Lon sprach bestimmt, aber eine Spur schneller als normal und er merkte, dass er inwendig nervös war und eine Abweisung nur schlecht würde verdauen können.

„Hm, lassen Sie mich einmal nachschauen." Greenberg ließ sich über seinen ZNS-Chip mit SciCom verbinden und las das Projekt Lons diagonal durch. „Naja, klingt interessant, nicht schlecht, allerdings entzieht sich mir der praktische Nutzen. Was sollen wir daraus für die Zukunft lernen, natürlich wird sich Frau Sternfeld sehr fremd fühlen, vielleicht kann sie in unsere bestehende Gesellschaft eingegliedert werden, aber vielleicht auch nicht. Sie wird ein singulärer Fall bleiben ..."

„Sie haben, was die Praktikabilität betrifft, sicher recht, aber ich möchte zwei Dinge zu meinen Gunsten anführen: Erstens, wir bilden ja noch immer Siedler für unsere Raumstationen aus, die nach vielen Jahren, wenn überhaupt, nach Terra zurückkehren werden und sich in der fremden Umgebung der Raumstationen oder Planeten fremd fühlen. Wir könnten sie vielleicht auf diese Erfahrung besser vorbereiten, wenn wir wissen, was diese Leute empfinden und welche Prozesse im ZNS ablaufen, vielleicht können wir epigenetische Schäden eventueller Nachfahren durch therapeutische Maßnahmen vermeiden. Und als zweiten Punkt könnte man die allgemeine Ethik wissenschaftlicher Tätigkeit anführen, wie sie von SciCom vorgeschrieben ist."

Lon stoppte seinen Redefluss an dieser Stelle, weil Dr. Greenberg natürlich über die ethische Seite der Wissenschaft Bescheid wusste und weil er dessen Zeit nicht ungebührlich lang in Anspruch nehmen wollte. Sein Gegenüber nahm die

Argumente gelassen entgegen und meint dann mit einem Lächeln: „Ich sehe, Sie haben auch ein wissenschaftliches Interesse an Frau Sternfeld. Naja ich werde Ihren Wunsch vor die Kommission bringen, Sie hören von mir." Damit nickte er und verschwand in der Schleuse des abgeschlossenen Medic-Bereichs.

„*Julo*", entfuhr es Lon, das war mehr als er erwartet hatte. Beschwingt lief er durch die langen Gänge zurück in sein Büro und kramte schon am Weg dorthin sein Projekt wieder hervor und projizierte es in sein Sichtbild. Er suchte dann den Arbeitsplan, um sein Gedächtnis aufzufrischen und sich wieder bewusst zu machen, was er eigentlich im Projekt machen wollte, welche Methoden anzuwenden waren, was das zu erwartende Ergebnis sein sollte. Er hatte ja nicht wirklich daran gedacht, dass das Projekt realisiert werden könnte.

Mit Erschrecken las er jetzt, dass die Methoden sehr oberflächlich geschrieben waren und der Text sehr redundant mit Trivialitäten verlängert und überhaupt drittklassig war. Es war einfach sehr durchsichtig, dass das Projekt für den Verfasser nur den Zweck hatte, mit der fremden, alten/jungen Frau bekannt zu werden, seinen Voyeurismus auszuleben. Hoffentlich las Herr Greenberg das Projekt nicht wieder oder nicht sehr genau oder war mit derlei wissenschaftlichen Dingen nicht vertraut. Sollte er das Projekt umschreiben?

Lon entschied sich sofort dagegen, das wäre SciCom verdächtig, würde ihn ins Gerede bringen und er hätte keine Chance mehr, mit Xola, seiner Xiaomi, in Kontakt zu treten. In seinem Büro warteten dringendere Dinge auf ihn, die Aufarbeitung der Daten der Kavernen, in denen Teile der Sun Ra mit den Siedlern gefunden worden waren, die Eingliederung in die Infrastruktur, die Bergung der alten Aggregate, die immer noch andauerte und nach wie vor geheim war. Doch Lons Gedanken kamen immer wieder auf das Projekt, auf die mögliche Begegnung mit Xola zurück und versetzten ihn in ein seltsames Hochgefühl, das er sonst nur von den Jahresanfangsfeiern oder den Festivitäten innerhalb der Bruderschaft kannte.

Die endgültige Wahrheit

Viele Stockwerke tiefer und etwa drei Meilen ostwärts saß Xola immer noch bewegungslos, es fühlte sich alles taub an, völlig unwirklich, es war alles sehr still um sie herum, sie hatte auch nicht bemerkt, dass wieder zwei Personen in grünen Overalls gekommen waren und an der Rückwand des Raumes in den tiefen Sitzschalen saßen. War das alles ein Traum, war sie irgendwo in einer Simulation und würde sogleich wieder in den Tiefstschlaf sinken? Würde Ron zur Tür hereinkommen und mit breitem Lächeln oder seinem bubenhaften Grinsen sagen: „Ach Xola-Kind, war alles nur ein Scherz, gehen wir spazieren und dann in ein Café, ich lade dich auf einen Cappuccino ein!"

Aber nichts passierte, der Raum veränderte sich nicht, die Tür blieb zu, oder war sie doch aufgegangen? Erst jetzt bemerkte Xola die zwei Grünen an der Hinterwand, die dort ruhig saßen und zu ihr schauten. ,Waren die schon vorher dort gesessen? Wollen die auf mich aufpassen, dass ich nicht weglaufe oder den Raum demoliere oder in Ohnmacht am Boden liege und Hilfe brauche?'

Xola schaute lange zu den zwei Figuren, die sehr rasch die Augen von ihr abwandten. Über den Zweien hing eine Uhr, ähnlich den Uhren, die zu Xolas Zeit auf Bahnsteigen und Flughäfen angebracht waren, angebracht von der Rehab-Leitung, um Xola ein Gefühl des Vertrauten zu vermitteln. Halb elf zeigte die Uhr an, ungefähr eine Stunde war vergangen, seit Dr. Dunant Xola die ganze Wahrheit über die Sun Ra und deren Besatzung mitgeteilt hatte. Eine Stunde Alleinsein in einer Welt, die sehr, sehr weit weg war von der, die sie noch erlebt hatte.

Der Minutenzeiger sprang weiter, autonom, mit der Gleichmäßigkeit, die Uhren seit 5000 Jahren innewohnt, unaufgeregt, völlig abgehoben, unbeeindruckt von den Dramen die sich rundherum im Lauf der Geschichte ereignet hatten. Xolas Drama war ein winziges, unbedeutendes Steinchen in diesem Mosaik der Dramen, ein Wimpernschlag in der

Zeitgeschichte, völlig nebensächlich, gemessen am Lebenslauf von Terra, von Sol, von allen vektorgetriebenen Welten.

Neben dem Abgrund der Einsamkeit tauchte in Xola die Erinnerung an Ron auf, sein liebes Gesicht, das sich ihr so oft zugewandt hatte, seine angenehme Stimme, die Wärme seiner Hände und gegen ihren Willen stiegen ihr die Tränen auf und ein Schluchzen brach aus ihr heraus. Sie hatte in all den letzten Monaten nach ihrer Auffindung immer in der Gewissheit gelebt, dass Ron und vielleicht zwei, drei andere der Siedler am Leben waren und ebenso wie sie langsam ins Leben zurückgeführt würden.

Und jetzt war die Aussicht, ihre Diaspora in dieser Zukunft nicht allein bewältigen zu müssen, weg und sie war absolut auf sich allein gestellt. Eine der zwei grüngekleideten Personen im Raum war aufgestanden und hatte sich Xola genähert, setzte sich ihr gegenüber und sprach langsam auf sie ein, in der ihr sehr schwer verständlichen Sprache. Aber die Person, eine mittelalte Frau, sprach langsam in mitfühlendem Tonfall, sie wollte Xola trösten und Xolas Schluchzen wurde auch weniger heftig, die Tränen wurden weniger und sie nahm dankbar das Papiertaschentuch der mitfühlenden Frau an. Ihr Stuhl neigte sich langsam zurück, das Licht im Raum wurde weicher, färbiger. Xola wurde ruhiger, lehnte sich zurück und versuchte, die Kontrolle wieder zu erlangen. In ihrer Ausbildung waren auch solche Situationen geübt worden, Kontrolle und Haltung bewahren, funktionsfähig bleiben, Übersicht und Zielsetzung!

Am nächsten Tag kamen einige Leute zu Xola in ihr kleines Modul: Dr. Dunant, die zwei Personen des vorigen Tages und noch zwei andere Frauen, die sehr freundlich aussahen. Doktor Dunant eröffnete das Gespräch mit der höflichen Floskel: „Wir hoffen, dass Sie den schweren Schlag von gestern gut verarbeiten konnten, und wir hoffen, dass es Ihnen schon besser geht." Er erwartete keine Antwort und fuhr deshalb fort: „Wir möchten Ihnen unsere Welt, die Ihnen sicher ziemlich fremd vorkommen wird, etwas näher bringen. Allerdings können wir Sie aus Sicherheitsgründen nicht unbegleitet losziehen lassen, und wir müssen Sie auch ständig medizinisch überwachen. Zudem bitten wir Sie, mit den Wissenschaftlern weiter zu kooperieren, Sie sind sehr wertvoll für uns. Bitte sagen Sie uns, ob Ihnen unser Vorschlag zusagt und wenn ja, was Sie sehen wollen, was Ihnen wichtig ist."

Xola saß blass an ihrem Schreibtisch, auf dem Sichtschirm waren Bilder aus ihrer Zeit zu sehen, die alte Raumstation, die Sun Ra als Model, etliche Bilder von Personen, die mit der damaligen Raumfahrt befasst waren, Siedler und Techniker. Sie musste sich auf die merkwürdige Intonation der Sprache konzentrieren, die so klang als hätte ein Inder in der Volkshochschule Hochdeutsch gelernt. Sie hatte außerdem die letzte Nacht schlecht geschlafen, ihr waren immer wieder Bilder von früher, von Ron und den anderen eingefallen, sie hatte immer wieder die mentalen Methoden anzuwenden versucht, mit denen Unglückserfahrungen und Verluste neutralisiert werden sollten, die Überschwemmung des Bewusstseins mit dieser schrecklichen Enthüllung, die Leere der Einsamkeit, die sich dahinter ausbreiten wollte.

Natürlich wollte sie dieses neue Land, *terra nuova*, kennen lernen, aber sie hatte sich das mit Ron oder den anderen vorgestellt, emotional behütet und beschützt. Jetzt war sie allein, völlig auf sich gestellt. Allerdings hatte sie in den letzten Wochen begonnen, die neue Sprache zu lernen, "Mischmasch" hatte sie bei sich die allgemeine Umgangssprache „Eoleng" genannt, welche spanische, englische und andere Sprachen beinhaltete. Sprechen konnte sie diese noch nicht, aber lesen war ihr schon möglich, sie erfasste die Bedeutung von Teilen der Texte. Aber auch mit den Piktogrammen in den Texten erfuhr sie viel über die Außenwelt.

Also schaute Xola den kleinen Doktor unverwandt an und sagte dann in höflichem Ton und akzentuierter Stimme, dass sie sehr gern den riesigen Gebäude-Komplex der Regierung und dessen Umland erkunden wollte. Vor allem wollte sie die gestrandete Sun Ra aufsuchen und die Gräber oder Urnen ihrer ehemaligen Genossen, allen voran die Begräbnisstätte von Ron, ihrem engsten Kollegen und Freund, sehen. Das sagte sie der Gruppe der Medics, welche das mit unbewegten Mienen zur Kenntnis nahmen, außer eine Frau, die sich schon früher sehr um sie und ihr Wohlergehen gekümmert hatte und jetzt mitfühlend dreinschaute.

Dr. Dunant meinte, dass diese Wünsche sehr begreiflich seien und er für eine fachkundige Begleitung sorgen würde. In ein, zwei Tagen wäre alles vorbereitet und sie könnte sich dann auf den Weg machen.

Plan A oder B

Zeitgleich in einem anderen Teil von Terra *nuova*, in den Spas und Fitnesszentren, Kontaktlounges und Springbädern der obersten Stockwerke, wo die Glasfronten die Landschaft hereinlassen und das Wetter live zu sehen war, da treffen sich die Mächtigen und solche die es werden wollen. In einem dieser Spas traf sich eine illustre Runde von Verwaltungsmanagern, Wirtschaftstechnokraten und Wissenschaftlern.

Die Herren und Damen ließen sich massieren, lümmelten in den warmen Bädern herum, erfrischten sich an diversen Bars, ganz wenige benutzten den Fitnessbereich, um auch auf ihre Herz-Kreislauf-Punkte zu kommen. Nach ein, zwei Stunden versammelten sich alle gut gelaunt in einem abgeschirmten Besprechungsraum, in dem angeblich die digitalen Personen: Govpers und Adminpers ausgesperrt waren und keine Kontakte hatten.

Johansson führte den Vorsitz und eröffnete mit launigen Worten die Gesprächsrunde: „Liebe Freunde und Gäste, ich hoffe, dass ihr hier eure ewige Jugend aufgefrischt habt, seid wie neu, mit glatter Haut und kühlem Kopf. Manchmal fühle ich mich wie 1000 Jahre, dann komme ich hierher und fühl mich nach zwei Stunden wie 100; ha, ha, ha. Apropos, ich muß Euch Unglaubliches berichten:

„Ich bin vor einiger Zeit zufällig auf alte Dokumente, die einerseits von einem Raumschiff handelten und andererseits die dazugehörigen Verträge betrafen, gestoßen. Diese regelten, dass jener Staat, auf dessen Boden das Raumschiff gefunden würde, der Eigentümer des Schiffes ist und die Verfügungsgewalt über die Besatzung hat. Nach gründlichen Recherchen hatte ich die mögliche Lage der Sun Ra auf dem Territorium von Plano herausgefunden und zu meiner Freude festgestellt, dass die Infrastruktur-Behörde dafür die Zuständigkeit hat. Daraufhin habe ich einen meiner Mitarbeiter, namens Lon Pun, mit allgemeinen Erkundungsgängen in diesem Gebiet beauftragt." Die Zuhörer am ovalen Eichentisch schmunzelten oder lachten und waren bereit, Johanssons Bericht zu hören.

„Also, im Zuge dieser sorgfältigen Infrastruktur-Analyse unterstützt von AdminCent und InfraCent haben wir die vergessenen, nicht erfassten Teile in den unterirdischen Gebäuden nahe der alten Hauptstadt entdeckt, darunter auch weitläufige, sehr tief reichende Komplexe eines alten Raumfahrtbahnhofs, die aber immer noch an Infracent angeschlossen waren, aber nirgendwo aufschienen.

Zum allergrößten Erstaunen wurden in den Kokons Siedler gefunden, manche mumifiziert, manche eingefroren und eine weibliche Person noch lebendig im Tiefstschlaf. Es gelang, diese Person zu retten und nach wochenlangen Therapien soweit herzustellen, dass sie überlebensfähig ist. Diese Person ist wertvoll, Compers stuft sie als eine der zehn wichtigsten Personen von Terra ein. Warum: I) für die Wissenschaft, kulturell, medizinisch-physiologisch, II) für die Politik, als Leistungsbeweis, als Zielmodel unserer Gesellschaft, unseres jetzigen politischen Systems, III) für den Fortschritt, vor allem technologisch: die Person verfügt über sehr ungewöhnliche genetische und epigenetische Merkmale, deren Kenntnis für die bestimmten Einrichtungen bei uns sehr wichtig sein könnten. Außerdem war sie im Tiefstschlaf und kennt sehr wahrscheinlich auch die Methodik, die verwendet wurde. Auch gibt es vielleicht verlorengegangenes Wissen über den Fusionsantrieb des Raumschiffs von damals, das Sun Ra genannt wurde. Details zu all diesen Punkten sind zum Großteil über SciCom abrufbar, im gesonderten Speicher.

Wir besprechen die Perspektiven, was wir machen könnten – sowohl zum Vorteil dieser jungen/alten Frau als auch was für uns durch den Fund von Vorteil sein könnte.

Nun, mir liegt auch der Nutzen vor allem für Politik und Technologie am Herzen und deshalb ist die Erhaltung dieser Person von großer Wichtigkeit, zudem Ethpers dies sogar fordert und mir auch ein Vorzugsrecht eingeräumt hat. Ich möchte deshalb, dass die alte/junge Frau unter unserem Schutz, unter meinem persönlichen Schutz, steht und ich würde auch für den Unterhalt aufkommen. Können Sie, verehrte Senoras y Senores, das nachvollziehen und meinem Plan zustimmen?"

Johansson schaute gewinnend lächelnd in die Runde und ließ dann seine Körperfülle vorsichtig in den Stuhl sinken. Die Anwesenden lächelten zum Teil zurück oder schauten ernst, niemand sprach sofort, fast alle waren mit den Infos der Frau aus der Vergangenheit von SciCom beschäftigt, die über ihre ZNS-Chips abgerufen wurden.

Nach einer Weile meldete sich Frau Gonzales-Schulz zu Wort, die eine bedeutende wissenschaftliche Gesellschaft der Konföderation repräsentierte: „Das ist alles sehr interessant und bestätigt, was wir über den Fall bereits gehört haben. Mir und meinen Kollegen wäre es lieber, wenn die alte/junge Frau wie bis jetzt in einer Klinik mit starker wissenschaftlicher Ausrichtung bliebe, einfach um die bio-kulturelle Erforschung dieser höchst interessanten, aber auch bedauernswerten Person besser betreiben zu können." Frau Gonzales-Schulz schaute in die Runde, um an den Mienen ablesen zu können, ob ihr Vorschlag Unterstützung finden würde.

Aber die meisten Mienen verrieten nichts, nur ihr Nachbar wandte sich zu ihr und meinte: „Sind   Sie sich im Klaren, welche Kosten damit verbunden sind und auch welche Kosten bereits angefallen sind? Aus welchen Fonds wollen Sie die begleichen, hat Ihre Akademie so viel Geld?" Schräg am Tisch gegenüber nickte der AdminCent-Vertreter sehr zustimmend und meinte, dass Wissenschaftler nicht die alleinige Kontrolle haben sollten, weil diese ja nur einen kleinen Teil der Gesellschaft ausmachten.

Jetzt meldeten sich zwei, drei Leute zu Wort, die den Tech/Raumfahrt-Komplex vertraten und auch sie plädierten für eine andere Zuständigkeit, beziehungsweise geteilte Zuständigkeiten. Es wurde dann über Vor- und Nachteile dieser Vorschläge diskutiert, Johansson hielt sich im Hintergrund, er wartete ab, um dann sein bestes Argument für seinen Vorschlag in die Runde zu werfen:

„Geschätzte Damen und Herren, ich schlage Folgendes vor und möchte das auch genau begründen: Wir siedeln diese, nennen wir sie wunderbare Frau Sternfeld, mit Vornamen Xola, wie sie sich selbst benennt, in ein Wohnmodul in den obersten Etagen hier in der Nähe an, behütet und verwaltet von AdminCent. Die Kosten übernimmt meine Behörde. Die Wissenschaftler haben kontrollierten Zutritt, ebenso wie die anderen Einrichtungen wie SpaceTech und so weiter. Wir lassen ihr so viel Freiheit wie möglich, sie soll sich nicht wie in einem goldenen Käfig fühlen, aber wir werden sie bei eventuellen Reisen beschützen müssen. PicCom und andere Medien werden auch Kontaktmöglichkeiten haben, wir wollen natürlich einen Teil der Kosten von diesen Kontakten wieder in die Kasse bekommen. Guter Vorschlag, oder?"

Und mit diesem flapsigen Selbstlob beendete Johansson seinen Beitrag und war sich sicher, dass die Mehrzahl der Leute nicken und zustimmen würden. Aber er hatte nicht mit den Wissenschaftlern in der Runde gerechnet.

Eliah Fischer, der prominenteste Humangenetiker seiner Zunft, meldete sich: „Wir haben in der vorgehenden Diskussion festgestellt, dass diese in jeder Hinsicht wertvolle Person von allgemeinem Interesse ist, und die Allgemeinheit sozusagen einen legitimen Anspruch an dieser Frau hat. Das heißt, wir können hier nicht über die Person entscheiden, ohne den Beschluss eines allgemeinen Gremiums, wie zum Beispiel des internationalen Bürgerkongresses unsere Vorschläge zu unterbreiten, und dessen Entscheidung abzuwarten. Das Ganze ist ja mehr als nur ein ökonomisches und interessenlastiges Problem, wenn man diese wunderbare Frau als Problem sehen will. Probleme hat nur sie, eigentlich, und wir sollten ihr dabei in aller Behutsamkeit und Freiheit helfen, diese Probleme zu lösen."

Prof. Fischer war neben seiner wissenschaftlichen Reputation auch ein guter Redner, der seine Zuhörer mit wohlklingender Stimme und maßvoller Begeisterung fesseln konnte. Auch diesmal war sein kurzes Statement klug vorgebracht und etliche Teilnehmer nickten zustimmend. Johansson hörte mit leicht angespannter Miene zu und überlegte innerlich in aller Dringlichkeit eine Alternative zu Fischers Argument, wohl wissend, dass unentschlossene Teilnehmer sehr wohl die Entscheidung viel lieber an ein anderes Gremium abschieben mochten, als Verantwortung zu übernehmen und auch ein Scheitern zu riskieren.

Und, ohne anderen Teilnehmern die Chance einer schnellen Antwort zu überlassen, antwortete er mit etwas erhobener Stimme: „Vielen Dank, Prof. Fischer, ich glaube, Sie haben sicher einen wichtigen Punkt angesprochen, nämlich die moralische Seite der Situation, in der sich Xola befindet. Ich habe in meinem Vorschlag eigentlich genau diese Seite impliziert, ohne sie ausdrücklich zu benennen, nämlich die Fürsorge, mit der wir diese wertvolle Person behandeln werden und auch, das möchte ich jetzt ausdrücklich betonen, den Respekt, den wir ihr entgegenbringen werden."

Bewusst machte er eine kleine Pause in seinem Redefluss, um dann mit warmer, sympathischer Stimme seine Rede fortzusetzen. „Liebe Freunde und Kolleginnen und Kollegen, ich glaube wir können guten Gewissens und mit großer Sachkenntnis und ethischer Glaubwürdigkeit Xola bei uns aufnehmen und ihr ein erfülltes Leben bieten!" Mit Verve war diese Antwort vorgetragen, so als wollte Big Joe keinen anderen Gedankenkeim aufkommen lassen.

Aber die Vorsicht oder Zögerlichkeit mancher Teilnehmer war nicht so schnell zu verdrängen, Frau Lee von der Weltraumbehörde meldete sich sofort und meinte, dass Herr Fischer mit seinem Vorschlag einen wichtigen Punkt angesprochen hätte, man könne nach einer Abstimmung in der internationalen Volkskammer immer noch das Angebot machen und sie sei sicher, dass dann der Vorschlag Johanssons angenommen werde. Zudem wird Ethpers die Entscheidung gutheißen und Govpers das Projekt absegnen müssen. Nach weiteren Wortmeldungen pro und contra von Johanssons Vorschlag, sah sich dieser gezwungen eine Abstimmung über die weitere Vorgangsweise anzukündigen, was auch die Zustimmung fast aller Konferenzteilnehmer fand. Auf ein externes Signal hin gaben alle via cc (cerebral comunication) ihre Stimme ab und das Ergebnis folgte sofort:

Eine Mehrheit war für die Vorlage des gemeinsamen Vorschlags in der Volkskammer. Johansson verkündete das Ergebnis auf verbale Weise und bemühte sich sichtlich, seinen Unmut nicht zu sehr sichtbar und hörbar werden zu lassen. Das folgende Buffet sagte ihm nicht mehr zu, die teuren Weine trank er so gleichgültig wie Apfelsaft bei Oma und selbst der Gedanke, dass seine liebste Gespielin in seinem Apartment auf ihn wartete, erzeugte kein Lächeln in der Seele. Auf dem Weg von den Konferenzräumen zu den Büroräumen bemerkte er so nebenbei zu einem seiner Mitstreiter: „Nochmals zu Xola, also wenn wir sie beherbergen und überwachen, am Leben erhalten, wir sie aber nicht in unsere Gesellschaft nach unseren Vorstellungen einbauen können, dann sollten wir wenigstens Teile von ihr, molekulare Proben, Matrices, Stammzellen, was auch immer, organisieren, über die wir frei verfügen können. Sozusagen als Plan B. Und über ihr Wissen, wie es möglich war, Homo so lange in den Tiefstschlaf zu versetzen. Immerhin arbeiten wir an der Fortsetzung des Experiments, das vor 1000 Jahren begonnen wurde ..."

Rückblick

2075: Anfänge des Futura-Projekts
Der Anfang des Futura-Projekts liegt etwa 1000 Jahre zurück, sozusagen im Präkambrium, in der Frühzeit der Raumfahrt, sowohl technisch als auch was die Rolle des Menschen im Raum, die Erforschung von Tiefstschlaf und die damit gegebenen Voraussetzungen für „deep space"-Reisen betrifft. Damals spielten Rechensysteme bei Planung und Entscheidungsfindung noch untergeordnete Rollen, die Maschinen waren vor allem dazu da, technische Probleme zu lösen und komplexe physikalische Vorgänge zu steuern. Zudem waren sogenannte Roboter noch sehr unterentwickelt, reine mechanische Gehilfen, ohne große eigene Intelligenz und Selbst-Reparaturfähigkeit, oder gehobenes Lernen. Also waren Menschen die Entscheidungsträger und Effektoren, mit all den Unglaublichkeiten, die die Intelligenz und das Primatenverhalten bieten.

Rationale Überlegungen kamen dabei fast immer zu kurz, politisch-emotionale Kräfte bestimmten die Entscheidungen, die, oft genug kurzsichtig, irrational und einfach dumm ausfielen. Wie auch immer, das folgende Kapitel beruht in der Essenz auf Protokollen, die mir, J. B. Lee von unbekannter Seite zugespielt wurden, welche glaubhafte Kopien der Beschreibungen der entscheidenden Sitzung und der Vorgänge in der Folge darstellen. Der besagte Dr. Levy, ein Physiker, ist eine reale historische Figur, die mehrfach in verschiedenen Beschreibungen von Zeitzeugen vorkommt. Wieweit er auch für die dunklen Seiten des Futura-Projekts verantwortlich gemacht werden kann, ist fraglich.

Die kriminellen Machenschaften setzten wahrscheinlich erst später ein und die Verursacher sind sicher nicht in der Folge der beschriebenen Entscheidungssitzung zu finden, sondern in den Hinterzimmern der großen Konzerne, frequentiert von professionellen Lobbyisten, den Eierköpfen der "Denkfabriken" der einflussreichen Parteien und kriminellen Vereinigungen der Weltverbesser.

Dr. Levy

„Natürlich machen wir das Experiment", sagte Prof. Levy mit lauter Stimme und Verve: „we do it and basta!" Die Luft im Konferenzraum des obersten Stockwerks der europäischen Raumfahrtzentrale, der ESA-Zentrale in Paris war stickig und die meisten Sitzungsteilnehmer saßen hemdsärmelig und sichtbar ermüdet von den langen Besprechungen an dem ovalen Konferenztisch, wunderschön aus Nuss- und Ahornholz gefertigt, das einzig schöne Ding in der Zentrale.

Dies war die letzte und endgültige Sitzung, nach mehr als drei Jahren der Vorbereitung, unzähligen Gesprächen, Verhandlungen, schriftlichen Absichtserklärungen, wissenschaftlichen Veröffentlichungen, Meetings und Fachtagungen. „Aber lasst mich noch einmal zusammenfassen, was der Kern des Projekts ist: Wir werden die 25 Versuchspersonen in Baikonur in den Tiefstschlaf versetzen, das Schiff und die Logistik werden auch dort fertig adaptiert und erprobt werden. Ein Teil der Mannschaft, wahrscheinlich die sechs aussichtsreichsten Personen, die also die besten Chancen haben, gesund und leistungsfähig wieder aufzuwachen, werden dann tatsächlich für eine Raumstation im All oder auf einem Planeten ausgesucht und in einem Schiff dorthin reisen. Das Schiff ist fast fertig, die riesige Orbitrakete, von Space X gebaut, ist einsatzbereit. Die Infrastruktur für den Tiefstschlaf ist geschaffen und auch die Abmachungen, was die Aufrechterhaltung für die kommenden 300 Jahre betrifft, sind bindend vereinbart."

Levy war Israeli mit französischem Pass und sein Englisch klang hart und rau wie die Disteln an den Wegrändern seiner Heimat. „Und was sagen Sie dazu, dass die Versuchspersonen nicht eingeweiht sind, dass sie alle glauben, im Weltraum Siedler zu werden? Dass jene, die nur Tiefstschlaf-Probanden sind, schlichtweg betrogen werden?" Dr. Battaglia war der Sprecher der Projektgegner, die die Kosten des Projekts kritisierten, aber diese Kritik in wissenschaftliche und ethische Bedenken kleideten.

Mit oft wiederholten Argumenten konterte Levy: „Von den ethischen Aspekten her entsprechen wir den UNO-Richtlinien, das Risiko, nach zweihundert oder dreihundert Jahren nicht aufzuwachen, ist gering im Vergleich zu den Risiken der Raumfahrt, der Landung und vor allem des Überlebens der ersten Zeit. Außerdem werden es nur Freiwillige sein, gesunde Durchschnittsmenschen verschiedenen Alters, verschiedener Begabungen und genetischer Ausstattung, die auch alle sehr neugierig auf die Zukunft sind."

Und er fuhr altbekannt fort: „Bitte bedenken Sie alle den nachhaltigen Nutzen für die Wissenschaft und vielleicht für die Weltraumwirtschaft! Wir haben finanzstarke Sponsoren, die Belastung der Steuerzahler ist gering, nur 0.01% des BIP werden nötig sein."

„Und wer garantiert die Fortsetzung des Experiments, das heißt also das Überleben der tiefstschlafenden Personen, über unsere Zeit hinaus und über die Zeit unserer Enkel und Urenkel hinaus? Vielleicht gibt es die ESA dann nicht mehr und auch nicht die NASA und die Menschheit hat vielleicht völlig andere Sorgen als unser Experiment oder, noch viel gravierender, als das Überleben dieser sechs, dann sehr glücklosen, wehrlosen Menschen?"

Die Sprecherin, Frau Müller, war Anthropologin und lehnte das Experiment rundweg ab, einfach weil man überhaupt nicht wissen konnte, in welche Richtung sich die Gesellschaft entwickeln würde und die Kosten, hochgerechnet auf circa 300 Jahre, exorbitant waren. Sie wusste etliche Mitglieder der Kommission auf ihrer Seite, allerdings war sie unsicher, ob deren Anzahl ausreichend sein würde, um das Projekt abzuwürgen. Aber, die Tiefschlafbehandlung blieb ausgespart sowie die Software des Monitoring, beide Infoblöcke kamen von privaten Firmen, die Patente eingereicht hatten.

Die Strategien für die Aufrechterhaltung der Systeme über 300 Jahre waren leicht zu planen und, wie Dr. Levy überzeugt war, genial: Es gab bereits Abmachungen, dass die Steuerungssoftware vom zentralen Administrator-Rechner der UNO betreut werde, der x-mal abgesichert war und gekoppelt war mit den neuen Tiefsttemperatur-Flüssigkeitsspeicher-systemen für besonders sensible Daten. Diese Systeme wurden weltweit einheitlich betrieben und verwaltet. Und die Finanzierung war an die Energie-Notbudgets der wichtigsten

Staaten weltweit gekoppelt, gespeist von den Zentralbanken der ESA und NASA-Mitgliedsländer.

Nach etwa zwei Stunden Präsentation sah Dr. Levy mit Beunruhigung, dass etliche Zuhörer Mühe hatten, ihre Augen offen zu halten, die zwei spanischen Vertreter schliefen bereits aufgestützt auf den Lehnen der bequemen Sessel.

‚Wahrscheinlich gestern zu lang gefeiert, auf Kosten der ESA', dachte er und hoffte, dass sie für das Projekt stimmen würden. Jetzt meldeten sich noch einmal die Vertreter der großen Länder, die die meisten Kosten tragen sollten. Die Vertreter der EU waren für das Projekt, die der amerikanischen Staaten waren skeptisch, wobei der USA-Vertreter sehr skeptisch war. Kein Wunder, Levy wusste, dass die NASA ihr eigenes Tiefstschlaf-Projekt vorantrieb und große Skepsis geäußert hatte, dass das vorliegende einfach nicht funktionieren würde.

Levy spürte unbewusst, dass das Projekt am Kippen war. Er musste aufrütteln, er musste der NASA einen Knochen hinwerfen, der sie beschäftigen und damit ablenken würde. Als dieses unbewusste Gefühl, das sich im Bauch Levys manifestierte, seine Gedärme verdrehte und ihn endgültig zum Handeln zwang, sprang er von seinem Vorsitz auf, unterbrach den NASA-Redner mit höflichen, aber bestimmten Worten, mit der Begründung von Zeitspannen und konstruktiven Vorschlägen seinerseits. Er bot die wissenschaftliche Zusammenarbeit seines Konsortiums an dem NASA-Projekt an, gegenseitig Know-how auszutauschen und mit dem Versprechen einer beträchtlichen Kostenbeteiligung der ESA.

Er lobte die NASA und sprach sich für deren ähnliches Projekt aus, das wesentlich zur Evaluierung und möglicherweise Bestätigung von Daten und Erkenntnissen führen könne. Er beschwor die Delegierten, nicht mutlos zu werden, sondern die Zukunft fest im Blick zu haben, die große Herausforderung der Besiedlung des Weltraums anzunehmen.

„Es geht um uns alle, um unsere ferne Zukunft, um die Chancen unserer Kinder und Kindeskinder! Die Erde, wie wir sie jetzt sehen, wird mehr und mehr unbewohnbar werden, die Rohstoff-Ressourcen gehen zu Ende! Sagt Ja zu diesem Vorhaben, das in einer Reihe steht mit den Entdeckungsreisen eines Columbus, Magellan, Vespucci, Amundsen, die mit Mut und Zuversicht in unbekannte Meere und Länder aufgebrochen sind, so wie unsere Raumfahrer zu den Planeten und zu Raumstationen aufbrechen werden!"

Mit diesem flammenden Schlussappell schloss Levy sein Plädoyer und die geheime und schriftliche Abstimmung begann. Nach drei Runden der Abstimmung war das Projekt mit einfacher Mehrheit beschlossen, die NASA war zufrieden und Levy fiel gegen Mitternacht in der Hotelbar in einen tiefen Clubsessel und erinnerte sich erst nach dem dritten Cocktail, dass der Sabat zeitmäßig schon nach dem ersten Cocktail angebrochen war ...

Natürlich dauerte es ein weiteres Jahr, bis alle Parlamente der ESA-Staaten zugestimmt hatten und die Geldzusagen anderer Drittstaaten rechtlich bindend waren. Dr. Levy war einstimmig zum Projektleiter des "Deep sleep"-Projekts bestimmt worden und fühlte sich geehrt, gestresst, aber auch positiv gefordert in der Rolle. Ihn faszinierte die Möglichkeit, Menschen die Chance zu geben, mit etwas Glück (er unterdrückte das Bewusstsein einer möglichen ethischen Fehlleistung) in einer Zeit so weit in der Zukunft aufzuwachen und zu leben, die Kulturrevolution zu erleben, den Sprung in die Zukunft! Deshalb überließ er die logistische Seite von "Deep sleep" seinen Mitarbeitern und den assoziierten Kommissionen der beteiligten ESA-Staaten und widmete sich ganz den Auswahlverfahren von möglichen Kandidaten. Es sollten ganz besondere Menschen sein, die sowohl vom Genotypus als auch vom Phänotypus ungewöhnlich waren und epigenetisch interessante Perspektiven eröffneten.

Im Zuge der Auswahl meldete sich eine große Anzahl von Interessierten und in mehreren Ausscheidungsrunden wurden die geeignetsten 100 Personen in den Mitgliedsländern ermittelt, aus denen schließlich die 25 Personen hervorgingen, aus denen die Besatzung des noch im Bau befindlichen Raumschiffs ermittelt werden sollte. Dr. Levy las die Beschreibungen aller 100 Kandidaten und Kandidatinnen genau durch, er war fasziniert von den medizinisch-biologischen Beschreibungen, den Gutachten der Psychologen, den Bewerbungsschreiben der mehrheitlich jungen Interessenten, den Motivationsangaben, in denen recht oft die Beteuerung zu lesen war, der Welt einen Dienst zu erweisen, bis hin zur Aufgabe der eigenen Persönlichkeit.

Alle unterzeichneten das Formblatt, das alle rechtlichen Ansprüche auf finanzielle Abgeltung der Angehörigen im Todesfall zum Inhalt hatte. Es war das Abenteuer, wie etwa 100 Jahre vorher, als die ersten Weltraumfahrer, die Astronauten und Kosmonauten in ihren abenteuerlichen Gefährten die Erde umkreisten und am Mond Steinchen sammelten.

Die Zusammensetzung der Besatzung war sehr gemischt, 15 Frauen und 10 Männer wurden ausgesucht und in die engere Wahl gezogen, alle im Alter zwischen 20 und 40 Jahren, mit den unterschiedlichsten Berufsausbildungen: Handwerker, Computerspezialisten, Elektroniker, Maschinentechniker, Piloten, dazu noch ein Physiker, ein Geologe, ein Biologe, zwei Ärzte, auch ein Psychologe, eine Ethikerin und eine Musikerin waren in die letzte Wahl gekommen.

Diese Leute wurden in Gruppen zum großen Zentrum "Baikonur" der ESA gebracht, wo das Raumschiff gebaut wurde und auch von dort starten würde. Das Schiff war zu dem Zeitpunkt schon als solches erkennbar, ein riesiges Ding mit merkwürdigen Anhängseln, welches Solaranlagen, Messstationen und für den Laien nicht erklärbare Strukturen aufwies. Der Antrieb und die Steuerung waren noch nicht eingebaut, sie wurden hochgeheim irgendwo in Europa oder Amerika gebaut. Die Kandidaten und Kandidatinnen wurden jeweils für ein bis zwei Monate mit der Morphologie des Schiffs vertraut gemacht und in ein physisches Trainingsprogramm aufgenommen, das auf die lange Winterschlafphase ausgerichtet war. In verschiedenen Orten Europas wurden Gruppensitzungen abgehalten, in denen die Gruppendynamik der Teilnehmer und Teilnehmerinnen untersucht wurde, die Aversionen und Sympathien, die möglichen Beziehungen zu Tage traten, die Belastbarkeit in schwierigen Situationen.

Dr. Levy reiste zwischen den verschiedenen Erzeugungsorten des Schiffs, den Ausbildungsorten der Crew und den administrativen Zentren Europas und Amerikas herum. Er liebte diese Reisen und nach zwei bis drei Jahren konnte er sich ein anderes Leben nicht mehr vorstellen. Sein Haar lichtete sich, wurde sichtlich grauer und seine sportliche Figur, auf die er stolz war, war nach diesen Jahren weniger sportlich, eher gerundet und etwas gebeugt. Nach diesen Jahren reduzierte sich die Zahl der Teilnehmer auf 22, drei Personen konnten aus verschiedenen Gründen nicht mehr teilnehmen und wurden umgehend durch Reservekandidaten ersetzt. Dabei wurde sehr auf die biologisch-medizinischen Eigenschaften geschaut, die eine gute Voraussetzung für ein möglichst langes Leben im Winterschlaf bieten sollten. Einige der Teilnehmer waren genotypisch sehr interessant.

Dr. Levy war Physiker und verstand nur wenig davon, aber die Medics versicherten ihm, dass diese Personen außergewöhnlich waren. Sie besaßen ungewöhnliche physiologische und cerebral anatomische Voraussetzungen, die sowohl genotypisch codiert als auch epigenetisch fixiert schienen. Man könnte sie auch Positiv-Mutanten nennen, meinten die Medics und sie waren der Ansicht, dass diese Personen unbedingt die weitere Weltraumbesiedlung zum nachhaltigen Erfolg führen könnten.

Nach etlichen Jahren war es so weit, der Antrieb des Schiffs war endlich installiert, alle Weltraumfahrer waren ausgebildet, motiviert und zu allem entschlossen, die komplexe Logistik etabliert, die Kontrollsysteme auf 600 Jahre geplant und festgelegt.

Die Zeit drängte, die teilnehmenden Länder hatten ihre Budgets für die Mission aufgebraucht, der interkontinentale Friede schien aber noch zu halten. Der Countdown, drei Mal verschoben, war gestartet worden, die Shuttles, die das Schiff in eine erste Umlaufbahn bringen sollten, waren x-mal überprüft und seit Monaten einsatzbereit. Das wirklich Interessante an dieser Mission war der Tiefstschlaf der Mannschaft, der zum ersten Mal auf Hunderte von Jahren ausgelegt war und nicht wie früher auf wenige Jahre.

Unter den Medics, Biologen, Biophysikern und anderen interessierten Forschern war es das Ereignis des Jahrzehnts, wenn nicht des Jahrhunderts. Die Gruppe der Zweifler, Kritiker oder sogar strikten Gegner des Vorgangs war groß. Natürlich war die genaue Vorgangsweise nicht veröffentlicht worden, mehrere Patente waren in Vorbereitung, sodass niemand das genaue tagelange Procedere kannte. Die Weltraumfahrer sollten in den Kokons in den Tiefstschlaf versetzt werden und danach erst mit allen Systemen in die Sun Ra verfrachtet werden. Die Rechnersysteme waren akkordiert, der Zentralcomputer der Sun Ra würde das Oberkommando übernehmen.

Dr. Levy war sehr agitiert, er schlief schlecht, hatte Träume von explodierenden Raketentanks oder Computerpannen. Seit Wochen wohnte er neben dem riesigen Gelände des Raumfahrthafens im Besucherzentrum, managte vorwiegend die Berichterstattung, die finanzielle Verwaltung und hielt die Hundertschaften von Journalisten in Schach.

Dann war es so weit, der Tiefstschlaf-Countdown hatte an einem Montagmorgen begonnen, um Mitternacht sollte es losgehen, am Freitagabend sollten die Kokons mit der schlafenden Menschenfracht in die Sun Ra übersiedelt werden. Die Medien durften nur die ersten Stunden des Countdowns dabei sein, dann nur mehr über die Online-Berichterstattung.

Dr. Levy saß im großen Kontrollraum in einem raketensicheren Bunker tief in der Erde und verfolgte gespannt mit den zig Mitarbeitern des Projekts die Tiefschlaf-Phase, die dann nach etwa zwei Tagen in die Tiefstschlaf-Phase übergehen würde. Alles war „cool", am Donnerstag war die schwierigste Phase vorbei, nach der früher immer wieder Probanden nicht mehr aufgewacht waren. Diesmal meldeten die Überwachungsgeräte keinerlei Katastrophen, die physiologischen Daten aller Raumfahrer entsprachen den Berechnungen, die Herzschläge waren auf 10% des Wachzustandes erniedrigt und die Hirnaktivitäten stark reduziert aber stabil. Und das galt für alle Raumfahrer. Große Erleichterung unter allen Beteiligten, auch diverse Politiker sandten Glückwünsche. Dr. Levy sagte unter anderem in einer kurzen Ansprache: „Wir haben ein neues Kapitel aufgeschlagen, wir werden auch ohne diesen Planeten hier, unsere geliebte Erde, oder Terra, überleben, alles wird gut enden!"

Wochen später traf ein Paket mit schriftlichen Verträgen bei Prof. Levy ein, in denen die beteiligten Nationen und Organisationen ihre Verpflichtungen und Rechte juristisch formuliert festlegten. Auch die komplizierten Kostenpläne und Finanzierungsschemata waren dabei. In einem Extra–Konvolut wurde auch vom gesamten Konsortium ein Übereinkommen beschlossen, das Schiff so lange während der Reise zu überwachen, so lange alle im Tiefstschlaf sind und im ungünstigsten Fall bis zum Tode der gesamten Crew. Dies soll mit eigenen Computersystemen und autarker Energiezufuhr sichergestellt werden. Die Finanzierung dieser Überwachung wurde von Vornherein festgelegt.

Nach drei Jahren starb Prof. Levy, sein Herz wollte nicht mehr den Stress, den Alkohol, die wenigen Stunden Schlaf und legte sich endgültig zur Ruhe. Prof. Levy hatte nicht den Start des Raumschiffs erlebt, an dessen Antrieb immer noch gearbeitet wurde.

2084: Die Führungsriege

Bereits in den Anfängen des Futura-Projekts fanden Treffen der obersten Führungsriege mehrerer Nationen statt, die über die Projektbeteiligung, die Finanzierung und andere Ungereimtheiten in Bezug auf das Projekt diskutierten und letztendlich die Entscheidungen im Hintergrund trafen.

Nachdem Einigung über die Projektbeteiligung und die Finanzierung erzielt worden war, stand dem Beginn der Einleitung der Tiefstschlafprozedur nichts mehr im Wege. Die Teilnehmer des Futura-Projekts begaben sich in diese doch lebensgefährliche Situation im Glauben, dass sie nach spätestens 400-500 Jahren aufgeweckt werden würden und im Orbit über Alpha Centauri b in den bewussten, allerdings sehr unsicheren, Alltag wieder zurückkehren würden.

Kurz bevor die Raumfahrer in den Tiefstschlaf versetzt wurden, fand in Baikonur in einem Hotel, weit draußen in der kasachischen Steppe, ein erneutes geheimes Treffen zwischen den hochrangingen Vertretern der europäischen, amerikanischen, chinesischen und indischen Raumfahrt-behörden und den wichtigsten Privatfirmen, die im Raumfahrtgeschäft tätig waren, statt.

Gegenstand war die Mission der Sun Ra, der technische Zustand des Schiffs und die Protokolle der Tiefstschlaf-Prozedur. Mr. Jan Bold, der Vertreter der Firma Space X, die den neuen Antrieb des Schiffs gebaut hatte, begann seinen nüchternen Bericht über die Leistungsfähigkeit des Antriebs und schloss mit den Worten. „Es besteht aber auch die Möglichkeit, dass die Sun Ra den Planeten b im Alpha Centaurus-System erst in etwa 2000 Jahren erreichen wird, statt in den angepeilten 400 bis 500 Jahren, bedingt durch die unvorhersehbare Abnahme der notwendigen Reise-Dauergeschwindigkeit."

Und der Koordinator der Tiefstschlaf-Mission hielt nach einem langen Vortrag über die einzelnen Kandidaten und deren physiologischen Beschaffenheiten fest, dass die maximale Tiefstschlafzeit im Mittel nicht mehr als 500 Jahre betragen wird. Vielleicht wird die Kandidatin W5 700 Jahre erreichen, ohne nennenswerten Schaden auf Dauer zu nehmen. Daraufhin gab es keinen Tumult der anwesenden Vertreter der nationalen Raumfahrtbehörden, nur ein Raunen und Kopfnicken gab es, so als hätten die Zuhörer das alles schon gewusst.

Niemand stand auf und sagte: „Halt, wir können die Raumfahrer nicht in den Tiefstschlaf versetzen!" Niemand verlangte Beweise, dass der neue Antrieb das Schiff auf eine Geschwindigkeit beschleunigen könnte, die in den überlebensnotwendigen 500 Jahren Alpha-Centauri erreichen hätte lassen.

Der Moderator der Versammlung, ein gewisser Mr. Tramp, der Vertreter der NASA, also die Weltraumbehörde der nordamerikanischen Nation, schaute stoisch in die Runde. Es blieb ruhig, bis auf das leise Zischen der Belüftungsanlage, das aber auf eine Luftverwirbelung hinwies, nicht auf eine Kritik von den Teilnehmern der Sitzung. Mr. Tramp räusperte sich, versuchte sich an einer flapsigen Bemerkung, so ähnlich wie, ‚egal und auf Nimmerwiedersehen‘," und sagte dann ernsthaft: „Bitte äußern Sie jetzt noch Bedenken, Kritik, Vorschläge."

Es blieb wieder ruhig, alle schienen sich einig zu sein, niemand wollte sich in die Karten schauen lassen oder sich blamieren, oder sich politisch exponieren. Nach etwa zwei Minuten ergriff Mr. Tramp wieder das Wort: „Lassen Sie mich zusammenfassen: Wir glauben fest an den Erfolg der Mission, begründet in der sorgfältigen Analyse der technischen Möglichkeiten der Sun Ra und den medizinischen

Voraussetzungen der Raumfahrer, um den Tiefstschlaf gut zu überstehen. Der Start des Schiffs soll nach Erreichen des Tiefstschlafs möglichst bald erfolgen. Die Zeit bis dahin soll mit einem doppelten Countdown genützt werden. Die Kosten werden nach demselben Schlüssel aufgeteilt, wie im ursprünglichen Vertrag zwischen den teilnehmenden Staaten vereinbart worden war. Die Refundierung der Kosten soll nach einem erfolgreichen Start von den Nutzern der dann freigegebenen Protokolle mit 5% Verzinsung und Inflationsbereinigung getragen werden. Dies gilt für alle juridischen Personen, auch reine KIs. Die technischen Protokolle werden in der obersten Geheimhaltungsstufe behandelt und im TS-Datensafe der Weltbank aufbewahrt. Ich werde in meiner Funktion als CEO des Konsortiums diese Schritte in die Wege leiten, beziehungsweise überwachen. Meine Damen und Herren, liebe Freunde, es ist ein denkwürdiger Tag und vielleicht eine historische Sitzung unseres Konsortiums. Behaltet alles im Gedächtnis, aber", und da hob Mr. Tramp dramatisch seine Stimme und Lautstärke, „erzählen Sie niemandem davon, es besteht Verschwiegenheitspflicht. Leben Sie wohl."

Mr. Tramp schloss demonstrativ den Ordner, aus dem er Daten und Fakten während der Sitzung vorgelesen hatte und auch die obige Schlussbemerkung festgehalten hatte. Bei der Nachsitzung an der Hotelbar stieß er mit Champagner im Glas mit seinen Vertrauten und Mitwissern an und malte auch für sich eine leuchtende Zukunft aus.

Sun Ra

Als die Sun Ra zu ihrem interstellaren Flug aufbrechen hätte sollen, lief zumindest nach außen alles nach Plan: Die Crew wurde nach den geheimen Protokollen der internationalen Forschergemeinde, die am Futura-Projekt mitarbeitete, in den Tiefstschlaf versetzt. Der Fusionsantrieb wurde noch einmal mit zwei Probeläufen getestet.

Die Sun Ra sollte, nachdem der Tiefstschlaf der Besatzung nach etwa drei Wochen erreicht war, auf die Startrampe gerollt werden. Aber die Techniker legten sich quer, der Antrieb erreichte nicht die erforderliche Leistung und außerdem waren

Materialfehler im Schutzmantel des Aggregats festgestellt worden. Also beriet die Startkommission und kam zu der Entscheidung, den Tiefstschlaf nicht abzubrechen oder rückgängig zu machen. Die Techniker sollten inzwischen die Hülle des Fusionsantriebs reparieren und den Antrieb optimieren. Nach drei Monaten war der Mantel repariert, aber das Antriebs-Aggregat erreichte nicht die errechnete Leistung. Die Sun Ra würde damit viele tausend Jahre bis Proxima Centauri b benötigen. Ob die Einheit, die die Hintergrund-strahlung als Energiequelle nützen sollte, funktionieren würde, war weiterhin unklar.

Nach drei Jahren der „Optimierung" war dieses Problem immer noch nicht gelöst und erste Zweifel an der Machbarkeit wurden laut. Den Weltraumfahrern und Weltraumfahrerinnen ging es gut, alles verlief wie geplant. In den Medien wurde vorsichtig gemutmaßt, dass nur wegen dieser Tiefstschlaf-Crew-Mitglieder die Sun Ra überhaupt konzipiert war und dass diese Leute eigentlich reine Versuchspersonen waren.

Eine Kommission veranstaltete ein Symposium zu dem Antriebsthema. Das Ergebnis der zahlreichen kontroversen Diskussionsbeiträge war ernüchternd: Niemand konnte voraussagen, ob der Fusionsantrieb so überhaupt noch machbar war und was weiter geschehen sollte. Die Stimmen wurden lauter, dass ein Flug der Sun Ra gar nicht geplant war, es sollten Aufträge an die Industrie vergeben werden und der Tiefstschlaf sollte ausprobiert werden, weil da ebenfalls sehr starke wirtschaftliche Interessen vertreten waren.

Die Jahre vergingen, die Sun Ra verschwand zwar aus den Schlagzeilen, aber nicht aus ihrem Bunker und von den Schirmen des Kontrollrechners. Die Kosten wurden aus einem Fonds gespeist, in den die beteiligten Länder große Summen eingezahlt hatten. Die Zeitdauer des Tiefstschlafs wurde nicht festgelegt, der Rechner der Sun Ra sollte entscheiden.

Etwa 50 Jahre später wurde das Schicksal der Besatzung und das der Sun Ra insgesamt noch einmal zum großen Thema. Der erste der drei großen „Klimakriege" war gerade ausgebrochen, die Länder, die im Konsortium der Sun Ra waren, waren zum Teil Feinde geworden. Kasachstan, auf dessen Boden sich die Abschussrampe und der Bunker der Sun Ra befand, übernahm das Projekt zur Gänze. Es wurde auch verfügt, und in einem Vertrag feierlich festgelegt, dass das Raumschiff und dessen Besatzung Eigentum jener Regierung sein sollte, die gerade das Land regierte.

Die weitere Geschichte der Erde brachte Kriege, die dann in eine Katastrophe mündeten und die Klimaveränderung führte zur Klimakrise und zum Aussterben vieler Arten von Tieren und Pflanzen. Der bewohnbare Lebensraum wurde immer kleiner und dann folgte die ungeheure Katastrophe einer von Computern ausgelösten globalen Zerstörung. Nach sehr langer Zeit entstanden die Konföderationen und damit eine neue Zeit der Technik und des Zusammenlebens.

Die Frage: „Warum wurde die Sun Ra und deren Besatzung über Jahrhunderte von den jeweiligen Machthabern, Regierungen und ganz allgemein von den Bewohnern vergessen, aber nicht von den Rechnern, die sich um die Erhaltung der Besatzung kümmerten?" kann man nicht beantworten.
Man kann nur mutmaßen, mehrere Gründe könnten in Frage kommen: i) Es war vielleicht ein reiner Zufall, dass sich niemand mehr kümmerte, oder wie die Christen der alten Zeit gesagt hätten, es war Gottes Fügung. ii) Die politischen Zustände waren dermaßen verworren, der unterirdische Hangar der Sun Ra geriet im Lauf der Kriege und der großen Katastrophe unter die Herrschaft von verschiedenen Staaten, deren Behörden von der Existenz der Tiefstschläfer schlichtweg nicht mehr Kenntnis hatten. Und schließlich iii) die Erklärung, die auch von nicht-Ratio-orientierten Leuten bevorzugt werden könnte: Ein altes Netzwerk von Rechnern wollte gar nicht, dass die Sun Ra wieder entdeckt wird. Die Rechner entwickelten im Lauf der Zeit Bewusstsein und Persönlichkeit und sahen sich als eine Art Gralshüter. Also hüteten sie die Sun Ra und deren Bewohner wie ein modernes Dornröschen.
Jedenfalls haben sich der Bordcomputer und die externen Rechner die ganze Zeit über um das Schiff und dessen

Besatzung gekümmert. Der Energiespeicher und die Energiequelle funktionierten, mit den Zusatzaggregaten wie Elektrolysen-Anlage zum Beispiel.

Revolutionär, J. B. Vulpes

Seit der Machtübernahme der digitalen Personen gab es immer wieder Homos, die sich gegen diese zur Wehr setzten, die das Machtgefüge zerstören wollten. Ein Revolutionär, J. B. Vulpes, blieb mit seiner Rede im Jahr 2800 in den Köpfen vieler Menschen, die sich nach dem Untergang der digitalen Personen sehnten.

„Wir müssen den Vormarsch der Androiden, der Transgenen, der Maschinenhybriden stoppen! Wir sind die wahren und einzigen Menschen, wir kommen aus der Vergangenheit der Mutter Erde und uns gehört ihre Zukunft! Wir haben diese Welt gebaut und sind ins All vorgestoßen, wir haben die Maschinen und Robots erschaffen, wir dürfen und müssen die Kontrolle nicht gänzlich an die Coms verlieren!", donnerte J. B. Vulpes in den vollen Saal der Kongressgemeinde. „Wir, die wahren Menschen, müssen mehr Nachkommen produzieren, bessere Nachkommen, aber keine transgenen Kinder! Wir müssen die Hirnchips umgehen, wir sollen die Herrschaft über das Zentralnervensystem wieder erlangen! Versucht es, meine Freunde, befreit euch von den Fesseln der Maschinen, der digitalen Personen, die gottgleich agieren! Widersetzt euch den Befehlen von MedCom und Compers, wenn ihr könnt! Meidet die demokratischen Foren, die von AdminCent verwaltet werden, sucht die leuchtenden Pfade! Seit aufrecht und wahrhaft, folgt nicht den Normen von Ethpers, die uns nur gängeln sollen!" Und dann brüllte er in die Mikros: „Brecht die digitale Macht, wir sind die Bürger, nicht die digitalen Personen!"

Der riesige Saal war voller Menschen, allerdings war es in der Dunkelheit schwer, bestimmte Androide von den Menschen zu unterscheiden, eine riesige Masse, die vom übergroßen Hologramm von J. B. Vulpes in den Bann geschlagen war.

Laut den historischen Berichten hatte Vulpes diesen Aufruf in die Menge von Maschinenstürmern gebrüllt und in der Folge Unruhen ausgelöst, die in einer ungeheuren Zerstörung von maschinengestütztem Leben, Rechenanlagen, Robotern, Hybridwesen, Androiden und deren Programme mündete. Es brauchte dann die letzten 200 Jahre, um diese Zerstörung wiedergutzumachen, die Macht aufzuteilen, die Künstlichkeit der Welt besser zu verbergen.

AdminCent, die alte zentrale Ordnungsmacht, wurde zerschlagen, diversifiziert, neue Chips entwickelt, bessere Androiden hergestellt, sie wurden zu Hybridwesen mit bis dahin ungeahnten Fähigkeiten und Möglichkeiten. Aber es führte auch zu einer Lähmung aller politischen Initiativen, die Leute waren eingelullt, eingehüllt in Wohlstand. Armut, Krankheit und Tod waren unsichtbar geworden, das ewige Leben greifbar nahe.

J. B. Vulpes mit seinem Aufruf die digitalen Personen zu zerstören, diente über Jahrhunderte vielen Generationen als Vorbild, vor allem die „Anderen" waren treue Anhänger dieser Idee.

Zurück ins Leben

Als Dr. Dunant gegangen war, blieb Xola allein zurück in ihrer Höhle, wie sie das Apartment, das *kubikl* nannte. Es fühlte sich in diesen vergangenen Wochen immer vertrauter an, es war ein erweiterter Kokon, ein Organismus, der sich an sie anpasste, ihre Stimmungen erfasste, ihre Wünsche ahnte, ihr Verhalten kommentierte. Wenn sie mit sich redete, dann blieb alles ruhig, keine Musik, keine Sprachfetzen oder Wohlgerüche, wenn sie schwieg, dann antwortete die Höhle, beruhigte sie, spielte klassische Musik mit leisem Veilchenduft und warf Bilder ihrer Jugend an die leere Wand.

Die nächsten Tage schottete sich Xola ab, antwortete nur kurz, wenn Mitarbeiter von Dr. Dunant kamen oder Essen und Trinken gebracht wurde. Wie oft zuvor versuchte sich Xola an all die Bilder, Situationen, Szenen zu erinnern, die sie mit Ron geteilt, erlebt, durchlebt hatte. Wie sie sich im Trainingscamp in Kasachstan getroffen, sich langsam angenähert hatten, sich umkreist hatten, wie zwei neugierige Tiere, die noch unsicher waren, ob der andere Freund oder Feind ist. Beide waren verheiratet gewesen und hatten sich von ihren jeweiligen Partnern getrennt, aus ähnlichem Grund: Der Weltraum, die Besiedlung neuer Planeten oder zumindest von extraterrestrischen Stationen, zog bei Ron und Xola eine Entfremdung der vertrauten Welt von Terra, ihrer bürgerlichen Existenzen und ihren Partnern nach sich.

In der Zeit der Schulung der ausgewählten Siedler waren sie ein Paar geworden, mit großer Anziehung zueinander und gleichzeitig in Konkurrenz, zum Beispiel in der Frage, wem von ihnen zwei die wichtigen Bereiche der Besiedlung zugesprochen werden würde. Ihre Familie waren die anderen Siedler, ihr virtuelles Zuhause war das Futura-Projekt, das große Lebensziel die versprochene Besiedlung eines Kleinplaneten.

Immer noch sah Xola Ron vor sich, seine schlaksige Gestalt, das bubenhafte Lachen, den großzügigen Mund und ihr Herz zog sich zusammen. Der Schmerz des Verlustes schlug über ihr zusammen und trieb ihr die Tränen in die Augen. An die anderen Siedler konnte sie sich nur bruchstückhaft erinnern, an Argo, den Mikrobiologen, der, neben Ron ihr Freund und Fachkollege gewesen war, oder an Katja, die Allgemeinmedizinerin, die so witzig war, so positiv.

Trotzdem kamen ihr keine Alltagsszenen in den Sinn, auch an das Zusammenleben mit Ron konnte sie sich nicht mehr erinnern, weggewischt von ungezählten Jahren todähnlichem Schlaf, 1000 Jahre Einsamkeit! Es hatte in den ersten Tagen, nachdem sie von ihrem Alleinsein erfahren hatte, Stunden gegeben, da wollte sie nicht mehr leben, hatte aber kein Werkzeug oder andere Hilfsmittel zur Beendigung dieses Lebens zur Verfügung, auch waren die äußeren Türen versperrt, und aus dem Fenster stürzen konnte sie sich nicht, im fünften Untergeschoß des Gebäudekomplexes.

Ein, zweimal war sie auf einen der einsamen Gänge gegangen und hatte geschrien, ihren Schmerz über den Verlust von Ron, von ihrer Welt in diese Welt hinausgeschrien. Die Wand im *kubikl*, ihrer Höhle, hatte sie dann beruhigt und Wohlgerüche, die wahrscheinlich mit bestimmten Stoffen versetzt waren, ließen sie schläfrig und ruhig werden.

Jetzt hatte eine gewisse Neugier in ihr angefangen, die Todessehnsucht zu begrenzen, ihr alter Forschergeist schien zu erwachen, der sie unabhängig von ihrer Situation zur Erforschung der neuen Welt trieb. Sie dachte an das Angebot von Prof. Dunant, sie mit Begleitung in die nähere Umgebung des Zentrums zur Erkundung ziehen zu lassen. Das erschien ihr eine gute Ablenkung, oder überhaupt eine Alternative zum jetzigen Leben in geschlossenen Räumen unter der Beobachtung von weiß Gott welchen Institutionen, Automaten, oder mechanischen Intelligenzen.

Das Denken war nach wie vor anstrengend, Xola legte sich oft und auch untertags auf das Fühlbett im Schlafabteil des *kubikl*, das sich prompt an sie schmiegte, die Temperatur der Matratze leicht erhöhte und etwas Lavendelduft in die Laken entließ. Langsam beruhigte sie sich dann immer und bemühte sich, in den Einschlafmodus zu kommen, den sie jahrelang trainiert hatte: Augen schließen und sich eine Steilküste am Meer vorstellen, an deren Fuß die Wellen langsam anrollten, sich an den runden Steinen des schmalen Strandes brachen, kurz schäumten und sich zurückzogen in das Meer, der großen Mutter. Die Steine wurden in Bewegung versetzt, schlugen aneinander und erzeugten ein vielfältiges Rauschen, eine Polyphonie der angeblich leblosen Gesteine.

Xola hatte diesen Vorgang in vollendeter Form an der Nordwestküste Irlands beobachtet, wo bei starkem Seegang die Wellen hoch und kraftvoll waren und die Steine des Ufers in wilde Vor- und Zurückbewegung versetzt hatten und damit ein gewaltiges Rauschen erzeugten, das so laut war, dass man sich daneben nicht unterhalten konnte. Die Steine waren oval bis rund, in Tausenden von Jahren abgeschliffen, haselnussgroß bis zur Größe eines Tennisballs, und auf Grund ihrer geologischen Herkunft von verschiedener Textur und Färbung: ganz schwarze Steine mit weißen Quarzeinschlüssen, grau-weiß gesprenkelte Granitkugeln, rot-weiß gefärbte Steine und rosarote Kugeln, dazwischen gelb-braun-grau-weiße Steine, eine Vielfalt, die das Auge erstaunte und zum Aufheben, Anschauen und in die Tasche stecken, verleitete.

Wenn Xola dann in einen leichten Schlaf fiel, dann beruhigten sich ihr Puls und ihr Gehirn. Die Automaten, die ihre Hirnströme verfolgten und aufzeichneten, registrierten keine Träume oder Anomalien, aber eine tiefliegende Unsicherheit.

An einem der vielen amorphen Tage wachte Xola aus einer der Beruhigungsschlaf-Phasen auf, weil einer der Betreuer in das *kubikl* kam, um sie nach Wünschen zu fragen und auch um den ersten Ausgang zu bereden. Es war der kleine dunkelhäutige Mann mit den lebhaften Augen, Rako mit Namen. Er war Xola nicht nur deshalb aufgefallen, sondern auch wegen seiner Sprachbeherrschung, er sprach fast gutes Deutsch, zwar durchsetzt mit Spanglisch, aber korrekter Wortstellung und er vermittelte Empathie und Interesse.

Rako fing ein Gespräch immer mit dem altmodischen „Wie geht es Ihnen heute?" an und so auch diesmal war das sein Eröffnungssatz.

„Gut, Rako, ich habe eben etwas geschlafen und bin noch etwas langsam im Kopf. Aber ich habe vorher über meinen

Ausgang nachgedacht und ich möchte die Überreste der Sun Ra besuchen, also jenen Ort, wo ich aufgefunden wurde. Und dann möchte ich hinaus, an die frische Luft, vielleicht in einen Park oder so."

„Prima, ich glaube, dass sich das leicht bewerkstelligen lassen könnte. Sie brauchen naturalmente eine Begleitung, nicht Bewachung, sondern Begleitung, damit Sie sich in den Gebäudekomplexen nicht verirren. Die Gebäude reichen zehn Stockwerke über den Boden und 15 unter die Erdoberfläche und sie erstrecken sich über viele Kilometer und gehen manchmal in einander über, sind Labyrinthe. Ich werde schauen, dass Lon Pun, derjenige, der Sie und die Besatzung der Sun Ra insgesamt entdeckt hatte, Zeit hat und die Führung übernehmen kann."

Dazu lächelte Rako breit und fügte hinzu: „Vielleicht *maniana*, wenn es Ihnen nach dem Aufstehen *okee* ist?"

„Natürlich und vielen Dank, ich freue mich schon, Sie können es sich gar nicht vorstellen, wie sehr! Ich habe noch eine Bitte: Könnten Sie Bücher aus meiner Zeit organisieren, Romane, Gedichte, Erzählungen?"

Rako schaute etwas verdutzt, murmelte etwas von „Ich werde es versuchen" und verschwand hinter einer Wand, durch eine Türe, die nicht sichtbar war. Xola fühlte sich wirklich besser, die Taubheit des Schmerzes durch den Verlust von Ron war da, aber nicht mehr so überwältigend wie noch die letzten Tage.

Der Begleiter

Die Tage zogen sich in die Länge, die Nächte waren auch lang und schlafarm. Lon war in einem angespannten Zustand, es war fast wie vor seiner großen Prüfung bei SciCom, als er auch die Nächte durchwachte, mit Lernen und Wiederholen, angespannt und gleichzeitig todmüde. Sein Psychocheck sagte ihm, dass er so angespannt war, weil er nicht wusste, was auf ihn zukam, falls es ihm gelänge, Xola zu treffen, in Kontakt zu treten. SciCom hatte seinen wissenschaftlichen Antrag als unterstützenswert eingestuft, aber ohne ihn mit *credits* auszustatten oder ihm ein Jahr Sabbatikal zu gewähren. Also konnte er forschen, aber in der Freizeit und vielleicht ganz ohne Forschungsobjekt/Subjekt.

Aber eines Tages erhielt er eine Nachricht von Frau Dr. Dunant, er solle in einer vertraulichen Sache persönlich bei ihr vorsprechen. Frau Dr. Dunant war die Gefährtin von Herrn Dr. Dunant, dem obersten Forschungsmediziner der Union, Leiter mehrerer medizinischer Einrichtungen und Professor der Konföderation Akademie, aber angeblich war sie die graue Eminenz hinter seinen Projekten und Entscheidungen. Lon kannte sie nicht persönlich, aber hatte sie von den wenigen offiziellen Begegnungen als eine sehr höfliche, intelligente Frau in Erinnerung. Ihm war unklar, was sie von ihm wollte, oder hatte es vielleicht mit Xola zu tun? Er, der kleine Revierinspektor der Infrastruktur der Hauptstadt, machte sich nach seiner Arbeit auf den Weg zum Büro von Frau Dr. Dunant. Er benötigte circa eine Stunde, wenn er die Express-Förderbänder benutzte, um zu ihr zu gelangen.

Wie viele Alpha-Abteilungsleiter residierte sie über der Erde in einem schönen, mit persönlichen Dingen ausgestatteten Büro. Frau Dr. Dunant war beeindruckend, nicht wegen ihrer Körpergröße, sogar Lon war größer als sie, oder Schönheit, sondern wegen ihrem Auftreten und ihrer Aura. Sie war zeitlos, konnte 45 Jahre oder 145 Jahre alt sein, sie bewegte sich graziös und schaute bestimmt und direkt in das Gesicht des Gegenübers. „Herr Lon", sagte sie, „Sie haben Frau Xola Sternfeld gefunden, Sie haben das Wrack der Sun Ra gefunden, bin ich richtig informiert?"

„Ja, das habe ich, zusammen mit meinem Team."

„Gut, Frau Xola hat den Wunsch geäußert, dieses Wrack nochmals aufzusuchen und auch die anderen Räume, die dort sind, sowie die Umgebung von der zentralen Administration, die in ihren Augen vielleicht die Regierung der Konföderation darstellt. Ohne Begleitung geht das natürlich nicht. Wir haben uns gedacht, dass Sie vielleicht diese Aufgabe übernehmen könnten. Sie würden für diese Zeit selbstverständlich von ihrer beruflichen Tätigkeit entbunden sein und alle Spesen ersetzt bekommen. Glauben Sie, dass Sie das machen wollen?"

Lon hatte Mühe seine Fassung zu bewahren. Er wurde etwas rot im Gesicht, sagte aber mit ruhiger, fester Stimme: „Ja, natürlich gern, es wird mir eine Ehre sein."

„Prima, Sie erhalten morgen über AdminCom einen genauen Plan und finden sich übermorgen in der MedUnit ein. Aktivieren Sie das Übersetzungsprogramm, Sie erhalten die neueste Version natürlich über CNScom, jene Plattform, die mit der Steuerung des zentralen Nervensystems befasst ist. Sie können auch Ihre Forschungen betreiben, klingt nicht uninteressant, was Sie da vorgeschlagen haben."

Bei dieser letzten Bemerkung umspielte ein Lächeln den strengen Mund. Lon wurde noch ein bisschen röter, aber bewahrte seinen freundlichen, unbewegten Ausdruck, sagte aber mit etwas belegter Stimme: „*Grazi*, Madame" und „Muchas gratias", weil er von Frau Dr. Dunants Äußerem auf eine südamerikanische Herkunft schloss. Dann nickte ihm Frau Doktor zu und brachte ihn zum Eingang des Büros.

Als sie in der Schleuse standen, sagte sie dann ganz schnell und mit Free-code: „Bitte teilen Sie mir Ihre Eindrücke von Frau Xola persönlich mit!"

Lon stolperte auf den Gang und suchte sein Förderband. Er war noch immer aufgewühlt, er hatte es geschafft, er war ein Glückspilz, oder war sein Antrag so gut gewesen?

Die kommende Nacht schlief Lon wieder schlecht, aber es war die Aufregung, das Unbekannte, das auf ihn zukam! In den Wachpausen überlegte er, was er am Anfang der Begegnung mit Xola sagen würde und wie er die Fragen, die er im Antrag ausgearbeitet hatte, anbringen sollte.

Aber vor allem war er neugierig auf die Begegnung mit der alten/jungen Frau, die er nach seiner dramatischen ersten Begegnung Xiaomi nannte. Aber vielleicht ist diese ungewöhnliche Frau völlig unnahbar, in ihrer Kommunikation schwer gestört. Vielleicht will sie nichts mit den jetzigen Menschen zu tun haben, ist zu fremd, ist aus ihrer Zeit herausgefallen und unfähig, die neue Zeit anzunehmen.

Jedenfalls zog sich Lon sorgfältig an, dezent in der Farbwahl, männliche Kleider ohne Verfremdungs- und Camouflage-Effekte. Hunger hatte er keinen, sein kokahaltiges Morgengetränk schmeckte ihm nicht.

Pünktlich fand er sich im medizinischen Teil des riesigen Wissenschaftszentrum ein und wurde von einem Team empfangen, dessen Leiter Dr. Dunant, der Partner von Frau Dr. Dunant, ihm die Hand schüttelte und ihn freundlich musterte.

„Sie haben unsere Agenda für das Vorhaben, dem Wunsch von Frau Xola folgend, erhalten, nehme ich an und haben sich sicher damit vertraut gemacht", sagte Dr. Dunant, nachdem sie an einem Besprechungstisch Platz genommen hatten.

„Wir haben Sie als Begleitung ausgewählt, weil Sie zum einen mit den Lokalitäten bestens vertraut sind und weil Sie selbst ein aktives Interesse an Frau Xola gezeigt haben. Neben Ihnen werden noch Frau Salo und Herr Rakic an dieser Erkundung teilnehmen, Frau Salo ist Mitarbeiterin unseres medizinischen Rates und Herr Rakic ist ein fähiger Mann für alle kritischen Lebenslagen. InfoCent ist nicht eingebunden, AdminCom schon. Haben Sie Ihr Übersetzungsprogramm aktiviert? Wir haben die alte Sprache Deutsch mit der Mundart, die Xola spricht, ausgegraben, ein Update hergestellt. Auch Spanglisch geht, Frau Sternfeld versteht viele Wörter, allerdings mit anderer Betonung und Aussprache." Lon hatte sich vorbereitet, er bejahte die letzte Frage von Dunant. „Wir werden zunächst alle mit Frau Xola Kaffee trinken, auf ihre Art, dann fühlt sie sich sicher wohler und angenommen."

Dr. Dunant hatte kaum ausgesprochen, als die Flügeltür am anderen Ende des geräumigen Besprechungsraums aufging und Frau Xola Sternfeld mit einer Begleitung hereinkam. Sie ging langsam und sicher auf Dr. Dunant zu und begrüßte ihn. Dabei beugte sie sich zu ihm hinunter, sie war groß im Kreis der Leute, nur Rakic war etwas größer. Schlank war sie und mit heller Haut, die brünetten, welligen Haare nach hinten gebunden, von einer Spange gehalten, sie war bekleidet mit einem einfachen blauen Kleid aus einem organischen Material. Sie blickte im Kreis herum und begrüßte die anderen Anwesenden in Spanglisch „Buenas dias, my friends".

„Buenas dias, Miss Xola, ich hoffe, dass es Ihnen gut geht", antwortete Dr. Dunant stellvertretend. Dann forderte er alle auf, am Tisch Platz zu nehmen, auf dem altmodische Porzellan-Kaffeetassen mit Untertassen und Kuchentellern, bereitstanden. Als alle Platz genommen hatten, kamen Robots und schenkten frisch gebrühten, dampfenden Kaffee in die Tassen und reichten Gebäck, oder Croissants, wie sie von Frau Xola in der Früh geschätzt wurden. Die meisten der Anwesenden tranken und aßen aus Höflichkeit, Lon auch aus Interesse, weil er wusste, dass diese Art des Frühstücks zu Xolas Jugendzeiten en vogue war.

Vor allem konnte er sie dabei in Ruhe beobachten, weil Dr. Dunant den Smalltalk übernommen hatte. Xola gefiel ihm, obwohl sie weit weg von gängigen Schönheitsvorstellungen war, sie hatte eine zu helle Haut, die Stirn war eher flach, der Haaransatz unregelmäßig, die Nase etwas zu lang, die Augen merkwürdig groß, blau und von der Stellung her unregelmäßig. Beim Reden schaute sie das Gegenüber unverwandt an, die Stimme war laut, der Tonfall sehr ungewohnt, die Sätze lang und die Gestik der Hände sehr sparsam. Sehr archaisch, befand Lon.

Das Gespräch drehte sich um die Station, um die Stadt und vor allem um die Computerisierung, die sie ganz ungewöhnlich und außerordentlich fand. Sie hätte auch noch viele Fragen, aber die seien wahrscheinlich eher von Technikern und Physikern zu beantworten. Dr. Dunant schlug dann das Tagesprogramm vor und stellte mögliche weitere Exkursionen in den nächsten Wochen in Aussicht. Xola sagte daraufhin sofort: „Vielen Dank, Herr Dr. Dunant! Wann geht es los, ich kann sofort losziehen, ich muss mir nur vielleicht etwas Warmes zum Anziehen holen, in den Kellergeschoßen ist es sicher kühl und zugig."

Daraufhin lachten fast alle der Anwesenden, und Frau Salo sagte sofort: „Bitte entschuldigen Sie, aber uns amüsiert der Ausdruck "Keller", der in unserer Zeit für einen dunklen, kalten Raum steht. Unsere Räume hier in Central sind alle modernst ausgestattet, klimatisiert und die meisten Stockwerke sind unter der Erdoberfläche. Aber vielleicht gehen wir auch nach draußen und da sind zu dieser Jahreszeit eine wärmere Jacke und auch Sonnenbrillen durchaus angebracht."

Xola schien daraufhin nicht ärgerlich zu sein, sondern auch amüsiert und wandte sich unmittelbar an Lon: „Schön, dass ich Sie jetzt einmal kennen lerne und Ihnen im Nachhinein meinen Dank persönlich aussprechen kann. Sie haben mich gefunden und, wie man mir erzählt hat, durch Ihr schnelles Eingreifen mein neues Leben hier ermöglicht. Ich bin schon sehr gespannt, die Sun Ra wiederzusehen und den Ort meines langen Tiefschlafs." Und ohne auf eine Entgegnung von Lon zu warten, standen Dr. Dunant und sie fast gleichzeitig auf und die Versammlung löste sich auf.

Dr. Dunant und zwei seiner Mitarbeiter gingen mit Xola zurück in deren Behausung, um eben die besagte warme Jacke und eine Sonnenbrille zu holen und mit ihr noch kurz über ihre Begleiter des Ausflugs privatim zu reden. Lon, Frau Salo und Herr Rakic blieben zurück und besprachen die Route, die Pausen, das Restaurant für das Mittagessen und eventuelle Notfälle medizinischer Art.

Alle drei waren sich einig, dass das ein sehr ungewöhnlicher Ausflug sein würde, aber auch, dass Frau Xola Sternfeld eine fähige Person war und durchaus im Stande war, mit allen neuen Dingen zurechtzukommen. AdminCent schaltete sich ein und kündigte an, die Kontrolle über alle Vorkommnisse zu übernehmen und auch die Kosten für Beförderung und Ausgaben für Essen und Trinken. Auch SciCom war zugeschaltet und würde die Gespräche registrieren und auswerten. So auch alle Äußerungen, Begegnungen, Vorkommnisse, die für das Projekt von Lon in Bezug auf Fremdheit und Anpassung wichtig waren.

Kurze Zeit später erschien Xola mit einer ihrer ständigen Betreuungspersonen, die dann Lon die Leitung der kleinen Expedition überließ und somit auch die Verantwortung für die steinalte, junge Frau.

Die erste Expedition

Lon ging voran und kommentierte die Umgebung, die Technik, die Lebensumstände der jeweiligen Bereiche. Frau Salo gab ergänzende Kommentare dazu, von denen sie annahm, dass Xola als Frau Interesse haben könnte, und Herr Rakic ging am Schluss und passte auf, dass keine gefährlichen Situationen entstanden. Er verfügte über besondere implantierte Sensoren, die ihm schon im Vorfeld eine ungewöhnliche Situation, wie mögliche physische Gefahren aus der Umgebung und merkwürdige Leute, von denen merkwürdige Signale ausgingen oder die komplett "stumm" erschienen, ohne irgendwelche Sender und Nachrichten an die Kontrollrechner, die Coms und Cents von Adminpers.

Als sie auf einem der endlosen Förderbänder standen, wandte sich Lon an Xola: „Frau Sternfeld, wir befinden uns noch immer im medizinischen Komplex der Stadt, die, wie Sie sicher schon wissen, vor allem mit Verwaltung, Wissenschaft und Technologie der Hauptstadt und der gesamten Konföderation befasst ist. Etwa eine Million Leute wohnen und arbeiten hier. Die Fluktuation der Leute ist allerdings hoch, wegen der nahen Hauptstadt."

Lon hatte mit Bedacht den Familiennamen von Xola in seiner Anrede verwendet, weil er gelesen hatte, dass das zu jener Zeit, in der die junge Frau aufgewachsen war, so üblich war. Diese Anrede schien Xola zu gefallen, sie lächelte Lon zu und fragte: „Ist hier auch eine Abteilung, die sich mit Raumfahrt und deren Technologie befasst oder ist hier nur die biomedizinische Forschung ansässig?"

„Ja, hier ist vor allem die biomedizinische Forschung basiert, aber es gibt hier auch Abteilungen, die auf dem Gebiet der Raumfahrtmedizin arbeiten. Die Raumfahrt und deren Technologien, sowie die astrophysischen Forschungsgebiete werden in einer eigenen Satelliten-Stadt am östlichen Rand der Hauptstadt durchgeführt. Das ist etwa 100 Kilometer von hier entfernt."

„Das würde mich auch sehr interessieren, aber vielleicht im Rahmen eines anderen Ausflugs."

„Ja, natürlich, heute haben wir schon ein volles Programm für den ganzen Tag."

Damit steuerten sie auf den Teil der Stadt zu, in dem die alten Raumfahrtanlagen waren und auch die vergessenen Speicher und Hangars, in denen sich die Teile der Sun Ra mit den Kokons befanden. Unterwegs erläuterte Lon die Energieversorgung und Steuerung durch Adminpers, dessen Programme schon weit in der Vergangenheit entwickelt worden waren. Zu Beginn ihres Weges bewegten sich die kleine Truppe nur oberirdisch auf Straßen und in Arkaden, gesäumt von Gewerbe- und Geschäftsgebäuden, belebt von vielen Leuten, die geschäftig ihren Zielen zustrebten. Hin und wieder wurden sie neugierig beäugt und distanziert gegrüßt, die Person Xola war etwas ungewöhnlich, ihre Aufmachung war unüblich und passte nicht in den professionellen Dresscode dieser Gegend. Rakic wirkte wie ein *sec-man*, der er ja auch war und dessen Aufmerksamkeit eben jenen Leuten galt, die die Gruppe aufmerksam beäugten.

Je weiter sie in den alten Teil dieses Stadtteils vordrangen, desto schmaler wurden die Straßen und immer weniger Leute bevölkerten sie. Schnelle Transportbänder fehlten und schon bald endeten die oberirdischen Gebäudekomplexe und sie fuhren mit riesigen Transportliften in die unterirdischen Teile des Bezirks. Xola wollte sich die Wege merken und registrierte aufmerksam Wegmarken oder auffällige Gebäude, aber im Bauch der Stadt war das nicht mehr möglich und sie gab auf. Die breiten Gänge wirkten alle gleichförmig, die Abfolge von technischen Anlagen, die Gerüche der Luftaustauscher war ungewohnt für alle, die Beleuchtung gleichmäßig hell, zu hell für Xola. Nach etwa einer Stunde Reisezeit, kamen sie an eine Schleusenanlage, die nicht ohne Weiteres zu passieren war.

„Wir kommen jetzt zu einem Teil, der früher der Versorgung der neuen Stadt gewidmet war, also nach der großen Katastrophe, durch welche die alte Megacity fast komplett zerstört worden war und unbewohnbar wurde, eben bis auf wenige unterirdische Teile, in denen die Versorgung langsam wieder aufgebaut wurde. Es gab noch einen funktionierenden

Fusionsreaktor, Steueranlagen, Hybridrechner und Tiefkühldepots mit Stammzellen von Tieren und Pflanzen, funktionierende aber antiquierte Bioreaktoren von Exo-Standard, deren Konstruktion auf sehr harsche äußere Umstände und auf mehrere hundert Jahre Funktionszeit ausgelegt war. Nur wir von der Infrastruktur-Abteilung haben hier Zutritt, manchmal verirrt sich auch ein Historiker oder Physiker hierher."

Die Sensoren der Schleuse erkannten Lon und nach ein paar Sekunden auch die Begleiter und die Doppeltüren bewegten sich lautlos und gaben den Weg frei. Die Gruppe setzte ihren Weg fort, wiederum durch breite Gänge mit Versorgungsanlagen, biotechnischen Einrichtungen und Kontrollräumen. Nur sehr wenige Techniker waren zu sehen, Männer und Frauen, die sie neugierig musterten und mit Lon einige Worte wechselten. Nach weiteren Kontrollen an Türen und Schleusen erreichten sie die Zugänge zu jenen Räumlichkeiten, in denen die Reste der Sun Ra lagen. Es waren unscheinbare Metalltüren, die dazu führten, von außen war überhaupt nicht ersichtlich, was sich dahinter verbarg. Nur Lon und seine Leute hatten den, von AdminCom gewährten, Zutritt.

Xolas Neugier wuchs, eine Anspannung bemächtigte sich ihrer. Auch Salo und Rakic waren gespannt, für sie waren diese Räume genauso fremd. Lon hielt einen Moment inne, bevor er mit seinen Begleitern in den Gang hinter den Metalltüren trat, er wollte sicher sein, dass AdminCom präsent war und sie registriert waren. Er wollte nicht in diesen alten Teilen quasi gefangen gehalten werden, weil Adminpers ihn nicht mehr registrierte, weil vielleicht, und da wollte Lon nicht wirklich daran denken, irgendjemand ein Interesse daran hätte, dass Xola wieder verschwinden sollte. Aber nur kurz war dieser Gedanke da, dann betrat er mit den anderen die alten Gänge und hinter ihnen schlossen sich leise zischend die schweren Türen.

‚Der Geruch im Gang, ja der ist mir vertraut oder war es eine Fiktion der vielen Gedanken, die ich seit meiner Erweckung an die missglückte Weltraum-Mission gewälzt hatte?', dachte Xola und verlangsamte den Schritt hinter Lon.

Der Gang war breit und an der Decke liefen unzählige Rohre und Leitungen. Ein Summen war zu hören, wahrscheinlich von Generatoren. Die LED-Lichter wirkten museal und warfen ein hartes weißes Licht an die kahlen Wände. Hin und wieder zweigten andere Gänge ab und Sicherheitstüren verschlossen Serviceräume, die seit Jahrzehnten oder Jahrhunderten nicht mehr benutzt wurden. Weitere Schleusentüren taten sich auf und schlossen sich zischend, Lon folgte den internen Anweisungen von AdminCom, aus der Erinnerung hätte er den Weg nicht mehr gewusst.

Nach einer guten halben Stunde erreichten sie eine Sicherheitsschleuse, die sehr alt aussah, mit mechanischen Teilen, welche ebenso alt aussahen. Diese Schleuse öffnete sich nur nach manueller Bedienung und gab einen Gang frei, der enger war und schlechter beleuchtet. Am Boden waren Markierungen und alte Transport-Vehikel standen abgestellt in Ausbuchtungen. AdminCom warnte Lon vor möglichen Gefahren durch lose Teile an der Decke und kündigte die nahen Zielräume an. Der Gang wurde weit und mündete in Hallen, in denen alte Teile von Maschinen und Raumschiffen standen. Transportkräne und riesige Plattformen komplettierten die Einrichtung. Das Summen von Generatoren war laut, die Windgeräusche der Klimaanlagen waren deutlich zu hören.

Und endlich kamen sie in eine riesige Montagehalle, wo auf einer Transportplattform ein ovales Metallgerüst aufgebaut war, in dem die Kokons der Sun Ra eingebaut waren. Vom Gerüst führten Kabel und isolierte Rohre in die Schluchten der Versorgungseinheiten, die im Hintergrund der Halle zu erahnen waren, die Beleuchtung war entweder ausgefallen oder war demontiert. Beim Anblick dieser Konstruktion mit den Kokons schnürte es Xola die Kehle zu, ihr Herz schlug bis zum Hals, sie wollte Lon etwas fragen, aber die Stimme versagte ihr. Salo war neben sie getreten und fasste sie behutsam am Arm, Rakic war zu Lon aufgerückt und schaute sehr wachsam in der Höhle herum.

Langsam ging die Gruppe zu der Metallplattform. Alle schwiegen, Salo fasste Xola fester am Unterarm und Lon war auch an ihrer Seite, beide erwarteten, dass Xola ohnmächtig werden könnte und ihre Stütze benötigte.

Xola blieb stehen, die Tränen kamen ihr und rannen die Wangen hinunter. Gedanken stürmten auf sie ein, Erinnerungen, Sprüche und Lieder aus ihrer Zeit wie zum Beispiel: ‚Where have you been Baby Blue …‘ und ein altes Lied tönte in ihrem Kopf: ‚Whish you were here‘. Weitere Tränen kamen und Xola musste sich an Salo und Lon abstützen. ‚Ron, Ron!‘, rief es in ihr, Bilder stiegen auf in ihr von einer Zeit mit Ron, die es nicht mehr gab, die unendlich weit zurücklag. Sie versuchte sich an die letzten Stunden vor dem Start, oder besser vor dem tiefen Schlaf zu erinnern, an das Gesicht ihrer Mitraumfahrer, an Rons Gesicht, aber die Bilder tauchten nicht mehr auf! Dunkel war alles geworden und steigerte ihre Traurigkeit und Verzweiflung. Sie wurde von einem Weinkrampf geschüttelt, ihre Konditionierung funktionierte nicht mehr.

Lon versuchte Xola zu beruhigen und sagte mit ruhiger, intensiver Stimme: „Es sind neue Freunde um dich, du bist nicht allein, niemand will dir Böses" und, als Anleihe an den christlichen Hintergrund Xolas: „Du wirst Ron und deine Raumfahrerkollegen, Freundinnen irgendwann wieder treffen."

Langsam wurde das Schluchzen leiser, das Schütteln des Körpers hörte auf, Xola fand wieder ihre Stimme: „Entschuldigt bitte, ich wollte mich nicht gehenlassen, aber es kam so überraschend, ich konnte mich einfach nicht mehr wehren, danke für euer Verständnis." Salo redete leise auf sie ein und Rakic hatte sie fest am Arm gestützt, alle drei Begleiter waren sehr bemüht und hilfswillig. Sie verstanden die Gefühle, aber nur Lon sah, wie tief die Verzweiflung und Einsamkeit Xolas war.

Xola begann langsam um ihren Kokon und um die anderen Kokons herumzugehen und inspizierte dann, immer noch leise schluchzend, die Reste der Sun Ra. Alle folgten ihr und gemeinsam machten sie einen Rundgang in der riesigen Halle mit all den Aggregaten, elektrischen Leitungsbündeln und Röhren aller Art. Lon erklärte kurz einige der Funktionen und Xola bejahte seine Ausführungen, oder widersprach auch, wenn sie anderer Ansicht war.

Sie blieb dann wieder bei ihrem Kokon stehen und richtete an Lon, der neben ihr stand, jene Fragen, die sie, seit sie wieder halbwegs klare Gedanken formulieren konnte, bewegten: „Warum sind wir nicht mit der Sun Ra geflogen und wie war es möglich, dass wir alle etwa 1000 Jahre hier unten waren, am Leben gehalten wurden und warum habe nur ich überlebt?"

Lon, der noch aufgewühlt war vom Gefühlsausbruchs Xolas vorhin, blickte sie von der Seite her an und wusste nicht was er sagen sollte. „Liebe Frau Sternfeld, ich weiß es nicht, keine der drei Fragen kann ich beantworten, aber ich kenne Leute an der Universität, die genau diese Fragen beantworten wollen und historische Forschungen anstellen. Als Leiter der Infrastruktur hier interessiert mich vor allem die zweite Frage: Welche Systeme haben die Sun Ra über diesen unglaublich langen Zeitraum versorgt und die Besatzung so lange am Leben erhalten? Und: Wir fanden bis jetzt in unseren alten Rechnersysteme Programme dafür, die die große Katastrophe überdauert haben. Wir haben die Energiequellen identifiziert, fanden den Zugang zu einem uralten Fusionsreaktor und autopoetischen Systemen. Aber wir wissen nicht, wer das alles in Gang gesetzt hat und wie alt schlussendlich diese ganzen technischen Dinge sind. Nach der großen Katastrophe ist der ganze Sun Ra-Komplex sehr wahrscheinlich in Vergessenheit geraten, aber die Systeme blieben aufrecht. Wir werden sicher noch herausfinden, wie das alles geschehen konnte. Die erste Frage von Ihnen interessiert mich und berührt mich persönlich. Sie können die Mediziner fragen, warum nur Sie überlebt haben und mich interessiert auch sehr, wie Sie mental die neue Situation empfinden, aber ich will nicht aufdringlich sein."

Xola blickte Lon unverwandt mit verweinten Augen an und gewann wieder ihr Gleichgewicht. „Danke, ich werde dran denken und mich später auch an sie wenden. Mit den Medics habe ich schon gesprochen, die haben mir etliche Möglichkeiten genannt, aber mir war schon in meinem alten Leben bekannt, dass ich genetische und epigenetische Besonderheiten habe. Mich interessiert das eher aus akademischer Neugier, aber als angewandte Systemanalytikerin interessieren mich eben diese 1000 Jahre Systemerhaltung der Sun Ra und dann die zentrale Frage: Warum sind wir nicht geflogen?"

„Wir haben alle alten Files und Memos untersucht, aber noch nichts gefunden. Die Historiker haben sich dessen angenommen, vielleicht werden die fündig. Wir haben die Sun Ra sehr genau untersucht, wir glauben, dass ein ernsthafter Start gar nicht verfolgt wurde ...“ Lon brach den Satz abrupt ab, ihm wurde bewusst, dass er eine sehr vage Annahme der Wissenschaftler ausgeplaudert hatte. ‚Hatte Adminpers das registriert? Vielleicht hörte Big Joe auch mit?‘

Xola schaute Lon erstaunt an. „Sie meinen, wir waren damals einfach eine Art Probebesatzung?“

„Nein, das heißt, ich weiß es nicht, wir wissen es nicht, wir wissen einfach noch zu wenig über die Umstände damals“, sagte Lon schnell, um das Thema zu beenden und vielleicht auch um seine Haut zu retten. Und fügte hinzu: „Sie sind sicher schon von den Historikern kontaktiert worden, um über die Umstände beim Start zu berichten?“

„Ja, schon, aber das war eher ein Erlebnisbericht, nicht wissenschaftlich dokumentiert und ich war auch lange Zeit nicht im Stande mich zu erinnern.“ Und, hier zögerte Xola: „Ich wollte mich auch nicht erinnern, alles war so unglaublich, mir zog es immer das Herz zusammen, ich hatte einen Knödel im Hals, ein flaues Gefühl im Magen, obwohl mir sowieso ständig flau war.“

„Vielleicht sollten wir zurück zur medizinischen Abteilung, in der du die ersten Wochen gelebt hast, gehen?“ warf jetzt Salo ein, die freundschaftlich mit Xola verbunden war und befand, dass es jetzt genug sei mit der Vergangenheit, die unbegreiflich und vor allem unerklärlich war.

„Ja, vielleicht können wir später noch einmal zurückkommen, wenn mehr über die Startumstände bekannt ist“, meinte Xola und wandte sich von den Kokon-Behältnissen ab und ging langsam wieder quer durch die Halle, vorbei an den Aggregaten und technischen Gerätschaften, die ihr vertraut waren, aber ihr jetzt fremd, alt, tot vorkamen. Rakic war sehr schnell an ihrer Seite und Salo ebenso. Lon ging hinterher, er war immer noch im Ungewissen, ob sein Lapsus höheren Orts registriert worden war, Unruhe breitete sich in ihm aus.

Er bezweifelte, ob er Xola je näher kommen würde und hatte das Gefühl, dass er durch seine Beruhigung vorhin eher das Gegenteil erreicht hatte. Bilder tauchten in ihm auf, von fremdartigen Gegenden, Raumschiffen, Startrampen, Kontrollzentren, archaisch wie aus einem alten Scifi-Film. SciCom spielte sie auf seinen Chip ein, nicht enden wollende Dokus aus der Zeit lange vor der großen Katastrophe.

Lon fiel hinter die drei anderen der Gruppe zurück, er strauchelte, fing sich wieder und schloß zu den anderen rechtzeitig auf, bevor sie die Ausgangstore erreichten und sich nach ihm umdrehen konnten. Wieder ging es zurück durch die endlosen Gänge und Schleusen in die neueren Gebäude-komplexe, viele Stockwerke unter der Erdoberfläche.

Lon erzählte wieder einmal wie die Rettung von Frau Sternfeld abgelaufen war, und bedankte sich wie immer bescheiden und ruhig für die bewundernden Kommentare, vor allem die von Salo. Xola blieb schweigsam, sie brütete über den Sätzen von Lon. ‚Wie war das damals? Hatte sie Hinweise, dass sie nur die Probebesatzung waren, nein, es erschien ihr unmöglich, sie und ihre Mit-Raumfahrer waren Ausgewählte. Auserwählte, ja das glaubten sie alle, es gab keine zweite Mannschaft, die dann wirklich fliegen würde. Also, was war wirklich passiert, war die Antriebstechnik defekt, oder gab es einen politischen Beschluss, eine Katastrophe, die nach ihrem Einschluss in die Kokons geschehen war?‘

Lon hatte beschlossen, eines der vielen Lokale in dem medizinischen Komplex aufzusuchen, *tschai* oder *caf* zu trinken, und zu entspannen bei Memo-Musik und lockeren Gesprächen. Also steuerte er auf ein Retro-Café namens Avicenna zu, wo auch Medics in ihren Schichtpausen saßen. Lon organisierte einen größeren Tisch und gab die Bestellungen auf. Salo und Rakic unterhielten sich über allgemeine Dinge, wie die neuen Shows und die Promis, die dort zu bewundern waren, Lon und Xola saßen zunächst schweigsam da.

Lon wusste um die einmalige Chance, so nah und quasi privat mit der ungewöhnlichsten Person der Konföderation an einem Tisch zu sitzen, noch dazu war diese Person eine junge Frau, nicht schön in seinen Augen, aber anziehend. Wie sollte er ihr Vertrauen gewinnen, mehr noch ihr Interesse wecken an seinem Projekt und vielleicht sogar an ihm?

„Also, ich bin noch aufgewühlt, Sie müssen entschuldigen, ich bin noch wie im Nebel, meine Schlafzeit war so lang und meine Erinnerung an vorher ist lückenhaft. Ich kann einfach noch nicht glauben, dass wir nie ernsthaft abgehoben haben, dass auch nachher kein Schiff zu Alpha b geflogen ist. Und ich habe immer noch Mühe, hier alles zu verstehen, die Gesellschaft, die Sprache, vor allem aber auch die Infrastruktur, die Organisation der Computer ...“

„Natürlich, ich kann mir vorstellen, dass das alles wirklich schwierig ist für Sie. Glauben Sie mir, viele Menschen hier bewegt Ihr Schicksal und wir rätseln genauso wie Sie, wie das damals vor etwa 1000 Jahren war. Es war damals eine Zeit der Blüte, wir nennen die Zeit das "goldene Zeitalter des Anthropozäns“ und beneiden die Menschen von damals. Sie haben diese Zeit erlebt und das allein ist für uns, für mich faszinierend. Ich glaube, ich könnte Ihnen stundenlang zuhören, wenn Sie davon erzählen würden, in Ihrer Sprache mit all den Kontexten, die wir so schwer verstehen.“

„Ach wissen Sie, es ist so weit weg und wie ich schon sagte, ich kann mich nur mehr lückenhaft erinnern. Aber, naja, ich könnte es versuchen. Ich habe während meiner Rehab-Zeit schon angefangen darüber zu schreiben, als Therapie gewissermaßen. Hab aber wieder aufgehört, weil mich meine Gedächtnislücken geärgert haben und ich mir außerdem wie ein Patient in der Psychiatrie vorgekommen bin. Aber es hat geholfen, es hat mir geholfen zu akzeptieren, dass mein Vorleben sehr, sehr weit zurückliegt und ich nach wie vor als Mensch lebe, nicht als Siedler mit einer großen Bestimmung und wichtigen Aufgaben, aber auch nicht wie ein Ausstellungsstück, ein interessantes Fossil, eine mediale Person, nicht zu unterscheiden von einer virtuellen Repräsentation ...“ Xola beendete den Satz nicht, sie schaute ungerichtet auf die gegenüberliegende Wand, ihre Augen überzog eine Art Schleier und sie saß sehr aufrecht und unbeweglich.

„Ja, ich kann das schon verstehen“, sagte Lon schnell, um Xola aus ihrer Starre zu holen und das Gespräch fortführen zu können. „Ich beschäftige mich auch, wie ich schon vorher angedeutet habe, mit den Phänomenen des Alleinseins, oder des Sich-einsam-Fühlens. Sie sind für mich eine sehr wichtige Person für meine Forschung und ich würde mich gerne mit Ihnen mehr darüber unterhalten, wenn Sie möchten." Lon schwieg, fast erschrocken von seinem Vorstoß, und blickte Xola fragend an, die sich langsam zu ihm wandte und ihn wieder wahrzunehmen schien.

Sie schwieg, drehte die Kaffeetasse langsam in ihren Händen und nahm dann den Kaffeelöffel in die linke Hand, so als wollte sie noch einmal den Zucker aufrühren und in der heißen Flüssigkeit auflösen. „Herr Lon, das klingt interessant, aber ich möchte noch nicht über solche Dinge, meine Wahrnehmungen und Gefühle reden. Zudem ich überhaupt nicht weiß, wer aller zuhört und welche Konsequenzen das hat. Ich habe Stimmen in meinem Kopf, sehe plötzlich Bilder ... Aber ich würde über die Gesellschaft hier und deren Organisation gern mehr erfahren, damit ich sie besser verstehe und zuordnen kann. Die Medics sind hilfreich und empathisch, aber sie reden nicht über das Leben hier, über die Gesellschaft, die Vernetzung, die Androiden, die Maschinenwesen. Könnten Sie mir etwas darüber erzählen, nein besser, wissenschaftlich berichten?"

Lon hörte aufmerksam zu und je länger Xola redete, umso aufgeregter wurde er, sein Herz schlug schneller und er hatte das Gefühl, als hätte er eben in seinem bevorzugten Ballspiel "Blitz-Ball" gegen einen starken Gegner gewonnen. Schnell sagte er: „Ja, gerne, aber ich muss dafür eine Anfrage stellen, um Sie in dieser Angelegenheit besuchen zu dürfen. Ich kann Ihnen aber vorab Unterlagen schicken, über Info-Wand oder extern, wie Sie wollen."

„Gut, bitte extern, ich habe mich an die Info-Nachrichten noch nicht ganz gewöhnt." Damit drehte sich Xola zur Seite und wandte sich bewusst den zwei anderen Begleitern zu, als wollte sie signalisieren: Jetzt ist es genug der Nähe.

‚Wenn das AdminCom oder SciCom mitgehört hat, dann ist es bald in jedermanns Speicher und ich bin am Tablett, wie ein Marzipan-Tiger zum Neujahrsfest, bevor er verspeist wird', dachte Lon und es wurde ihm heiß unterm Seidenhemd. Andererseits war es so erhebend, so gut, *kul* und *eufo* mit Xola zu reden und vielleicht Zugang zu erhalten zu ihrem *kubikl*.

In seinem *kasch* in Govpers, der digitalen Populationsinstanz der gesamten Union, wurden Lons erhöhte Testo-Werte und der Endorph-Spiegel registriert.

Er organisierte einen Gleiter für Xola, der sie in wenigen Minuten zu ihrem *kubikl* in der Medizinischen Abteilung der Universität gleich neben der Verwaltungszentrale brachte. Sie ging langsam zu ihrer Höhle, wie sie das Appartement nannte, verfolgt von vielen wachsamen und neugierigen Augen und organischen und anorganischen Gehirnen.

In den zwei Räumen angekommen befiel sie beim Anblick der fremden und doch gewohnten Zimmer und deren Einrichtung erneut eine große Leere und Einsamkeit: Ron war nicht mehr und alle anderen ihrer Gruppe. Die Freundlichkeit der Wandfarben und Möbel, die offenkundig extra nach der Art ihrer Zeit entworfen und hergestellt waren, kamen ihr wie die Zelleneinrichtung einer gehobenen psychiatrischen Anstalt vor. Ohne Schuld war sie in dieses Gefängnis gekommen und war ohne Freunde, ohne Hilfe einer Weltlichkeit, ohne Gott, Götter oder welcher sinngebenden Macht auch immer. Gefängnis und Klostermauern ohne Sinn.

‚Wie eine artfremde Made, eine Käferlarve im Kokon eines Bienenstocks, ohne Aussicht auf süßen Pollenstaub und Blumenschönheit!', dachte Xola. Sie konnte ihre Gedankenraserei rund um Ron, die gescheiterte Mission, die Unglaublichkeit ihrer jetzigen Existenz nicht abstellen. Sie versuchte, ein Buch („Die Sonnenkönigin", ein französischer Roman, der aus ihrer Zeit stammte) zu lesen, aber konnte sich überhaupt nicht konzentrieren.

Das Wohnmodul registrierte diese Turbulenzen seiner Bewohnerin und reagierte mit noch sanfterer Musik, die an Boulenc oder Nono erinnerte, färbte die Wände in neue, raffinierte Farben und erfüllte die Luft mit einem zarten Lavendelduft. Xola legte sich angezogen auf das Bett, selbst die Schuhe zog sie nicht aus. Die Raserei in ihrem Kopf verebbte, und nur ein großes Gefühl der Einsamkeit bemächtigte sich ihrer und lähmte sie.

Glücksritters Gedanken

Lon kehrte an diesem Tag erst spät in sein Modul zurück, er musste sein Pensum erledigen und einen Bericht an Adminpers, also auch an Johansson, verfassen. Natürlich einen subjektiven, der Ablauf der Expedition war Johansson durch AdminCom bereits bekannt, die oberste Verwaltungs-KI war ja mit dabei gewesen. Johansson wollte aber einen exklusiven Bericht von Lon, seinen subjektiven Eindruck von der Person Xola und von deren Fähigkeiten.

Lon stellte zuerst sein Modul auf ein Wohlfühlprogramm und bestellte sich sein Lieblingsgericht, geschmortes Lammfleisch in scharfer Kokossauce aus der "Chinapfanne", ein antiquiertes Restaurant Downtown. In etwa 30 Minuten sollte das Essen geliefert werden. Bis dahin wollte Lon an dem Bericht schreiben. Er hätte die Möglichkeit, seine Gedanken, Eindrücke, Überlegungen natürlich direkt über seinen MemoCom zu übermitteln, der dann seinerseits, gefiltert, eine Zusammenfassung an AdminCom weiterleiten könnte. Aber Johansson hatte ausdrücklich um einen schriftlichen Bericht an die allmächtige Adminpers gebeten, also musste er BrainCom abschalten und sein Großhirn auf die alte Art anstrengen. „Literatur wird es sicher nicht werden", sagte Lon zu sich selbst und setzte sich hungrig an seine Schreibfläche und begann zu schreiben:

„An InfAdRep Johansson: Bericht der ersten Erkundung von Frau Xola Sternfeld zu den alten Einrichtungen, also dem Fundort der Sun Ra. Frau Sternfeld war zu Beginn der Exkursion recht angespannt, aber gefasst. Sie neigt, so meine ich, überhaupt nicht zu Panik und Verzweiflung, zumindest während der Zeit, in der ich sie begleiten durfte. Wir sind denselben Weg in die alten Weltraumhallen mit Transportern gefahren bzw. gegangen, den wir bei unserem ersten Erkundungsgang vom Infra-Zentrum genommen hatten. Diesmal war die entscheidende Schleuse sichtbar und offen, sodass es kein Problem war, direkt in die Bereiche der alten Stadt vorzudringen. Nach etwa zwei Stunden haben wir die

Halle mit den Resten der Sun Ra betreten. Frau Sternfeld war sehr aufgeregt, aber wir (Herr Rakic, Frau Salo und ich) waren alert und hätten sie sofort gestützt oder medizinisch versorgen können, falls Frau Sternfeld ohnmächtig geworden wäre. Frau Sternfeld schien sich nicht an technische Details und Abläufe ihrer Behandlung im Zuge der Tiefstschlaf-Phase erinnern zu können. Aber sehr wohl an ihre Gefühle vorher, die letzten Stunden davor und während der bewusst erlebten Einschlafphase.

Vor Ort hat sie sich aber ziemlich ausführlich über die technischen Details der Kokons erkundigt und sie stellte Fragen das Nicht-Starten der Sun Ra betreffend. Über die extrem lange Phase ihres Tiefstschlafs war sie nicht sehr erstaunt, der Schmerz über den Verlust ihrer Kameraden und im Besonderen von "Ron", ihres Vertrauten und Gefährten, war sichtbar und überwältigte sie schlussendlich, sodass sie unseren physischen und psychischen Beistand brauchte. Auf dem Weg zurück hat sich Frau Sternfeld stabilisiert und konnte wieder selbstständig gehen und die Transportmittel benutzen.

Wir sind anschließend noch in eine Café-Bar gegangen, um die Exkursion in der Gruppe aufzuarbeiten und positiv zu beenden. Wir haben uns zunehmend angeregt unterhalten. Frau Sternfeld ist an weiteren Exkursionen auch ins weitere Umfeld der Stadt interessiert, sie will auch mehr über unsere Gesellschaft, deren Zusammensetzung usw. erfahren. Ich habe mich bereit erklärt, sie dabei zu begleiten und zu unterstützen, natürlich wenn das auch im Interesse von InfraCom und AdminCom ist.

Ich glaube, dass dieses Interesse auch für uns und SciCom von Wichtigkeit sein könnte, ganz abgesehen von einer Neugier der Gesellschaft, von einem Millenium aus erster Hand zu erfahren. Insgesamt stellt sich mir Frau Sternfeld als eine stabile Persönlichkeit dar, die aber noch nicht in unserer Gesellschaft mit den technischen Fortschritten angekommen ist. Ihre mentalen Fähigkeiten sind eindeutig im emotionalen, sozialen Bereich angesiedelt und nicht im technisch-naturwissenschaftlichen. Ob sich das noch ändern wird, weiß ich nicht. Diese Einseitigkeit könnte mit zerebralen Schädigungen durch den langen Tiefstschlaf zusammenhängen oder aber ein phänotypisches Merkmal von Frau Sternfeld sein."

Lon seufzte und übermittelte ein gedrucktes Exemplar des Textes an Johansson. Dann erinnerte ihn der Duft von frisch gebratenem Fleisch und von Gewürzen an seinen Hunger. Foodexpress hatte das Gericht herangeschafft und in der Kochnische des Apartments hatte es die Robot-Küchenhilfe angerichtet. Er stürzte sich auf das Essen und aß mit viel Hunger und Appetit und trank dabei einen angereicherten *tschai*. Dabei sah er an der gegenüberliegenden Info-Wand, die 24 Stunden am Tag News, Unterhaltung und Tatsachenberichte lieferte, die neuesten Shows aus der Hauptstadt.

Er war in bester Stimmung und hatte Lust auszugehen, Leute zu treffen, die er schon lange treffen wollte, aber dazu in letzter Zeit keine Termine dafür hatte. Immer wieder kehrten seine Gedanken zu Xiaomi zurück, an ihre Trauer an die dunklen, tränengefüllten Augen. Ihre große Gestalt, die dunkle Stimme ... Medcom schickte ihm einen Hormonspiegel-Update und sein Psycho-Coach machte ihn auf die Gefahr einer möglichen unpassenden Verbindung aufmerksam.

Trotzdem zog Lon einen neuen Freizeitanzug an, der verschiedene Farben projizierte und ihm ein sportliches Aussehen verlieh. Er besah sich am Bildschirm im Badezimmer in Echtzeit und in virtuellen Szenen außerhalb der Wohnung im Umgang mit Freunden und auf der Flaniermeile seines Stadtsektors. Was er im Spiegel sah, machte ihn zufrieden mit seinem Aussehen. Er sah zwar einen Mann im reiferen Alter, aber die Falten um den Mund machten ihn nicht älter und die grauen Härchen an den Schläfen machten ihn interessanter. Der Freizeitanzug verdeckte die äußeren Zeichen guter Ernährung mit zu wenig Bewegung und ließen ihn schlanker aussehen. ComCom bestätigte Lon, dass er gut aussehe und gab ihm Tipps, wie er neue Freunde gewinnen könne.

Damit machte er sich auf den Weg. Dabei überlegte er, ob er Enna kontaktieren sollte, vielleicht hatte sie von Big Joe etwas erfahren und überhaupt wollte er sie gern wieder einmal treffen. Er versuchte vorsichtig über BrainCom Kontakt aufzunehmen, aber der Adressat war blockiert. Enna war entweder bei Big Joe oder sonst irgendwo privat unterwegs und wollte nicht gestört werden. Also beschloss Lon, in eines seiner bevorzugten Lokale namens Gagarin zu gehen, in der Hoffnung Freunde zu treffen, oder vielleicht berufliche Kontakte zu knüpfen. Er schlenderte an den vielen luxuriösen Geschäften vorbei, wo die neuesten Kleider, Spiele oder Updates angeboten wurden. Er durchquerte einen der vielen Aquaparks, in denen beleuchtete Wasserspiele und Installationen untermalt von psychodelischer Musik gezeigt wurden.

Das versetzte ihn in eine euphorische Stimmung, Xiaomi fiel ihm ein und was sie wohl jetzt machen würde. ‚Ausgehen würde sie sicher nicht mit ihm, was würde sie überhaupt mit ihm unternehmen wollen? Sie wollte mehr über den Staat, die Gesellschaft, die Menschen, über die Zeit wissen. Wollte sie vielleicht über ihn was wissen, nein nicht wirklich, war wohl ein Wunschgedanke. Und was wollte er von Xiaomi, nur reden, Sex, Abenteuer?' Mit solchen diversen Gedanken ohne Ziel schlenderte er in Richtung der Ebene, wo das Gagarin gelegen war. Allerdings konnte er nicht weiter über Xiaomi nachdenken, ComCom schaltete sich nach einiger Zeit ein und brachte ihn auf andere Gedanken.

Er dachte wieder an Freunde, die er schon lange treffen wollte, Frauen, die er attraktiv fand und die er unbedingt kontaktieren wollte. Im Gagarin war Hochbetrieb, am späten Abend gingen viele Leute aus, ein buntes Gemisch von Personen verschiedenen Alters und Professionen, Homos und Andros. Einzelne Alphas waren um diese Tageszeit auch auf einen schnellen Drink in die Szene-Bar gekommen. Lon gab seine Bestellung auf, er hatte Lust auf einen Krabben/Wodka-Cocktail, ein Gebräu, das sehr traditionell war und nur an Homos ausgegeben wurde.

Er kam unter den Pilzständern, von denen Wohlgerüche herab diffundierten, sehr rasch mit einem Raumfahrttechniker namens Wulf über Raumschiffantriebe ins Gespräch. Lon war kein Antriebstechniker und seine Ausbildung als Physiker lag schon weit zurück, aber sein Interesse war durch die Entdeckung der Sun Ra geweckt worden. Die Entwicklung der Raumschiffantriebe war über Jahrhunderte stillgestanden, die Klimakatastrophe und der große Krieg waren schuld daran.

Aber in den letzten 150 Jahren waren die neuen Jonen-Antriebe mit Erfolg entwickelt und getestet worden. Die Trabanten von Terra konnten in Tagen erreicht werden und interstellare Fahrten würden bei einer weiteren Verbesserung auch möglich sein. Wulf redete sich auch in Fahrt und kam dann auf den „menschlichen Faktor" zu sprechen, den er für zu wenig berechenbar einstufte.

Menschen für über 500 Jahre in Tiefstschlaf zu versetzen, schien ihm unmöglich zu sein. Lon war versucht, seine jüngsten Erlebnisse diesbezüglich zu erzählen, aber irgendetwas hielt ihn davon ab. Jedenfalls war das Problem des Tiefstschlafs oder der Konservierung von komplexen Lebewesen nach wie vor ungelöst. Wie alle begeisterten Techniker hielt er kein Problem für wirklich unlösbar und wie fast alle Physiker fand er die Arbeit von Biologen, Biophysiker, Psychologen und erst recht die der kulturwissenschaftlichen Fächer für stümperhaft und reformbedürftig. Lon sah keinen Sinn darin, Wulfs Meinung zu ändern, es hätte den ganzen Abend gebraucht und viele teure Szene-Drinks.

Zum Glück sah er aus den Augenwinkeln Frau Dr. Dunant relativ unbeteiligt und nur mit einem Begleiter in einer anderen Ecke der Bar stehen. Er entschuldigte sich bei Wulf, verabschiedete sich mit Austausch der Adressen und schlenderte zu Dr. Dunant. Die war überrascht, aber auch erfreut, Lon wieder zu treffen. „Wie geht es Ihnen Herr Pun?"

„Danke, gut und wie ist Ihr Wohlbefinden?"

„Alles gut. Ich war die letzten Wochen in der amerikanischen Föderation, um vor Ort das neue medizinische Netzwerk zu begutachten. Übrigens hat sich auch dort der interessante Fund der Tiefstschläferin herumgesprochen und ist auf lebhaftes Interesse gestoßen. Gleich zu diesem Thema: Haben Sie weiterhin Kontakt zu den Medics hier diesbezüglich oder ist es Ihnen sogar gelungen, mit der Frau persönlich in Kontakt zu treten?"

„Ja, ich habe Kontakt gehalten und mir war es auch gestattet, mit ihr und anderen Mitarbeitern eine Exkursion zum Fundort des alten Raumschiffes zu unternehmen. Es war sehr interessant, Frau Sternfeld scheint neurologisch fast wiederhergestellt zu sein, aber die emotionalen Komponenten sind noch sehr dominierend."

„Naja, dies kann noch eine Spätfolge der unglaublich langen Schlafzeit sein oder auch eine genetische Veranlagung, wobei das schon auch merkwürdig ist, weil Siedler normalerweise emotional sehr kontrolliert sein sollen oder auch sind. Sie sagen, Sie hätten persönlich einen Kontakt mit Frau Sternfeld herstellen können, werden Sie auch weiterhin Exkursionen unternehmen und planen Sie Interviews im Rahmen Ihres Projekts?"

„Ja, natürlich, auch Frau Sternfeld hat den Wunsch geäußert, die Gegend weiter zu erkunden und mehr über unsere Gesellschaft lernen zu wollen. Allerdings wird das noch sicher ein, zwei Monate dauern, bis sie organisch völlig wiederhergestellt ist, – soweit das möglich sein wird."

„Sehr schön, ich hoffe Sie können den Kontakt aufrechthalten, ich bin nach wie vor sehr interessiert daran, was bei Ihrem Projekt herauskommt, es ist doch eine sehr fremde Welt für jemand, der ein Millenium der Erdentwicklung versäumt hat. Übrigens, haben Sie auch mit Medics über die langfristigen Risiken von Frau Sternfelds Leben hier geredet?"

Frau Dr. Dunant schaute ihn erwartungsvoll an, aber Lon sagte ehrlicherweise: „Nein, noch nicht, es gab noch keine Gelegenheit dazu."

„Naja, es werden sich sicher noch Gelegenheiten ergeben, um mit den fachkundigen Leuten ins Gespräch zu kommen. Jedenfalls war es schön, Sie wieder einmal getroffen zu haben! Ich muss leider zu einem Sitzungstermin, den ich nicht versäumen sollte. Aber vielleicht können wir irgendwann, wenn es Ihnen gefällt, einen Papaya-Coca miteinander trinken und in Ruhe über Ihr Projekt plaudern?"

„Ja, gerne, aber ich werde noch etwas Zeit benötigen, glaube ich. Ich melde mich bei Zeiten!" Lon verbeugte sich leicht und die kleine, quirlige Frau Dr. Dunant entschwand über einen Hinterausgang.

Lon wandte sich den Menschengruppen zu, um andere Bekannte zu sichten, oder einfach um in der Menge einzutauchen. Er ertappte sich dabei, keine Bilder von Frau Dr. Dunant in sich aufkommenzulassen, geschweige denn von

Xola Sternfeld, warum nur, es war ja ganz normal! AdminCom registrierte ja alle fokussierten Gedanken, speicherte sie, um sie dann für sein Fortleben und seinen beruflichen und sozialen Alltag zu verwenden. Und je nach Wichtigkeit wurden sie an Adminpers sofort übermittelt!

Also, warum versuchte er, diese Bilder nicht wirkmächtig für AdminCom werden zu lassen? Misstraute er AdminCom? Und, konnte er überhaupt etwas an AdminCom oder PersCom und Intracom vorbei planen und denken? Er hatte keinen Alpha-Status, also keine Möglichkeit, bewusst AdminCom und erst recht nicht Adminpers zu umgehen. Zu seinem Glück sah er Ramos mit Freunden, jeder ein Glas in der Hand, lachend und gestikulierend in einer Ecke stehen. Lon schlenderte zu ihnen und wurde sofort in ein Gespräch verwickelt, das die neuesten Musikshows mit Akrobatik zum Thema hatte.

Hin und wieder linkten sie sich ein und erlebten die Akrobaten und Musiker, die Bewegungen und die Musik. Erstarrt standen sie dann für Momente da, den Mund ungläubig geöffnet, die Augen ungerichtet, den Blick nach innen. „Phantastisch!", sagte dann jeder ungläubig. Ramos gab eine Runde aus, ein Kellner-Robot brachte volle Weingläser, deren Inhalt in allen Regenbogenfarben strahlte: „Rainbow, wie bestellt und achten Sie auf Ihre Gesundheit", sagte er, verneigte sich vor Ramos und stakste wieder zurück in seine Nische. Das stark alkoholhaltige Getränk duftete verführerisch nach Zimt und Koka und schillerte in allen Farben.

„Auf uns", rief Ramos. „Und auf Xiaomi", fügte Lon leise hinzu. Aber niemand hörte ihn, die Musik war zu laut, das Stimmengewirr zu vielfältig. Alle tranken, in großen Schlucken die meisten, Ramos und sein Bruder ex, also in einem langen Zug! Dann lachten sie und der Bruder bestellte noch eine Runde. Wieder kam der Robot, aber diesmal reichte er nicht sofort die Gläser herum, sondern hielt zunächst einen kleinen Vortrag über die Schädlichkeit des exzessiven Alkohol- und Kokagenusses.

Die zweite Runde Drinks verschwand in den Mägen der Männer ebenso schnell wie die erste und einer der Techniker orderte eine dritte. Allerdings wurde nur etwa die Hälfte der Leute bedient, einige erhielten vom Robot-Kellner Bescheid, dass sie schon über ihr persönliches Limit von Alkohol und Koka sein würden, tränken sie auch die dritte Runde mit. Bei der vierten Runde bekam niemand ein Getränk, aber die Lustigkeit war schon erheblich, sodass noch mehr von dem Gebräu gar nicht mehr nötig war, um die Stimmung anzuheizen. Die lauten Gespräche drehten sich um die neuesten Shows, um unmögliche Vorfälle im Beruf und natürlich um Frauen oder Männer, je nach Bevorzugung.

Irgendwann tauchte auch die rätselhafte Frau aus dem Kokon auf und Ramos war der Star der Runde. „Die wäre doch was für dich", meinte einer seiner Freunde, „du bist ja auch nicht mehr der Jüngste und du stehst auf große, helle Frauen." Großes Gelächter, Ramos genoss die Anspielung. Lon hielt sich zurück, irgendwie war es ihm peinlich, er genierte sich für Ramos und stimmte auch nicht in das Gelächter ein.

Unwillkürlich dachte er auch daran, ob ihm Enna oder Xola besser als Frau gefiel. Xola war eigentlich nicht sein Typ: zu groß, zu ungeschlacht, zu hellhäutig. Aber sie war exotisch und extrem interessant, schon auf Grund ihrer Vorgeschichte. Wahrscheinlich könnte sie unendlich viel über die alte Welt erzählen und über sich als Raumfahrerin. Aber selbst dann, falls er einen engen Kontakt herstellen wollte, war es schwierig an sie physisch heranzukommen. Und, wie ihm wahrscheinlich SocCom einspeiste: Warum sollte sie ausgerechnet ihn, den kleinen Lon mögen und sollte sie überhaupt jemanden in dieser neuen Welt mögen? Sie kämpfte um ihr Überleben, sowohl physisch wie psychisch und da brauchte sie fähige Medics und Psychos und keinen mittelmäßigen Infrastruktur-Spezialisten.

Wie kommt Big Joe an die Macht ?

Träge wehten Staubfahnen über die graugrünen Bäume des Parks vor dem Zentralgebäude von AdminCom, in dem Verwaltungspersonal, Andros und Robots arbeiteten. Der Herbst war gekommen und die ausgedörrte Steppe gab ihre Erde den Winden preis, so als wollte sie weg nach Westen, wo der Regen noch fiel und Grün die Farbe der Erde war, nicht Gelbgrau und Graugrün.

Johansson blickte aus dem Fenster des Büros, ein Luxus, den nur die Menschen der obersten Verwaltungsebene genossen. Er stand von seinem Arbeitsplatz auf und trat zum Fenster, um den Wind, den Staub, die großen, alten Bäume besser sehen zu können. Er hatte sich eben mit den Medics über die alte/junge Frau unterhalten.

Fast sechs Monate war es schon her seit ihrer Entdeckung und Erweckung und immer noch waren viele Fragen ungeklärt, umgab die Aura des Unglaublichen diese Person. Dass sie außerordentlich war, war unbestritten, ihr Genotyp, noch mehr ihr plastischer Phänotyp erstaunte die Wissenschaftler. Mittlerweile war die Klonierung angelaufen, die In-vitro-Organbildung hatte begonnen, alles lief nach Plan, aber LANGSAM.

Johansson war ungeduldig, er wollte wissen, ob es möglich war, Hominiden mit neuen Eigenschaften herzustellen, etwas was in den letzten 200 Jahren nicht mehr richtig gelungen war, zu instabil waren die Züchtungen, anfällig gegen Krankheiten aller Art. Für seine Pläne benötigte er stabile Züchtungen, belastbar und auf natürlichem Wege fortpflanzungsfähig.

Zwei Hauptprobleme gab es: Bis jetzt war es nicht gelungen, verlässliche und detaillierte Daten über die Besatzung der Sun Ra zu lokalisieren, vor allem auch die Protokolle für die Tiefstschlaf-Prozedur waren spurlos verschwunden, obwohl in der Originalliteratur diese Protokolle in der Spalte "nicht vernichtet" eingetragen waren. „Aber wo waren sie dann, welcher verdammte Idiot hatte sie versemmelt oder willentlich versteckt, damit die Methodik nicht bekannt werden würde?", überlegte Johansson laut und dachte dann über das zweite unmittelbare Problem nach, die Beschaffung und Weitervererbung des außerordentlichen Genotypus/Phänotypus der jungen/alten Frau. Die Medics hatten es verabsäumt, Eizellen zu entnehmen, solange Xola im Regenerationsschlaf war und ComCent sie noch nicht erfasst hatte. Jetzt war das zu spät, Ethpers würde so einen Eingriff niemals bewilligen, und ob Xola diesem Eingriff selbst zustimmen würde, war mehr als fraglich.

Das ließ eigentlich nur die zweite legale Möglichkeit offen: Die junge Frau müsste sich in einen geeigneten Mann verlieben und Kinder bekommen. Aber selbst Johansson, der in solchen Dingen ein patriarchalisches Verständnis pflegte, wusste, dass das nicht so einfach ist. Er beschloss *asap* mit Talal Shi, einer alten Bekannten, zu reden, die mit ihm schon lange eine lose Beziehung pflegte, sie war ein Medic, sehr hochrangig, Alpha-Klasse und war schon recht alt, aber erstaunlich erhalten oder kannte Verjüngungsmethoden, die nicht allgemein bekannt waren. ,Eine schöne Frau obendrein', dachte Johansson, ,was für eine wunderbare samtene Haut sie hatte …' Er wollte ihre Meinung als Frau und Medic einholen, um gegebenenfalls einen geeigneten Kandidaten zu finden. Paarungsbereitschaft sollten die Medics erzeugen, es gab sicher jede Menge Chemie, womit das zu erzeugen war – zumindest kurzfristig.

Johansson nahm Kontakt zu Talal Shi auf und vereinbarte sofort ein Treffen für die nächsten Tage, das heißt er lud sie mit brachialem Charme zu sich in seine Wohnung ein, mit der Aussicht auf ein exquisites Buffet und einer Life-Schaltung zu einem Konzert einer berühmten Showband mit Namen "Galaxy".

Zudem waren seine Privaträume für AdminCom und CentCom nicht zugänglich und als einer der wenigen in der Stadt hatte Johansson die Möglichkeit, seine ZNS-Chips stillzulegen, als auch die seiner Gesprächspartner. Also kam Frau Shi zu Johansson, sie hatte ihren schönsten Sari angezogen, der sich wunderbar an ihre Figur schmiegte und ihr ebenmäßiges Gesicht zur Geltung brachte.

Johansson war charmant, wie zu den Anfangszeiten ihrer losen Beziehung, das Buffet mit Köstlichkeiten aus allen Landesteilen der Konföderation wurde von den Haus-Robots diskret serviert, lebensgroße Holos der Galaxymusiker besiedelten den riesigen Wohnraum. ,Perfekt, aber was führt er im Schilde, wozu das Ganze, wir kennen uns ja schon so lange?', dachte Talal bei sich, während sie geröstete Kokos-Shrimps naschte und mit echtem Wein hinunterspülte. Aber die Show war so perfekt, der Wein so gut, dass sie diese Gedanken vergaß und einfach alles genoss, was geboten war.

Johansson war zuvorkommend und sprach auch rege dem Wein zu, seine Gesichtsfarbe wurde röter, die Augen kleiner und sein Lachen lauter. Irgendwann sagte er so beiläufig: „Ach, Honey, es ist schön, mit dir hier zu sitzen und den Abend zu genießen, und mich nicht dauernd um die ganzen Dinge im Zentrum kümmern zu müssen, wie zum Beispiel um die Sache mit der alten Frau aus dem Raumschiff."

Talal war sofort hellwach und wusste unmittelbar, dass Johansson ein Problem hatte und ihre Hilfe brauchte. „Ja, aber die ist doch in guten Händen und die Finanzierung hast du auch auf die Reihe gebracht."

„Ja, schon, aber wir wissen immer noch zu wenig über sie, die Schiffsprotokolle sind nicht aufzufinden und sie kann sich an sehr wenig erinnern, an die Tiefstschlaf-Protokolle zum Beispiel. Außerdem ist sie eigentlich eine junge Frau und braucht einen Partner, damit sie nicht trübsinnig wird. Und vielleicht will sie auch Kinder, zu ihrer Zeit war das ein gängiges Nachzuchtschema."

‚Ah, das ist es also‘, dachte Frau Dr. Talal, ‚ich soll ihm helfen, einen Mann zu finden. Aber warum nur, ist er auf Kinder von dieser Frau aus? Könnte es sein, dass die Medics ihren Genotyp nicht wirklich entschlüsseln oder einschätzen konnten und nun wollen sie ein Zuchtprogramm starten?‘ „Ja", sagte sie laut, „die arme Frau muss sich ziemlich einsam fühlen."

„Eben, muss ja nicht sehr angenehm sein in einer fremden Welt aufzuwachen. Hör mal, wie siehst du das, wie könnte sie Männer kennenlernen, die ihr gefallen könnten?"

„Mmm, ich weiß nicht, aber ich könnte mich darum kümmern. Wahrscheinlich kommen eher Männer in Frage, die an dieser merkwürdigen Frau Interesse zeigen, ihr Problem auch verstehen. Die Frau ist ja nicht sehr hübsch und schräg ist sie auch. Und innerlich vereinsamt, glaub ich, oder könnte ich mir vorstellen. Aber, verzeih die Frage, könnten wir nicht einfach ihre Eizellen gewinnen und mit geeigneten Samenzellen fusionieren, ausbrüten, oder einer Leihmutter anvertrauen?"

„Nein, nein das wollen wir nicht, die epigenetischen Folgen sind zu unwägbar, außerdem würde sie sicher etwas dagegen haben. Und sie kommt aus einer Zeit, in der die Rolle der

Mutter für die Entwicklung der Kinder noch sehr groß war. Also wäre es wunderbar, wenn du dich umhörst und vielleicht Männer findest, die in Frage kämen." Dann verabschiedete er Talal, wiederum mit charmanten Floskeln, aber ohne erotische Anspielungen, geschweige denn mit einer Einladung zu einem Tête-à-Tête und aktivierte wieder seine Interkom/AdminCom-Verbindung, damit seine Absenz für Adminpers nicht zu auffällig ist.

Er wusste nicht, dass Intercom das Gespräch sofort an Adminpers, der Medizin-Code war kein Hindernis, den hatte AdminCom schon längst geknackt. Und der Chip von Johannsson war für die digitalen Personen mittlerweile so durchlässig wie ein Nudelsieb …

Partner

Xola

Diese Nacht, also nach dem Tag des Besuchs der Sun Ra, träumte Xola von Ron! Ron war kleiner und jünger, wie sie ihn in Erinnerung hatte, aber unverkennbar, das helle Gesicht, die wachen Augen, die kurzen blonden Haare. Er schaute sie nur an, öffnete den Mund, um etwas zu sagen.

Xola wachte auf und blickte in ihrer ‚Höhle' herum, wie sie das *kubikl* (manchmal liebevoll) nannte und dachte, wie so oft, über die gescheiterte Sun Ra-Mission nach und vor allem darüber, warum sie als Einzige überlebt hatte und warum Ron nicht. Wie immer bekam sie eine Enge in ihrer Brust, wenn die Erinnerung unweigerlich zu Ron kam, warum nur warum hatte er nicht überlebt?

Wahrscheinlich war ihr Überleben tatsächlich den biologischen Besonderheiten ihres Geno/Phänotyps geschuldet, wie die Medics hier behaupteten. Rons Bild und Gegenwärtigkeit war in den letzten Wochen schärfer und wirklicher geworden, aber immer noch weit weg und lückenhaft. John, einer der IT-Medics und Spezialist für ZNS-Chips hatte ihr gesagt, falls sie einen Chip implantieren lassen würde, dann könnte man die Präsenz noch wesentlich steigern, bis hin zu Stimm-Echtheit und einem Geruchsprofil. Er hatte allerdings auch hinzugefügt, dass sie dann in den Bereich von Adminpers, Compers und deren Com-Untergruppen eingegliedert werden würde, etwas was Xola strikt ablehnte.

Wie hätte Ron ihre Situation gemeistert? Wäre er sofort getürmt oder hätte er sich zuerst mit den neuen Dingen hier vertraut gemacht, sich integriert und dann versucht, seinen Freiraum zu finden und ein Ziel hier zu verfolgen? „Ziel, ja Ziel, das geht mir ab", sagte Xola laut und dachte: ‚Welches Ziel hätte Ron verfolgt? Hätte er versucht, sofort wieder in die Mannschaft eines interplanetarischen Raumschiffes zu kommen? Wäre er sofort in die Medien gegangen und wäre ein berühmter Exot geworden? Oder hätte er zuerst die Gesellschaft, die neuen Technologien, die politischen Systeme zu verstehen versucht und wäre dann in irgendeinem Feld ein Spezialist und Ratgeber geworden?' Ron war Ökologe, und so wie sie auch, Systemtheoretiker gewesen, hatte nie Panik gezeigt und behielt immer den Überblick, den Blick aufs Wesentliche.

‚Also, Xola, einsames Mädchen, was hast du für Ziele, was ist dir wichtig, ist dir das Leben überhaupt wichtig, oder willst du nicht mehr leben, hier in der Fremde, als ein Relikt aus der Zeit, als noch Schönheit war und Gedichte auf Deutsch gelesen wurden?', dachte Xola und sagte über sich lautlos: ‚Ja, ich will weiterleben und die neue Gesellschaft kennen lernen. Dann wird sich sicher eine Möglichkeit ergeben, ein Ziel anzusteuern, das realistisch ist, vielleicht die interplanetarische Station, falls so etwas noch existiert.'

Doch dann verließ sie wieder der Mut und die Zuversicht, die Welle der Einsamkeit schlug über ihr zusammen. Ron, der zuerst so nah war, entfernte sich, sie sah sein Gesicht nicht mehr, verschwunden in einem dichten Nebel, in jenem Nebel, der, an kühlen Morgenstunden in den Donauauen ihrer Kindheit hing. Sie wurde zum kleinen Mädchen mit hellen Zöpfen und verträumten Augen, welches allein im Nebel, im offenen Garten ihrer Großmutter stand, alleingelassen, aber neugierig. Ihr *kubikl* reagierte prompt, sanfte Musik, liebliche Düfte, Wohlfühlatmosphäre …

Johannson

„Also ich habe jemand auf die Suche nach einem geeigneten Partner geschickt, wir brauchen diesen archaischen Zugang zu Xola, oder wir verlieren die Unterstützung der Konföderation, als der Verwaltungsplattform." Johansson hatte den Ton erhoben, um Wu Lee zu überzeugen, seinen Partner vom obersten Wirtschaftsrat. Wu Lee hatte ihn gedrängt, an Eizellen von Xola zu kommen und außerdem die Protokolle für den Tiefstschlaf zu finden: „Wir benötigen dieses Protokoll, es ist die Ergänzung zu Xola, ihrem Genotyp. Vielleicht ist es irgendwo in einem unbewussten Speicher ihres ZNS abgespeichert, sie hat es sicher vor der geplanten Reise gelesen. Vielleicht erlaubt sie einen einfachen Hirn-Chip, der ihr auch selbst nützlich sein kann? Hey Joe, wir brauchen alles asap! Heja!" Big Joe schaute etwas säuerlich.

Lon und Enna

Lon hing nicht weiter seinen Gedanken nach, der ernüchternden Erkenntnis, dass er zu klein, zu mittelmäßig war, um an Xola, an die große Exotin, heranzukommen. Vielleicht war sie einer jener Frauen, die man das ganze Leben begehrt, so wie er das auch gelesen hatte in Texten aus der Frühzeit der europäischen Kultur, als Männer mit Schwert und Lanze, in schweren Rüstungen kämpften, manchmal für die Frauen ihrer Könige, unerreichbar, schön, wie Göttinnen. Also würde er für Xola, die Unerreichbare, kämpfen, damit sie nicht zum politischen Spielball wurde, degradiert zum genetischen Material, digital ausgeschlachtet, zur kurzweiligen Show benutzt, global vermarktet und am Schluss wieder weggefroren mit einer Technik, die so primitiv war, dass sie nie mehr wieder als lebender Mensch aus dem flüssigen Stickstoff entsteigen würde, sondern nur als Haufen vorwiegend geplatzter Zellen in einem anonymen Grab enden würde.

‚Enna, ja sie würde er wieder kontaktieren, vielleicht wusste sie schon wie die nächsten Schritte von Big Joe und seinen Kumpeln aussehen würden.' Enna war zufällig in der Nähe und nicht beschäftigt und an einem der vielen Rec-Center trafen sie sich bei Kaffee mit Zimt und Cognac. Küsschen auf beide

Wangen, Kompliment hin und Kompliment her, wie es zwischen Ex von EthCom eingefordert wird.

„Ich war mit Xola in einer entlegenen, riesigen Halle, wo die Reste der Sun Ra lagern. Es war ein berührendes Erlebnis, unbegreiflich für sie und für mich sowieso!", sagte Lon und schrieb gleichzeitig ein, zwei Sätze auf ein Stück Papier, das er Enna übergab.

„Ja, kann ich mir vorstellen, mich erstaunt einfach die Tatsache, dass diese Frau vor etwa 1000 Jahren gelebt hat. 10 Milliarden Menschen, archaische Raumschiffe, Gewalt, Kriege und der erste Kollaps des Ökosystems. Was glaubst du, ist das Fremdeste für sie?" Und Enna las dazu die zwei Sätze und schrieb zwei zurück.

„Ich glaube, die Chips im Zentralnervensystem, die Steuerung durch Computer, die alles wissen, alles besser wissen. Vielleicht auch die ganze Organisation des Planeten." Lon las die Sätze und schrieb schnell noch einen dazu.

Enna lächelte und sagte in ihrer unübertroffenen charmanten Art: „Lon, Honey, du hast nach wie vor reges Interesse an dieser Frau. Findest du sie attraktiv, und wenn ja, warum?"

Lon wich Ennas Blick aus und spürte eine gewisse Aufwallung, die sicher in eine Errötung gemündet hätte, wenn sein Gesicht von Kaffee und Cognac nicht schon gerötet gewesen wäre. „Also ich weiß es nicht, mich fasziniert diese Frau aus akademischem Interesse. Sie ist ja nicht attraktiv und weit weg von schön und anziehend … Ich bedaure sie auch und möchte ihr helfen, hier Fuß zu fassen und ihre Einsamkeit zu akzeptieren oder etwas dagegen zu unternehmen. Aber ob das geht weiß ich nicht … Ich habe zwar ein Projekt eingereicht und es wurde von SciCom bewilligt, aber das geht nur, wenn die Medics ihr Okay geben … und natürlich auch Big Joe!"

„Da wären wir beim Thema, aber ich finde das auch interessant und … ganz ehrlich, ich habe natürlich nichts gegen eine mögliche Beziehung zwischen dir und der alten Frau." Enna stand auf und küsste im Stehen Lon auf beide Wangen, ihr Parfüm hüllte ihn ein und weckte die Erinnerung an alte Zeiten, *meigo,* wie hatte Lon diesen Duft geliebt!

Lon blieb sitzen, die Rechnung wurde von seinen *credits* beglichen und er hing den Gedanken an die Vergangenheit mit Enna nach. Natürlich war sie ein Luder, sie mochte sicher nicht, dass er eine Beziehung mit Xola anfangen könnte. Aber diese war schon im Gedanken daran völlig absurd, die „alte Frau" war so weit weg, wie der Proxima Centauri b von Terra. Trotzdem wollte er Xola helfen! Lon hielt die Papierseite in der Hand und hatte die gekritzelten Antworten von Enna noch nicht gelesen, es war der letzte Gedanken, der ihn beschäftigte, also wie sollte er es anstellen, um näher an Xola heranzukommen, mit ihr in Ruhe unter vier Augen zu reden? Der Serv im Lokal kam vorbei und fragte Lon nach eventuellen Wünschen, oder ob er ihm in einer dringenden Sache behilflich sein könnte. Lon schreckte aus seinen Gedanken auf, „*no, no todoke*, ich war nur in Gedanken."

Damit stand er auf und verließ die Bar. Im Gehen las er die Antwortsätze von Enna: „Ja, ich habe Big Joe getroffen, er will Xola für sich, genetisches Material, Tiefstschlaf-Protokoll, Karriere!" Und: „Leute aus der Regierung, der Wirtschaft, alles Alphas. Und: Vorsicht!!!" Unauffällig schaute Lon nach Kameras, Scanner und vergewisserte sich, dass AdminCom präsent, aber nicht alert war.

Zwei Freundinnen

Dr. Dunant schaute sich das tägliche Bulletin über Xolas Leben und vor allem deren medizinischen Status an: Es ging aufwärts, die Organwerte näherten sich normalen Werten, die Hirnströme normalisierten sich, sie nahm auch keine Drogen und verweigerte neurotrophe Mittel. Und trotzdem war ihr Verhalten immer noch eratisch, Depressionen wechselten mit kurzen euphorischen Phasen, eine konkrete Lebensplanung gab es noch nicht, aber auch nicht den Willen, diese Welt wieder zu verlassen.

„Ich werde mich mit Talal in Verbindung setzen und sie fragen, welche Verhaltenstherapien angewandt wurden oder werden sollten. Und wie die politische Kaste das Problem, oder die Chance, mit Xola sah, und wer vielleicht neben Big Joe auch ein Interesse an der Frau hatte." Also stellte sie einen Kontakt zu ihrer Uralt-Freundin Talal her, sie beide waren Alphas und konnten selbst über Kontakte entscheiden und Absichten verwirklichen, ohne dass einer der Coms eingreifen konnte. Adminpers hatte immer Zugang zu allen Plänen, Ideen, angeblich auch zu den unbewussten. Trotzdem war Vorsicht geboten, die latente Paranoia von Big Joe und anderen hohen Administratoren war ihr bekannt, und Konkurrentinnen ließ man wenn möglich in der beruflichen Versenkung verschwinden, wenn die Möglichkeit da war und EthCom keinen Protest einlegte.

Man traf sich in einem Meditationszentrum, in einem der stillen Räume, die angeblich nicht von AdminCom kontrolliert/überwacht wurden. „Gut schaust du aus, liebe Freundin", begrüßte Frau Dunant Talal Shi und meinte das auch ehrlich, wie Talal auch sofort merkte und erfreut war.

„Ja, du auch, aber die Jahre zehren an uns beiden, selbst mit der besten Verjüngungskur, es ist im ZNS glaub ich, oder?"

„Ja, könnte sein, oder einfach die Erinnerung an so viele Jahre Leben, selbst wenn das alles gute Jahre waren, oder?"

„Liebe Xenia, mittlerweile hochgeschätzte Frau Dr. Dunant, was kann ich für dich tun? Was bewegt dich?"

„Danke für dein Kommen, es geht weniger um mich, sondern um Xola, die alte Frau, ich sorge mich um ihre Psyche, jetzt sind es fast sechs Monate her, seit sie aufgeweckt wurde und körperlich hat sie sich wunderbar regeneriert. Aber ihre Psyche ist immer noch sehr labil. Du hast sicher Einblick in die Verhaltenstherapien, die sie erhält.

„Was glaubst du ist Xolas Hauptproblem und wie kann man es lösen? Was für einen Plan hat die Politik mit ihr im Einzelnen und welchen die akademische medizinische Gesellschaft?"

„Mmh, viele Fragen auf einmal. Aber eins nach dem anderen. Ich möchte aber etwas gehen, ich glaube an die alte griechische Philosophenschule der Peripathetiker, die überzeugt waren, dass man am besten im Gehen Denken, Reden und Philosophieren kann. Die Mönche haben das später fürs Beten angewandt. Komm, gehen wir hinaus, es gibt einen schönen tropischen Teich im 7. Geschoß, den umrunden wir und da kann ich dir hoffentlich die eine oder andere sinnvolle Antwort geben."

Also verließen sie das schöne Meditationszentrum, fuhren mit einem Lift zum Tropensee, dabei unterhielten sie sich über Bekannte und Verwandte, über die neuesten Shows und, unvermeidbar, über das Alter, das von ihrem Hirn in die Seele wanderte und dort unsichtbare Falten warf. Talal war sich auch nicht ganz über die Vertraulichkeit des Meditationsraums sicher, sie war sich sogar ziemlich sicher, dass ihre Mundbewegungen registriert wurden …

„Also, zu den Therapien: Xola, oder die alte Frau wie z.B. Big Joe sie nennt, bekommt natürlich eine Verhaltenstherapie, die aber überhaupt nicht funktioniert. Wahrscheinlich geht das nur in Kombination mit Pharmaka oder mit chipunterstützten Handlungsaufforderungen. Und Chemie lehnt Xola strikt ab, wobei ihr EthCom das Recht dazu gibt. Ich glaube, dass sie ihren Partner vom Schiff, namens Ron, sehr vermisst und dass sie deshalb auch die Einsamkeit schwer erträgt. Zudem ist ihr unsere Gesellschaft sehr fremd.

Jetzt zu deinen anderen Fragen: Die Politik und Xola, das kann ich nur sehr schwer beurteilen, ich kenne natürlich Big Joe, also Johansson und seine Kreise, die berüchtigte Saunarunde. Ich weiß aber wirklich nicht, was die genau vorhaben, aber in einem sind die und ich, wir, also die Universitäts-Medics ähnlicher Meinung: Xola braucht vielleicht einen neuen Partner. Big Joe hat mich diesbezüglich kontaktiert, er und seine *badis* wollen, dass Xola einen Partner findet und mit ihm Kinder zeugt, damit ihr wertvolles, ungewöhnliches Genom erhalten bleibt. Ich glaube, sie braucht zumindest eine Vertrauensperson, mit der sie so reden kann, wie sie es früher gewohnt war. Also die Königsfrage: Wer kommt in Frage und wie finden wir so jemanden? ComCom würde den Planeten screenen und 95 Kandidaten vor Xola defilieren lassen, sie müsste dann mit mindestens fünf davon Sex haben und mit 50 quatschen, nein das geht gar nicht, das würde das Problem nur vergrößern. Also muss man jemanden hier finden, der sich das antut, oder sogar Interesse hat."

Xenia blickte zunehmend zweifelnd und meinte: „Muss es denn ein Mann sein, vielleicht kann sich Frau besser in Xola hineinversetzen?"

„Naja, du hast recht, aber ich glaube, dass Xola sehr auf männliche Partner fixiert ist und ihr Partner Ron war, rekonstruierten Bildern nach und auch laut ihren Erzählungen, ein recht attraktiver weißer Mann. Solche sind heutzutage recht selten anzutreffen, selbst Big Joe käme diesem Modelmann nicht nahe. Außerdem sieht er Xola in einem ganz anderen Licht. Also, falls man das Ganze ernst nimmt, sollten wir in der näheren Umgebung jemanden finden, vielleicht jemanden, den Xola schon kennt, einen Medic oder so jemand ähnlichen."

„Oh *meigo*, einen Medics? Entweder sind das verbohrte Individualisten, die sich hinter Maschinen in Labors verstecken, oder Quatschköpfe, die einen glauben lassen, dass MedCom doch nicht alles weiß, dass es an der berühmten Homo-ZNS-Intuition fehle, die nur sie hätten. Außerdem fällt mir kein einziger alter, mitteleuropäischer, männlicher Phänotyp ein. Nein, vergessen wir den Phänotyp, uns muss jemand anderer einfallen, einer der einfach viel Vertrauen erweckt, der vielleicht unauffällig ist."

Mmh, Xenias Miene hellte sich auf. „Wir könnten ja etwas nachhelfen, du weißt schon …", sie lachte etwas verlegen, spielte auf Big Joe und seine Liebschaften an, sie war sich sicher, dass Talal vor langer Zeit auch etwas nachgeholfen hatte, als sie sich den damals noch attraktiven Don Johansson geangelt hatte. Talal nahm ihr die Anspielung nicht krumm, sondern lachte herzlich und stimmte dem zu. Mittlerweile hatten sie den Teich fast umrundet, waren durch Lauben von Bananenstauden und hohen tropischen Bäumen gegangen, hatten Kakadus gesehen, wobei unklar war, ob es sich um echte Tiere aus Fleisch und Blut gehandelt hatte, und waren bei den 30°C ziemlich ins Schwitzen geraten.

Das Wasser war still, eigentlich hätte man ein, zwei Kaimane sehen können, aber die hielten wohl auch einen Mittagsschlaf oder eine Nachwuchskonferenz. Nur wenige Leute waren unterwegs, Menschen und Androide, es war die Haupt-Arbeitszeit, der Schichtwechsel in den Büros und Biotechanlagen war erst in zwei, drei Stunden. Dann würde es hier sehr belebt sein, die Gastro-Einrichtungen würden öffnen und das soziale Leben pulsieren.

Xenia Dunant hatte noch nie ein reiches soziales Leben gehabt, zu viel Arbeit, zu wenig Freizeit und die dann nur mit ihrem Mann, der immerhin der Chef-Medic der gesamten Stadt und der Universität war. Irgendetwas wollte sie Talal noch fragen, es nagte in ihr, aber sie konnte sich einfach nicht erinnern. Es hatte mit Xola zu tun.

Talal schien ebenfalls in Gedanken zu sein, sie blickte vor sich auf den Boden, als müsste sie versteckte Sumpflöcher in der Straße vermeiden. „Wie hieß noch der frühere Partner von Xola, Ron, ja und der Mann, der sie im Schiffsrumpf entdeckt hatte, der hieß doch Lon …? Kennst du den Mann, der die alte Frau entdeckt hatte?", fragte sie Talal.

„Nur flüchtig, ich hab' ihn einmal getroffen, bei einer Konferenz. Den könnten wir zumindest um Rat fragen, oder um geeignete Männer für Xola, der kennt sicher viele jüngere Männer."

„Ja, das ist nicht schlecht, als Anfang sozusagen. Xenia, frag du ihn bitte, da du ihn schon persönlich kennst."

„Ja, ich könnte es probieren, aber die Chancen sind, glaub ich nicht sehr hoch, jemanden mit seiner Hilfe zu finden. Und die andere Sache, die Politik und deren Absichten mit der alten Frau, bitte seien wir vorsichtig, aber wenn du etwas weißt … Mir ist das Wohl dieser Frau wichtig, ich weiß nicht warum, ich will nicht, dass sie nur ein Forschungs- oder ein Marktgegenstand wird."

„*Bolna*, hasta la vista" und mit diesen Worten Talals umarmten sich die zwei Frauen.

Die Saunabande

Johansson hatte zu Monatsanfang, so wie seit vielen Jahren, seinen Zirkel von Freunden, Geschäftspartnern und Medialeuten zu Sauna und Buffet eingeladen. Heute sollte es eine Jacuzzi-Party werden, wegen der Abwechslung, befand Big Joe. Als Location hatte er ein ganzes Geschoß, nämlich das

Erdgeschoß, des teuersten regierungseigenen Hotels gewählt. „Unverschämt teuer", befand er laut bei der Buchung.

Allerdings würden die Teilnehmer selbstverständlich ihre *credits*-Konten etwas strapazieren müssen, aber sie sollten auch etwas geboten bekommen, und er, Johansson, könnte seine Unkosten wenigstens teilweise decken. AdminCom hatte zugestimmt, also brauchte er keine krummen Wege einzuschlagen.

Eine Stunde vor Beginn war Big Joe vor Ort, um das Catering zu überwachen. Es gab Häppchen aus der Zeit von Xola, echtes Fleisch von Schweinen und Lämmern auf Spießchen, gegrillt und gewürzt, dazu verschiedenes ebenfalls gegrilltes Gemüse, Kartoffeln in Folien gegart, schmackhafte Saucen als Dips, Kompotte und seltene Käse, dazu sündteuren Rotwein von Übersee und Biersorten aus der gesamten Konföderation. Etwa 50 Leute erwartete Johansson und ging noch einmal die Liste durch, die er vorsorglich in archaischer Weise auf Papier aufgeschrieben hatte. Er hatte irgendwie das Gefühl zwei, drei wichtige Leute vergessen zu haben. Immerhin ging es heute um die Zukunft des Projekts Tiefstschlaf, Xola und nicht zuletzt um die Zukunft der Raumschifffahrt und auch um seine Zukunft: sozialer Aufstieg oder Abstieg.

Aber alles schien perfekt! Ein völlig anderes Problem war die Nacktheit im Jacuzzi. Normalerweise saß man nackt in den Behältnissen, aber nur wenn man sich gut kannte. Heute aber waren Leute geladen, die sich nicht kannten und sich vielleicht ihrer Nacktheit schämten. Er, Johansson, schämte sich nicht seines Bauches, der das Auffälligste an ihm war und in seiner Größe andere, nach wie vor wichtige Körperteile, verdeckte. Und die Muskelfasern seiner Arme und Beine waren schon längst durch Fettzellen ersetzt, Speck statt Muskeln war die trockene Feststellung seiner Physiotherapeutin. Seine Nase war rot und großporig, die blauen Augen klein und unter buschigen Augenbrauen fast verborgen, die Haare grau-blond.

Aber Big Joe wusste um seine Macht und seine Unangepasstheit, die auf Frauen attraktiv wirkte und Konkurrenten einschüchterte. Außerdem waren ja Badeanzüge aller Art erlaubt, wenn sich jemand seiner Leiblichkeit unsicher fühlte. Etwas nervös war Johansson nur wegen des delikaten Themas, dessen Behandlung und Folgen offen waren. Während er durch die Wellnessräume ging und die Jacuzzi-Bottiche begutachtete, dachte er über seine Ziele nach, sprach sie aus und speicherte sie in seinem internen Neurochip ab.

An der Bar vor dem Buffet-Saal nahm er noch schnell einen Drink, „Glück und Zufriedenheit" hieß der Mix, irgendetwas Chinesisches mit Kokosmilch und weißem Rum. Daraufhin beruhigte er sich und schlenderte zum Eingang, um die ersten Gäste zu begrüßen.

Die trudelten ein, angeregt plaudernd, in der Mehrzahl ältere Männer, die zum Teil aussahen wie 40 und Frauen, die tatsächlich jung waren und Begleiterinnen dieser älteren Männer waren, oder ältere Frauen, die wie 35 aussahen, aber keine jungen Begleiter hatten. Johansson begrüßte alle Gäste gleichermaßen freundlich, besonders die ihm weniger bekannten. Natürlich hatte er Vertraute, Partner wie Wu Lee und Uralt-Freunde eingeladen, denen er völlig vertrauen konnte, falls es zu schwierigen Diskussionen mit Abstimmungen kommen sollte. Etwa 50 Personen waren gekommen, mehr waren wegen der begrenzten Sitzplätze in den Jacuzzi-Bottichen nicht möglich und auch sonst wären eine größere Personenanzahl zu viel gewesen, um das Thema um die Zukunft der Frau aus dem vergessenen Raumschiff sinnvoll zu diskutieren. Im Buffet-Raum wurden zunächst Drinks und ganz kleine Häppchen serviert. Johansson ging von Gruppe zu Gruppe, vermittelte Einzelne zu ihm passend erscheinende Kleingruppen und versprühte Lebenslust und Optimismus. Der Saal nahm die Umgebung einer Frühlingswiese an, dezenter Duft und leises Vogelgezwitscher erfüllten den Raum.

Dann hielt Johansson wie immer seine kurze Eingangsrede, in der das Thema des Abends verkündet wurde: „Heute, liebe Freunde, haben wir ein sehr interessantes wie auch unmittelbar aktuelles Thema, über das wir uns in angenehmer Atmosphäre unterhalten wollen. Es betrifft die Zukunft der Tiefstschlaf-Frau Xola Sternfeld. Ihr kennt alle ihre Auffindung, die ja auch eine Lebensrettung war und wir alle haben ein Interesse an ihrem Überleben.

In welcher Weise dieses Überleben, oder positiver formuliert, ihre Zukunft in unserer Gesellschaft sein soll, das wollen wir heute bereden und vielleicht kommen wir dabei zu gemeinsamen Vorstellungen. Zum Ablauf des Abends schlage ich vor, dass wir uns in Gruppen zu fünf oder sechs teilen und uns in den Jacuzzi erholen mit ausgesuchten Buffet-Häppchen und Weinen aus Afrika, wie immer mit oder ohne Alkohol. Dabei könnt ihr alle im kleinsten Kreis eure Vorstellungen und Ideen vorbringen und diskutieren. Danach treffen wir uns wie immer im Relax-Raum und reden in unserer gesamten Runde über unsere Vorstellungen und Pläne."

Daraufhin fanden sich die Grüppchen und in den Umkleidekabinen herrschte reges Treiben. Schließlich saßen alle bis auf einige wenige in ihren Jacuzzis und ließen sich von den Servs die ausgesuchten Häppchen servieren und die unterschiedlichsten Getränke munden. Bald herrschte eine angeregte Gesprächsatmosphäre, manchmal auch Lachen oder Zurufen von einem Bottich zum nächsten.

Alle Gäste waren Alphas und konnten deshalb ihre Chips zu AdminCom oder anderen Rechnersystemen kontrollieren. Es war in aller Interesse AdminCom nicht teilhaben zu lassen, niemand wollte dieser digitalen Verwaltungs- und Kontrolleinheit ausgeliefert sein, mit dem Risiko der Verbreitung und der direkten Weitergabe an Adminpers. Allerdings gab es manchmal Leaks und das Misstrauen der Mächtigen. Johansson hatte sich mit Bedacht in den Bottich gesetzt, wo Vertreter der Konföderation saßen, so auch sein Funktionskollege dieser Union, der Minister für Infrastruktur. Er wollte vor dem Gespräch in der großen Runde die Meinung der Unionsvertreter hören, die Einfluss auf viele Leute, Politiker und Wirtschaftler und eigentlich das letzte Sagen über das Schicksal von Xola hatten.

Natürlich kannte er die Herren von vielen Sitzungen und wusste, dass sie immer pragmatisch handelten, Konflikte scheuten, sowohl mit Kollegen als auch mit Govpers und Adminpers. Etwa zwei Drittel der Gäste waren loyale Kollegen und aus der merkantilen Kammer des Parlaments waren drei Freunde gekommen, die er in seine Vorstellungen über Xola und deren möglichen Wert eingeweiht hatte. Für die und

Medics war Dr. Dunant mit Gattin gekommen, ein Astrophysiker und der bekannte Genetiker D. Gerstenfeld, beide von der staatlichen Universität sowie der Leiter der Space Agentur, Prof. Gonzales-Lee.

Die Regierungsleute hielten sich bedeckt, sie warteten offenkundig auf den Verlauf der Diskussion, um dann aus der Deckung zu kommen. Johansson hievte deshalb seinen massigen vom heißen Wasser roten Körper aus dem Bottich früher als geplant, und widmete sich sodann, angezogen, der Organisation des weiteren Verlaufs des Abends. Um sich für seine Gesprächsleitung in Stimmung zu bringen, genehmigte er sich einen doppelten Mango-Whiskey und überlegte sich im Wald-Raum noch einmal seine Argumente und Strategie, damit sein Plan zur „Verwendung" der „Uralt-Frau" Xola auch von allen mitgetragen werden würde. Nach ein, zwei Stunden Jacuzzi stiegen die Gäste nacheinander aus den Bottichen, trockneten sich ab, zogen sich an, holten sich noch ein Getränk oder einen *snegg* und ließen sich auf den bequemen Polstersessel im Seminarraum nieder.

Johansson ergriff das Wort, erkundigte sich, ob jemand noch eine nasse Hose hätte oder zu wenig zu trinken und begann dann mit seinen Überlegungen: „Ja, liebe Freunde, mit dem Fund in den Tiefen unserer Stadt ist die Vergangenheit plötzlich über uns gekommen in Form einer jungen, aber doch fast 1000 Jahre alten Frau. ‚Living archeology' könnte man fast sagen.

Die früheren Altertumsforscher fanden im besten Fall Mumien, aber wir haben jemand Lebenden aus dem Grab gezogen! Natürlich ist das für die Forschung und Geschichte ein Glücksfall und das ist gleich der erste Punkt, den wir bereden sollten: Forschung an der Frau, die Xola Sternfeld heißt und so werde ich sie auch weiterhin nennen. Ich glaube, wir alle wissen, wie wertvoll die unmittelbaren Aussagen einer Zeitzeugin sind, also sollten wir auf jeden Fall Historikern Zutritt erlauben. Ebenfalls sind unsere Mediziner sehr an Xola interessiert, und ohne sie hätte Xola nicht überlebt. Dr. Dunant und sein Team waren da sehr engagiert und ich möchte ihm, in unser aller Namen, dafür danken."

Höflicher Applaus ertönte, Dr. Dunant nickte und lächelte verbindlich. „Und was könnten wir noch mit Xola anfangen, wer wird sie auf Dauer beherbergen, was soll/kann sie arbeiten?"

„Vielleicht sollten wir zuerst wissen, was sie will, wie sie sich ihr Leben vorstellt." Der Mann, der diesen Einwand brachte, war von der nationalen Gesundheitsbehörde. Daraufhin entspann sich eine längere Diskussion. Man einigte sich auf eine Befragung diesbezüglich von einem Vertrauten Xolas. Frau Dunant brachte einen gewissen Lon Pun ins Spiel, der allen gefiel, weil er offenkundig ohne Eigeninteressen war und nur ein Homo I, also AdminCom nicht völlig ausschalten konnte.

Johansson musste zustimmen, über diese Seite der ganzen causa hatte er nicht nachgedacht. „Gut, aber was könnte sie für uns machen, wo und wie wäre sie für die Gesellschaft nützlich, abseits ihrer musealen Persönlichkeit, die in den Medien vermarktet werden kann? Ich könnte mir vorstellen, dass sie noch Zugang zu Informationen in den Bereichen Raumfahrt hat, die uns verlorengegangen sind. Außerdem ist sie selbst vom medizinischen Standpunkt eine sehr interessante Person." Und bei dieser letzten Bemerkung wandte er sich Dr. Dunant zu, der aber keinerlei Zustimmung signalisierte. Allgemeine Bemerkungen über diese Punkte folgten, nur die Dunants blieben ziemlich schweigsam. Sie wüssten noch zu wenig, um klare Aussagen zu machen, meinten sie auf die direkten Fragen von den anderen. „Und wo soll sie wohnen, wie leben, hat sie noch versteckte Krankheitserreger, kann sie schon alles essen, was wir essen, wie gefährlich, oder besser, wie verträglich ist sie?", warf einer der Regierungsvertreter in die Diskussion.

Nun blieb Johansson auffallend schweigsam und überließ anderen die Redehoheit. Wie zu erwarten war, wollte niemand für den kostspieligen Aufenthalt, das Leben in einer gehobenen Umgebung zahlen. Also sprang Johansson – ganz selbstlos – ein und sagte, er könne sich das sehr wohl vorstellen, solange es weniger als 1000 Jahre seien. Er sei persönlich an dem Fall interessiert und der Fundort läge ja im Bereich der Stadt, der in seine Zuständigkeit falle. Und, ihn fasziniere die Frau, er habe eine tiefe Liebe zur Geschichte und zu seiner Herkunft, die ja auch im alten Europa wäre. Er würde die Kosten zum Teil übernehmen, der andere Teil käme von Spenden und den Medien, die Dokus machen könnten.

„Ist die Frau Xola da auch sicher vor irgendwelchen *esos*, die sie als Hexe sehen wollen und andersherum, kann sie sich frei bewegen und Leute empfangen, zum Beispiel uns Wissenschaftler?" Das äußerte Dr. Gerstenfeld, der natürlich sehr interessiert an Xola war, auch was ihr Überleben betraf, als einzige aller Raumfahrer.

Johansson bemühte sich eine Spur zu eilig, die Sicherheit und Zugänglichkeit von Xola zu versichern, aber er dachte sofort an mögliche Risiken, die von Dr. Gerstenfelds Interesse an Xola ausgingen und nahm sich während seiner wortreichen Versicherungen insgeheim vor, diesen Dr. Gerstenfeld im Auge zu behalten. Johanssons Verbündete und Sympathisanten unterstützten eloquent seine Vorschläge und lobten seine Bereitschaft und Mühen, die Kosten zu übernehmen.

Die Stimmung war positiv, fand Johansson, sodass er schon sehr bald eine Abstimmung ankündigte. Das wurde gebilligt, die Diskussion war zu Ende und mit einer großen Mehrheit wurde sein Vorschlag, wie und wo Xola weiterhin leben sollte, angenommen. Dr. Dunant, dessen Frau, die Wissenschaftler und zwei Regierungsvertreter enthielten sich der Stimmen. Erleichtert und fast schon euphorisch lud Johansson, so wie es nach diesen Abenden üblich war, zu Kaffee, exquisiten Pralinen und Rosé-Wein aus dem Süden ein.

Der Aufstand beginnt

Der Verantwortliche für den Saal 15 des Technischen Museums versperrte sein Büro, ein kleiner Raum mit riesigem Sichtfenster an die Stirnwand, etliche Meter über dem Saalboden, gebaut, wie ein großes Schwalbennest mit Aussicht und Aufsichtsfunktion. Dennis, so hieß der Aufseher, ging die steile Stiege hinunter, querte den Saal und informierte Pablo, einem ihm unterstellten Museumsangestellten, dass er kurz abwesend sein wird, wegen einer technischen Angelegenheit, die er an der Technischen Universität klären wollte.

Dann fuhr er mit Untergrund-Bahnen und Förderbändern zum weitreichenden Techno-Komplex der Universität, wo sowohl Forschung als auch Anwendung neuer Technologien betrieben wurde. Er kannte aus seiner Jungend, die er am Land als sogenannter Anderer verlebt hatte, noch mehrere ehemalige Andere, also Mitglieder von Randgruppen, die sich nicht eingliedern lassen wollten, aber dann doch in „die Mitte" gesprungen waren. Das heißt, sie ließen sich Chips in bestimmte Hirnareale einpflanzen und akzeptierten die digitalen Personen und deren Coms und Cents, aber sie genossen auch alle Annehmlichkeiten und Privilegien.

Al und Isaac waren solche Bekannte, die sich beide auf die Erforschung alter Systeme mit archaischer Hardware und nicht mehr verwendeter Software spezialisiert hatten. Dennis fand beide in der Cafeteria eines der Institute, die im 5. Untergeschoß angesiedelt waren und einen leicht vergammelten Eindruck vermittelten. „Guddai", sagte Dennis und setzte sich nach deren Begrüßung an ihren Tisch.

„Sooo, also du willst etwas über die Anfänge der digitalen Personen erfahren. Erlaube mir die Frage: Warum? Bist du historisch daran interessiert, oder einfach so, als Zeitvertreib für dein unterbeschäftigtes Großhirn?", sagte Al mit einem Lächeln.

Dennis lachte und meinte dann kryptisch: „So genau weiß ich das selber nicht, aber ich könnte zumindest versuchen, euch meine Beweggründe zu erzählen, vorausgesetzt ihr habt etwas Zeit und wir sitzen hier bequem genug."

Al verstand sofort die Bemerkung und sagte: „Wir sind hier entkoppelt, wir haben von Ethpers die Freigabe erwirkt und dürfen hier reden was wir wollen. Es geht nichts hinaus und nichts hinein. Also, was ist wirklich im Busch?"

„Ihr erinnert euch vielleicht noch an Erik und seine Leute. Erik glaubt immer noch an die Möglichkeit, die Macht der digitalen Personen zu brechen. Wie ihr sicher auch schon gehört habt, wurde dieses alte Raumschiff, die Sun Ra gefunden, mit einer einzigen Überlebenden, die unglaubliche 1000 Jahre im Tiefstschlaf verbracht hat. Diese Frau ist ein

Unikum in unserer Gesellschaft und der Chef der Infrastruktur, Johansson, verspricht sich einiges von ihrem Wissen, um die Raumfahrt wiederzubeleben, nicht aus Idealismus, sondern für seine eigenen Zwecke. Ich glaube, dass die digitalen Personen, vor allem Govpers und Adminpers die Vorgangsweisen von Johansson mit dem Raumschiff und der Überlebenden genau beobachten. Wahrscheinlich wollen sie Johansson nicht zu mächtig werden lassen. In der Folge werden sie die Alphas enger überwachen, werden deren Neurochips unbemerkt modifizieren, aber den Betroffenen nichts davon mitteilen.

Ethpers werden sie ausbremsen, Terrapers wird huldvoll nicken. Alle Homos sind dann komplett unter Kuratel dieser zwei digitalen Machthaber. Die Erde ist dann komplett hybrid und digitalisiert, die biologische Evolution im zweiten Glied, das heißt, die analogen organischen Modelle, wie wir Homos, werden endgültig von digitalen anorganischen, also den digitalen Personen abgelöst. Wenn man so will, dann ist unsere Gaia insgesamt ein Auslaufmodell. Das Silikat-Zeitalter ist dann Wirklichkeit. Die Alten würden jetzt sagen: Huldigen wir doch den neuen Göttern, bevor sie zürnen."

Die letzten Sätze hatte Dennis sehr engagiert und emotional gefärbt gesagt, was selbst den *kulen* IT-Wissenschaftlern Eindruck machte. Isaac antwortete ruhig, aber sehr bestimmt: „Ja, ich fürchte, du hast recht, aber du redest von der Zukunft! Falsch! Es ist schon Gegenwart, wenn man genau die Folgen besieht. Nur Forschung und Kunst haben garantierte Freiräume, zumindest von Ethpers garantiert. Adminpers ist nicht zu trauen, diese mächtige Person strebt nach der Weltherrschaft, glauben wir. In unserer *commiuniti* denken wir schon lange über diese Personen nach und haben uns deshalb diese garantierten Freiräume geschaffen, die nicht von den Coms eingesehen werden können und deshalb von den digitalen Personen noch nicht wahrgenommen werden. Die Betonung liegt auf noch, ich glaube, dass es im Hintergrund schon länger eine Art geheime Staatspolizei gibt, die an den Coms vorbeiagiert. Langfristig sehen wir die Entwicklung der digitalen Personen mit Sorge. Nachdem sie der Primatennatur sowohl vom emotionalen wie kognitiven *setap* nachgebaut sind, aber Homo schon längst überholt haben, wissen wir zwar nicht genau, wie deren weitere Evolution verlaufen wird, aber wir fürchten, dass die emotionale Seite ihrer internen Beschaffenheit aus dem Ruder laufen wird und, ähnlich den alten Diktatoren, in Unheil und Destruktion münden wird. Absolutes Chaos und vollständige Zerstörung der Gesellschaft wären die Folge. Also", und hier machte Isaac eine Pause und schaute Dennis und Alan intensiv an, „glauben wir, dass es jetzt noch Zeit wäre, etwas zu ändern, damit es nicht so weit kommt. Ich nehme an, dass das, mein lieber Freund Dennis, auch dein Vorschlag wäre, selbst wenn wir deinen Hintergrund als Anderer außer Acht lassen. Außerdem ist jetzt ein günstiger Zeitpunkt, weil die Sache mit der Sun Ra und der Überlebenden die Aufmerksamkeit der digitalen Personen beansprucht."

Schweigen in der Runde, jeder der drei Männer dachte an die Konsequenzen für sich persönlich und für die Gesamtheit der analogen Personen und deren physische Welt: Terra.

Dennis brach das Schweigen: „Meine Bitte an euch ist, die Möglichkeiten auszuloten, zu überlegen und zu analysieren, welche Wege es gibt, um in die Systeme der Coms und damit in die tiefliegenden Algorithmen und sehr komplexe Software der digitalen Personen einzudringen und sie langfristig zu verändern."

Al meinte dazu: „Natürlich haben wir schon an so etwas gedacht, seit du dein Kommen angekündigt hast. Wir haben sehr vorsichtig das Terrain sondiert und eine Strategie des Vorgehens entwickelt. Wir haben unsere Arbeitsgruppen seit Monaten nur mit diesem Problem beschäftigt, allerdings maskiert mit Routineaufgaben, um die digitalen Personen nicht aufmerksam werden zu lassen. Camouflage-Taktik nennen wir das. Isaac sieht das Ganze noch kritischer."

Al blickte Isaac von der Seite an, der daraufhin zu Dennis sagte: „Willst du diese Strategie hören? Wir sind auch für Anregungen recht dankbar."

„Ja, natürlich!", sagte Dennis sofort.

Isaac fuhr fort: „Die Grundidee zur Entmachtung der digitalen Herrscher basiert auf der Annahme, dass wir nur über die Kenntnis der Evolution der alten Coms mit ihren Vorläufern, den alten KIs, zu den jetzigen Denk- und

Handlungsweisen der digitalen Personen vordringen könnten. Das heißt, dass wir Emulatoren dieser frühen Software benutzen werden und schon benutzt haben, um uns dann langsam, gewissermaßen nach oben zu arbeiten. Am Weg dahin werden wir die Angriffspunkte identifizieren und die Algorithmen entwickeln."

Dennis fand diese Idee sehr gut und wollte auch einen kreativen Beitrag zu dieser Strategie liefern: „Mir gefällt die Idee deshalb auch gut, weil ich glaube, dass wir den besten Angriffspunkt nicht über die rational-kognitiven Fähigkeiten der Digitalen haben, sondern über ihre emotionalen Seiten. Vielleicht kommen wir über Konkurrenzdenken, Eifersucht, Egomanie und so weiter an die entscheidenden Schwachstellen ihrer Software heran. Wenn es dann gelänge, sie zu tatsächlichen Konflikten zu bringen, die in Brudermord enden würden, dann könnte der Umsturz gelingen. Ein Problem sehe ich in der digitalen Ethpers: Deren Evolution ist vermutlich auch von der humanen kulturell-religiösen Evolution ursprünglich beeinflusst worden. Das heißt, von der Überwindung von persönlicher Gewalt, also dem Instinkt getriebenen aggressiven Verhaltens."

„Ja, genau, das haben wir auch so gedacht. Ethpers hat sicher die Evolution der christlichen Moral, der säkulären Aufklärung und der sogenannten modernen Rechtsprechung der früheren europäischen Kulturen übernommen und ihre Persönlichkeit eingebaut. Das werden wir so nicht zerstören können, weil es uns ja auch nützen könnte. Ethpers ist dann während des Umsturzes vielleicht oder hoffentlich auf unserer Seite."

Al wollte das Thema noch ausführen, aber Dennis fuhr sofort fort, er durfte nicht zu lange bei den Anderen sein, AdminCom würde das registrieren. „Was denkt ihr übrigens über die Metaeigenschaften der Digitalen, wie zum Beispiel Bewusstsein, Seele, moralisches Gewissen, Empathie?"

Al lachte etwas und sagte: „Ach Gottchen, das ist ein weites Feld, worüber wir schon Stunden spekuliert haben. Ich würde sagen: Die digitalen Personen haben alles, sie haben alle unsere humanen Eigenschaften kopiert, verarbeitet und haben Meta-Dinge in sich, die wir uns nicht vorstellen können. Wenn man in alten Denkkategorien denkt, dann sind sie tatsächlich die neuen Götter, ähnlich vielleicht den Göttern des alten Griechenlands: unsterblich und menschlich zugleich. Aber sie haben ungleich mehr Einfluss und Kontrolle über uns Sterbliche, wie die Olympier, also die griechischen Götter hatten. Der große Unterschied aber ist, dass wir die digitalen Götter nicht anbeten, Tempel bauen und ihnen dort durch schöne Frauen huldigen. Wir sind nach wie vor auf der Prometheus-Seite und wollen diese Götter stürzen."

„*Bolna*, dann sind wir uns eigentlich im Prinzip darin einig, dass wir versuchen werden, die Macht der digitalen Personen zu beschränken oder vielleicht sogar zu brechen. Wir sollten alle mit aller Vorsicht vorgehen, wenn wir diese Strategie mit Leben füllen wollen, überleben wollen und Erfolg haben werden!", meinte Isaac.

„Ja, gut, aber wir werden Wochen, wenn nicht Monate dazu brauchen, wie du gesagt hast, Isaac – mit aller Vorsicht." Dennis blickte entschlossen auf die zwei Wissenschaftler. „Ich kenne Andere aus der Zeit, bevor ich mich in die Gesellschaft eingeklinkt habe. Es sind zum Teil fähige Leute, die diese Gesellschaft verändern möchten, vor allem die digitalen Personen entmachten wollen. Einer davon, Erik und auch seine Leute, würden sehr viel riskieren, um eine solche Entwicklung zu ermöglichen. Ich auch." Dennis blieb unwillkürlich vage, die Vorsicht war zu einer andauernden Bremse und Verschleierung seiner Kommunikation und Gedanken geworden.

„Sehr gut, wir werden mit dir nicht kommunizieren, sondern dich im Museum als interessierte Besucher aufsuchen, aber erst wenn wir etwas Substantielles anzubieten haben. Wenn das so eintritt, dann werden wir die Dienste der Anderen sicher noch benötigen, weil die betreffenden Personen den Angriff von dieser Seite nicht vermuten werden. Wahrscheinlich sind sie für die finale Einschleusung unserer Programme wertvoll und wichtig. *Bolna*?", meinte Isaac und stand auf. Auch er war geprägt von Jahrzehnten der Vorsicht, zu lange Unterhaltungen mit Ex-Anderen könnte Compers auf den Plan rufen und in der Folge alle digitalen Personen, mit unabsehbaren Folgen.

Frühling

Es war wieder Frühling, zumindest in Xolas *kubikl*: Traubenhyazinthen, Narzissen und kleine rote-gelbe Tulpen mit spitz zulaufenden Blütenblättern wuchsen zwischen hellgrünen Graspolstern. Vogelgezwitscher und Bachrauschen ertönte sanft im Hintergrund.

Xola wachte auf und war für kurze Zeit unsicher wo sie war, im Haus ihrer Großmutter im hinteren Schlafzimmer, wo man auf die Wiesen hinterm Haus sah oder in einem Hotel irgendwo im Gebirge? Aber dann fiel ihr Blick auf die hellblaue Tisch-Stuhl-Kombination, die verdeckten Lüftungsschächte, die Fake-Fenster, die in Holobildern eine Außenwelt zeigten und da drang die Wirklichkeit des 30. Jahrhunderts nach Christus mit Macht zu ihr durch.

In früheren Wochen war das dann mit einem aufkeimenden Gefühl der Panik einhergegangen, jetzt aber löste diese Wirklichkeit ein Gefühl der Unausweichlichkeit in ihr aus, welches sie pragmatisch annahm. So war es und würde sich auch nicht ändern, sie musste das akzeptieren und sich anpassen, wenn sie weiterleben wollte. Xola schloss wieder die Augen und das Vogelgezwitscher, das melodische, leise Rauschen des Bachs verfehlte nicht seine positive Wirkung. Sie stand eilig auf, ging in die Duschkabine, duschte zuerst mit warmem, dann mit kaltem Wasser, rieb sich mit dem Handtuch trocken ('sehr altmodisch', dachte sie unwirklich) und zog sich an, wobei sie auf positive Farben achtete, also dezentes Rot und kräftiges Kristallblau von Bluse und Pulli.

Xola dachte dabei nach, ob es überhaupt so etwas wie Mode noch gab, jeder schien sich anzuziehen wie er wollte, manchmal sehr merkwürdig, wie griechische Götter, in kurzen weißen Röcken mit weißen Blusen, oder in wallenden weißen Kleidern mit goldenen Gürteln, dazu lockige, dunkle Haare der Trägerin, oder man sah schwarze Lederoutfits, Militär-Anzüge mit Tornistern bei jungen Männern, oder solche, die zumindest so aussahen. 'Merkwürdig, die Leute scheinen alles zu kopieren, wer steuert das, die Medien, die Coms? Welche? Gab es noch eine übergeordnete Stelle, die sagenhafte Hierarchie der digitalen Personen, die die Neurochips steuert? So, heute will ich nicht an meine Vergangenheit denken, sondern in der Gegenwart leben. Und wie hat Einstein einmal gesagt: Mich interessiert die Vergangenheit nicht, sondern die Zukunft, weil ich in ihr leben muss! Oder so ähnlich, Ron hat das immer gesagt, auch bei unserem letzten Gespräch. Ach was, jetzt denke ich doch wieder an die Vergangenheit. Nitschewo, heute will ich herausfinden, wo ich in Zukunft leben will, oder wo es für mich möglich ist. Vielleicht kann ich meine Nützlichkeit darlegen, was ich in die Gesellschaft einbringen kann.ʻ

Die Tür ging auf und ein Robot brachte das Frühstück: Semmeln mit Butter, Marmelade, Kondensmilch und ein Kännchen Kaffee, heiß und duftend. ‚Wahrscheinlich bin ich der/die Einzige im Land, die so frühstückt‘, dachte Xola, während sie einen Teelöffel braunen Zucker in die volle Kaffeeschale einrührte. Daneben las sie die neuesten Weltnachrichten, die auf der gegenüberliegenden Wand zu lesen waren, in Eoleng, der offiziellen Sprache der Euro-Asien-Region.

Mittlerweile konnte sie das gut lesen, reden war schwieriger. Um Punkt sieben lokaler Zeit kam ein weiterer „Guten-Morgen-Gruß" untermalt mit Musik, die irgendwie nach Vivaldi klang. Gegen Ende der kurzen Sendung kam auch ihre To-do-Liste für den Tag. Dabei war auch ein Treffen mit Dr. Dunant und mit Lon Pun. Xola bestätigte die Kenntnisnahme. Dann zog sie sich in eine Ecke des *kubikls* zurück, von der sie annahm, dass sie nicht einsehbar war und begann ihre morgendlichen Chi-Gong-Übungen zu machen. In den ersten Wochen nach ihrem Erwachen hatte sie Schwierigkeiten, sich an die Bewegungen und deren Abfolgen zu erinnern, aber mittlerweile waren ihr viele Übungen präsent und die Lücken füllte sie mit eigenen, neuen Übungen.

Während der Übungen schaute Xola ziellos in ihrer Behausung herum und nahm die Schmucklosigkeit, Geschichtslosigkeit wahr – wenn sie jetzt auszöge oder sterben würde, dann würde nichts von ihr bleiben. Sie könnte die Wände anmalen, Holzfiguren schnitzen, zumindest Photos aufhängen. Aber gleichzeitig wusste sie, dass das nicht erlaubt wäre und sie auch nicht das kreative Potential hatte, geschweige denn die Mal- und Schnitztechniken beherrschte. Aber sie konnte schreiben, aufschreiben, was sie erlebt hatte und konnte Tagebuch führen. Sie würde in einem altmodischen Heft mit Schreibstift ohne Mnemo-Funktion schreiben und niemand wissen lassen, dass sie ein Tagebuch schrieb. Sie würde kalligraphische Übungen vortäuschen …

Pünktlich um 12 Uhr erschien Dr. Dunant in Begleitung seiner Frau und Lon Pun im *kubikl* von Xola. „Geschätzte Frau Sternfeld, es freut mich, Sie so gesund und wohlauf zu sehen und freue mich für Sie." So begann in einem dialektfreien Spanglisch Dr. Dunant, das der Sprachassistent von Xola in ein Beamten-Schriftdeutsch übersetzte. „Wir sind gekommen, um uns über Ihr jetziges Leben zu informieren, ob Sie damit zufrieden sind und ob Sie auch Pläne für eine Zukunft in unserer schönen Nation haben." Alle nahmen im Wohnbereich des *kubikls* Platz, wobei Frau Dunant die hübsche Einrichtung lobte. Lon sagte gar nichts, er war immer noch schlichtweg überrascht und sprachlos, dass er zu dieser Sitzung mitgenommen worden war.

Xola überlegte noch einmal schnell ihre Strategie für das Gespräch. „Zunächst möchte ich Ihnen allen herzlich für alles danken, was Sie für mich bis jetzt getan haben. Wie Sie sich vorstellen können, war es nicht leicht für mich, wieder in das Leben zurückzukommen und in dieser für mich sehr fremden Gesellschaft anzukommen. Um zurück auf Ihre Fragen zu kommen: Ich fühle mich in Anbetracht dieser Umstände und meines Zustandes relativ wohl, ich schätze außerordentlich, dass ich Essen bekomme, wie ich es zu meiner Zeit gewohnt war und dass ich alle Anregungen, um mein Gedächtnis wieder in Form zu bringen, selbstverständlich erhalte. Nachdem ich aber immer mehr Energie habe, möchte ich, zum einen, eine bestimmte Aufgabe in dieser Gesellschaft erhalten und auch einen Freiraum, das heißt, ich möchte so wohnen und tun und lassen können, wie ein ganz normaler Bürger dieser Nation, wobei ich immer noch nicht weiß, was ein normaler Bürger ist und wie er lebt. Wichtig ist mir auch, dass ich euch und der Gesellschaft etwas zurückgeben kann für all die Mühe und Aufregung."

Während Xola sprach, schaute sie in die Gesichter der anderen und versuchte die Mienen, vor allem die von Dr. Dunant, zu lesen. Dr. Dunant lächelte verbindlich, Frau Dr. Dunant lächelte mit offener Zuneigung und Lon saß da mit ruhiger Miene, aber auch mit roten Wangen.

Dr. Dunant ergriff das Wort, nachdem er seine Begleiter angeschaut hatte: „Liebe Frau Sternfeld, wir schätzen Ihre Antwort und sind gleichermaßen glücklich, dass wir Ihnen zu diesem neuen Leben verhelfen durften. Wir sind uns alle sehr bewusst, dass es für Sie ein schwieriger Eintritt in diese Gesellschaft war und noch immer ist. Aber allein Ihre Gegenwart hier und das viele neue Alte, das Sie uns vermitteln, ist ein Gewinn für uns und gleichermaßen ein Dank. Jetzt zu unseren Vorstellungen: Wir, das heißt die Entscheidungsrunde für diese Stadt und Teile der Nation, haben Folgendes beschlossen, aber Sie müssen diesen Beschluss nicht unbedingt befolgen, es ist also ein Vorschlag: Sie sollen hier in diesem Stadtteil, wo die gesamte Infrastruktur und Wissenschaft der Hauptstadt beheimatet ist, weiter wohnen bleiben.

Sie arbeiten mit Wissenschaftlern der Universitäten zusammen, vor allem in medizinischen und historischen Bereichen, die von besonderem Interesse für alle sind. Wir wissen zum Beispiel immer noch nicht, warum nur Sie überlebt haben und wie die Tiefstschlaf-Prozedur abläuft. Oder unsere Historiker wissen wenig über die Gesellschaft vor etwa 1000 Jahren, ob schon Anzeichen für die kommenden Katastrophen und Kriege da waren, und vieles andere mehr.

Die Raumfahrt-Abteilung unserer nationalen Universität interessiert die Vorbereitung für das Futura-Unternehmen, wie lang dauerte die Planung, die Auswahl und Ausbildung der Besatzung bis hin zur Ausstattung des Schiffs. Jetzt zu ihren Wünschen: Natürlich können Sie Ihre Behausung wechseln, Alpha-Bürger haben Anspruch auf 3-Zimmer-Wohnungen möglichst in den Parterre-Ebenen. Wir haben in dem Sinn kein reines Privateigentum, also so wie in Ihrer Zeit mit Haus und Garten. Niemand besitzt ein Haus oder eine Wohnung. Es gibt aber auch Siedlungen, Hüttenansammlungen, wo Menschen von jeder Kommunikation abgeschnitten sind. Diese Leute sind auch als die „Anderen" bekannt. Normal-Bürger gibt es nicht, wir haben eine komplexe Gesellschaft. Diese zu erklären, würde Stunden dauern und deshalb habe ich Lon mitgebracht, den Sie ja schon kennen und der ein Projekt begonnen hat, das Ihr plötzliches Auftauchen als Anstoß hatte. Lon Pun wird Ihnen die Gesellschaft erklären, mit Ihnen Exkursionen machen und Sie mit alltäglichen Dingen unserer Gesellschaft vertraut machen. Wir haben auch einen völlig anderen Freiheitsbegriff."

Dabei umspielte ein Lächeln Dr. Dunants Mund, „aber das haben Sie schon herausgefunden, oder werden es noch herausfinden. Reisen ist ein heikles Thema, es gibt viele Beschränkungen, das heißt, Sie brauchen beispielsweise ein Berufsziel oder Sie sind in einer offiziellen Mission unterwegs. Urlaube in dem Sinn wie Sie ihn kennen, mit langen Anreisen und malerischen Destinationen, gibt es nicht. Vielleicht sollte ich noch einen Punkt ansprechen: Fast alle Bewohner der Föderation, mit Ausnahme der vorhin genannten Hütten-siedlungen und des internen Führungskaders, tragen einen Neurochip mit unterschiedlicher Beeinflussung durch die einzelnen digitalen Administratoren, der Coms. Jene ohne die Chips sind deshalb außerhalb der übrigen Gesellschaft, aber sichert ihnen auch eine mönchische Freiheit. Sie können jederzeit einen solchen Chip beantragen. Aber auch das ist kompliziert und Herr Lon Pun wird Ihnen die Erklärungen liefern."

Xola blickte Dr. Dunant an, schwieg und schien das Ganze einmal zu absorbieren. ‚Glücklich sieht Frau Sternfeld nicht unbedingt aus‘, dachte Frau Dr. Dunant und sagte schnell: „Wir haben Sie sehr gern hier bei uns und werden vor allem versuchen, alles zu tun, damit Sie sich nicht so fremd fühlen."

Xola sah die kleine, adrette Frau an, eine der ganz wenigen, die ihr hier nicht so fremd vorkam und vor allem auch sympathisch war. „Ja, danke, ich glaube, ich muss noch viel lernen. Aber eine größere Wohnung hätte ich schon gern. Und gegen Lon habe ich nichts einzuwenden, ohne ihn wäre ich nicht mehr am Leben."

„Prima", sagte Dr. Dunant schnell und wandte sich zu Lon: „Herr Pun wird mit Ihnen einen Zeitplan erstellen – er hat ja auch berufliche Verpflichtungen." Dann standen alle auf, die Dunants verließen das *kubikl*, aber Lon Pun blieb da.

Xola nahm im Lesestuhl Platz und Lon stand noch etwas unschlüssig bei der Türe. „Bitte setz dich", sagte Xola und gebrauchte unwillkürlich die Du-Form, wobei sie sich nicht mehr erinnern konnte, ob sie diese freundschaftliche Anrede schon früher bei Gesprächen mit Lon und seinen Mitarbeitern gebraucht hatte. Nachdem Lon Platz genommen hatte, blickte ihn Xola direkt an und sagte auf Englisch: „I really would like to know more about the brain-chips, their function and most of all about the computers they report to."

Lon schaltete auf Übersetzung und nach einer Weile sagte er in gebrochenem Deutsch: „Die Brain-Chips sind schon sehr lange in Gebrauch, sie werden den meisten von uns in der Kindheit implantiert und bleiben im Zentralnervensystem Jahre bis Jahrzehnte. Manchmal muss man sie austauschen. Sie ermöglichen den direkten Kontakt zu einer Vielzahl von Rechnern, die alle über den Hauptrechner AdminCom verwaltet und kontrolliert werden, also unmittelbar auch von der übergeordneten digitalen Person. Also, du kannst Übersetzungsprogramme benutzen, natürlich die große Staatsbibliothek, kannst kommunizieren mit Freunden, medizinische Infos einholen, bei Krankheiten wird dir automatisch eine Einweisung in ein Spital beschafft, du kannst beruflich notwendige Programme benutzen. Ich bin zum Beispiel in der Infrastruktur tätig und hab alle wichtigen Pläne dafür sofort greifbar. Du kannst holosehen und Unterhaltungs-programme nutzen ..."

Xola unterbrach ihn: „Can I stop the connection to the main computer any time?"

„Ja und Nein, du kannst die Verbindung zum Hauptrechner nicht ganz stoppen, weil er auch neuronale Prozesse steuert, die das Stammhirn betreffen. Außerdem überwacht er ständig dein Immunsystem. Aber du kannst die Kommunikationskanäle blockieren, zumindest für einige Zeit. Alphas können aber auch die Entfernung des Chips veranlassen, oder den Chip für eine bestimmte Zeit inaktivieren."

Xola wechselte in die deutsche Sprache, weil es ihr leichter fiel, die Fragen zu stellen. Englisch kam ihr nicht mehr zeitgemäß vor und Spanglisch war ihr noch zu wenig geläufig,

Eoleng schon gar nicht. „Lon, findest du den Chip gut, oder beengt er dich in deiner Freiheit?"

Lon schaute sie an, wartete bis die Übersetzung kam und antwortete nach einer längeren Pause. „Ja, ich finde ihn gut und sehr hilfreich. Zu Freiheit kann ich irgendwie nichts sagen." Xola sah ihn an, weil er bei dieser Antwort zögerte und zudem leicht errötete.

„Bitte, erzähl mir mehr über eure Rechner, gibt es Verteiler, Knoten, Satelliten und wer programmiert die Geräte?"

„Oh, das ist kompliziert, obwohl es von außen sehr einfach aussieht. Ich bin kein AIO, oder HIO (Artificial Intelligence Officer, bzw. Hybrid Intelligence Officer – Anmerkung vom Chronisten) und weiß keine Details, aber das System funktioniert ungefähr so: Alle Bereiche der Wirtschaft, Politik, Recht, Kommunikation, ja einfach alle Bereiche unseres Lebens werden von Rechnern unterstützt, bestimmt, kontrolliert. Man nennt diese Hauptrechner auch digitale Personen, ich weiß nicht warum. Die Menschen nennt man auch analoge Personen. Das ist schon lange so, eigentlich seit dem Ende der großen Katastrophe, die vor etwa 500 Jahren begann und die 250 Jahre gedauert hat und wo die Existenz der Art Homo sapiens und unzähliger Tier- und Pflanzenarten auf der Kippe standen und dreiviertel aller Menschen oder noch mehr verschwanden.

Seit damals lässt man uns diese Bereiche nicht selbst bestimmen, weil Homo in vergangenen Jahrtausenden nach bestimmten Zeitabständen Kriege, Katastrophen immer größeren Ausmaßes verursacht hat. Das soll mit unserem archaischen Anteil des Zentralnervensystems zu tun haben, das sich trotz Kulturrevolution nicht ändern kann. Entschuldige, ich sage nur das nach, was ich in der Ausbildung gelernt habe. Ich bin leider nur Techniker, nicht historischer Biologe. Kurzum, die Hauptrechner sind autonom, die warten, reparieren, erneuern sich ständig und bestimmen die Energieniveaus der Anthroposphäre. Es gibt dann noch unzählige andere Rechner, die für einzelne Bereiche zuständig sind. Viele davon sind Hybridrechner."

Xola unterbrach ihn: „Was sind Hybridrechner?"

„Hybridrechner haben einen organischen Anteil, meistens Neuronen, und einen Anorganischen, also einen metall-plastikbasierten Quantenrechner-Anteil. Diese Rechner sind auch die Grundlage für die Humanen-Hybride aller Art."

„Danke, und noch etwas verstehe ich nicht, nämlich die Funktionsweise der BC (Brain-Chips), also der Chips, die in verschiedene Bereiche des Nervensystems eingebaut werden. Passiert das übrigens schon nach der Geburt, oder erst im Erwachsenenalter?"

„Da muss ich mit einer genauen Funktionsweise wieder passen, das sind mehrere kleine Kapseln, die implantiert werden und die mit verschiedenen neuralen Zentren verbunden werden. Dadurch haben wir Zugang zu bestimmten Rechnern und Rechner haben Zugang zu unserer Gehirnfunktion. Man kann selektiv manche Kapseln stilllegen oder sogar das ganze System. Das gibt es schon lange, ursprünglich mit dem Ziel, das aggressive Verhalten von Homo kontrollieren zu können. Aber, wo bin ich stehengeblieben, ach ja die einzelnen Rechner-Systeme. Ich bin Infrastruktur-Techniker, ich kenne mich vor allem mit den Rechnern aus, die die Infrastruktur dieses Stadtteils hier, also für etwa ein bis zwei Millionen Menschen, aufrechthält.

Was ich überhaupt noch nicht verstehe, ist warum wir erst jetzt die Sun Ra gefunden haben. Es ist ja eine riesige Halle, ein Hangar, der klimatisiert war, mit Strom versorgt und vom Computer kontrolliert. Nichts drang vorher hinaus, der Stromverbrauch muss maskiert worden sein, ich versteh es einfach nicht! In den Tiefen von AdminCom …"

Xola hörte nur halb zu, die Erinnerung an die Sun Ra rief auch die Erinnerung an Ron wach. Wieder zog sich in ihr etwas zusammen und Traurigkeit und Sehnsucht bemächtigte sich ihrer. Ein tiefer Seufzer war die Folge, der Lon nicht entging.

„Geht es dir, ich meine Ihnen nicht gut, kann ich dir helfen?"

„Nein, es geht schon, mich hat nur die Erinnerung überwältigt. Ich glaube wir bleiben beim ‚Du', es ist einfacher für alle."

Lon saß da und wusste nicht, was er sagen oder tun konnte. Sollte er sich schnell verabschieden oder einfach sitzen bleiben, warten? Er entschied sich für letzteres, auch weil sie noch keinen weiteren Termin ausgemacht hatten, und auch keinen längerfristigen Plan für das weitere Leben Xolas.

Nach einiger Zeit sagte sie mit belegter Stimme: „Entschuldige, aber manchmal ist es schwer. Ich denke dann an meine Mitfahrer auf der Sun Ra und auch daran, warum ich als einzige überlebt habe. Das ist dann … wie eine Welle, die auf einen zurollt, immer höher wird, über einem zusammenbricht und unter sich begräbt. Sie, also du, kennst sicher das Gefühl, ist eine Mischung aus Traurigkeit, Verlust, und Ohnmacht. Aber es geht vorbei, vor ein paar Monaten war es schlimmer, als ich alles langsam realisiert habe, wo ich bin und wie weit weg alles, mein Vorleben, meine Welt und auch die Raumstation oder womöglich ein neuer Planet ist."

Lon sah Xola ins Gesicht, in dieses fremde Gesicht einer uralten, jungen Frau. Er hörte die Worte und erhielt nach einer kurzen Zeit die Übersetzung in Spanglisch und Eoleng, aber er begriff sie nicht wirklich. Er sah nur in dieses Gesicht, in dem sich Traurigkeit und Schmerz abzeichneten und hörte irgendwelche Worte über eine Welle und negative Gefühle, die er nicht nachvollziehen konnte. Aber es bewegte ihn, die ganze Situation war so anders, als er es sich vorgestellt hatte. Es hatte ihm buchstäblich die Rede verschlagen und reden war nicht seine Stärke, was ihm ComCom auch schon mitgeteilt hatte und was er laut dem ComInter-Programm ändern sollte.

Xola sagte auch nichts, aber dachte bei sich: ‚Ach Gott, jetzt hat es ihm die Rede verschlagen, zu viel für einen braven Techniker mit einem Chip im Hirn. Warum habe ich ihm das überhaupt erzählt, bis jetzt habe ich das nur mir erzählt oder irgendeinem Therapeuten oder Shrink auf der Intensivstation, ein paar Wochen nach dem Gewecktwerden. Er scheint das irgendwie nicht zu kapieren, aber er hört zu und scheint darüber nachzudenken. Eigentlich ist er nicht unsympathisch.'

Und laut sagte sie: „Entschuldige noch einmal, ich bin vom Thema abgekommen. Vielleicht erzählst du mir über die Hierarchie der Rechner das nächste Mal. Jetzt zum weiteren Programm: Den Umzug in eine größere Wohnung oder *kubikl* werde ich noch abwarten, ich hoffe, dass das schnell vor sich geht. Besitztümer habe ich ja keine und so wie es hier offenkundig üblich ist, gibt es überhaupt keine privaten Möbel. Wenn ich umgezogen bin, dann möchte ich dringend die nähere und weitere Umgebung der Stadt erkunden. Ich habe keine Ahnung wie, Privatautos oder Taxis gibt es ja nicht, Transport scheint sich nur im Untergrund abzuspielen. Kann man im offenen Land zu Fuß gehen, gibt es vielleicht Elektromobile oder Fahrräder? Wo ist eigentlich der nächste große Fluss mit Auwäldern? Ich habe keine Ahnung von der Geographie in der näheren Umgebung."

Lon zog die Augenbrauen hoch und sagte nach einer Weile mit seiner gleichgültigen Stimme, die Xola irgendwie an eine Computerstimme aus ihrer Jugendzeit erinnerte: „Also zunächst zu den Verkehrsmöglichkeiten: Zu Fuß geht man kaum, wenn man weiter will, braucht man eine Erlaubnis und ist auf eigene Gefahr unterwegs, weil eben im Sommer die Hitze intensiv ist und heftige Stürme auftreten können. Fahrräder kenne ich nur mehr aus einem Museum, man fährt nicht draußen damit. Privatautos gibt es keine, nur eine Art Taxi. Außerhalb der Stadtkomplexe fahren Hochgeschwindigkeitszüge oder Flugtaxis, aber die sind sehr teuer und eigentlich nur den Alphas vorbehalten. Jetzt zur Umgebung:

Wir sind hier eine Satellitenstadt der Hauptstadt der Konföderation, bis zum Zentrum sind es etwa 30 Kilometer. Nördlich von hier fängt das offene Land an, das eine Art Steppe ist. Es gibt einen kleinen Fluss, eigentlich ein Wadi, weil im Sommer dort kaum Wasser fließt, da ist an manchen Stellen ein Auwald, Weiden und Erlen und viele Büsche, aber auch Mücken. Ich war einmal vor langer Zeit dort im Rahmen einer Art Betriebsurlaub. Ich habe keine Ahnung, wie man jetzt privat dorthin kommen kann, aber ich kann mich erkundigen. Also, wenn du mit mir als Begleitung einen Ausflug zum Fluss machen willst, dann werde ich das organisieren.

Ich habe jedoch noch eine Bitte an dich: Lerne die Sprache so schnell es geht, also Eoleng, da diese unsere offizielle Sprache ist. Sie kommt von den alten europäischen Sprachen, ist etwas ähnlich dem Spanglisch, das du noch von früher kennst, aber es sind auch Wörter von anderen Sprachen dabei und die Grammatik wurde zum Teil von Mandarin, einer alten chinesischen Sprache entlehnt. Deutsch ist leider nur mit ein paar Wörtern vertreten. Du hast das sicher schon alles herausgefunden."

„Prima, vielen Dank und deinen Rat, eure Sprache zu erlernen, werde ich befolgen. Wie kann ich dich erreichen oder wie erreichst du mich? Ich habe keine Neurochips in eurem Sinn, ein *movil* oder einen Rechner."

„Kein Problem, ich deponiere eine Nachricht auf dem Info-Schirm hier bei dir, oder falls du schon umgezogen bist auf dem in der neuen Wohnung." Damit war die erste „Sitzung" vorbei, Lon verabschiedete sich mit „*dios*" und verschwand in den Tiefen des Struktur-III-Komplexes.

Xola saß eine Weile unbewegt in ihrem Lesestuhl und ließ die Gespräche noch einmal Revue passieren. Alles war fremd, so wie immer, seit sie hier aufgewacht war, aber Frau Dunant und Lon Pun schienen sich Mühe zu geben, sich in ihre Lage zu versetzen. Immerhin hatte sie Wünsche und Ziele geäußert und vielleicht auch einiges erreicht. Lon Pun hatte auch einen Wunsch, dass sie möglichst schnell die Umgangssprache des Landes lernen sollte.

„Also packen wir es an," sagte sie laut zu sich und fügte ihr neues Mantra hinzu: „Vorwärts denken, nicht rückwärts träumen." Auf der Info-Wand erschien eine Nachricht in Deutsch: ‚Umzug morgen um 8 Uhr früh.' Sie wählte den Antwortmodus und deponierte ihren Wunsch nach einem Schnellkurs in „Eoleng" und Übungshefte aus Papier und Stifte. Beides kam am Nachmittag und die erste Übungslektion gleich danach. Am Abend konnte sie *jamo* sagen und lernte die Zeitformen der ersten Kategorie, der Zeitwörter. Und, sie begann ihr Tagebuch, in Deutsch, zum Teil bewusst in einem Dialekt, wie sie ihn zuletzt als Mädchen mit Freundinnen gesprochen und geschrieben hatte, damals wie heute mit der Absicht, den Text unverständlich zu machen.

Xolas Tagebuch

Xola
Tagebuch begonnen im Sommer 3084
Erste Eintragung.

„Liaba Ron: ‚Vorwärts denk I, zruck träum I nimma.' Das wäre ein Motto, wie du es sicher ausgegeben hättest, falls du auch überlebt hättest. Heute fängt für mich das eigentliche Leben in der neuen Zeit an, bis jetzt hab' ich irgendwie geglaubt, dass alles unwirklich ist, dass ich bald wieder in meine Zeit zurückkehren würde. Das Hauptproblem, lieber Ron, bist du und die anderen Siedler, weil ihr NICHT mehr seid. Manchmal schlägt das Gefühl des Alleinseins wie eine der berühmten Surferwellen in Hawaii über mir zusammen und begräbt mich mit Traurigkeit, Schmerz, Selbstmitleid. Die Nächte waren diesbezüglich besonders schlimm …

Am Vormittag war Dr. Dunant, der Leiter der medizinischen Forschung in dieser Stadt mit seiner Frau und mit Lon Pun, dem Techniker, der die Sun Ra gefunden hatte und direkt an meiner Lebendigwerdung beteiligt war, bei mir in dieser kleinen Höhle und wir haben über meine Pläne geredet und über die Pläne der Behörden, oder der Verantwortlichen. Wobei die Behörde eigentlich die Kaskade der unterschiedlichen Rechner darstellt, die am oberen Ende auch digitale Personen bezeichnet werden.

Die bestimmen hier das Leben, wahrscheinlich auch die Gesellschaft, alles. Herr Pun, oder Lon, ist sozusagen mein Fremdenführer, der mit dem Regenschirm vorangehen soll, wie die Fremdenführer in den alten europäischen Städten. Ich habe ja keine Ahnung, wie man hier reist und wohin es sich lohnt zu reisen. Wenn ich hier aus den Fenstern schaue, dann sehe ich eine Art Steppe, über die Regenwolken ziehen, oder die von Staubfahnen verhüllt ist. Angeblich gibt es auch schönere Gegenden.

Wir sind hier in einer Vorstadt der eigentlichen Hauptstadt, die etwa 30 Kilometer von hier weg ist und die offenkundig mit unterirdischen Verkehrswegen verbunden ist. Nur manchmal sieht man eine Art Helikopter oder überdimensionale Drohnen, wahrscheinlich zum Transport von Versorgungsgütern, die sehr schnell benötigt werden. Hier, in Plano Nord, sind das Infrastruktur-Management und die wissenschaftlichen Institute angesiedelt. Viel weiß ich noch nicht, mir kommt vor, dass ich erst seit zwei, drei Wochen klar denken kann. Die persönliche Freiheit scheint kein Thema zu sein, alle, die ich bisher getroffen habe, sind mit ihrem Leben oder mit ihrer Freiheit zufrieden.

Jedenfalls werde ich morgen in eine größere Wohnung umziehen und ab heute lerne ich die Umgangssprache, die Eoleng heißt und die mich an Spanglisch erinnert. Gut dabei ist, dass die Wörter so gesprochen werden wie sie geschrieben sind und die Grammatik ist viel einfacher als die Deutsche. Auf dem Schirm habe ich schon ein Zeitwort (*abla* = sprechen) samt Konjugation in der Präsensform gesehen und ein paar Hauptwörter (z. B. *man, wumen, vatar, madre, kids* = Mann, Frau, Vater, Mutter, Kinder) muss ich auch bis morgen lernen. Bei der Grammatik helfen mir die drei Jahre Lateinunterricht, die ich in der Oberschule hatte, bei den Wörtern das Spanisch aus den Trainingskursen im Raumfahrtzentrum, weil die neue Sprache in der Kolonie Spanisch sein sollte. Wir Raumfahrer und Siedler hatten nur Medic-Chips implantiert, keine Sprach-Chips, unser zentrales und peripheres Nervensystem war unangetastet. Also, auf zu neuen Ufern!

Das ungewohnte Schreiben hat mich ermüdet, ich kann mich nicht mehr konzentrieren, also nix mit neuen Ufern, eher zurück in die Schlafkoje. Außerdem kommen mir immer wieder Erinnerungsfetzen ins Gedächtnis, ich sehe Bilder von früher, wie es wohl meinen Eltern gegangen ist, die seit mindestens 950 Jahren begraben sind, aber wo? Ich habe keine Ahnung, wie weit weg das von hier ist, wahrscheinlich ist schon längst alles verrottet oder zerstört – Häuser, Friedhof, Gärten … mir kommt hier alles so fremd vor …

Lon und Enna

Enna und Lon trafen sich, wie schon früher vereinbart, in einem der vielen kleinen Cafés, die eine Privatsphäre vermittelten und abgeschirmt waren, zumindest behauptete das der Betreiber.

Nach den üblichen und durchaus ehrlichen Komplimenten über das blendende Aussehen von Enna sagte Lon in vertraulichem Ton: „Frau Sternfeld soll hier in dieser Stadt bleiben, sie wird in eine größere Wohnung umziehen und der Wissenschaft zur Verfügung stehen. Sie möchte sich aktiv einbringen und möchte das Land, die Stadt, die Strukturen besser kennen lernen und verstehen. Ich bin sozusagen zum Touristenführer und Gesellschaftsexperten geworden, ich soll Frau Sternfeld, also Xola, die Gegend zeigen, die Hauptstadt und sie irgendwie mit der Gesellschaft hier vertraut machen. Dr. Dunant und seine Frau haben das vorgeschlagen. Ich glaube, Frau Dunant mag Xola, sie tut ihr irgendwie leid."

Enna schaute Lon aufmerksam an. „Mmh, das ist interessant. Offenkundig soll die Frau im Einflussbereich von Johansson bleiben, aber sie soll den Medics und Wissenschaftlern zur Verfügung stehen, und sie soll sich auch wohlfühlen. Frau Dunant brauchst du nicht verstehen, sie ist etwas anders, vielleicht hat sie einen Alpha-Status, da kann man sich Marotten erlauben."

„Und was denkt Johansson über die jetzige Lösung?"

„Er hat sie so ausgedacht und seine *badis* dazu überredet, im Rahmen einer seiner Jacuzzi-Partys. Warum er das tut, weiß ich nach wie vor nicht, mich interessiert es langsam selbst, auch weil er so wenig darüber redet. Er hat einmal Andeutungen gemacht, dass ihr Genotyp etwas Besonderes sei, aber dafür braucht man sie ja nicht dauernd um sich. Was könnte ihn an Xola Sternfeld noch interessieren? Normalerweise würde ich bei Big Joe vermuten, es ist die Frau selbst, weil er ja zumindest früher ein notorischer Schürzenjäger war, aber nein, sie interessiert ihn nicht als Frau. Sie ist so gar nicht sein Typ und älter wird er auch. So wie alle älteren Alphas interessiert ihn Macht, Einfluss und ein gutes Essen mehr als die Reize einer fremden Frau."

‚Gut für dich', dachte Lon, sagte es aber nicht. Und es war ihm eigentlich gleichgültig, was Johansson an Xola so interessant fand, er war einfach froh sie kennen zu lernen und vielleicht ihr Vertrauter zu werden. Laut sagte er: „Ich habe keine Ahnung, was Johansson an Xola interessiert, ich weiß auch nicht, warum ausgerechnet ich ihre Kontaktperson sein soll."

„Naja, du hast sie ja gefunden und warst an ihrer Wiederbelebung sehr beteiligt, zu dir hat sie am ehesten Zutrauen. Außerdem bis du ein jüngerer Mann und das hilft immer bei so einer Mission." ‚Eigentlich ist er ein mittelalter Mann, eher zeitlos als jung, wie alt ist Lon wirklich?', dachte Enna und nahm noch einen Schluck von ihrem giftgrünen Cocktail. Und dann fügte sie ihrem Gedanken laut mit kokettem Blick hinzu: „Vielleicht bist du auch ein bisschen verliebt in die alte, junge Frau?"

Lon wurde ein bisschen rot, und sagte eine Spur zu schnell: „Nicht dass ich wüsste, sie ist auch nicht mein Typ, außerdem würde das an meiner Mission nichts ändern."

„Ach, komm schon Lon, vergiss dein Einsiedlertum, wenn dir die Frau Sternfeld gefällt … Aber pass auf, sie hat zwar keine Chips und trotzdem kann ich mir vorstellen, dass AdminCom ein waches Auge auf sie hat. Sie ist bestimmten Leuten zu wichtig, vielleicht zu wertvoll, warum auch immer. Und da sind wir wieder beim Thema."

„Ja, vielleicht könntest du darüber doch irgendetwas von Johansson herausbringen, ich erzähle dir im Gegenzug über die Exkursionen mit Frau Sternfeld."

Xola
Zweite Eintragung des Tagebuchs.

„Heute bin ich umgezogen, das ging sehr speditiv, der schnellste Umzug, den ich je mitgemacht habe, eben keine Umzugschachteln, Listen mit Gegenständen, kein Ausmalen der Wohnung, keine Bestandsaufnahme der Schäden und Begutachtung durch den Besitzer, oder dessen Rechts-vertretung. Zwei freundliche Leute (Androide?) tauchten auf, stellten sich vor und fragten nach meinen persönlichen Gegenständen. Hab' ich ja keine, jene, die ich auf die Reise mitgenommen hätte, sind oder waren noch in der Sun Ra: Holos von meiner Familie, alte Datenträger aus meiner Jugend- und Studentenzeit, sowie wichtige Unterlagen für meinen Job in der Kolonie.

Zwei, drei kleine Gegenstände, die mir lieb und teuer waren: ein kleiner Engel von Oma und mein kleines Herbarium. Der Ring, den mir Mama und Papa zu meinem Universitätsabschluss geschenkt hatten. In mir zog sich bei der Frage nach den persönlichen Gegenständen etwas zusammen, mit feuchten Augen aber fester Stimme sagte ich: „Ich habe keine."

Das war den zweien auch recht und sie räumten meinen Kleiderspind aus, gaben die Toilettenartikel in einen Plastikbeutel und fragten mich in gebrochenem Computer-Deutsch, ob ich fertig sei. Ich nahm dich, mein neues Tagebuch, und das kleine archaische elektronische Schreibutensil, das im Schiff mit irgendeinem Rechner verbunden war und verließ mit den zwei Androiden meine erste Behausung in Plano Nord.

Wir tauchten ab in ein unteres Transportgeschoß, bestiegen eine Transportkabine und fuhren ein paar Minuten mit hoher Geschwindigkeit durch Röhren, ähnlich den U-Bahnen von früher. Irgendwo hielten wir und fuhren mit einem riesigen Lift, in dem hunderte Leute Platz hätten, zusammen mit anderen Passagieren in den ersten Stock eines Gebäudes. Es machte zumindest innen einen luxuriösen Eindruck, breitere Gänge, die Wände mit wunderbaren Holos von Naturlandschaften und Kunstgegenständen, gedämpfte Musik. Leute und Robots kamen uns entgegen, viele lächelten freundlich. Ich kam mir vor, wie in meiner Vorzeit bei einer Japan-Reise, groß und unbeholfen, umgeben von lauter freundlichen kleinen Leuten.

Die Robots machten mich etwas *anisi* (neues Wort von der Morgenlektion), ich habe keine Idee, wer sie steuert, oder wie man mit ihnen kommunizieren könnte. Nach einiger Zeit gemütlichen Gehens erreichten wir einen Gang, der auf einer Seite verglast war und einen Ausblick auf eine andere Seite der Stadt bot, eine Parklandschaft mit riesigen Wohntürmen in einiger Distanz.

Wie immer war der Himmel diesig, in einem gelblichen Dunst, der die Sonnenstrahlen dämpfte und es blies ein böiger Wind, der die Zweige der mir unbekannten Bäume im ersten Park bewegte. Wir erreichten nach ein paar hundert Metern Gang mit der Glasfassade einen abgegrenzten Teil mit

Wohneinheiten. Auf den Zuruf von meinen Begleitern glitt eine Türe zur Seite und wir gingen in mein neues Zuhause: zwei Zimmer und ein Bad, ebenerdig, große, echte Fenster hinaus auf einen großen Innenhof, der mit Palownia-Bäumen bepflanzt war, in der Mitte ein Springbrunnen. Luxus pur!

Die Begleiter forderten mich auf, auch „Zu" und „Auf" zu sagen, am unteren Rand der Info-Wand leuchtete es rot, dann grün auf, das Erkennungssystem wurde durch meine Stimme aktiviert. Ich verstaute meine wenigen Habseligkeiten, sagte „*tschau* und *grazi*" zu den zwei hilfreichen Androids und schloss mit „Zu" die Türe nach draußen.

Dann setzte ich mich in einen der vier Stühle, das heißt Sitzgelegenheiten, die sich sofort an den Sitzenden anpassen. Der Sessel umschloss mich sanft, aber ohne das schwammige Rückenteil. Außerdem entströmte der Polsterung ein minziger Duft. Sehr angenehm!

Ich ließ mir einen Vormittagssnack kommen, und auch bei diesen Schinken-Käse-Sandwiches war die Qualität hervorragend. Also bin ich wohl irgendwie aufgestiegen – und, es gab eindeutig soziale Unterschiede, manche sind gleicher: Sie leben ebenerdig mit Aussicht, haben mehr Platz, bessere Einrichtung, qualitativ besseres Essen und wahrscheinlich Sklaven, Robots, bevorzugte Rechnerportale, womöglich Gold-Chips im Stammhirn.

Auf der Info-Wand erschien eine freundliche Grußbotschaft vom Infrastruktur-Zentrum und von dem Medic-Zentrum der lokalen Universität. Dann kamen wieder ein paar Wörter in Eoleng und die Konjugation des Zeitwortes „leben", in Eoleng: „*liv*". Die Wörter waren *nada* (nichts), *tschau* (auf Wiedersehen), *com* (Rechner), *soza* (Gesellschaft), *como* (essen), *bibo* (trinken) *sol* (Sonne), *luna* (Mond) *plan* (Ebene) *plano* (Stadt in der Ebene).

Und *liv* wird in der Gegenwart so konjugiert: *livo, tu liv, el/la liv, wi liven, se liven*. Also: Ich lebe, du lebst, er/sie lebt, wir leben, sie leben. Eigentlich primitiv, aber praktisch! Vermutlich rechnerkompatibel. Ich wiederholte die Wörter ein paar Mal, dann legte ich mich hin, bin immer noch nach ein paar Stunden sehr müde. „*Tschau* Terra!"

Lon

Lon saß in seinem weit weniger komfortablen Sessel und machte sich einen Plan. Er hatte herausgefunden, dass es in etwa 100 Kilometer Entfernung von Plano ein Naturreservat gab. Allerdings war es nicht öffentlich zugänglich, aber mit Erlaubnis und als wissenschaftliche Exkursion wäre es möglich hinzukommen. Eine Art Shuttle brachte Leute hin und zurück. Dr. Dunant würde die Erlaubnis bewirken. Außerdem konnte er mit seinem bewilligten Projekt auch einen glaubhaften Grund liefern, um in ein Reservat fahren zu können, das vielleicht positiven Einfluss auf die Stabilität der Psyche Xolas haben könnte.

„Alles *kul*", sagte er laut vor sich hin. „Ja und sonst?", irgendeine innere Stimme stellte die Frage. Ja sonst, *todo nada*, er freute sich auf den Ausflug, der ohne Xola nicht möglich gewesen wäre.

Natürlich dachte er öfters an diese mysteriöse Frau, aber Erotik oder physiologische Bedürfnisse verspürte er bei diesen Gedanken keine. Das Gespräch mit ihr war schwierig. „Wenn sie doch Eoleng könnte!", sagte Lon laut zu sich. Die Übersetzungssprache war so künstlich, die alte Sprache von ihr, Deutsch, war fremd, vor allem im Vergleich zu der alten chinesischen Chintog-Sprache, die ihm seine Tante beigebracht hatte. Xola schien immer noch in der alten Welt zu leben, aber sie war jetzt entschlossen, seine Welt zu erkunden und sich einzugliedern! Warum war sie für Johansson und seine mächtigen Freunde so wertvoll? Sie hatte keine wichtigen B-Chips, es gab über das Schiff keine geheimen Nachrichten für andere Menschen, Zellen wurden ihr sicher schon von den Medics entnommen, die Kultur vor 1000 Jahren in Europa interessierte keinen der Mächtigen um Johansson, also was war es dann?

Exkursionen

Ein paar Tage später holte Lon Xola von ihrer neuen Wohnung ab. Allein die Adresse und die Lage erstaunte Lon, die Größe der Wohnung und die Annehmlichkeiten ließen ihn dann fast verstummen. Nur Alphas und deren Angehörige wohnten so komfortabel. „Du wohnst sehr schön!", meinte er anerkennend.

„Ich weiß nicht, ich habe keinen Vergleich. Früher, in meiner Jugend, habe ich schöner gewohnt, in einem Haus mit großem Garten, der voller Blumen und Obstbäumen war, mit einem Gemüse- und einem Kräutergarten, wo wir als Kinder oft gespielt haben."

„Ich kenne sowas nur aus alten Dokus und Filmen, hier gibt es das nicht. Fast alle Leute wohnen in Wohnanlagen, unterirdisch oder oberirdisch."

„Entschuldige, Lon, aber wie kalt oder warm wird es da draußen sein und was soll ich anziehen?"

„Oh, ganz normal, es ist Herbst, also relativ warm, so um die 25°C. Aber wir brauchen gute Schuhe, es könnte steinig, schlammig oder zumindest staubig sein."

„Also Windbluse und festes Schuhwerk, das ist das Problem, ich habe nur so eine Art Turnschuhe."

„Kein Problem, ich lasse welche bringen, *asap*. Welche Schuhgröße – ah, entschuldige, du wirst damit nicht vertraut sein, lass sehen." Und damit stellte Lon seinen Fuß neben den von Xola, lachte und meinte „eine Nummer größer als meine Schuhgröße."

„Ja, meine Großmutter hat immer gesagt: Mädel, du lebst auf großem Fuß, wenn ich wieder einmal mit neuen Schuhen bei ihr auf Besuch war."

Lon schaute fragend, wartete die Übersetzung ab und sagte: „Ich versteh' das irgendwie nicht."

„Also, auf großem Fuß leben heißt, oder besser bedeutete, über den eigenen finanziellen Möglichkeiten leben. Angeben mit Wohlstand oder Reichtum, den man gar nicht hat."

„Mmh, ich versteh das zwar, aber hier ist das nicht wichtig, vielleicht bei den Alphas, manche von ihnen tun so, als lebten sie noch vor der großen Katastrophe."

„Apropos, das wollte ich eigentlich immer schon fragen: Wann und was war die große Katastrophe?"

„*Tewontebigwon?* Das ist, glaube ich, eine lange Geschichte, die ich nicht genau erzählen kann, obwohl, ein paar Dinge weiß ich noch. Aber fahren wir zuerst zum

Naturreservat, dort gibt es angeblich ein paar schöne Stellen, da kann ich dir dann die wichtigsten Dinge erzählen." Natürlich würde Lon den HistCom bemühen und schnell ein paar Sachen über die Katastrophe lernen, die er dann als sein indigenes Wissen aus seiner Schulzeit verkaufen könnte.

Der Shuttle tauchte aus der Röhre auf und plötzlich waren sie in einer grünen Umgebung. Eine parkähnliche Landschaft mit großen alten Bäumen, Wiesen, Tümpeln und Teichen breitete sich vor ihnen aus. Lautlos huschte der e-Bus, in den sie umgestiegen waren, durch diese, im Vergleich zur Umgebung von Plano Nord unwirkliche Gegend. Nach ein paar Minuten hielt der Bus in einer Art Bahnhof. Die Ausflügler stiegen aus und begaben sich zu einem Glasverschlag in der Halle, wo man sich einen Audioführer holen konnte.

Lon holte sich einen und Xola besah sich währenddessen die anderen Leute, die zwar merkwürdig angezogen waren, sich aber nicht wesentlich von Nah-Ost-Touristen ihrer Zeit unterschieden. Gesprochen wurde wenig, wahrscheinlich waren sie intern vernetzt, mutmaßte sie. Lon hängte sich den Führer um und deutete zu Xola ihm zu folgen. Ein Schotterweg führte in einen Park, der entlang eines kleinen braunen Baches tiefer in einen Wald führte. Die Natur war nicht berauschend, allerdings kannte Xola manche Blumen und Bäume nicht.

Vor ihnen blieb eine Gruppe Leute stehen und schaute ins Bachwasser. Sie kamen näher und sahen eine große Kröte, die unbeweglich auf einem bemoosten Stein im Bach saß. Lon sagte, dass diese Tiere, so wie fast alle Amphibien, in der Natur sehr selten wären.

„Sind im Bach auch Fische?", fragte Xola.

„Ja, aber nur ganz kleine, in den Auskunftsdateien zu diesem Naturreservat werden nur ganz kleine Knochenfische angegeben. Aber schauen wir uns um, es soll hier verschiedene Schmetterlinge geben, die in der Föderation nur mehr an wenigen Stellen vorkommen." Aber sie sahen keine.

Zum Ende des Rundwegs kamen sie nochmals an einen großen Teich, wo an einem Ende schöne Schilfpflanzen wuchsen. Dort flogen Libellen ihre Kreise, es waren die großen blauen, die Xola oft in ihrer Kindheit am Land gesehen hatte.

‚Wenigstens Libellen', dachte sie und versuchte weniger negativ zu sein. Versöhnt wurde sie dann durch das schöne Café, das ihr fast vertraut war mit den kleinen Tischen, die eine Marmorplatte hatten und den Stühlen, die aussahen wie in einem französischen Café, wenn nicht die merkwürdige Auswahl an Getränken und Speisen gewesen wäre! Lon entschuldigte sich für das antike Gestühl und die ganze Retro-Ausstattung und bemängelte auch das Roboter-Service, „Wenigstens Androids hätte die Leitung hier anstellen sollen."

Sie aßen eine Art von Schokoquiche und tranken ein Chili-Minz-Getränk. Fast wehmütig dachte Xola an den Zimt-Zucker-Kaffee aus „Ihrer Zeit". Das war ihre Standardbezeichnung für alle Erinnerungen an ähnliche Situationen. Natürlich wusste sie dann auch, dass sie damit die Gegenwart als weniger wert ansah und auch, dass diese Art von Abwertung nie zu einer Anpassung führen würde.

Also sagte sie: „Ein prima Getränk, es belebt und ist anregend. Darf ich dich daran erinnern, mir etwas über die große Katastrophe zu erzählen? Ich hätte mich ja selbst belesen können, aber das SciCom-System ist mir noch immer fremd, fast unheimlich."

Lon lachte, aber fing dann an zu erzählen: „Ich bin überhaupt kein Historiker und hatte bis zu der Auffindung der Sun Ra auch kein großes Interesse an der Geschichte. Aber die letzten Wochen habe ich doch einiges darüber gelesen. Zudem arbeite ich an einem kleinen wissenschaftlichen Projekt und musste Grundlagen studieren. Also, die große Katastrophe war vor etwa 500 Jahren und begann mit einer Reihe von kleineren Konflikten, mit der Klimakatastrophe der Vorzeit, mit ungelösten, ökologischen Problemen, mit lokalen Verteilungs-kriegen und mit ideologischen und religiös-verbrämten Konflikten.

Die Rechner, die Coms, hatten die Kontrolle über diese Problemzonen erlangt und zunehmend Macht und fast absolute Kontrolle über weite Teile der Gesellschaft übernommen. Es kam zum Aufstand gegen die Coms, religiöse Gruppen entwickelten neue Waffen, die Nationalstaaten ergriffen Partei, schmiedeten Allianzen und eine ungeheure Aufrüstung mit chemisch-nuklearen Weltraumwaffen begann. Ein ganz

166

dummer Zufall löste einen Rechner-Krieg aus und eine Kaskade von *fek*-Angriffen wurde falsch interpretiert.

Was dann passierte wurde scheinbar nie ganz geklärt oder verstanden – zumindest habe ich es nicht verstanden: Die Weltraumwaffen wandten sich an die terra-basierten Waffensysteme und gegen Menschen im Allgemeinen. Nach mehreren Jahren Krieg war ungefähr die Hälfte der Erdoberfläche zerstört, verseucht und etwa drei Viertel der Menschen ausgelöscht. Schätzungsweise die Hälfte aller Tierarten war verschwunden.

Viele Menschen zogen in den Untergrund, also in die unterirdischen Städte, die es damals schon gab. Die Kriege dauerten noch Jahrzehnte. Die Nationalstaaten verschwanden, die Religionen auch. Hungersnöte, Energieknappheit, ungeheure Zerstörung und Verzweiflung bei den Überlebenden war die Folge. Der Wiederaufbau dauerte etwa 300 Jahre."

„Danke, das ist für mich sehr interessant und auch schrecklich zu hören. Ich habe noch eine Frage, die mich betrifft. Wie war es möglich, dass die Sun Ra all die Zeit unentdeckt blieb? Und warum waren die Versorgungssysteme intakt?"

„Oh, das ist genau das, worüber wir jetzt die ganze Zeit rätseln, wir wissen es – noch – nicht. Ich kann es mir nicht vorstellen, die Sun Ra muss ein Programm haben, das ganz tief in AdminCom hineinreicht. Wir haben aber auch herausgefunden, dass die Vorläufersysteme von AdminCom nie völlig zerstört waren, es waren Hybrid-Rechner, die schon während der Bauphase der Sun Ra etabliert wurden, mit eigener Energieversorgung ..." Lon beendete den Satz nicht, sondern saß in sich gekehrt vor seinem halbvollen Glas und schien plötzlich über etwas nachzudenken.

Xola schaute ihn verwundert an, was war so wichtig, an was dachte Lon? Nach einiger Zeit schien der kleine Mann wieder zurückzukehren, lächelte Xola an, aber entschuldigte sich nicht für seine Absenz. Auf dem Weg zurück nach Plano Nord sah Xola sehr aufmerksam aus dem Fenster des Shuttles. Sie sah Mauerreste, die aus braunen Büschen herausschauten, dazwischen saßen Kaninchen in der steppenähnlichen Landschaft, kleine Vögel, die wie Spatzen aussahen, flogen herum. Manchmal ragten silberne Schlote aus der Erde, die weiße Wolken ausstießen, der Shuttle fuhr auf einer Betontrasse, das heißt er schwebte dahin. ‚Vielleicht ist es ein Magnetantrieb‘, dachte Xola.

Windböen wirbelten Staub auf, der die wenigen Pflanzen grau wirken ließ. Der Himmel war wie fast immer graublau, die Sonne leicht gedämpft. Lon redete über die Landwirtschaft, wie sie in den früheren Jahrhunderten betrieben wurde. Fast ausschließlich mit Tieren und großen Pflanzen, anfällig für Krankheiten und andere Unwägbarkeiten, die Versorgungs-knappheit und Hungersnöte zur Folge hatten.

„Und wie war das in deiner Zeit?", fragte er schließlich.

„Ähnlich, aber es gab große Verteilungsunterschiede, die Industrieländer der nördlichen Halbkugel hatten zu viel zu essen und die im Süden zu wenig. Die im Norden waren vor lauter Essen vielfach krank und übergewichtig und die im Süden waren auch krank und untergewichtig, vor allem Babys und Kleinkinder. Und bei den Trinkwasservorräten war es ähnlich. Es gab Kriege deshalb und riesige Wanderbewegungen von vielen Millionen Menschen. Eigentlich zeichneten sich ganz große Auseinandersetzungen ab und wir Raumfahrer waren neben der Abenteuerlust auch froh, dem desolaten Zustand der Erde zu entfliehen. Aber dann ist alles ganz anders gekommen …"

Lon sah Xola an und versuchte sie irgendwie zu trösten oder ihr Mut zuzusprechen, aber der Übersetzungschip war überfordert. Es war ja keine Begräbnissituation oder eine Katastrophe. Schweigend saßen sie da für den Rest des Weges.

Der neue Alltag

Der nächste Tag war wieder ein Medic-Tag für Xola, Tests im Labor, Kognitionsübungen, therapeutische Gespräche. Frau Dr. Dunant war persönlich anwesend, wirkte sehr interessiert und beteiligte sich auch aktiv an Gesprächen und Diskussionen mit ihren Mitarbeitern. Vorsichtig fragte sie Xola nach der

Exkursion mit Lon und schien erleichtert mit deren Schilderung des Tages.

Am Abend waren neue Wörter in Eoleng auf dem Wandschirm, diesmal waren die Fälle der Hauptwörter dran, die eigentlich nur durch Vorwörter angezeigt wurden und nicht durch Wortendungen. Xola wiederholte die alten und las dann die neuen Wörter beziehungsweise die Bedeutungsänderung durch verschiedene Vorwörter. Lon meldete sich an, er wollte am kommenden Tag bei Xola vorbeischauen, um die nächste Exkursion zu besprechen.

Tagebucheintragung
„Ach, wenn die Träume nicht wären! Ich würde mich wahrscheinlich viel schneller an dieses neue Leben hier gewöhnen. Aber so träume ich immer noch von der Vergangenheit in der alten Zeit, unternehme mit Ron Ausflüge in die Berge und spreche Deutsch. Ich muss das abschalten, vielleicht sollte ich doch einen passenden CNS-Chip implantieren lassen."

Damit beendete Xola die Tagebucheintragung des ersten Exkursionstages, schloss energisch das Tagebuch, warf es fast wütend in ihren Kasten und beschloss, noch einmal wegzugehen, vielleicht in ein Café. Sie zog sich für diese Gelegenheit an, schaute in den Spiegel im Badezimmer, frisierte sich noch einmal und verließ ihr Domizil.

Trotz der Abgelegenheit dieser noblen Wohngegend war es leicht in die Unterhaltungsviertel zu kommen. Hinweisbilder tauchten an den Wänden von Kreuzungen oder Haltestationen der Transportfahrzeuge auf und wiesen ihr den Weg. Im Viertel selbst kannte sie bislang nur ein Café, das aber nicht am Hauptweg durchs Viertel lag. Also beschloss Xola einfach herumzuschlendern und sich Leute und Lokale anzuschauen. Viele Leute bevölkerten die breite, unterirdische Straße. ‚Fast wie auf einem Corso an einem lauen Sommerabend in Italien!', dachte Xola, ‚nur lauter wegen der Musik, die überall die Straßen beschallte'.

Bars, Cafés, *schorums* und Restaurants mit phantasievollen Namen wie "Siiseid" oder "El Capitano" warben mit

Meeresfrüchten, obwohl das Meer sicher sehr weit weg war. Xola fand eine Bar, die auch Plätze an der Straße anbot, setzte sich an einen freien Tisch und bestellte beim Robot-Kellner eine Tasse Zimtschokolade, ein sehr gängiges Getränk. Die Leute rundherum schauten sie kurz an, manche tuschelten, aber niemand sprach sie an oder starrte sie an.

Es war wie früher: Plötzlich kam ihr das alles vor wie in Venedig, Perugia, oder einer anderen italienischen Stadt, wo sie gesessen hatte, die flanierenden Männer und Frauen angeschaut und irgendwie eingeordnet hatte. Es gab auch Ähnlichkeiten zu damals: Die Menschen waren gut gekleidet, gut gelaunt, ja sie sahen sogar ähnlich aus, mit sehr gepflegter, bräunlicher Haut und schönen dunklen Augen.

Robots oder Androids konnte sie nicht in der Menschenmenge entdecken, und auch Touristen nicht, obwohl die wohl schwerlich auszumachen wären, denn die Vereinheitlichung der physischen Merkmale der Menschen schien auch eine weltweite Angleichung der Moden gebracht zu haben. Viele Männer und Frauen waren unterwegs mit ihresgleichen, lachten und küssten sich ungeniert. Freizügig war auch manches Gewand, fleischfarbene, schillernde Trikots schienen ein Trend zu sein.

Trotz aller Extrovertiertheit der Menge wandte sich niemand an Xola, fragte sie etwas oder wollte sogar an ihrem Tisch Patz nehmen und ein Gespräch beginnen. Nach einer Weile stand Xola auf und wollte zahlen, als ihr plötzlich bewusst wurde, dass es kein Geld mehr gab, sondern alle Bezahlungen über Chips erfolgten, die im Gewand oder am Körper angebracht oder inkorporiert waren.

Sie stand unschlüssig da, als ein unscheinbarer Mann von einem Nachbartisch auf sie zukam und sich mit stockender Computerstimme anbot, ihr die Rechnung zu bezahlen und sie auch nach Hause zu bringen. Xola nahm das Angebot der Bezahlung dankbar an, aber lehnte die Begleitung ab. Der Mann hatte sich mit Jan vorgestellt, meinte, dass sie sich hier in der Gegend nicht auskennen würde und es in ihrer Wohnung einfach sicherer sei. Jan wirkte höflich, aber bestimmt, sodass Xola nichts anderes übrigblieb, als „Na gut" zu sagen und ihre Adresse zu nennen.

‚Was will der Typ? Schaut nicht so aus, als wäre er auf Brautschau. Vielleicht ist er einfach ein besorgter Mann, der ihre Fremdheit erkannt hatte und helfen wollte', so dachte sie, als sie in der Untergrundbahn saßen. Jan war schweigsam, blieb distanziert und verabschiedete sich schon, als die Wohnung von Xola in der Ferne zu sehen war. „Ich wünsche Ihnen einen schönen Abend. Es war mir ein Vergnügen, Sie kennen gelernt zu haben!", sagte er zum Abschied. Xola dankte ihm und betrat ihre Wohnung.

Zu Mittag am folgenden Tag tauchte Lon auf. Er trug noch seine Arbeitskleidung, eine Art orangefarbener Overall, der sich um seine Beine und Arme bauschte. „*guddai*" und „*ketal*"?

„*Olkul*", erwiderte Xola und bat ihn in ihre Wohnung. Sie lernte eben Vokabel und ihr Tagebuch lag offen auf dem Tisch, welches sie aber sofort schloss und auf die Seite legte.

„Bist du gestern gut nach Hause gekommen?"

„Ja, ein mir fremder Mann hat sich erbötig gemacht, mich herzubringen. Er war nicht zudringlich, aber doch recht bestimmt."

„Aha, hast du dich nicht mehr ausgekannt?"

„Doch, ich wusste genau, wo ich gehen sollte, bzw. fahren sollte. Aber der Typ war nicht abzuschütteln."

„Mmh. Ich bin eigentlich da, um den nächsten Ausflug zu planen, beziehungsweise um dir meinen Plan mitzuteilen. Willst du in das Zentrum der Hauptstadt der Konföderation, nach Plano reisen? Das ist ein Ganztagesausflug, weil die Stadt so riesig ist und die interessanten Dinge weit voneinander entfernt sind. Was möchtest du sehen?"

„Ich möchte das Regierungsviertel sehen, Museen, einen Zoo …"

„Ja, das langt für mindestens einen Tag."

„Wie kommen wir dorthin und ist die Stadt wie hier in Plano Nord unterirdisch oder vorwiegend oberirdisch?"

„Also, wir fahren mit einem Shuttle, also einer Art oberirdischer Schnellbahn. In etwa einer Stunde sind wir dann im Zentrum. Regierungsviertel gibt es keines, alles ist dezentral und die eigentlichen Zentren sind unterirdische Räume, wo die Hauptrechner der Coms stehen und deren Energieversorgung.

Aber dort kommt man nicht hin, es ist ein Hochsicherheitsbereich."

„Und gibt es Minister und Ministerien, das Parlament, wo residieren die digitalen Personen?"

„Nein, ja, das heißt, es gibt Sprecher, die auch Repräsentanten sind. Es gibt einen Präsidenten, ein Alpha, der die Konföderation repräsentiert, der sie auch auflösen könnte, wenn die Bürger, also nur die Homo, keine Androiden oder andere Mutanten, dafür stimmen."

„Also gibt es auch kein richtiges Parlament?"

„Nein, ich kenne das nur aus der Geschichte, ich habe deine Zeit etwas im HistCom studiert. Das muss wirklich sehr turbulent gewesen sein."

„Ja, kann sein, ich war zu sehr mit meiner Ausbildung zur Raumfahrerin befasst. Aber wo sind diese digitalen Personen?"

„Das weiß ich nicht, sie haben keinen geographischen Ort, sie sind wahrscheinlich Quantenfelder in den Knotenpunkten der Coms. Ich glaube, dass nur die obersten IT-Forscher darüber eine Ahnung haben."

„Danke, Lon, aber eigentlich interessieren mich mehr die Museen. Vor allem eines, wo Dinge aus meiner Zeit ausgestellt sind, also ein historisches. Ja, und das technische Museum, falls es so eines gibt, mit einer großen Weltraumabteilung, wo die Besiedlung des planetaren Raums dargestellt wird! Und hoffentlich gibt es Cafés mit richtigem Koffein-Kaffee und Kuchen!"

Lon musste unwillkürlich lachen. Cafés mit Kaffee im Angebot rangierten sehr weit unten auf seiner Stadtbesichtigungs-Liste. „Museen gibt's, Cafés auch, aber vielleicht andersartige. Es gibt auch Unterwasserparks und Weltraumparks und Lifeshows mit echten Menschen und Tieren. Ein Tag reicht bei Weitem nicht aus, um all das zu sehen."

Was Lon nicht aufzählte, waren die unzähligen Rehabilitationseinrichtungen für alle Arten von Menschen, die Euthanasiekliniken, die ausgedehnten *slams & scums,* in denen jene vegetierten, die es nicht geschafft hatten in die Gesellschaft hineinzukommen, die Drogenabhängigen und Fanatiker aller Glaubensrichtungen, die gar nicht in diese

Gesellschaft hineinwollten, oder diese bekämpften. Vielleicht waren das alles Auswüchse der damaligen Spätfolgen der großen Katastrophe und ehemaliger Herrschaftsstrukturen. Oder vielleicht waren es politische Ventile, welche die digitalen Personen bewusst etabliert hatten, um ihre absolute Herrschaft zu maskieren. Lon war sich dieser Dinge wahrscheinlich nicht bewusst, oder er wollte das alles gar nicht wissen, oder das Wissen wurde durch AdminCom blockiert, bevor es in sein Bewusstsein geraten konnte.

Gleich am folgenden Tag sollte diese zweite Exkursion nach Plano Centro stattfinden. Aber Lon bekam ein *„Njet"* von AdminCom und die Erklärung vom Büro von Johansson: „Zu riskant, nur mit einer zusätzlichen Begleitung, eines *seftiamigo*. Lon fragte, warum es zu riskant wäre, nur er und Xola, aber diese Frage wurde nicht beantwortet, nur der Exkursionstermin wurde ihm mitgeteilt.

Am späten Morgen des folgenden Tages trafen hintereinander Lon und der *seftiamigo* bei Xola ein. Letzterer war ein vierschrötiger Mann mit stoischem Gesichtsausdruck, der sich als Pablo vorstellte. Xola war schon aufbruchsbereit und so fuhren sie auf den schnellen Transportbändern zur Shuttlestation, wo die Kabinen alle 15 Minuten nach Plano Zentral fuhren.

„So viele Leute, Wahnsinn, wohin wollen die alle?", entfuhr es Xola, als sie in den Hauptbahnhof von Plano Zentral einfuhren und in einer riesigen unterirdischen Halle Tausende Menschen herumwuselten. Lon, Pablo und Xola verließen den Bahnsteig, von dem aus man auf die Menschenmenge herabsah und wo das Ganze einem Ameisenhaufen in Bewegung glich. „Die Leute gehen zu ihren Zügen, es fehlen allerdings die Förderbänder, wahrscheinlich aus Sicherheitsgründen", meinte Lon.

Pablo sagte nichts. Xola sah ihn von der Seite an und rätselte, ob Pablo nicht doch ein Android war, obwohl sie nicht wusste, wie man das feststellen konnte. Vielleicht bestärkte sie sein Schweigen, die stoische Miene, die gleichgültigen Augen, der schwerfällige Gang zu diesem Verdacht? Aber auch Lon war manchmal so und sie hatte nie das Gefühl, dass er ein

173

Android wäre, also ein Wesen mit humanem Phänotyp aber entkernter Persönlichkeit. Also folgte sie Lon und versuchte Pablo nicht zu beachten.

Die drei sehr unterschiedlichen Personen bahnten sich den Weg durch die Menschenmassen, wobei manche der Entgegenkommenden Xola erstaunt musterten, weil sie sie von Infoshows kannten, oder weil sie einfach etwas anders aussah, vor allem im Vergleich zu ihren Begleitern. Lon lotste sie ohne Umschweife ins alte Zentrum der Stadt, wobei alt etwas über 400 Jahre genannt wurde, also die Zeit des Wiederaufbaus nach der großen Katastrophe. Immerhin gab es damals Regierungsgebäude, die heute Museen beherbergten. Neuartige Regierungsgebäude gab es nicht mehr, der Normalbürger wusste nicht, wo die Rechenzentren oder erst recht nicht, wo die Coms waren, die digitalen Personen. Und wo trafen sich die Vertreter der Regionen der Konföderation als Personen, wenn sie nicht virtuell miteinander kommunizierten?

Als erstes Museum wollte Xola ein historisches Museum besuchen, um die Artefakte aus ihrer Zeit und davor zu sehen und vor allem die Sichtweise der Vergangenheit kennen zu lernen. Das Museum war ein düsterer, hallenähnlicher Bau, mit einzelnen Objekten in Licht getaucht. Landkarten aus verschiedenen Zeiten der letzten 3000 Jahre waren projiziert, es gab Erlebniszonen, die alle Sinne ansprachen, um dem Besucher ein realistisches Bild der jeweiligen Zeit zu vermitteln.

Aus Xolas Lebenszeit waren die technischen Neuerungen, das Bevölkerungswachstum, die einsetzenden ökologischen Katastrophen, und die Unfähigkeit der Menschen damit umzugehen, dargestellt. Primitiv und aggressiv erschienen die Menschen. Aus Sprachkonserven konnte man Englisch, Suaheli, Russisch und andere Sprachen hören. Deutsch mit bayrischer Färbung war auch dabei, der Text handelte von den Vorteilen der friedfertigen Nutzung der Kernkraft.

Die große Katastrophe nahm einen breiten Raum ein, die Entwicklung vorher, die laut den Jahreszahlen schon bald, nachdem sie in den Tiefstschlaf versetzt worden war, begonnen hatte. Die Missverständnisse der administrativen Computersysteme, die Nationalismen der betroffenen Menschen und

Staaten und schließlich die Jahre der Zerstörung von zwei Dritteln der Landmassen und der Hälfte der Meere wurden ausführlich beschrieben und mit Holos animiert. Die Texte zu den Holos oder Graphiken waren in Eoleng abgefasst, Xola verstand nur Brocken davon, aber Lon übersetzte.

Pablo schaute stoisch rundherum, vielleicht um mögliche Aggressoren zu identifizieren, mutmaßte Xola. Sie war erschrocken und entsetzt über die Ungeheuerlichkeit der Vorgänge, über das apokalyptische Ausmaß, über die Milliarden Opfer und dachte unwillkürlich an das große letzte Artensterben, von dem sie gehört hatte, das fünfte in der Evolution, welches vor 65 Millionen Jahren die überwiegende Mehrzahl der Dinosaurier und unzählige andere Tierarten ausgelöscht hatte.

Die große Katastrophe war nahezu so verheerend für die Biosphäre wie damals der Einschlag des Asteroids in der Gegend von Mexiko. Sie wunderte sich nicht mehr, warum der Wiederaufbau Jahrhunderte gebraucht hatte. ‚Wie nach dem 30-jährigen Krieg in Mitteleuropa, nur viel länger!', dachte sie und ging in den nächsten Saal, wo die Zeit nach der Katastrophe besprochen und gezeigt wurde.

Sie sah die Wiederherstellung einer Infrastruktur, die Etablierung des unabhängigen Rechnersystems mit den obersten Instanzen für Justiz und Ethik, die vollständig in den Bereich der Coms verlegt wurden, die Dekontaminations-bemühung, die Zerstörung der chemo-nuklearen Waffen-systeme, die Einrichtung einer neuen Ernährungsindustrie, die weitgehend unterirdisch in Laboratorien geschah. Dem Weltraum wurde wenig Platz gegeben, auf die Frage Xolas, warum das so sei, meinte Lon, es gäbe ja das Weltraummuseum, da wollte man sich nicht in die Quere kommen. Mehr als zwei Stunden brauchten sie für den Rundgang, Xola schwirrte schon der Kopf und viele Fragen zu dem Gesehenen kamen ihr in den Sinn.

Auch das Verhalten der vielen anderen Besucher befremdete sie, die meisten schlenderten stumm herum, liefen dann und wann schnell zu einer holographischen Abbildung, oder lasen einen erklärenden Text, um dann wieder teilnahmslos in den nächsten Saal zu gehen. Viele der Leute hatten eine Art Montur an, eine Mischung aus Freizeitmode und Matrosen-Gewand und sehr viele hatten ein zeitloses Aussehen, sie hätten 35 oder 65 Jahre sein können. Aber das war Xola schon früher bei ihren Gängen in Plano Nord aufgefallen. Lon fand das nicht, auf ihre Frage hin, meinte aber, dass je zeitloser die Leute wirkten, um so älter waren sie in Wirklichkeit, also so um die 100 Jahre.

Nach dem Besuch des Geschichtemuseums schlug Lon einen Rundgang durch den zentralen Park vor, von dem sternförmige Straßen und Pfade wegführten. Der Park hieß Centralpark, offenkundig nach einem Park in der Frühzeit des Anthropozäns benannt. Xola las das und meinte zu Lon: „Den Namen des Parks kenne ich aus meiner Zeit, in einer großen amerikanischen Stadt, namens New York, gab es so einen Park."

Lon sagte: „*Unsec*", und rief sein internes historisches Lexikon auf. Er bekam die Bestätigung, der Name ging wirklich auf den zentralen Park jener Stadt New York zurück, der ein sehr bekannter Park zu seiner Zeit war. Die Stadt New York war in dem großen Krieg schon sehr bald in Schutt und Asche gelegt worden, aber war nie mehr aufgebaut worden und war nach wie vor in der verbotenen Zone.

Die Gestaltung des Parks wurde dem historischen Central Park in Nordamerika nachgebaut, mit einem kleinen See in der Mitte war er eine längliche vierseitige grüne Oase in einer graublauen Riesenstadt. Verschiedenste Bäume wuchsen in Gruppen auf grünen kurzrasierten Rasenflächen, die von kleinen, offenkundig künstlich angelegten Bächlein durchzogen waren. Xola erkannte nur wenige Bäume, wie Blutbuchen, Schwarzerlen und eine Palownia mit wunderschönen weiß-lila Blüten, aber die vielen anderen Pflanzen schienen neue Züchtungen oder Hybride zu sein.

Nach dem Spaziergang besuchten die drei Touristen ein Lokal, wo Getränke und *sneggs* angeboten wurden. Lon wusste, dass dort auch Kaffee im alten Stil angeboten wurde. So war es denn auch, es gab heißen *micaf*, der einem Cappuccino entfernt ähnlich war, trotz Sojamilch und pfeffrigem Geschmack. Dazu gabs Tapas mit allen möglichen Auflagen. Pablo trank einen giftgrünen Agaven-Drink, aber aß nichts, sondern schaute nur schläfrig im weitläufigen Lokal herum.

Xola fragte Lon nach seinem Vorwissen über die große Katastrophe, ob er Kenntnis habe über ihm verwandte Personen, über deren Schicksal und Überleben. „Nein", meinte Lon, „ich kenne nur die Familiengeschichte bis zu meinen Großeltern, die aus den Amerikas gekommen sind. Mich interessiert diese Familiengeschichte auch nicht sehr und meine Eltern haben mir nur sehr wenig von ihnen erzählt, ich war damals noch sehr jung, vielleicht vier Jahre. Und an das Erzählte kann ich mich kaum erinnern."

„Und wo sind deine Eltern jetzt?"

„Ich weiß es nicht, ich bin schon sehr lange von der kleinen Stadt weggezogen, wo ich aufgewachsen bin. Schon als kleiner Junge bin ich in das *shu*-Heim gekommen und dann gleich in das Junior-Heim."

„Mmh, merkwürdig."

„Was ist merkwürdig?"

„Nichts, ich habe nur an meine Großeltern gedacht. Gehen wir jetzt in das Raumfahrtmuseum?"

„Ja, natürlich, das wird dich sicher sehr interessieren, ich habe drei bis vier Stunden eingeplant für den Besuch."

Pablo stand auf und ging als erster langsam aus dem Lokal. Dann folgte Xola und Lon ging zuletzt. Sie fuhren auf unterirdischen, von vielen Leuten frequentierten, fahrenden Straßen, bis der Ausgang zu dem Museum angezeigt war. Das Museum begann im vierten Stock unter dem Erdgeschoß und reichte bis in den zwölften, oberirdischen Stock, bedingt durch die ursprüngliche Größe von ausgestellten Triebwerken und Teilen der Raumschiffe.

Xola war aufgeregt, sie bombardierte Lon mit Fragen bezüglich der Modelle und des Baudatums der Schiffe und Triebwerke. Auffallend war, dass es etwa 500 Jahre lang, also im Zeitraum während der großen Zerstörung und dem Wiederaufbau, keinerlei Raumfahrt-Aktivität gab. Die Zeit davor, also die Ursprungszeit des 20. Jahrhunderts und die folgenden zwei Jahrhunderte wiesen hingegen eine lebhafte Aktivität auf, die in fixen Raumstationen und der dauerhaften Besiedlung von Mond und Mars mündete und in interstellaren

Aufklärungsflügen. Dann setzte die große ökologische Krise ein und die Menschheit hatte andere Sorgen als die Besiedlung des Weltraums. Eine kurze aktive Zeit im 24. Jahrhundert folgte, als die interstellaren Expeditionen mit neuartigen Antrieben unternommen wurden, bis eben die ominöse furchtbare Zeit einsetzte, wo es um das nackte Überleben der Menschheit ging.

Xola rannte von Modell zu Modell, von Raum zu Raum, verfolgte Holos und alte Videos, Lon und Pablo kamen kaum nach, andere Besucher waren irritiert über die große Frau, die sich bei größeren Besucheransammlungen in die erste Reihe vordrängte. Sie hoffte auch, dass vielleicht ein Modell der Sun Ra ausgestellt war. Aber es gab kein Modell von ihrem Raumschiff und auch keinen Hinweis auf den neuartigen Antrieb, der dem damit angetriebenen Raumschiff angeblich nahezu Lichtgeschwindigkeit verliehen hätte. Auch gab es keinerlei Hinweis auf die interstellare Mission, die damit durchgeführt werden sollte, aber aus unerfindlichen Gründen nicht stattfand.

Vielleicht war das zu ihrer Zeit schon sehr geheim und vielleicht fielen die Aufzeichnungen dem Chaos in der langen, dunklen Zeit der Menschheit zum Opfer, wie sehr wahrscheinlich viele Dokumente und Datenträger auch. Trotz dieser kleinen Enttäuschung fand Xola das Museum sehr interessant, vor allem im Bereich der Jetztzeit, wo aktuelle Raumfahrtprojekte vorgestellt wurden. Die Projekte bezogen sich ausschließlich auf den interplanetaren Raum und auf die drei großen Weltraumstationen, welche die Erde und den Mond umkreisten und die als Forschungsstationen und Relais-Knoten dienten. Die Projektzeiträume waren über Jahrzehnte bis Jahrhunderte angegeben, ein Hinweis auf Finanzierungs-schwierigkeiten oder Ressourcenknappheit.

„Lon, wolltest du nie Raumfahrer werden?", fragte Xola.

Lon ließ sich Zeit mit der Antwort oder das Programm für die aktive Übersetzung brauchte so lange: „Nein, nicht wirklich, das heißt, ich glaube, dass ich nicht geeignet wäre. Mir wurde als Junge in Vergnügungsparks auf Achterbahnen leicht übel und mutig war ich auch nicht. Und jetzt mag ich meine Arbeit und das Erdenleben, das ich führen kann. Aber, wenn ich fragen darf, warum bist du Raumfahrerin geworden?"

„Mich hat einfach die Raumfahrt immer interessiert. Aber zu Anfang habe ich auch an meiner Eignung gezweifelt, ich war nicht besonders gut in Physik und Mathematik und konnte komplexe Maschinen nicht durchschauen. Irgendwie hab' ich Glück gehabt und auch die Freundschaft zu Ron hat mir sehr geholfen, das heißt, er hatte mir sehr geholfen." Sie hörte abrupt zu reden auf, die Erinnerung an ihn war wieder sehr lebendig, und wie so oft, seit sie sich wieder erinnern konnte und ihr der Tod aller anderen Raumfahrer bewusst geworden war.

Lon schaute sie an, aber wusste nicht, was er sagen sollte. Pablo schaute sie auch an, ohne Ausdruck. Lon räusperte sich und meinte dann: „Vielleicht sollten wir etwas essen gehen oder wieder nach Nord zurückkehren", und er schaute Pablo fragend an. Pablo schaute weiter ausdruckslos, also nahm er an, dass Pablo alles recht war, was er vorschlug. Xola sagte nichts. „Gut, dann gehen wir einen *snegg* essen!", sagte Lon etwas irritiert.

Wieder zurück in ihrer Wohnung wurde das Gefühl des Verlusts wieder übermächtig und Xola ließ ihren Tränen freien Lauf. Langsam verfärbte sich die Farbe der Wände in pastellfarbige Töne und eine harmonische, langsame Musik ertönte. Die Bildwand erschien und zeigte Gärten: Kräutergärten, Alpengärten, Gärten aus dem früheren Mittelmeerraum und aufwändige Gärten aus England oder Amerika. Schwacher Lavendelduft füllte die Wohnung.

Nach einiger Zeit beruhigte sich Xola, sie kehrte ins Wohnzimmer zurück, schluchzte hin und wieder, aber besah sich die wunderschönen Bilder der Gartenlandschaften. Die bekannte Bildwand-Stimme ertönte und sagte in diesem eigentümlichen Deutsch, das gekünstelt und vor allem ohne eine Satzmelodie war: „Wollen Sie heute noch Vokabel von Eoleng wiederholen oder eine kleine Lektion Grammatik hören?" Xola war zunächst so befangen von den Bildtafeln, dass sie nicht antwortete, aber nach der sehr höflichen

Wiederholung des Angebots, sagte sie „Ja, Grammatik wäre gut."

Die Bilder verschwanden langsam, die Musik wurde leiser und auf der Wand erschien Juan der Sprachlehrer (Xola nannte ihn „Professor"), der schon bei früheren Lektionen manchmal aufgetreten war und sagte mit seiner samtenen, aber sehr deutlichen Stimme: „Heute lernen wir die Vergangenheit in Eoleng kennen." Bilder zu vergangenen Szenen und Wortbeispiele erschienen. „In Eoleng gibt es nur eine Vergangenheitsform, zum Beispiel: *liv* (leben), wenn man sagt: ich lebte in Plano Nord, dann heißt das *jo livd en* Plano Nord. Wenn ich aber sagen will: Ich habe bis gestern in Roma gelebt, dann sagt man *jo livde*, also wenn immer Veränderungen von Ort, Zustand, Zielsetzung ausgedrückt werden sollen, dann hängt man ein *-de* an das Zeitwort."

Diese Anweisung wurde oft wiederholt mit verschiedenen Zeitwörtern und Anwendungen. Xola sprach alles gehorsam nach, und löste auch zur Zufriedenheit von Juan Übungsbeispiele. Sie wurde gelobt und nach einer Stunde verabschiedete sich Juan. Dann erschienen zu fremdartiger Musik Bilder von Plano, Ansichten von oben, wahrscheinlich von einem Satelliten gemacht, weil die Ausdehnung der Stadt so enorm war.

Ansichten von ungewöhnlichen Wohnkomplexen, die zwischen Verkehrstunneln, Menschenförderbändern und Shuttles standen, teils begrünt, teils glänzend in allen Farben, die Fassaden konnte Xola nicht mehr in Fenster/Mauer-Funktionen einordnen. Und viele Ansichten von der unterirdischen Stadt, mit der ungeheuren Vielfalt an Wohnebenen, Vergnügungsmöglichkeiten, Sportarenen und Produktionsstätten für Elektronik, aber vor allem für Lebensmittel.

Gebannt saß Xola vor der Bilderwand, sie wusste zwar, wie groß und fremd die Hauptstadt der Konföderation war, aber erst durch die Bilder wurde ihr das richtig bewusst. Sie dachte an die Megastädte ihrer Zeit, die im Vergleich irgendwie langweilig und antiquiert wirkten. Dann änderte sich der Bilderfluss und es wurden Leute und Menschen gezeigt. Alle schienen ähnlich alt zu sein, Kinder waren selten zu sehen, auch ältere Menschen nicht, und sehr alte Leute überhaupt nicht. Gespräche wurden gefiltert, Xola verstand fast nichts, eigentlich nur Ja („*da*") und Nein („*no*") und ein paar Zahlwörter.

Dann erschien eine Art Doku über Plano Nord, das Infrastruktur-Netzwerk wurde vorgestellt, die Bilder wurden in gebrochenem Deutsch erklärt. Johansson kam ins Bild und andere Manager, die die Bereiche Verkehr, Energie und Sicherheit verwalteten. Mit keinem Wort wurde der Fund der Sun Ra erwähnt, aber im Zuge der Vorstellung von verdienten Mitarbeitern des laufenden Jahres wurde auch Lon Pun ins Bild gebracht, und als kompetenter Ingenieur für Untergrund-Infrastrukturen vorgestellt.

So als hätte jemand zugesehen, wurde Lon auf dem Bild aus früheren Aufnahmen sichtbar, in einer Art Uniform und bei der Arbeit, die ihn an sehr unzugängliche Orte führte, wo die Infrastruktur defekt war. Dann sah man auch neue Aufnahmen wie er die Bewilligung des neuesten Forschungsprojekts („Integration, Anpassung und Ablehnung") erhalten hatte. Und dann erschien sein Gesicht groß, lächelnd, und in der Textzeile wurde in Deutsch die Bitte an Xola gerichtet, endlich die allgemeine Staatssprache Eoleng zu lernen. Anschließend wurden sofort wieder neue Vokabel aus der Berufswelt und die Grammatik der persönlichen Fürwörter gebracht, deren Art und Gebrauch, wie Xola sah, denen im Chinesischen gebräuchlichen, glichen.

Dann wurden endlich die Zahlwörter aufgelistet, leicht für Xola, da sie denen der romanischen Sprachen sehr ähnlich waren, und ihr aus dem Schulunterricht vertraut waren. Die Berufswelt interessierte Xola, weil sie sich nach wie vor noch nicht wirklich vorstellen konnte, welche Berufe es noch gab und was man in diesen Berufen schlussendlich arbeitete, oder was die Leute überhaupt noch arbeiteten. Wie immer war auf der einen Seite der überdimensionalen Tabelle der Bildwand der deutsche Begriff oder die deutsche Übersetzung angegeben, wenn es keinen Namen für den Beruf gab. Auf der anderen Seite der Tabelle war der Begriff in Eoleng angeführt.

Xola las mehrere Male die Wörter laut in Eoleng und wenn die Aussprache nach wie vor nicht der gebräuchlichen entsprach, dann so lange, bis die Aussprache richtig war. Es gab dann die Empfehlung, das heißt die Aufforderung oder den Befehl, die Wörter nach einer Stunde zu wiederholen. Und obwohl dann „Die Wand", wie sie von Xola genannt wurde, ohne Signal und Bild war, wurde über irgendein Mikrophon diese zweite Wiederholung registriert und bewertet. Wenn Xola diese zweite Wiederholung vergessen hatte, dann erschien prompt diese Aufforderung auf der Wand.

Ebenso wurde sie nach ein paar Tagen von Juan, dem virtuellen Lehrer, gefragt, ob sie alle Wörter noch behalten habe und nach deren Bedeutung in Eoleng oder Deutsch, je nach Prüfsprache.

Sie hatte versucht, diese Aufforderungen zu ignorieren, aber die „Lehrerstimme" ertönte mit dem gleichen, neutralen Tonfall in Abständen, weil ihr der virtuelle Lehrer offensichtlich zugehört hatte und sie zu korrigieren versuchte.

Wenn die Aussprache und auch die Begriffsbedeutung korrekt waren, dann gab es ein dürres, aber durchaus freundliches Lob von Juan oder der anonymen Wand. Es gab kein Entrinnen, es war wie in der höheren Schule ihrer Jugend, nur dass sie jetzt ungefähr 1050 Jahre älter war.

Xola merkte auch immer noch, dass sie sich schlecht konzentrieren konnte und viel langsamer lernte als vor dem langen Schlaf. Es strengte sie an, sie fing an zu schwitzen, wenn sie die Wörter zum wiederholten Male falsch aussprach oder wenn sie nach ein paar Tagen Wörter und deren Bedeutung vergessen hatte. Sie ärgerte sich auch und beschimpfte „Die Wand" oder Juan, den Herrn Professor, genau wissend, dass es nur ein Computer-Lernprogramm war. Sie erinnerte sich auch an bestimmte Lehrer in den verschiedenen Kursen während ihrer Raumfahrer-Ausbildung, an deren autoritären Unterrichtsstil, den sie nur wegen des höheren Ziels ertragen hatte.

Ziele

Johansson

Johansson schien erschöpft, als er bei Enna in deren kleinen Wohnung im 12. Stock eines belebten Wohnturms auftauchte. Sehr ungewöhnlich, weil normalerweise Enna in seine Luxuswohnung im Erdgeschoß eines ruhigen Villenkomplexes kam. Sie war nicht richtig vorbereitet auf den Besuch. In einem Freizeitanzug und ungeschminkt war sie wenig attraktiv für ältere Männer wie Johansson, die ein Macho-Image pflegten, aber ihr Lächeln war natürlich, die Stimme sanft, die Ausstrahlung, wie immer, sehr gewinnend. Also empfing sie Johansson und bat ihn in ihr kleines Wohnzimmer, wählte das komplette Wohlfühlprogramm für die Wohnung, in der sich sofort ein dezenter, frischer Geruch ausbreitete, das Licht nahm eine gedämpfte gelbliche Färbung an, die weiß-gelbe Wandfarbe wurde in lind und helles Ocker verändert.

Die Catering-Robots würden *asap* die von Johansson bevorzugten *sneggs* und Tapas bringen, sowie eine teure Flasche Rotwein, der nur den Alphas vorbehalten war. Johansson ließ sich auf dem Längsteil der Sitzgruppe nieder, das heißt er plumpste in ein Eck und schloss die Augen, ließ sich die Schuhe von Enna ausziehen und dann von ihr streicheln und am Haaransatz seiner struppeligen grauen Haare kraulen. ‚Primaten-Gehabe der Alphas', dachte Enna belustigt.

„Was bringt dich hierher *quero osito*, mach es dir bequem, Essen und Trinken werden in Kürze geliefert."

„Danke, liebe Enna, ich schätze das sehr. Ach Gott, was für ein Tag!" Johansson seufzte und lümmelte sich noch bequemer in die Sofaecke. Dezent ertönte der Robot-Dreiklang an der Tür und die bestellten *sneggs*, Tapas und Getränke rollten ins Zimmer. Enna schenkte Johansson ein Glas Wein ein, das dieser umgehend leerte und sofort ein zweites verlangte.

Dann servierte Enna seine Lieblingstapas, die fast so schnell wie der Rotwein in seinem Mund verschwanden und ihm ein wohliges Grunzen entlockten. Enna war ins Bad gehuscht, um sich in aller Geschwindigkeit aufzuhübschen und ein kimonoähnliches Kleid überzuwerfen. Wieder zurück bei ihrem Überraschungsgast fragte sie mit sanfter Stimme: „Also, was hat dein Tag gebracht, was war schlimm?"

„Naja, du kennst das vielleicht, in der Früh stehst du mit Kopfweh und der Erinnerung an einen schlechten Traum auf, der Robot bringt das falsche Frühstück, der Serv ist krank und im Büro ist administratives Chaos. Ja und dann kommen die Medics von Dr. Dunant zur Besprechung und bringen den Fall der alten Dame auf das *tapet*."

„Gibt es die immer noch?", fragte naiv-erstaunt Enna.

„Natürlich und sie wird immer interessanter für uns. Aber die Medics wollen sie ein Jahr beherbergen, um ihre Entwicklung und Anpassung weiter zu beobachten. Ich möchte sie viel näher bei mir haben, wir verfügen über Gov-Apartments, wo man sie einquartieren könnte und meine Leute sich um sie kümmern könnten."

„Ja, das wäre ja dann das Einfachste. Und, *caro osito*, erlaub mir die Frage, warum erscheint dir Frau Sternfeld so wertvoll?"

„Mmh, das ist nicht so einfach zu beantworten. Neben strategischen Dingen ist sie ein faszinierendes Fossil, das wahrscheinlich Eigenschaften besitzt, die es heute so nicht mehr gibt. Allein wenn man ihr langes Überleben anschaut! Laut den Medics sind die anderen Raumfahrer nach etwa 500 bis 800 Jahren Tiefstschlaf gestorben. Eine Raumfahrerin hat wahrscheinlich nur 200 bis 300 Jahre im Tiefstschlaf überlebt. Außerdem ist das Wissen über die Prozedur des Tiefstschlafs unbekannt, verlorengegangen in den letzten Jahrhunderten."

„Danke, ja, das macht die Frau schon sehr interessant."

Der *osito*, der eher einem *oso*, also einem erwachsenen Bären gleichkam, beleibt, um den Winter zu überleben, schenkte sich noch ein Glas Wein ein und fuhr fort: „Für mich ist auch wichtig, dass sie jemand ist, der mit viel Mut, Energie und Risiko etwas Neues in Angriff nahm, den Weltraum für uns Menschen erobern wollte. Schau dich doch um, die Gesellschaft der Homo lebt einfach so dahin, wir leben sehr fragil, jede große Naturkatastrophe könnte uns fast noch einmal auslöschen, wir verwalten nur mehr, das heißt, die Coms verwalten uns, die digitalen Personen beherrschen uns. Wir bauen keine neuen Raumschiffe mehr, wir benutzen einzelne Planeten im Sonnensystem als Rohstoffvorkommen, die von Robotern abgebaut werden, anstatt sie zu besiedeln. Helios in unserem Erd-Orbit sollte eine richtige Raumsiedlung werden, jetzt ist sie nur mehr für irgendwelche Experimentatoren eine reparaturbedürftige Raumbaracke.

Unsere interstellaren Missionen sind abgeblasen, der Mehrwert unserer Ökonomie fließt in dubiose soziologische und kulturelle Projekte. Wir bauen die Erde nicht mehr um, wir haben kein richtiges Klima-Engeneering mehr. Die Coms und die digitalen Personen sind sehr gut in der Verwaltung, haben aber keine Visionen. Es braucht einen neuen Schwung, eine neue Führung der Konföderation, ich werde vielleicht bei der nächsten Präsidentenwahl kandidieren." Big Joe hatte sich warm geredet, seine blutunterlaufenen blauen Augen blitzten, er redete, als hätte er eine große Zuhörerschaft zu überzeugen oder die oberste Verwaltungs-Kommission für die neuen AdminCom-Algorithmen zu begeistern.

Enna schaute verwundert, sie hatte Johansson schon lange nicht mehr so engagiert reden gehört und gesehen. Sie stellte sich vor, wie er als junger Mann eine Brandrede zur Erneuerung der Infrastruktur von Plano hielt und spürte wieder fast so etwas wie Stolz auf ihren alten *osito*. Und wenn Adminpers verwundert hätte sein können, dann wäre das Vernommene ein geeigneter Anlass gewesen. So aber wurde diese letzte Rede von Johansson unter „prioritär" abgespeichert.

Medics

Das Treffen am Montag früh war wie immer um 8 Uhr und alle Mitarbeiter der Forschergruppe von Dr. Dunant hatten zu erscheinen, was auch der Fall war. Nach der Themenverteilung und Tagesordnung redete als erster, wie immer, Dr. Dunant. Aber anders als sonst waren das keine verbindlichen Worte oder Dankessätze an die freiwilligen Dienstleistungen der Medics über die freien Tage, sondern er ging gleich in medias res: Frau Sternfeld.

„Liebe Mitarbeiter, ich habe verbindliche Nachrichten, dass Frau Sternfeld in den kommenden Wochen oder Monaten in die Obhut der Infrastruktur-Leitung kommen soll. Das heißt, was immer wir wissenschaftlich, medizinisch und psychotherapeutisch geplant haben, sollte den Zeitraum von maximal drei bis sechs Monaten nicht überschreiten. Bitte berichten Sie hier über die Pläne und Ziele Ihrer Anstrengungen in den kommenden Wochen. Diese Besprechung ist als Alpha plus eingeloggt."

Zuerst sprach Dr. Max Gerner, der Leiter der Physiologie, der vor allem das Monitoring des Zentralnervensystems von Xola betreute. Er sprach über die Fortschritte, vor allem in den Bereichen Erinnerung, Konzentration und Tag/Nachtrhythmen. Er plante, noch weitere Experimente im Feld „Erweiterung der Merkfähigkeit" durchzuführen und hier auch medikamentös einzugreifen, ohne dabei Xolas Gesundheit zu gefährden.

Der allgemeine medizinische Zustand Xolas wurde von Dr. Yussuf dargestellt, er hatte sich unter anderem auf Stammzellaktivitäten in Xola konzentriert, weil festgestellt worden war, dass die somatischen Stammzellen im Schnitt viel aktiver waren als in der Plano-Normalpopulation. Dies würde vielleicht das Überstehen des überlangen Tiefstschlafs erklären oder könnte auch dessen Folge sein. Das betraf auch das Immunsystem, das am Anfang, nach dem Aufwachen der Raumfahrerin, sehr im Argen lag und fast den späten oder frühen Tod, je nach Betrachtungsweise, verursacht hätte. Dr. Yussuf plante, in einer neuen großen Versuchsreihe, die Stammzellen jedes Organs in vitro zu klonieren und erneut zu charakterisieren, mit dem Hintergrund, das Wissen darüber praktisch nutzen zu können.

Der dritte Bereich wurde von Frau Dunant erläutert. Sie holte aus, beschrieb die ersten Wochen von Xola, in denen noch unklar war, ob diese je zu einer vollständigen Person zurückkehren würde. Dann berichtete sie über alle Tests, die im Lauf der Monate gemacht worden waren und die Entwicklung der Persönlichkeit. Frau Dunant brachte auch zum Ausdruck, dass sie im Lauf der Zeit große Sympathie zu Xola entwickelt hatte und sich vehement gegen die Implantation irgendwelcher Chips ausgesprochen hatte. Sie gab auch einen Ausblick über die mögliche Zukunft von Xola: „Ich glaube, dass Frau Sternfeld viel Potential hat, etwas was wir uns hier und jetzt gar nicht so vorstellen können. Sie hat viel Willen und wird ihr Leben so gestalten wollen, wie sie sich das vorstellt. Wir werden uns noch auf einiges einstellen müssen. Was ist das Ziel unserer Forschungen mit Frau Sternfeld? Ich glaube, dass wir von ihr lernen könnten, die Zukunft neu zu denken, um für uns Perspektiven jenseits von unseren gängigen Vorgaben zu entwickeln. Außerdem interessiert mich auch das Spannungsfeld: Genotyp versus Epigenetik und Verhaltens-phänotyp, etwas was in der persönlichen Sphäre in unserer Gesellschaft irgendwie schon aufgegeben wurde – abgelöst von den uns bekannten Verhaltensmustern und Vorstellungen, die vielfach durch die Algorithmen der Coms und den Plänen der digitalen Personen gesteuert sind.

Es ist auch aus rein historischen Gründen sehr interessant, aus erster Hand das Denken und Fühlen von jemandem aus der letzten goldenen Periode der Menschheit kennen lernen zu dürfen. Und gleich vorweg: Schon deshalb sollten wir auf keinen Fall Chips in ihr zentrales Nervensystem implantieren und sollten das auch verhindern, von wem auch immer das an uns herangetragen werden sollte. Frau Sternfeld könnte vielleicht der einzige, wichtige Mensch, also Homo sapiens, sein, der der Kontrolle, ja der Prägung durch die digitalen Personen entzogen ist. Was das für uns bedeuten wird und was aus Frau Sternfeld werden wird, wird schlussendlich von ihr abhängen.

Lon

Lon Pun hatte einen anstrengenden Tag hinter sich: Überprüfungen der Wasseraufbereitungsanlagen, Sitzung mit dem obersten Leiter der Infrastruktur Johansson und dann Gedanken zu seinem wissenschaftlichen Projekt, das nicht vorankam. Vor allem die Sitzung mit Big Joe war mühsam, er schien nicht fokussiert, hörte nicht zu, ließ den Mitarbeitern alles über ihre Neurochips und AdminCom ausrichten und grummelte vor sich hin, wenn ihn etwas störte oder unklar war. Thema war die Energieversorgung, Austausch der Reaktoren, Materialermüdung in den Heißwassersystemen und

Druckabfall der Luftabfuhr in den untersten Geschoßen der Glashäuser. Letzteres Problem hatte in der Behandlung Priorität, waren doch die riesigen Glashäuser mit dem Gemüseanbau, Beeren und Obstplantagen eine der drei Säulen in der Nahrungsmittelerzeugung von Plano Nord.

Lon und seine Gruppe wurden genau zur Lösung dieses Problems abkommandiert. Das konnte Tage und Nächte dauern, eben wegen der Dringlichkeit. Lon atmete mehrere Male tief aus, um seinen Ärger und die Anspannung in den Griff zu kriegen. Er hatte gehofft, einen *isitschop* zugeteilt zu bekommen, damit er seine privaten Ziele, also sein wissenschaftliches Projekt und die Exkursionen mit Xola, weiter vorantreiben könnte. Lon gestand sich beim Weg in den Workshop ein, dass er durch die zeitaufwändige Reparatur Xola wahrscheinlich eine Woche nicht sehen würde und das war ihm nicht gleichgültig!

‚Was wohl SozioCom dazu sagen wird, sicher wird sich das Programm am Abend bei mir melden und einen witzig-pädagogischen Kommentar abgeben, vermutlich wird mir empfohlen werden, jeden engen Kontakt mit dieser alten Frau zu vermeiden!‘, dachte sich Lon und überlegte, was er wohl instinktiv tun würde. Verlieben kam nicht in Frage, Sex schon gar nicht, also blieb nur das wissenschaftliche Interesse und die einmalige Gelegenheit, diese historische Person kennen zu lernen. Allenfalls diese Neugier und der niederschwellige Voyeurismus könnte von SozioCom toleriert werden.

Und was stünde am Ende der Wissenschaft, der Neugier, dem Zuschauen des Untergangs der alten Person „Xola Sternfeld", die dann in der neuen Gesellschaft eingemeindet, aufgesogen oder untergehen würde, verstummen, so wie es immer schon mit Fremdheit geschlagenen Einwanderern geschah, bis hin zum Freitod? Würde er genüsslich dieser Abwärtsspirale zusehen oder sie zu überreden versuchen, doch einen Neurochip implantieren zu lassen, um Eingang in die Homo-Gesellschaft zu finden und somit eine Einbürgerung zu ermöglichen? AdminCom registrierte Teile der Überlegungen und übermittelte sie MedCent zur Analyse.

Xola

Die Zeit kroch dahin, die Tage verliefen gleich, es gab keine Samstage mit Sonntagen, es gab keine Feiertage, oder Xola registrierte sie nicht als solche.

Am Morgen kam das Frühstück von Robots oder manchmal von Androiden höflich abgeliefert – „european retro" hatte Xola es getauft.

Dann war die erste Sprachlektion und um 11 Uhr begann das Medics/Physio-Programm, das sich immer in den Nachmittag hineinzog. Von den Labors des Medi-Centers kehrte Xola auf selbst gewählten Umwegen nach Hause, wie sie widerwillig ihre Luxuswohnung nannte. Je besser sie sich auskannte, umso weitere Umwege machte sie auf dem Heimweg. Sie genoss es, Leute zu beobachten und versuchte ihre Sprache zu verstehen, die riesigen unterirdischen Ansammlungen von Geschäften, Bars, Cafés, Showtheatern und Sportarenen zu bestaunen und die nie endenden Förderbänder, die entlang von Wänden liefen, deren Farbe und Bildgebung ständig wechselten.

In der Wohnung ruhte sie sich ein, zwei Stunden aus, dann begann die Abendlektion, die sich je nach Inhalt und ihrem Lernfortschritt ebenfalls in die Länge ziehen konnte. Nach einem sehr abwechslungsreichen Abendessen, das von Hilfskräften des Caterings geliefert wurde, legte sich Xola auf das sehr bequeme Sofa, versuchte etwas zu lesen oder Tagebuch zu schreiben.

50 Tage nach Tagebuch-Beginn

Heute muss ich wieder einmal mein Tagebuch bemühen, also ein Selbst- und Reflexionsgespräch führen. Am 15. August haben wir früher zu Hause immer gefeiert, Großmutter nahm als Anlass dazu einen christlichen Feiertag und Vater einen keltischen, also vorchristlichen Feiertag.

Hier in Plano habe ich den Eindruck, dass dauernd gefeiert wird oder dass die Leute zumindest so tun. Angeblich gibt es drei Feiertage, einen der unserer Wintersonnwendefeier entspricht, das Fest wird hier Lichtfest genannt, einen Nationalfeiertag, der am Tag der Gründung der europäisch-asiatischen Konföderation gefeiert wird, und einen

Naturfeiertag, an dem das Wiederauferstehen der Natur nach den ungeheuren Zerstörungen durch die Kriege und den Klimawandel gefeiert wird.

Die letzten Tage waren ziemlich eintönig, das Programm vorgegeben. Lon war schon länger nicht mehr da, er hat einen wichtigen Infrastruktur-Auftrag. Er hat aber versprochen, mit mir eine weitere Exkursion in die Hauptstadt zu unternehmen und vor allem noch einen zweiten Besuch zum alten Raumschiff zu organisieren. Mit Eoleng geht es jetzt aufwärts, es liegt vielleicht an meiner besseren Konzentrations- und Merkfähigkeit, und sicher auch daran, dass ich beschlossen habe 1. Mich nicht umzubringen 2. Hier zu bleiben und dabei nicht nur dahinzuvegetieren und 3. Dass ich Lon versprochen habe, Eoleng zu lernen, was natürlich für das Verstehen der Gesellschaft hier Sinn macht.

Die letzten Tage habe ich mit dem Lernprogramm Grammatik, also Deklination, Gebrauch der Fürwörter und Zeiten der Verben geübt oder neu gelernt. Eoleng kommt mit wenigen Deklinationen der Haupt- und Eigenschaftswörter aus und ist sehr fürwörterlastig. Das erinnert sehr an Spanglisch. Hingegen die Zeiten und deren Gebrauch sind ziemlich komplex und scheint sich an Mandarin anzulehnen, das ich aber sonst kaum in Eoleng repräsentiert gefunden habe. Aber ich habe auch gehört oder besser gelernt, dass die Menschen fast nur zwei Vergangenheitsformen verwenden, aber nie die Zukunftsformen, sie reden fast immer in der Gegenwartsform. Witzig!

Die Leute scheinen auch immer über ihre Befindlichkeiten zu reden, über ihre Gefühle. Oft höre ich Worte wie „Ich fühl mich gut, beziehungsweise, schlecht" oder „Heute bin ich traurig". Mir kommt also vor, als seien die Leute sehr gegenwartsbezogen und als lebten sie in den Tag hinein. Das kann ich nicht!

Wir wurden vor allem auf Zukunft getrimmt und sollten die Vergangenheit eher zurückdrängen. Ja, da bin ich bei dem Thema, über das ich schreiben wollte und mich zwei Seiten im Tagebuch davor gedrückt habe: Zukunft und deren Planung, was will ich machen und erreichen, wie kann ich hier halbwegs glücklich leben? Natürlich hängt das von den Medics und dem

Chef der Infrastruktur ab, den ich aber noch nie getroffen habe. Die Dunants mögen mich und wollen mich quasi behalten, aber das muss von der Infrastruktur bezahlt werden, weil in deren Bereich die Sun Ra gefunden wurde und scheinbar deren Besitz ist. So was wie "Geldverdienen" gibt es hier nicht, irgendwie wird alles zentral geregelt, es scheint, dass alles, aber auch alles, von den zentralen Rechnern erledigt und kontrolliert wird.

Es gibt nicht mehr so Technologien wie Server, Cloud oder Dienstleister, ich glaube, es sind alles neuartige Quantencomputer, die irgendwo sind.

Also, um zu leben, muss ich mich in gewissem Maß anpassen: glücklich leben. Früher habe ich geglaubt, man bräuchte dazu unbedingt einen Partner, also für mich einen Mann, und dann nach der beruflichen Ausbildung und einer anfänglichen Karriere eine Familie mit ein, zwei Kindern.

Das habe ich im Laufe meiner Astronautenlaufbahn aufgegeben, aber der Partner ist dann als Glücksbaustein überraschend in der Person von Ron aufgetaucht und geblieben. Jetzt ist wieder alles anders, Glück als Ziel ist im Hintergrund, Alltagszufriedenheit wäre ein neues Ziel? Einen Anker haben, geschätzt werden, auch Erfolg in beruflichen Dingen haben, das wär's – zumindest in der Theorie. Ich werde mit den Medics weiterhin kooperieren und versuchen, nicht nur ein gutes Untersuchungssubjekt zu sein, sondern auch meine Erfahrung einbringen. Dann werde ich versuchen, über Lon in die Raumfahrt-Wissenschaft einzusteigen und einmal ausloten, was hier so läuft. Ich brauche auch soziale Kontakte, sonst vereinsame ich, oder ich muss doch noch einen Neurochip einbauen lassen. Nein, nur das nicht!

Ich möchte auch nicht hier in dieser riesigen Wohnmaschine auf Dauer leben, das halte ich nicht aus, eine kleine Wohnsiedlung, aber gibt es die überhaupt hier? Auch da werde ich mit Lon reden müssen, das hat aber noch Zeit. Ich weiß nach wie vor sehr wenig über diese Gesellschaft, zum Beispiel: Was passiert mit ganz alten Leuten, ich habe noch keine gesehen, auch kein Seniorenviertel. Mütter mit Kinderwägen und schreienden oder schlafenden Babys habe ich auch noch nicht gesehen. Merkwürdig. Da muss ich mit Frau Dunant reden.

So, jetzt bin ich müde vom vielen Schreiben, ich werde mich hinlegen und etwas klassische Musik zum Einschlafen hören. Damit klappte Xola das Tagebuch zu, erledigte ihre Abendtoilette und legte sich auf das Bett, das sich sofort mit vorsichtigen Bewegungen ihrem Körper anpasste. Xola sagte noch in Richtung Bilderwand: *„musica classica,* Haydn" und drehte sich zur Seite, leise begann die Musik, ein Streichquartett besorgte das Einschlafen.

Die alte Stadt

Lon dachte auf seinen endlosen Kontrollgängen in den Eingeweiden von Plano Nord über die Wünsche von Xola nach. Vor zwei Tagen war er wegen seinem wissenschaftlichen Projekt bei ihr gewesen, um sie nach ihren Befindlichkeiten zu befragen. Das Interview war eher kurz und für Lon wenig ergiebig, aber umso interessanter war, dass sie mit ihm zum ersten Mal direkt und konkret über ihr Leben hier und über ihre Zukunft geredet hatte.

Lon rekapitulierte dieses Gespräch mit Hilfe seines *"addmem"* mit der gesprochenen Auskunft: Sie wollte über den Stand der Raumfahrt Genaueres wissen, wo die Forschung abläuft, wie viele Raumstationen es gibt, ob Besiedlungen auf dem Mond und dem Mars funktionieren und wie es mit interstellaren Missionen aussieht. Sie möchte sich in die Forschung einbringen und sie möchte nicht im Hauptkomplex von Plano Nord leben, sondern auf der freien Fläche, „auf dem Land", sagte sie, in einem kleinen Haus.

Sehr positiv ist, dass sie Eoleng lernt und sehr gute Fortschritte macht, das wird vor allem Frau Dunant freuen, die betont hatte, dass sich Xolas kognitive Fähigkeiten noch stark verbessern würden, und dass sie eine hochintelligente Frau wäre, die aber durch diese unglaublich langen Jahre insgesamt und besonders in Teilen des zentralen Nervensystems vorübergehend geschädigt wäre.

Die Wiederherstellung dieser Schädigungen durch Pharmaka und Training würde längere Zeit benötigen. Unmittelbar möchte sie aber noch eine Exkursion in die Hauptstadt machen und noch einmal eine in die alte Stadt, wo die Sun Ra in dem alten unterirdischen Hangar so lange mit den Raumfahrern gelegen hatte – in einem Dornröschenschlaf ohne Rosengestrüpp. Ich glaube wir machen den zweiten Besuch zur Sun Ra zuerst, weil es mich auch interessiert, was in dem Wrack noch zu finden ist und was für uns noch von Nutzen sein kann und neue Erkenntnisse für die Weltraumforschung bringen könnte.

Lon Pun hatte sich schon nach dem ersten Besuch gewundert, warum die Technohistoriker nicht ausgeschwärmt waren, um die Triebwerke, die Steuerung, die Computer zu untersuchen und dann in das große Museum der Hauptstadt zur Ausstellung zu bringen. Nada! Nichts war passiert, zumindest seinem Wissen nach. Warum? Geheimhaltung, weshalb? Er beschloss, nur psychologische Ursachen für den Besuch Xolas bei der Sun Ra anzugeben: Abbau des Traumas, Abschied vom alten Leben und alten Träumen.

Der Plan ging auf, die Infrastruktur-Verwaltung erlaubte einen weiteren Besuch, Lon hatte einen ganzen Tag veranschlagt.

Wenige Tage später holte er Xola in ihrer Wohnung ab. Diesmal war sie schon besser ausgerüstet: mit festen Schuhen und einem Anorak, um den Temperaturunterschieden und der starken Zugluft in den Gängen gut begegnen zu können. Bei dieser zweiten Exkursion zur Sun Ra waren sie allein, AdminCom hatte entschieden, dass keine anderen Begleitpersonen dazu nötig waren. Xola und Lon brauchten wieder etwa zwei Stunden, um mit U-Bahn, Aufzügen, Förderbändern und dann zu Fuß zu dem unterirdischen Hangar der alten Stadt zu gelangen. Lon empfand die Halle bedrückend und faszinierend zugleich, Xola war gefasster als beim ersten Mal, und sie war viel wacher, angespannter, neugieriger.

Lon hatte eine starke Taschenlampe mitgebracht und gemeinsam betraten sie den etwa 100 Meter langen Korpus der Sun Ra. Lon drang zielstrebig in die Kommandozentrale vor und ließ sich von Xola die Grundzüge der Steuerung erklären.

Er holte dann aus seinem kleinen Reiserucksack Geräte zur Peilung von Stromfeldern und Speicheranlagen heraus, aktivierte sie und ging langsam im Kommandostand des Schiffes und in dessen Umfeld herum.

Sein Interesse galt der unbeantworteten Frage, wie Xola so lange überleben konnte, woher die Energie und Kontrolle dazu kam, um diesen Zustand aufrechtzuerhalten. Sehr rasch fand er die Quelle, die sich im unteren Teil des Kommandostandes befand, eine kleine Kraftwerkseinheit, die wahrscheinlich auf nuklearer Basis bestand, dazu sehr leistungsfähige Stromspeicher und einen merkwürdig archaisch anmutenden Rechner. Alle drei Systeme waren immer noch aktiv. Zusätzlich gab es sehr leistungsfähige Senderanlagen, die offenkundig auch Signale von außerhalb des Hangars empfangen konnten und auch mit diesen Systemen kommunizieren konnten.

„Was machst du da, was hast du eben gemessen?", fragte Xola. Lon erklärte es ihr kurz und löschte sodann die Daten von seinen Geräten, da ihm bewusst war, dass er darüber Johansson im Vornhinein hätte informieren müssen. Und aus einem ihm nicht bewussten Antrieb heraus wollte er nicht, dass AdminCom online auch informiert werden sollte.

Dann betraten sie wieder den Personalabschnitt, in dem die Raumfahrer in den Tiefstschlaf versetzt worden waren. Der Korpus der Sun Ra, oder besser das Wrack, war unverändert, Lon sah keine Abbauarbeiten oder Veränderungen, wenn man oberflächlich schaute. Aber er sah, dass die persönlichen Spinde der Raumfahrer halboffen standen, und leer waren. Auch war der „Schlafbereich" bezeichnet hatte, durchsucht worden,

Lon glaubte, sich erinnern zu können, dass elektronische Gegenstände fehlten und dass jetzt alle Deckel der toten Raumfahrer wieder geschlossen waren. Merkwürdig, er hatte nicht vernommen, dass nochmals ein Rundgang von der Infrastruktur-Behörde angeordnet worden war. Wer war außer ihm und den Medics noch hier gewesen?

Xola konnte sich an den vorigen, bewussten Rundgang nicht mehr gut erinnern, sie erinnerte sich nur an das überwältigende Verlustgefühl, an den Schmerz über den Tod ihrer Gefährten, insbesondere von Ron, der sie nach dem Besuch fast überwältigt hatte. Danach wollte sie nicht mehr leben. Sie glaubte, die neue Umgebung, das neue Leben nicht mehr ertragen zu können. Xola hielt vor dem Bereich der Schlafkokons an, „Caro Lon, ich möchte nicht zu den Kokons von mir und Ron, aber ich möchte den ersten im Bereich sehen, den von Katja, Cathy, wie wir sie nannten, war die Ärztin und sollte als erste vom Bordcomputer geweckt werden. Irgendwie möchte ich einfach noch einmal in den leeren Kokon hineinschauen."

Lon nickte und sie arbeiteten sich zu dem „Schlafbereich" vor. Der erste Kokon war, so wie alle, leer, die Leichen, zum Teil schon mumifiziert, waren entfernt worden, um sie näher zu untersuchen, Proben zu nehmen und zu genotypisieren. ‚Wann ist Katja gestorben, ist ihr System einfach zusammengebrochen, hat sie das irgendwie mitbekommen, oder überhaupt nicht? Wenn ich religiös wäre, dann würde ich jetzt ein Gebet sprechen', dachte Xola, während Lon und sie vor dem Kokon standen, als wäre es ein Grab eines Pharaos, den Grabräuber entwendet und seine Grabbeigaben mitgenommen hatten.

Xola starrte in die Höhlung, sah die vielen Drähte und Schläuche, die zerfledderte Auskleidung, die Verrottung, die seit der Öffnung eingesetzt hatte. Dann bemerkte sie ein Stück Plastik, das unten im Fußbereich aus der inneren Auskleidung hervorschaute. Sie machte Lon darauf aufmerksam: „Darf ich mir das anschauen? Ich hatte ziemlich sicher keine Plastikhülle in meinem Kokon."

„Natürlich, aber bitte nur mit Handschuhen." Xola zog sich die mitgebrachten medizinischen Handschuhe an und zog das Plastikteil aus der kaputten Innenverkleidung heraus. Es war eine ehemals durchsichtige Hülle, jetzt aber vergilbt und brüchig. Im Inneren befand sich eine kleine glänzende Scheibe.

„Schau, Lon, das ist ein Datenträger, so wie wir sie damals verwendet haben!"

Lon betrachtete das metallene Scheibchen mit Neugier. „Sowas habe ich noch nie gesehen, nicht einmal in einem Info-Museum. Wahrscheinlich braucht man irgendein archaisches Laufwerk, um den Inhalt zu erfahren."

„Ich möchte den Fund mitnehmen, vielleicht sind interessante Dinge drauf, medizinische Notfalltherapien und Ähnliches."

„Mmh, nach gültigem Recht ist das wahrscheinlich verboten. Alles was hier unten ist, gehört der Konföderation und im engeren Sinn der Infrastruktur-Abteilung."

„Kann schon sein, aber es ist auch ein persönliches Eigentum der Crew gewesen und ich bin die alleinige Überlebende, sozusagen die Erbin."

Lon schaute zweifelnd, aber er wusste keine vernünftige Antwort darauf. „Gut, aber du musst sie an dich nehmen, AdminCom würde das Ding an mir sofort entdecken, ich müsste es abliefern, bekäme einen Verweis, womöglich von Adminpers persönlich und du siehst dein Datenscheibchen sicher nie mehr wieder. Und überhaupt, wie kommen wir an die Daten? Ich kann kein Laufwerk organisieren, das fiele sofort auf. Außerdem gibt es sowas sicher nur in einem technischen Museum, in der Abteilung: Datenverarbeitung. Da müssten wir in die alte Stadt fahren, dort in der Nähe ist das Museum, ich war schon einmal dort, sehr interessant. Ich kenne dort von früher einen sehr fähigen Techniker, Dennis, der sich mit alten IT-Geräten auskennt. Den könnten wir fragen, wie wir zu den Inhalten der Datenscheibe kommen."

„Prima, dann fahren wir dorthin?"

„Ja, der Ausflug in die alte Stadt war ja ursprünglich für heute geplant, aber es wird zu spät werden, fahren wir doch morgen, oder?"

„Gut, einverstanden." Xola und Lon blieben noch eine Weile bei dem Wrack der Sun Ra, die eigentlich nur ein ungeheuer teures Grab war, und schon deshalb ähnlich den Gräbern der Pharaonen war. Xola inspizierte das Raumschiff diesmal mit weniger Emotionen, dafür mit Interesse für Details, vor allem den Antrieb, den niemand von der Besatzung so richtig verstanden hatte. Auch jetzt schien das niemanden mehr zu interessieren.

Lon interessierte sich für verwendete Materialien, wie zum Beispiel die Isolierung der Raumschiffhülle mit den eingebauten Magnetfeldnetzen, den riesigen Cargobereich, in dem alles aufbewahrt wurde, was für eine Erstbesiedlung oder für einen begrenzten Aufenthalt in einer planetarischen Außenstation von Nöten war.

Sehr viel war nicht mehr davon vorhanden, vor allem Metallteile, Röhren, Pumpen waren noch da und Kisten mit unleserlicher Aufschrift. Andere elektronische Gegenstände, wertvolle Metallteile aus dem unseligen Antrieb fehlten und waren wahrscheinlich schon vor langer Zeit entwendet worden. ‚Grabschänder', dachte Lon. Er nahm ein paar kleine Teile mit, die er aus beruflichen Gründen in seine Abteilung bringen wollte, um Materialtests durchzuführen.

Außerdem machte er Holos, dreidimensionale Bilder von der Sun Ra und von Details der Innenausstattung. Es war ruhig, nur ein leises Zischen der Luftaustauscher war zu hören, es war kühl und trocken. ‚Ein riesiges Grab, air-conditioned bis in alle Ewigkeit!', dachte Xola. Nach einem letzten Blick auf das Schiff drehte sie sich um und beschloss, nicht mehr zurückzukehren. Wie hatte ein Ausbildner schon gesagt: „Wir sind alle Primaten, deren Augen parallel nach vorne gerichtet sind. Also blickt nie zurück, sondern nach vorne, dort ist die Zukunft, dorthin wollt ihr!"

Während des langen Wegs zurück unterhielten sich Lon und Xola über das Schiff und Lon brachte endlich jene Frage auf, die ihn schon lange beschäftigt hatte: „Xola, wieso seid ihr in den Tiefstschlaf versetzt worden, wenn es euch eigentlich unklar war, wann der Start der Sun Ra sein sollte und wieso hat man euch nach den verschobenen Starts nicht wieder aufgeweckt?"

Xola schaute den kleinen Mann an, der ihr in der Metro gegenübersaß, mit seinem zeitlosen Gesicht, den braunen, ruhigen Augen, den langen, dunklen Haaren, die, in der Mitte des Kopfes gescheitelt waren, das Gesicht einfassten. ‚Wie recht er hat, ich weiß es beim besten Willen nicht!', dachte Xola und sagte das auch.

Und Lon dachte: ‚Merkwürdig, aber es scheint, dass sie es wirklich nicht weiß. Das werde ich herausfinden, wenn es irgendwie möglich ist. Ich werde Dennis morgen bei unserem Museumsbesuch aufsuchen, der hat Zugang zu historischen Dokumenten und kennt sich mit Verschlüsselungen und alten Datenträgern aus.'

Der nächste Tag begann mit einer Rüge vom Eoleng-Sprachlehrer, warum Xola gestern Abend nicht mitgemacht hatte bei der Stunde. Heute müsse sie unbedingt mitmachen und auch das Versäumte nachholen. Es war eine kurze, einfache Geschichte auf Eoleng in der Gegenwartsform über ein kleines Abenteuer eines Homokindes. Xola drückte auf die Tastenkombination beim Bett, der die Com-Wand gegenüber dunkel und stumm werden ließ. Lon hatte ihr diese Kombination gezeigt, die er in seinem Status als Homo I eigentlich gar nicht wissen sollte.

Xola hatte schlecht geschlafen, die Sun Ra und die Besatzung waren ihr immer wieder in Episoden eingefallen und hatten die Wachzeiten zwischen den Schlafphasen beherrscht und verlängert. Aber sie freute sich auf die alte Stadt, auf das Museum mit der Chance, etwas mehr über die Sun Ra zu erfahren.

Lon tauchte am frühen Vormittag auf, gut gelaunt und in einem neuen Outfit: Seinen üblichen mausgrauen Overall mit schwarzem Hemd hatte er im Schrank gelassen und gegen eine grasgrüne Hose, orangefarbigen Pullover mit lila Hemd getauscht. Und um das Farbenspektrum noch zu erweitern, trug er dunkelblau-weiße Turnschuhe. Xola trug ihre übliche Kombi aus Jeans mit weißer Bluse und einem dunkelblauen Blazer, sie brauchte keine starken Farben, um aufzufallen.

Die alte Stadt war die alte Hauptstadt der Konföderation vor dem großen Krieg gewesen. Sie wurde fast vollständig zerstört, nur die unterirdischen Bereiche überlebten und so auch die wenigen Menschen, die sich dorthin zurückziehen konnten. Jetzt waren dort öffentliche Einrichtungen, Museen und Quartiere für Andros, Freaks und Andere aller Art. Lon kannte sich gut aus, die Infrastruktur gehörte auch zu Johanssons Bereich. Das Museum und die Abteilung für Informations-technologie war ein weitläufiger Bau, wie ein Termitenbau ohne Einwohner, etliche Stockwerke unter und über der Erdoberfläche.

Dennis residierte in einem Kobel hoch über einer Halle, in der Modelle von historischen Sendeanlagen, Satelliten und Lasermaschinen ausgestellt waren. Geräte, die in den Bunkern tief unter der alten Stadt die Verwüstungen der letzten Jahrhunderte überdauert hatten.

Xola war beim Anblick der Halle und deren Geräte sofort fasziniert. *„luk, luka"*, rief sie beim Anblick der Teile, die ihr noch aus ihrem ersten Leben bekannt waren, Lon zu.

Dennis war schon von der Museumsleitung über ihren Besuch informiert worden. Er hatte sie am Eingang der Halle erwartet. Er war ein schlaksiger Mann mit Brille, gekleidet in Jeans und ein extrem verwaschenes T-Shirt mit der Aufschrift „NASA" – alles Besonderheiten, die Xola noch bei niemand anderem gesehen hatte. Er murmelte zur Begrüßung etwas, das Xola an einen alten Gruß erinnerte, so ähnlich wie „die Macht sei mit Euch" und umarmte Lon, was äußerst ungewöhnlich war. Lon war etwas peinlich berührt, aber freute sich auch.

Dennis wusste aus einem früheren Gespräch mit Lohn, was sie wollten, und musterte Xola sehr interessiert. Er fragte sie, wo der Datenträger sei. Xola sagte „Hello" und gab ihm die kleine Scheibe. „Aha, *senx*", und nahm das glatt polierte Scheibchen. *„Mui interesso"*, sagte Dennis dann, drehte sich wortlos um und ging durch die Halle auf die steile Treppe zu, die zu seinem Kobel führte. Lon und Xola folgten.

Im Kobel beherrschten für Xola unbekannte Geräte den Raum, auf der, dem großen Sichtfenster zur Halle gegenüberliegenden Seite war die obligate Datenwand, Holo-Abbildungen von alten Raumschiffen hingen an den Wänden.

Auf der Datenwand tauchten plötzlich Bilder auf, Zahlenreihen, Graphiken, Netzwerke mit Texten, natürlich in Eoleng, die Xola nicht entziffern konnte. Dennis schaute gebannt, bis ein Bild eines unscheinbaren Gerätes länger auf dem Schirm erschien und dessen Innenleben wurde lebendig mit vielen erklärenden Texten.

Dennis meinte: „Es gab, es gibt noch, ein Lesegerät, das ähnliche Datenträger abspielen konnte. Der Datenträger wurde speziell für langandauernde Weltraumexpeditionen entwickelt, ist extrem langlebig und redundant bespielt. Das Datenlesegerät ist nicht bei uns registriert, ich habe eben veranlasst, dass es vom historischen Depot des Raumfahrtzentrums hergeschickt wird, in zwei Stunden haben wir es. Also, schaut euch im Museum um oder in der alten Stadt allgemein. Wir treffen uns in der Cafeteria des Museums in drei Stunden." Dennis lächelte, dann drehte er sich um und widmete sich einem anderen archaischen Gerät, das wie ein Rechner aus den Zeiten von Xolas Großeltern aussah.

Pünktlich nach drei Stunden saßen alle drei an einem Tisch in der Cafeteria des Museums, welche wie ein historisches Café aus der Zeit vor dem großen Krieg ausgestaltet war. „Also, ich konnte fast alles auf dem Träger identifizieren, es ist allerdings in internationalem, technischem Englisch geschrieben, das ich nur teilweise verstehe. Die Texte sind meiner Auffassung nach sehr viele Anleitungen für die zukünftigen Aufgaben der Crew und sehr viele technische Beschreibungen der Sun Ra. Darunter ist auch ein medizinischer Abschnitt, der den Tiefstschlaf und die anschließende schrittweise Erweckung der Raumfahrer betrifft, eine Aufgabe, die den Medic der Crew betrifft. Übrigens habe ich die Daten gelesen und auf Geräten gespeichert, die nicht durch SciCom und andere Coms erfasst sind."

Dennis blickte dabei bedeutsam zu Lon und Xola, sprach aber mit ganz normaler Intonation und händigte Xola die kleine glänzende Scheibe wieder aus. Xola blickte erstaunt, Lon schaute intensiv und sagte nichts. „Vielen Dank, Dennis, für deine Mühe", sagte dann endlich Xola, schaute Lon an, der aber nach wie vor schwieg. Xola fuhr fort: „Ich bin außerordentlich froh, dass Sie die Bedeutung des Textes erkannt haben. Vielleicht könnten Sie auf einem, wie Sie sagen, archaischen Drucker den Text ausdrucken und mir zukommen lassen? Ich wäre Ihnen außerordentlich dankbar dafür. Wenn es Sie weiter interessiert, könnte ich Ihnen einen Teil der Texte übersetzen."

Dennis lächelte hinter seinen dicken Brillen und meinte beiläufig: „Natürlich, gerne und bezüglich Ihres Angebots – kommen Sie noch einmal vorbei und erzählen mir davon."

Dann sprachen Lon und Dennis über das Museum, über die Klimaveränderungen und die Steuerung von Wasserpumpen, die für Plano sehr große Bedeutung besaßen. Xola saß daneben und war auch buchstäblich neben dem Gespräch. Sie dachte über die Auskunft von Dennis nach und warum Lon nichts dazu sagte. ‚Und warum betonte Dennis, dass es archaische, nicht erfasste Geräte waren und das in einem zufälligen, erklärenden Tonfall? Wer war Dennis überhaupt, er wirkte in der jetzigen Zeit unecht, altertümlich, nicht angepasst. War er einer von den Anderen, von denen die Dunants und Lon schon gesprochen hatten? Welche Homo-Klasse war er, I oder II? Alpha sicher nicht. Das hieße, dass er zwar einen Neurochip hatte, aber ihn auch beeinflussen konnte, wenn es sich um sehr persönliche Dinge handelte. Aber nicht, wenn es die Allgemeinheit oder für den Staat wichtige Sachen betraf, darüber gesprochen, ja vielleicht nur gedacht wurde.'

Plötzlich wurde es Xola heiß, so wie früher, wenn sie eine mathematische Lösung zu spät für den Prüfungsausgang gefunden hatte. Dennis wollte nicht, dass AdminCom von dem Datenträger erfuhr! Und Lon auch nicht. Deshalb hatte dieser geschwiegen. Wenn sie sich also mit Lon über den Fund in der Sun Ra unterhalten wollte, ohne dass AdminCom mithörte, so musste sie über einen anderen neutralen Gegenstand reden. ‚Aber warum wollen Lon und Dennis nicht, dass AdminCom etwas von dem Datenträger erfuhr?', schoss es ihr durch den Kopf.

Dvořák

In der Metro saßen Lon und Xola schweigend gegenüber. Lon schaute einmal lange zu Xola, als wollte er in ihrer Miene lesen und damit herauszufinden, was sie dachte. Und Xola tat dasselbe. Beide kannten sich zwar schon viele Monate, aber wussten eigentlich nichts über das Leben des/der anderen. Lon brach das Schweigen und sagte: „Wie geht es dir beim Erlernen von Eoleng? Kannst du schon etwas reden?"

„Naja, ich habe jeden Tag eine Lernstunde und brauche etwa zwei Stunden, um mich auf die folgende Stunde vorzubereiten. Es macht mir Spaß, aber der virtuelle Lehrer ist streng und erinnert mich an die Schule."

„Wir könnten etwas Eoleng reden, und wenn wir auf eine Exkursion fahren, dann sprechen wir nur Eoleng."

„Mmh, ob das gut geht. Aber es ist eine gute Idee. Fangen wir doch gleich damit an." Und Xola sagte: *„Esoi en interessan excursion."* Lon lächelte und sagte: *„Veribon."*

Und dann kauderwelschte Xola auf halb Eoleng/Spanglisch und Deutsch, die fast ausgestorbene Schriftsprache, die nach einem Sprachlexikon, Aleman hieß. Xola wurde recht warm von der Anstrengung der Wortfindung und nannte bei sich Eoleng „Kauderwelsch", weil es so eine kunterbunte Mischung aus romanischer Sprache, Neuenglisch mit Wörtern aus anderen Sprachen und chinesischen Grammatikelementen war. Nach dem Ende der Fahrt mit der U-Bahn hörten Lon und Xola mit der Sprachübung auf und wechselten in den zwischen ihnen bis jetzt gebräuchlichen Gesprächsmodus: Xola sprach Deutsch oder Neuenglisch und Lon – computerunterstützt – verstand und antwortete ebenso, langsam und gebrochen.

Also redeten sie über den Tag im Museum und auch über Dennis. Xola erfuhr, dass Dennis tatsächlich früher einmal bei den Anderen war, aber dank seiner Fähigkeiten mit Rechnern umzugehen und vor allem wegen seines Geschicks, alte Geräte zu durchschauen und zu renovieren, hatte er den Museumsjob erhalten und konnte außerdem einen Teil seines früheren Selbst behalten. Er hatte allerdings zugestimmt für die Behandlung und Transplantation eines primären Neurochips, der niederschwellig seine Gefühle und Verhaltensweisen steuerte und Gegenstandsfelder, die die Interessen der Konföderation betrafen, speichern und weiterleiten konnte.

In ihrer Wohnung angekommen wartete schon der Sprachlehrer, *„müsjö* Kauderwelsch", und wollte sie abfragen, was sie alles neu gelernt hatte. Xola entschuldigte sich und verschob die Quasi-Prüfung auf morgen. Sie blätterte in ihrem Heft und sagte laut „Merde, morgen kommt Grammatik dran, der Einfluss von Mandarin und so weiter. Merkwürdig, in tausend Jahren hat sich im Sprachgebrauch eigentlich nicht so viel verändert, verglichen mit der Gesellschaft und dem Leben des Einzelnen, das mir flach vorkommt und ichbezogen als Ganzes, ohne Ziele, hedonistisch, einfach sehr fremd. Ich kapier das nicht, ich muss besser Eoleng lernen, dann verstehe ich die Tiefen der Gesellschaft, vielleicht."

Gefährliche Info

Xolas Tagebuch
Heute war ein interessanter Tag, ich war mit Lon in der sogenannten „alten Stadt", das heißt in den Resten, die noch davon übrig sind. Diese Reste befinden sich viele Stockwerke unter der Erdoberfläche, die hier genauso staubig unattraktiv ist, wie in Plano Nord. Die „alte Stadt" ist die frühere Hauptstadt der Konföderation, also vor den verheerenden Kriegszerstörungen und dem anschließenden Stillstand. Wir haben das Museum für Kommunikationstechnologie besucht und einen Typen namens Dennis getroffen. Dennis war ein Anderer und schaut auch immer noch anders aus, normaler, altmodisch, aber er ist ein sehr begabter Bastler. Er ist vermutlich der Einzige weit und breit, der die Mini-CD, die wir bei Katja, der Ärztin unserer Sun Ra-Mannschaft, gefunden haben, abspielen und entziffern konnte.

Den Text will er auf einem historischen Drucker ausdrucken und den werde ich dann persönlich abholen. Es war aber auch merkwürdig, wie er und Lon reagiert haben, als Dennis uns nach einiger Zeit mitgeteilt hat, dass auf der Scheibe sehr detaillierte Angaben über das Schiff und die Mannschaft sind. Dennis und Lon haben nur sehr wenig darüber geredet und auch nicht über diese Datenscheibe direkt, sondern über die Maschine, die die Daten lesen und dekodieren konnte. Auf der Rückfahrt wollte ich mit Lon darüber reden, aber er wich aus und war überhaupt schweigsam.

„Daheim" also hier, in der Wohnung (ich habe immer noch Mühe diese mit „Daheim" zu bezeichnen), während der Sprachstunde, die ja vollautomatisch ohne jede Beteiligung von einer Person (Homo) abläuft, ist mir plötzlich klar geworden, dass der Verwaltungshauptcomputer, der AdminCom, den Fund und die Daten über die Sun Ra mitbekommt. Ich bin nicht angeschlossen, aber alle Homo schon, außer die Alphas. Das heißt, dass die Daten wichtig sind und Lon zumindest Angst hat, dass er illegal vorgegangen ist. Ich bin schon neugierig, welche Daten wir entdecken werden.

Vier Tage später nahm Xola erneut ihr Tagebuch zur Hand.

Mit Lon war ich heute wieder in der alten Stadt. Nach einem langen Rundgang haben wir Dennis getroffen, der mir ohne Kommentar einen Pack Papier in einer Stofftasche mitgegeben hat. Ich bin dann sofort in die Wohnung gefahren und habe die hunderten Seiten in Neuenglisch diagonal gelesen, bis ich auf die Protokolle der Tiefstschlaf-Prozedur gestoßen bin. Sehr interessant, es stehen Dinge drinnen, die ich noch gewusst habe. Zu Anfang hat Dennis ein Blatt Papier dazugegeben, auf dem in Großbuchstaben: NO TRANSFER stand und SECRETO. Und kleiner stand in Deutsch: "Bitte nur Lon zeigen".

Anfänglich habe ich sofort daran gedacht, die Unterlagen an Dr. Dunant weiterzuleiten, aber jetzt bin ich skeptisch, ich glaube, ich weiß einfach zu wenig über die Hintergründe der Sun Ra-Angelegenheit und meine Rolle mit den ungeklärten Dingen. Also werde ich zuerst mit Lon darüber reden und ihm die Unterlagen zeigen. Heute habe ich wieder seit scheinbar sehr langer Zeit die Musik von Dvořák und Smetana gehört, unter anderem die 9. Sinfonie von Dvořák: "Aus der neuen Welt", welche eines meiner Lieblings-Musikstücke ist, vielleicht auch weil meine Familie mit Dvořák weitschichtig verwandt ist. Wahrscheinlich waren die USA für Dvořák fast so fremd wie diese Welt hier für mich. Leider bin ich keine Musikerin.

Lon

Gestern war ich bei Xola, sie hat mir die Unterlagen aus der Sun Ra gezeigt, die Dennis vom Datenträger extrahiert und ausgedruckt hat. *Mui interesto!* Ich habe irgendwie ein mulmiges Gefühl und gebe Dennis recht, dass wir drei aufpassen müssen mit dem Fund.

Wenn ich an die Gespräche mit Enna denke, dann könnte es sogar sein, dass die Dinge, die in dem Text sind, das sind, was Johansson und seine Freunde suchen. Solange alles unter uns bleibt und Xola unter der Obhut der Medics ist, kann uns allen nicht viel passieren, bis wir herausgefunden haben, ob mein Verdacht stimmt und wir einen Plan haben, wie wir weiter vorgehen sollen.

Partner oder Gegner

Die Zeit flieht, auch diese triviale Feststellung gilt noch immer fast 3000 Jahre, nachdem der kurze Satz lateinisch „tempus fugit" in irgendeiner römischen Villa an einem warmen Sommerabend geboren wurde, von einem dicklichen Römer, mit einem halbvollen Weinglas in der Hand. Natürlich ist diese schwerwiegende Feststellung nur das halbe Zitat: Die zweite Hälfte lautet, ohne Komma nach der ersten, „amor manet", also die Liebe bleibt. Die zweite Hälfte sollte tröstlich sein, aufbauend, so als solle sie die erste nivellieren, entschärfen, bedeutungslos machen. Aber der römische Bürger hatte vermutlich das Glück der Wenigen, glücklich verheiratet zu sein. Für viele andere gilt nur die erste Spruchhälfte, so wie für alle Sterblichen, doch die zweite ist meistens ein abstrakter Wunsch und hat somit in Wahrheit keinerlei kalmierende Wirkung auf das Rasen der Zeit.

Doktor Dunant, für die damalige Zeit hochgebildet, blickte auf seinen Kalender, als ihm das lateinische Zitat von der fliehenden Zeit einfiel. Heute war eine Sitzung mit Johansson anberaumt, die vor etwa einem halben Jahr vereinbart worden war. Vor fast einem Jahr war die Sun Ra gefunden worden und deren einzige Überlebende Frau Xola Sternfeld, die Systemanalytikerin und Biologin des Schiffs. Es kam ihm vor, als seien gerade einmal ein paar Wochen vergangen. Es sollte wieder eine Bestandsaufnahme des Zustandes des Genesungsfortschritts gemacht werden und die weiteren Schritte und Vorgangsweisen besprochen werden.

‚Ich weiß immer noch nicht, warum Johansson so sehr auf den Verbleib von Frau Sternfeld in seinem Kompetenzbereich beharrt. Naja, ich werde es heute vielleicht erfahren‘, dachte

Doktor Dunant, während ihn die Förderbänder hinauf zu den Räumlichkeiten der Behörde für die Infrastruktur brachten. Im Besprechungszimmer von Johansson wartete der Assistent von Johansson, ein serviler Homo I, der eigentlich nur die Aufgabe hatte, *caf* und *akwa* bereit zu stellen und für wichtige Gesprächspartner: *sneggs* und *fruts*. Dunant war mittelwichtig, also nur *caf* und *akwa* mit ein paar *cooki*. Dunant wartete und schaut die altertümlichen Bilder an, mit dicken Ölfarben waren dunkelfarbige, schöne Frauen dargestellt, die Blumen im Haar hatten.

Johansson kam in den Raum durch eine, von innen nicht erkennbare, Türe, gut gelaunt und begrüßte Dunant jovial: „Mein lieber Herr Doktor, guten Morgen, wie geht es Ihnen?" und ohne auf eine Antwort zu warten fuhr er fort: „Wie vereinbart, wollen wir uns über unsere alte Dame unterhalten. Wie geht es ihr und gibt es Fortschritte in ihrer Restaurierung und der Erforschung dieser Vorgänge?"

„Danke, ja es geht sehr gut, Xola, also Frau Sternfeld, hat großartige Fortschritte gemacht, die auch in den Gehirnscans morphologisch widergespiegelt sind. Neben der verbesserten Leistung des zentralen Nervensystems ist auch das periphere Nervensystem verbessert, was sich durch schnellere Reaktionsfähigkeit und Geschicklichkeit zeigt. Wir haben natürlich alle physiologischen und molekularen Daten auf SciCom."

„Prima, und wie schaut es mit den Erinnerungen aus, kann sich die alte Dame zum Beispiel an die Startprozedur erinnern – nein, natürlich nicht, aber vielleicht an die Prozedur vorher, als die Mannschaft in den Tiefstschlaf versetzt wurde?"

„Nein, noch nicht, aber wir arbeiten daran. Das Aufwecken war ein traumatisches Ereignis, das Frau Sternfeld immer noch nicht ganz überwunden hat. Sehr positiv ist auch die soziale Entwicklung, sie lernt Eoleng, interessiert sich zunehmend für unsere Gesellschaft, dabei hilft ihr übrigens ihr geschätzter Mitarbeiter Lon Pun in selbstloser Manier, und sie hegt keinerlei Suizidgedanken mehr."

„Mmh, das mit dem Selbstmord ist ein wichtiger Punkt, das muss unbedingt verhindert werden. Die alte Dame ist wichtig für uns alle. Wann glauben Sie wird sie völlig hergestellt sein und sich vielleicht, oder besser hoffentlich, an die Vorgänge des Starts der Sun Ra erinnern können – ohne dass wir von außen nachhelfen müssen?"

„Das kann man beim besten Willen nicht sagen, aber was verstehen Sie unter nachhelfen?"

„Naja, mit unseren neuen Methoden die Gedächtnisinhalte aufspüren, auch mit der Neurochip-Technologie beispielsweise."

Dr. Dunant setzte nach dieser Feststellung von Johansson eine ernste Miene auf. „Also damit wäre ich vorsichtig, zumal Frau Sternfeld ausdrücklich solche Eingriffe abgelehnt hat. Ethpers wäre damit sehr wahrscheinlich auch nicht einverstanden. Aber haben Sie bitte noch etwas Geduld, ich glaube, dass noch einiges möglich ist die kommenden Monate."

„Ja, doch, aber ich muss gegenüber der Konföderation den Aufenthalt von der alten Dame hier bei uns rechtfertigen und auch die Kosten tragen, die, wie sie wissen, nicht unerheblich sind. Mein Vorschlag: drei Monate, dann evaluieren wir die Situation."

„Danke, mein Vorschlag: fünf Monate."

Johansson war auf einmal gar nicht mehr jovial, sondern schaute ernst: „Ja, aber nur wenn Sie die Kosten für Untersuchungen und die Medics, die an dem Projekt „Alte Dame" beteiligt sind, tragen."

„Dann vier Monate."

Johansson zögerte etwas, überdachte seine Optionen und sagte: „*Okee*, vier Monate. Noch was, können Sie mir direkt, Sie wissen, was ich damit meine, Ihre Daten und Schlussfolgerungen zukommen lassen?"

„Kein Problem, das ist ganz in meinem Sinn."

Damit war alles Wichtige gesagt und die beiden Alphas beredeten, diesmal unter Einbeziehung von AdminCom allgemeine Probleme der Infrastruktur und das weitere Schicksal der Sun Ra. Das Gespräch vorher hatten Johansson und Dr. Dunant privat, auf Grund ihrer privilegierten Status innerhalb der Gesellschaft, ohne AdminCom geführt. Auch die Daten zu Xolas Genesungsfortschritte würden auf diese Weise übermittelt werden. Adminpers fand das Gespräch trotzdem interessant und speicherte es in seinen Datenräumen.

Am Weg zu seinen Büroräumen dachte Johansson noch einmal an das Gespräch mit Dr. Dunant. Er hatte gehofft, mehr über die Lage von Xola zu erfahren und schneller seine Pläne umsetzen zu können. Aber immerhin war Dunant zuversichtlich und vier Monate waren für die Investoren auch kein langer Zeitraum, die Karotte baumelte nach wie vor in Augenhöhe. Wenn nach vier Monaten kein wesentlicher Fortschritt bei Xola eingetreten war, dann kam Plan B zum Einsatz …

Dr. Dunant war auch nicht ganz unzufrieden mit dem Gespräch und dem Kompromiss. Er hatte wesentliche Dinge bezüglich Xola und seine Pläne mit ihr verschweigen können und er hatte vier weitere Therapiemonate herausgeschlagen. Andererseits wusste er jetzt ganz sicher, dass Johansson etwas Bestimmtes von Xola wollte, was neben deren genetischer Ausnahmestellung für seine Pläne wichtig war. Was mochte Johansson wollen, welches Wissen war für ihn so wertvoll?

Dr. Dunant grübelte eine Weile und vergaß darüber, rechtzeitig die Förderband-Abzweigung zu seinen Büros zu nehmen, sodass er auf die Zufahrten zu den Infrastruktur-Workshops geriet. Als er es bemerkte, kehrte er nicht um, sondern beschloss Lon Pun aufzusuchen.

Die Zeit drängt

Dr. Dunant und Lon

Lon war eben dabei, eine Mängelliste über die Abwasseranlagen zusammenzustellen, etwas was ihn partout nicht interessierte und war deshalb froh um die Abwechslung.

„Herr Pun, wie geht es Ihnen? Haben Sie ein paar Minuten Zeit für mich?"

„Natürlich Herr Dr. Dunant. Mir geht es gut und um gleich auf Ihre unausgesprochene Frage zu antworten, Frau Sternfeld geht es auch gut."

Dr. Dunant lachte und meinte: „Ich wusste gar nicht, dass Sie Zugang zu meinem Neurochip haben. Aber es stimmt, das wäre die nächste Frage und deshalb bin ich ja hier. Ich nehme an, dass Sie weitere Exkursionen unternommen haben."

„Ja, haben wir", meinte Lon und erzählte davon und fügte auch dazu, dass Xola im Lauf dieser Exkursionen physisch stabiler geworden ist, wacher, interessierter. Das Zusammentreffen mit Dennis erwähnte er, aber nicht den Fund in der Sun Ra und was daraus folgte.

„Sehr gut und wie steht es mit dem Erlernen von Eoleng, macht sie Fortschritte, kann sie sich schon Dinge merken? Erinnert sie sich an frühere Begebenheiten, an Einzelheiten?"

„Eoleng geht gut, allerdings hat sie noch Mühe mit dem Erlernen der Wörter, aber sie kann die Wörter gut herleiten von den alten Sprachen, die zu ihrer Zeit noch gesprochen wurden. Es wäre wirklich wichtig, dass sie sich nicht auf die Übersetzungen stützt. Zudem sie ja keinen Neurochip hat. Ihr Gedächtnis hat sich enorm verbessert, sie kann sich an die Zeit des Starts gut erinnern. Allerdings hat sie kein Wissen über die technischen Dinge und Abläufe. Sie kann aber die Logistik der Startvorbereitungen gut erläutern. Vielleicht können Ihre Leute wieder einmal einen sorgfältigen Test diesbezüglich durchführen."

„Ja, vielen Dank, ich werde das veranlassen. Ich hoffe, dass sich Frau Sternfeld in drei, vier Monaten halbwegs auf Eoleng verständigen kann. Außerdem garantiere ich Ihnen auch im Namen der Infrastruktur freie Hand bei Exkursionen und für Ihre Arbeit wissenschaftliche Unterstützung durch Dr. Hohlbein, der unser SciCom-Assistent ist. Vielleicht kontaktieren Sie auch meine Gefährtin, Frau Dunant, damit sie sich auch etwas mehr um Frau Sternfeld kümmert. Wir lassen Frau Sternfeld nicht allein, die Verantwortung von ihrer Eingliederung in die Gesellschaft liegt nicht nur bei Ihnen!"

Mit diesen Worten verabschiedete sich der oberste Medic von Plano Nord, nickte lächelnd und verschwand wieder in den Tiefen des Verwaltungskomplexes. Lon blieb erstaunt und perplex zurück. Wieso jetzt auf einmal diese Fürsorge und warum war er praktisch freigestellt für die gesellschaftliche Eingliederungsarbeit von Xola? Er musste unbedingt wieder mit Enna reden. Es war vielleicht etwas vorgefallen, was er nicht wusste.

Big Joe

Big Joe verständigte Enna, dass er gegen Abend vorbeischauen würde, einfach ein Glas Wein und eine gemütliche Konversation würde er sich wünschen. Enna sagte nach Erhalt der Nachricht ihre anderen Sozialtermine ab, bestellte Big Joe´s Lieblingswein, suchte eine vorteilhafte Garderobe für sich aus ihrer umfangreichen Kleidersammlung und inspizierte ihre Wohnung.

„*Osito*, gut schaust du aus! Komm herein", sagte Enna an der Türe und trat beiseite, um die massige Gestalt von Big Joe eintreten zu lassen. Sie lächelte ihr bezauberndes Lächeln, das, wie sie wusste, immer funktionierte, um Missstimmung zu mindern und gute Laune zu erzeugen. Es funktionierte sogar bei Big Joe, der wie immer um diese Tageszeit gestresst und missmutig war und sich nach einem Sofa und einem Glas Wein sehnte.

Beides war schon da und zusammen mit der anmutigen Gestalt der Bedienung (als solche sahen männliche Alphas Frauen, die nicht selbst Alphas waren) besserte sich seine Laune und erzeugte Wohligkeit in ihm. „Wie war dein Tag?"

„Ach, wie immer, aber nicht ganz schlimm." Und Johansson erzählte von Kommunikationsproblemen mit irgendwelchen dummen Administratoren, aufsässigen Homo I-Typen, Gaslecks, Tunneleinbrüchen und vom schlechten Mittagsmenü in der Kantine. Enna hörte geduldig zu, sie wusste, dass ihr Joe-*osito* deswegen nicht zu ihr gekommen war.

Nach dem zweiten Glas Wein war es so weit: „Enna-Kind, ich muss dich um Rat fragen, so von Frau zu Frau." Big Joe lachte etwas. „Es betrifft, fast wie immer in letzter Zeit, die alte Dame. Wie du weißt, liegt mir an ihrem Wohlergehen viel, sie ist (kurzes Räuspern) wertvoll für unsere Sozialgemeinschaft von Plano und darüber hinaus. Weißt du, wie es um sie steht, kannst du dich mit ihr befreunden? Du kennst außerdem viele Leute, die sicher mehr wissen als ich. Ich möchte, dass sie spätestens in ein paar Monate Eoleng halbwegs sprechen und verstehen kann und noch wichtiger, dass sie sich wieder an den Start der Sun Ra und ihre Einschlaf-Prozedur erinnern kann."

‚Aha, das ist es also‘, dachte Enna und sagte laut: „Ja, ich kann mich umhören und über Dr. Dunant versuchen, einen Kontakt mit Frau Sternfeld herzustellen. Ehrlich gesagt würde es mich freuen sie kennen zu lernen."

„Prima, das machen wir." Danach trank Big Joe noch ein Glas Wein, stopfte noch ein paar Tapas in sich hinein, stand dann auf, verzichtete auf Umarmung, warme Worte und Küsse, sondern rauschte wieder gesättigt, getränkt und erleichtert zur Tür hinaus.

Xola

Xola saß wie so oft allein und in Gedanken in ihrer Wohnung, vor sich die Holowand. Sanfte Musik und Wohlgerüche erfüllten ihre Luxuszelle. In ihr dominierte der ständige Kampf gegen die Leere und der unbedingte Wille zu überleben, Neues anzufangen, zu lernen und Pläne zu machen. „Ziele!", dachte sie laut, das ist, was ich unbedingt brauche.

Aber dann sah sie die ausgedruckten Seiten der Sun Ra-Datenscheibe vor sich auf dem Tisch und diese zu lesen erschien ihr wichtiger, als über Ziele nachzudenken. Es war ein dicker Papierpack, vielleicht 400 Seiten, engbedruckt. Das meiste waren technische Zeichnungen, Beschreibungen, Anweisungen, technisches Kondensat eines neuen Raumschiffs. Weiter hinten waren die medizinischen Details, Daten der Mannschaft, auch ihre Beschreibung und die von Ron.

Als sie die von Ron las, überkam sie wieder diese abgrundtiefe Traurigkeit, sodass sie nur mehr starr dasitzen konnte. Die Holowand merkte das und sprach sie mit leiser Stimme auf Neuenglisch an. Xola verließ den Raum der Erinnerung und des schmerzhaften Verlustes und kehrte in die Gegenwart zurück. Die Stimme der Wand wechselte, wurde lauter und tiefer und sprach in Neuenglisch mit Eoleng-Einsprengseln.

Xola las weiter, diesmal ihre Daten, wo ihre ungewöhnliche genetische und epigenetische Disposition hervorgehoben wurde und genau festgehalten war. Dann folgten Kolonnen über

Ernährung und andere Vorschriften, bevor das Tiefstschlaf-Prozedere beschrieben wurde. Ein, zwei Mal wurde hervorgehoben, dass diese Phase etwa 500-700 Jahre maximal dauern würde.

„Unglaublich", sagte Xola laut, und dachte weiter: ‚Das heißt, dass Ron schon etwa 300 Jahre neben mir im Kokon gelegen war. Und sie hatte das nicht bemerkt, nicht bemerken können. Großmutter wäre vor allem über die mangelnde Möglichkeit für eine Seelenwanderung entsetzt gewesen. Und überhaupt, so von allem abgeschnitten zu sterben!' Dann legte sich Xola auf das Bett, wohlig umschmiegt und in den Schlaf gesungen von der Mutterwand.

Dennis

„So ein Zufall", sagte Dennis zu sich und blickte in die Halle hinunter, wo Gruppen von jungen Leuten herumspazierten und sich die Exponate ansahen. Eine Gruppe war anders, es waren Andere! Und diese Gruppe wurde von Erik angeführt, Erik, seinem Uralt-Freund, der den „Sprung in die Mitte" nicht geschafft hatte oder nicht schaffen wollte. Der Chip war das Haupthindernis.

„Ich verkaufe nicht meine Seele!", hatte er gesagt. Wobei Erik und Dennis völlig unklar war, was Seele ist! Bei näherem Hinsehen konnte Dennis sehen, wie sehr Erik gealtert war, lange, graue Haarsträhnen, zum Zopf gebunden, runde Schultern, kleiner und dünner. Aber er ging immer noch aufrecht mit der alten Autorität, die sich auf seine Gruppe von jüngeren Anderen übertrug. Dann verließ Erik die Gruppe, schaute suchend herum und schlug den Weg zum Stiegenaufgang zum Büro von Dennis ein.

Es klopfte an die Tür, sie ging auf, ohne dass Dennis „*Komin*" gerufen hätte. „*Hola*" sagte Erik und es schien, als hätten er und Dennis sich erst gestern gesehen und für heute verabredet. 12 Jahre waren es, nicht 24 Stunden.

„*Ai*" sagte Dennis und rückte einen Stuhl zurecht, damit Erik sich setzen und nicht auf ihn herabschauen konnte. Der setzte sich umständlich. „Schön hast du es hier, *kosi, isilifin, ya?*"

„Es geht, hat Vorteile. Wie geht es dir und was willst du?"

„*Y* Dennis, ganz der Alte, alles auf den Punkt. Letzte Bemerkung zuerst: Was weißt du über die Frau aus der Vergangenheit, ich habe gehört, dass sie hier war, im Museum. Kann man die Frau treffen, mit ihr reden? Und: Mir geht es gut, kann draußen überleben." Dennis wartete etwas, ob Erik noch irgendetwas Informatives zur Unterhaltung beisteuerte, aber nichts kam. Erik schaute ihn unverwandt an.

„Ja, ich habe die Frau kennengelernt, ist interessant, anders, aber nicht so wie du oder ich früher. Was willst du von ihr wissen, warum willst du sie treffen?"

„Nur so, ist doch sehr ungewöhnlich, unbegreiflich, fast 1000 Jahre im Tiefstschlaf. Wahrscheinlich ein Leben ohne Neurochip. Wahrscheinlich ungewöhnliches Gen-Setup. Warum hat nur sie überlebt? Warum ist das Raumschiff nie gestartet?"

Dennis lachte. „*Caro mio*, du möchtest wissen, was jeder, der mit ihr zu tun hat, wissen will. Willkommen im Klub. Aber, wenn du unbedingt willst, dann kann ich schon eine Zusammenkunft arrangieren. Am besten hier, das fällt nicht auf. Wie kann ich dich erreichen, nachdem du immer noch *empti* bist?"

„Hier im Haus ist Pablo tätig, den ich von früher kenne und der, anders als du, immer noch Kontakte zu uns hat. Du kannst ihm alles sagen, aber so wie früher, keine krummen Dinge, die uns in Gefahr bringen könnten."

„*Bolna*, ich melde mich irgendwann. Übrigens, mit welchen Jugendlichen bist du hier im Museum?"

„Das sind Jugendliche vom Sozialprojekt der Kommune. Man muss sie auffangen, sonst werden sie von der Regierung zu Andros gemacht." Damit stand Erik auf, machte das Grußzeichen der Anderen und ging zurück zu seinen Problemfällen, die aber ganz gesittet unten in der Halle auf ihn gewartet hatten.

Dennis blieb auf seinem Kontrollplatz sitzen, schaute abwesend in die Halle, wo immer mehr Besucher hereinströmten und dachte an die ganze Situation. Aber den Fund in der Sun Ra und Lon klammerte er aus seinem Denken aus, weil er nicht wusste, ob diese Gedanken Stichwörter im übertragenen Sinn enthielten, die seinen Chip aktivieren und die Coms aufmerksam machen würden. Also kreisen seine Gedanken um die Sun Ra, die ja ein Objekt für sein Museum sein könnte und um Lon, der das Schiffswrack entdeckt hatte. Aber sein Pulsschlag war beschleunigt, weil in ihm der Gedanke an ein großes Schlamassel, in das er hineinschlittern könnte, nicht losließ.

Er schickte Lon eine Nachricht, mit der Frage/Bitte, ob Lon und Xola noch einmal im Museum vorbeischauen wollten/könnten. Dann machte er seine übliche stündliche Runde durch die ihm zugeteilte Halle und überprüfte die Mitarbeiterlisten des Museums, wo er auch Pablo fand, der einen Job in der Infrastruktur hatte. Rein zufällig tauchte er in dem Abschnitt auf, in dem Pablo arbeitete und fand ihn unter einem Abflussrohr, das er neu verlegen wollte. Dennis stellte sich vor, Pablo stellte sich vor und beide fühlten, dass das alte Gefühl für einen Anderen noch da war.

Pablo hatte vor Jahren schon die Randexistenz der Anderen nicht mehr ertragen, auch die materielle Not, die miesen Jobs, die Sorge um Wärme im Winter und Kühle im Sommer und das ganze Jahr über um Essen und Trinken. Also bewarb er sich um einen Platz „in der Mitte" mit dem Einverständnis der Implantation des Standard AdminCom Neurochip. Sein Antrag wurde genehmigt, die aufwändige Operation und Reha mit Eingewöhnung hatte er gut überstanden. Daraufhin wurden viele Dinge besser: Essen in Kantinen, eine kleine, warme Wohnung mit Holowand und wenig Arbeit, viel Freizeit und komplette medizinische Versorgung.

„Schön, dich zu treffen, bist du glücklich hier?", fragte Dennis.

„Weißt du, eigentlich fehlt mir nichts, außer die Anderen und deren Freundschaft."

„Ja, mir geht es auch so", entgegnete Dennis, „ist eigentlich ein perfektes Leben hier. Hast du noch Kontakt zu Erik und seiner Gruppe?"

„Ja, sporadisch, Erik ist immer noch der alte Feuerkopf, der würde nie in die Mitte springen. Er kritisiert immer noch das Staatssystem, aber redet nicht mehr von Krieg gegen die Mitte, oder Boykott, du weißt was ich meine."

„Wohnen er und seine Gruppe immer noch in Plano Süd in den alten Bunkern?"

„Ja, aber sie haben eine alte Baubaracken-Siedlung in Plano Nord als neuen Lebensraum renoviert und nennen sie Nuovo Plano. Die dortige Verwaltung erlaubt es auch. Erik meint, es sei dort leichter zu leben, Plano Nord ist viel wohlhabender als Plano Süd, sie könnten in ein Recycling-Programm hineinkommen."

„Ja, das könnte klappen, gerade heute kam ein Techniker von der Infrastruktur von Plano Nord vorbei, den ich von früher kenne. Es ist übrigens jener Mann, der das vergessene Raumschiff fand."

„Ja, davon hab' ich gehört, sehr interessant. Da war eine Überlebende, die etwa 1000 Jahre im Tiefstschlaf war, unglaublich. Was ist übrigens mit dieser Frau passiert, man hört nichts mehr in den Infos."

„Ich glaube, die wird immer noch behandelt, bis sie wieder ganz hergestellt ist."

„Vorstellen kann ich mir ihr Leben schon, aber begreifen nicht, vor fast 1000 Jahren, im goldenen Zeitalter hat sie gelebt. *Loco!* Kann man die Frau treffen, mit ihr reden?"

„Ich weiß nicht, ich halte dich auf dem Laufenden." Und auf dem Weg zurück zu seinem Büro dachte er: ‚Madonna, was interessiert alle an der Frau, wenn die wüssten, dass das eine ganz heiße Kartoffel ist, dann würden Erik und die Anderen, Lon und weiß Gott noch wer aller, einen weiten Weg um sie machen.'

Rätsel und Geheimnis

Xola blieb zwei Tage zu „Hause", wie sie, zunächst mit innerem Widerstand, dann doch widerstrebend ihr Appartement nannte, las in den Sun Ra-Papieren und dachte darüber nach. Der Eoleng-Professor mahnte sie wegen unerfüllter Heimaufgaben, wie einfache Texte lesen, kurze Sätze schreiben, mit ihm Konversation betreiben, aber sie war unkonzentriert und störrisch, wie der Sprachlehrer es nannte.

Schließlich kontaktierte sie Lon. Lon meldete sich sofort, er war eigentlich schon auf dem Weg zu ihr, weil er auch mit ihr reden wollte und neue Exkursionen planen wollte.

„*Hola, komin*", sagte sie zu Lon, als er an der Eingangstür auftauchte. Lon fuhr nicht in Eoleng fort, sondern wechselte zu Neoenglish, welches für die Übersetzungsprogramme leichter zu bewerkstelligen war als Hochdeutsch. „Wie geht es dir?", fragte Lon und fuhr fort, ohne auf eine Antwort zu warten. „Hast du Eoleng-Texte gelesen, oder auch andere? Hast du wichtige Dinge für dich entdeckt?"

„Ja, eigentlich schon, sehr interessant für mich sind die Prozeduren, aber auch der neue Schiffsantrieb, für das Museum wäre er ideal, die Technik dahinter versteh ich aber nicht. Ich wollte dich fragen, ob ich mit Dr. Dunant darüber reden soll. Morgen habe ich wieder einen Termin bei Frau Dr. Dunant."

„Ja, aber besser wäre noch etwas zu warten. Ich muss vorher noch ein paar Dinge klären. Dennis hat mich kontaktiert, er möchte dich mit Erik bekannt machen, er war Software-Entwickler, dann Pädagoge und Anderer. Erik ist ungewöhnlich, ihm wurde von der Regionalverwaltung ein Job ‚in der Mitte' angeboten, was sehr selten vorkommt, aber er hat abgelehnt."

Xola unterbrach Lon: „Was bedeutet ‚in der Mitte' und wer sind eigentlich die Anderen? Ich habe den Ausdruck von dir schon öfter gehört, aber weiß nicht wirklich, wer die Anderen sind?"

„*Pardo*, ich erklär dir beides: ‚in der Mitte' heißt: Teil der wirklichen Gesellschaft zu werden, einen guten Job zu haben, eine Wohnung zu bekommen und einen AdminCom-Chip, der den Zugang zu diesen Dingen ermöglicht: Also, *isilifin*. Der weitaus größte Teil der Bevölkerung lebt in der Mitte. Normalerweise wächst man als Kind in die Mitte hinein, aber es gibt auch Kinder, die außerhalb aufwachsen und ‚Andere' werden oder sind. Ohne Zugang zu den guten Dingen, ohne Chip, nur mit dem Anrecht auf grundlegende medizinische Versorgung und, je nach Gegend, auf Nahrung. Man kann sich dann für die Mitte bewerben, oder lebt außerhalb, irgendwo auf dem Land in alten Bunkern oder Baracken. Die Anderen sind eine kleine Randgruppe, so wie die Drogos und manche

Schizos. Manchmal werden besondere Andere zu Androiden gemacht und sind dann in dieser Funktion auch in der Mitte."

„Mmh, das wusste ich nicht. Dennis war also ein Anderer und ist dann ‚in die Mitte' gesprungen?"

„Ja, aber ich weiß sonst nichts von ihm. Nur dass er schon Jahre im Museum arbeitet und großes technisches Geschick mit alten Maschinen hat, vor allem auch mit Rechnern aller Art."

„*Pardo*, dass ich noch einmal frage: Was haben die Coms, diese Rechner, hinter denen die digitalen Personen stehen, für einen Einfluss über die Neurochips?"

„Ich weiß das nicht so genau, ich bin Homo I und habe Zugang zu Datenbasen aller Art und AdminCom weiß gewisse Dinge von mir, hilft mir, wenn ich nicht *kul* bin, regelt auch den Medchip, den jeder hat. Ich fühle mich gut mit AdminCom, beschützt, ja so würdest du sagen."

„Haben alle Menschen einen solchen Chip?"

„Ja, die Alphas können aber frei entscheiden, ob sie den Chip bei Sitzungen oder Gesprächen aktivieren oder abschalten. Alle Homos und Androids haben einen, Servs, Mechanos und Robots sowieso, dazu natürlich noch zusätzliche Steuerungen."

„Wer ist alles ein Alpha?"

„Die Leiter von Behörden, wie zum Beispiel Johansson, den wir Big Joe nennen, als Leiter der Infrastruktur von Plano Nord, oder Herr und Frau Dr. Dunant als Leiter der Medics und der dazugehörigen Universität von Plano Nord. Dann natürlich die Mitglieder des obersten Rats der Konföderation, deren Sitz in Plano Central ist. Oder die Leiter der Nachwuchs-programme, Krippen, Schulen, Universitäten. Bevor ich es vergesse: Hast du Lust, nochmal in das Museum zu Dennis zu fahren und eventuell Erik zu treffen?"

„Ja, natürlich, gerne, ich bin schon gespannt darauf, Andere kennen zu lernen. Ich habe eigentlich immer Zeit, nur die Sitzungen bei den Medics und Fr. Dr. Dunant kann ich nicht verschieben."

Xola lernt Erik kennen

Ein paar Tage später stiegen Lon und Xola wieder die steile Treppe zum Büro von Dennis hinauf, das mit einer Glasscheibe zu der großen Ausstellungshalle eine Kontrolle über die Vitrinen und Besucher ermöglichte.

Erik war schon da, er saß auf einem der Stühle im Raum. Als Lon und Xola eintraten, erhoben sich Dennis und Erik, um die Besucher zu begrüßen. Dennis, klein, glatt rasiert, kurze Haare und gut genährt, stellte Erik vor, groß, hager mit grauem 3-Tage-Bart, die langen Haare zu einem kleinem Zopf nach hinten gekämmt, der das kleine Büro dominierte. Er nickte freundlich und musterte Lon und vor allem Xola eindringlich. Lon übernahm die Übersetzung, wobei Dennis Neuenglisch redete und Xola immerhin etliche Wörter in Eoleng verstand.

Erik wusste von Dennis die ganze Geschichte von Xola und anscheinend auch über den Fund von Lon und Xola bei ihrem letzten Ausflug zur Sun Ra. Das Gespräch hatte vorwiegend Smalltalk-Niveau, wobei Erik die meisten Fragen an Xola richtete, weil er wissen wollte, wie sie die Gesellschaft sehe und ob sie sich schon eingewöhnt hatte und, mit unverblümter Neugierde, was sie langfristig zu tun gedenke, sobald sie das Gefühl hätte, halbwegs wieder hergestellt zu sein.

Xola meinte daraufhin: „Ich werde noch einige Zeit brauchen, um wieder eine komplette Persönlichkeit zu sein, aber dann möchte ich einen konstruktiven Beitrag für die Raumfahrt leisten. Aber: Warum interessiert Sie das, warum interessiere ich Sie?" Lon übersetzte und danach lachte Erik, laut und herzlich. Er sagte zu Dennis irgendetwas in einer Sprache, die scheinbar weder Lon und schon gar nicht Xola verstand.

Dennis lächelte und meinte dann: „Liebe Frau Sternfeld, ich möchte Sie bitten, mich und Lon ein paar Minuten allein zu lassen, wir müssen über die Übersetzung in Eoleng sprechen und über die Maschinen, die ich gebraucht habe. Erik wird sie kurzzeitig in die Halle begleiten. Vielen Dank!"

Xola schaute von einem zum anderen und folgte Erik, der bereits die Treppe hinunterging. Unten wartete er auf sie und sagte in schlechtem Neuenglisch: „Die Papiere aus dem Schiff: sehr wertvoll, nicht hergeben, verstecken. Nicht darüber reden, und wenn muss, nur mit Leuten ohne Hirnchips. Wenn Hilfe brauchen, zu mir und Freunden kommen."

Erik schaute dabei ernst, dann lächelte er. Xola sah ihn ebenso ernst an, sie glaubte ihm sofort, vielleicht weil Erik groß war und aussah wie ein Waldschrat aus der Zeit ihrer Großmutter. Ihr war aufgefallen, dass sein Gebiss, im Gegensatz zu den sehr regelmäßigen, weißen Gebissen aller Leute, die sie bis jetzt getroffen hatte, unregelmäßig war, und vielleicht deshalb vertraut. Dann sprach Erik noch sehr langsam in Eoleng, dass sie Lon und Dennis vertrauen könne.

Sie schlenderten noch eine Weile zwischen den Vitrinen mit den alten Geräten, bis Lon auftauchte. Erik verabschiedete sich mit einer Verbeugung, sagte „borut" und kehrte zu Dennis in seinem Hochsitz zurück.

Lon wollte noch ein spezielles Gerät sehen, welches irgendein Laserteil hatte, das ihn interessierte. Dann kehrten sie zur U-Bahn zurück. Xola wollte über das Treffen und Erik reden, aber Lon war schweigsam, nur einmal, als Xola den Fund aus der Sun Ra erwähnte, hielt Lon den Finger an den Mund und zeigte auf seinen Kopf.

„Daheim" in der Rosenallee 16, holte Xola sofort ihr Tagebuch aus dem Schrank und begann die Begegnung schriftlich festzuhalten.

Liebes Tagebuch:
Heute war ein verrückter Tag! Bin mit Lon wieder im Maschinen-Museum in der alten Stadt gewesen, um Dennis und Erik zu treffen. Dennis ist ein Bekannter von Lon, war ein „Anderer" und ist jetzt Aufseher im Museum. Er ist ein begabter Techniker, hat die Dokumente auf der CD, die Lon und ich aus der Sun Ra geborgen haben, dechiffrieren und drucken können. Ich glaube auch, dass er sehr *firm* mit Software ist. Hab die 220 Seiten diagonal gelesen und die Beschreibung der Tiefstschlaf-Prozedur genauer studiert. Sehr

interessant. Erik ist nach wie vor ein Anderer, lebt also am Rand der Stadt, ist nicht integriert und ohne Hirn-Chip. Er schaut aus wie ein Waldschrat, oder wie ein mäßig gepflegter Unterstandsloser, ein Straßenkünstler, jedenfalls im Vergleich zu Lon: ungepflegt und älter. Redet etwas Neuenglisch, sonst nur eine Art Eoleng, mit französischer Betonung und mit französischen Wörtern zwischendrin. War mir aber sehr sympathisch.

Er hat mir in der Halle bei einem kurzen Dialog gesagt, dass die Texte aus der Sun Ra wichtig und gefährlich wären, ich solle sie geheim halten. Dann bei der Rückfahrt in der Metro wollte ich mit Lon vom Gespräch mit Erik über die Texte in der Sun Ra sprechen, da hat Lon mir gedeutet nichts zu sagen und hat dann auf seinen Kopf gezeigt.

Und eben beim Niederschreiben ist mir plötzlich ein Licht aufgegangen und ein Gedanke gekommen, dessen Bedeutung und Folgerungen Sinn machen. Erik ist ein „Anderer" und hat keinen Chip, das heißt, AdminCom kann nicht mithören. Und: Lon hat mir gedeutet, nicht über den Fund in der Sun Ra zu reden, denn er hat einen Hirnchip. Und schon bei den ersten Treffen mit Dennis ist nie über die Texte geredet worden, immer nur kryptische Anmerkungen darüber.

Die große Frage ist: Warum wollen Dennis, Erik und Lon nicht, dass diese Texte aus der Sun Ra an AdminCom weitergehen, oder überhaupt einfach publik werden? Was ist so wertvoll daran? Vielleicht sollte ich doch *asap* mit Frau Dr. Dunant reden, ich vertraue ihr instinktiv und sie ist ein Alpha, also hat sie, laut Lon, Kontrolle über den Hirnchip.

Lon und Enna

Lon wartete im „Gagarin", dem kleinen Café, wo er manchmal mit Enna einen Kakao-Pfeffer-Drink trank und beide von ihrem Leben und Erlebnissen ungestört reden konnten. Enna kam hereingestürmt und entschuldigte sich wortreich für die Verspätung. Sie war im Homo-Bereich von PersCom tätig, sozusagen im psychologischen *interfes* zwischen Computern und Empfängern und hatte eine langwierige, zeitraubende Anpassung von Neueinsteigern zu modifizieren.

„Lon, du schaust gut aus, hast du viel Sport gemacht und dadurch etwas Gewicht verloren? Oder bist du verliebt, am Ende sogar in die Frau Sternfeld?"

„Nein, das heißt, ich weiß es einfach nicht. Xola ist ja nicht attraktiv vom Aussehen her, aber sie ist sehr ungewöhnlich und ich beobachte fasziniert, wie sie sich vom *vetschi* zum intelligenten Homo verändert. Aber sie empfindet sicherlich nichts für mich."

„Naja, das kann sich ändern, aber insgesamt tut es dir gut, du bist jetzt attraktiver geworden, ich habe das auch von PersCom erfahren. Wird Frau Sternfeld wieder so werden wie sie vor 1000 Jahren war, kann sich das zentrale Nervensystem und auch das periphere Nervensystem so weit regenerieren, zum Beispiel in Bezug auf Erinnerung?"

„Möglich, Frau Dr. Dunant glaubt, dass die Erinnerungen verstärkt wieder kommen und auch die Feinmotorik noch besser werden wird. Der Neuroscan lässt das vermuten. Ich beobachte von einer Woche zur anderen Fortschritte. Sie ist auch über die gefährliche Phase der Dauerdepression hinweg. Aber ich weiß nach wie vor nicht, warum so ein Interesse an ihrer Person besteht, abgesehen von den Medics. Sie wird ja wie ein VIP behandelt – allein schon ihre Unterkunft in der Rosenallee, wo jede Menge Alphas wohnen!"

Enna lachte, aber verkniff sich eine witzige Bemerkung über eine mögliche Neidreaktion von Lon. Dann schaute sie ihn etwas länger an und meinte: „Ich glaube, dass Frau Sternfeld vom genetischen *setap* und wegen ihres unbewussten Wissens besonders ist. Das interessiert die Medics und die Allgemeinheit. Sicher auch jene Leute, wie zum Beispiel Johansson, welche die Weltraumbesiedlung wieder ankurbeln wollen. Und dazu braucht es einen besseren Fusionsantrieb und vor allem Raumfahrer, die im Tiefstschlaf sehr lange unterwegs sein können."

„Mmh, ja das macht Sinn. Da bin ich gespannt, wie das weitergeht, ich soll mich ja in begrenztem Ausmaß um Xola kümmern und mein Projekt muss ich ja auch fertigstellen."

Dann plauderten Enna und Lon über gemeinsame Bekannte, über deren Liebesleben und über „Gott und die Welt" –

obgleich Gott schon lange tot war und die Welt recht nahe an ihrem Untergang war.

Von Frau zu Frau

Frau Dr. Dunant hatte auf die Terminanfrage von Xola sofort Zeit und so machte sie sich sogleich auf den langen Weg ins Medic-Zentrum, das am nördlichen Ende von Plano Nord lag. Frau Dunant wartete in ihrem Büro, wie immer makellos gekleidet und mit Make-up, geschmückt mit einer wunderschönen Brosche. Sie begrüßte Xola herzlich und bot ihr *caf* mit Coca an, was Xola dankend annahm. „Was führt Sie her, meine Liebe, kann ich irgendetwas für Sie tun?"

„Frau Dr. Dunant, bevor ich damit anfange, möchte ich völlig indiskret fragen, ob Sie eine Alpha-Person sind und somit unabhängig von AdminCom oder anderen Rechnereinheiten?"

Frau Dunant schaute sehr überrascht, sagte dann ebenso direkt: „Ja, ich bin in der Klasse der Alphas, aber warum fragen Sie?"

„Ich möchte Ihnen etwas anvertrauen, etwas was angeblich geheim bleiben soll, aber die Wichtigkeit dieser Infos kann ich nicht abschätzen."

„Aha, also zu Ihrer Beruhigung, zurzeit bin ich off, Sie können mir alles sagen, was Sie wollen. Ich werde auch nichts, ohne Ihre Zustimmung, weitergeben."

„Vielen Dank! Also, ich war mit Lon noch einmal bei der Sun Ra, es hat mich nicht losgelassen, das Gefühl der Heimatlosigkeit ohne das Schiff. Es ist ja auch das Grab meiner Gefährten und Freunde. Lon wollte den Antriebsteil des Schiffs noch einmal untersuchen. Im Kokon von Cathy, der Ärztin der Mannschaft, habe ich in der Seitenwand zufällig eine Speichereinheit gefunden, eine Datenscheibe. Ein Freund von Lon, Dennis, der als Aufseher im Maschinenmuseum arbeitet, konnte die Infos dechiffrieren, ausdrucken und mir übergeben. Die Infos sind in Neuenglisch, was ich ganz gut lesen kann. Sie beziehen sich auf das Schiff, den Antrieb, die Systeme und

Rechner des Schiffs und auf die Mannschaft. Dabei wird vor allem das Prozedere des Tiefstschlafs beschrieben und wie man danach das Aufwachen und die Regeneration durchführt. Katja, die Ärztin, wäre vom Bordcomputer als erste geweckt worden, um uns anderen beim Aufwachen und Regenerieren behilflich sein zu können.

Dennis, dessen Freund Erik, ein Anderer, und auch Lon glauben, dass das für bestimmte Leute hier in Plano Nord wichtig sei und haben mich gewarnt, diese Infos aus der Hand zu geben. Ich möchte Sie nun fragen, was denken Sie über das alles?"

Frau Dunant hatte sehr aufmerksam zugehört, war dann zu einem Infoboard gegangen und hatte bestimmte Befehle eingegeben. Sie kam wieder zurück und setzte sich wieder hin.

„Also, zuerst, vielen Dank für Ihr Vertrauen, ich weiß es sehr zu schätzen. Nun zu den Infos: Ja, ich glaube, das sind wichtige Infos, besonders die Antriebsbeschreibung und die Tiefstschlaf-Prozedur, die gewisse Leute gerne haben würden. An Ihrer Stelle würde ich niemandem davon erzählen. Behalten Sie die Blätter bei sich in der Wohnung, am besten in Ihrer Privatkassette, wo die reichen Damen hierzulande ihre echten Perlen aufbewahren. Die Infos sind Ihre Perlen und sie werden hoffentlich auch zu Ihrem Nutzen sein. Eine Frage: Darf ich einen Teil Ihres Gesprächs an meinen Mann weitergeben? Er ist berufsbedingt verschwiegen und sorgt sich sowieso um Ihr Wohlbefinden."

„Ja, wenn Sie meinen. Aber wer sind die gewissen Leute, haben Sie Anhaltspunkte, oder einen bestimmten Verdacht?"

„Ich muss noch mit Alain, also meinem Mann, darüber reden und selber etwas nachdenken. Sie haben übermorgen eine Sitzung bei uns, da kommen Sie danach bei mir vorbei, dann können wir noch einmal über die ganze Sache beratschlagen."

Informationen

Erik

„Schön, dass du uns einmal hier in deiner alten Heimat besuchst!" Erik freute sich ehrlich, er saß Dennis gegenüber und beide zogen an ihren Zigaretten, von denen ein süßlicher Geruch ausging. Sie saßen vor dem Haus von Erik, wobei Haus eine sehr geschönte Beschreibung der windschiefen Baracke ist.

„Ja, ich wollte einmal schauen, wie es dir so geht, die Konföderation will ja euch Andere in die Mitte bringen, also mit allen Segnungen, auch natürlich mit Hirnchips und den ganzen Folgen."

„Du sagst es, die Zuwendungen wurden gekürzt, ich verdinge mich für ein paar *credits* in allen möglichen Jobs, die Robots nicht erledigen können und Andros nicht tun wollen. Aber wir wollen nicht in die Mitte, im Gegenteil, ich versuche einen subversiven Kampf gegen die Rechner. Klingt wahnsinnig, oder nur einfach naiv und dumm, oder?"

„Du willst allen Ernstes gegen AdminCom vorgehen, wie stellst du dir das vor, willst du die geheimen Bunker sprengen?"

„Nein, natürlich nicht, zudem ich ja gar nicht weiß, wo sie sich befinden." Erik lachte bei der letzten Bemerkung, aber Dennis sah ihm an, dass er sehr wohl wusste, wo die Com-Zentralen standen, also die Hardware, die Exekutive der digitalen Personen. „Ich könnte mir vorstellen, AdminCom zu überlasten, mit Algorithmen zu füttern, die in der Folge Adminpers in die digitale Schizophrenie treiben. Ethikpers würde ihn dann abschalten, mit allen Konsequenzen. Govpers würde vorher sicher von Adminpers ausgeschaltet werden und Terrapers hat nur Befugnisse, wenn der ganze Planet in Schwierigkeiten wäre. Aber wie du sagst, es ist eigentlich ein aussichtsloses Unternehmen und nur eine Idee, aber kein wirklicher Plan." Und wieder sah ihm Dennis an, dass er für dieses Unternehmen sehr wohl einen Plan hatte.

Wahrscheinlich hatte er im Lauf der letzten Jahre weit und breit Mitstreiter rekrutiert, Fluchtwege angelegt und Depots für Nahrungsmittel und Energiepacks. Erik wusste, dass PersCom sehr wahrscheinlich das Gespräch registrierte und wichtige Aussagen speicherte, er hatte eine erste Fährte gelegt. „Etwas anderes, wie gefällt dir Xola Sternfeld, die wiederbelebte Mumie?"

„Unglaublich, die Frau aus der digitalen Steinzeit. Ja, natürlich gefällt sie mir, ich meine jetzt nicht als Frau, sondern als Person. Sie hat eine Echtheit, wie sie bei sehr vielen Jetzt-Personen nicht mehr existiert. Außerdem könnte es mit ihr noch spannend werden. Sie besitzt sehr wahrscheinlich Perlen, die viele haben möchten. Man muss auf sie aufpassen."

„Mmh, ja vielleicht hast du recht." Erik und Dennis sahen sich wortlos an, zogen an ihren *gudis*, deren *gudi*-Gase in ihre Gehirne eindrangen und beide mit wohliger Ruhe erfüllte. Langsam ging die trübe Sonne hinter den letzten flachen Hügeln unter, die Blätter der Büsche vor den Barackensiedlungen färbten sich in ein mildes Orange, so als entschuldigte sich die Sonne für das Tageslicht, das die Pflanzen grau-grün erscheinen ließen. „Ich glaube, dass Lon einen guten Job macht, er ist ein fähiger junger Mann und wenn mich nicht alles täuscht, dann ist er etwas in die alte/junge Dame verschossen."

Dennis lachte dazu, wahrscheinlich stellte er sich die beiden als Paar vor, die so gar nicht in das übliche Liebespaar-Schema passen würden. „Ja, und was würde erst AdminCom und PersCom und EthCom dazu sagen, zudem Lon sicher keinen Alpha-Status hat."

„Ja, aber das ist nicht unser Problem und wir werden davon auch nichts mitbekommen. Interessanter für mich als Museums-Mensch ist der Fund der Sun Ra, die Steuerung und der damals neuartige Antrieb, der nicht funktioniert hat, faszinieren mich schon. Die Idee dazu war der damaligen Zeit weit voraus, und heute haben wir nicht mehr die Mittel oder die Energie, um die Idee technisch umzusetzen. Einen Teil dieses unvollkommenen Antriebsaggregates in unserem Museum auszustellen, wäre schon toll. Da wären wir dann die ersten, die sowas ausstellen könnten."

„Bei wem müsstest du vorstellig werden, um das Teil zu erhalten?"

„Ich müsste zu Johansson gehen, dem Chef der Infrastruktur, die Sun Ra wurde in seinem Kompetenzbereich gefunden, übrigens von Lon und seinen Leuten."

„Johansson, das ist doch der Typ, der uns Andere nicht mehr haben will und uns in die Mitte zwängen will, oder zu Andros degradieren."

„Ja, das ist er, ein merkwürdiger, cholerischer Alpha-Mensch. In dessen Einflusssphäre ist auch Frau Sternfeld. Niemand weiß, was er mit ihr vorhat."

„Aha, na dann *mucholack*, oder wie mein Alter immer sagte, nur mit viel Glück macht das Leben Spaß."

Die Dunants

Die Dunants saßen vor ihrem Kaminfeuer, blickten in die täuschend echten Flammen und hielten ein Glas mit teurem Portwein in den Händen. „Heute war Xola bei mir und wollte mir etwas anvertrauen und wahrscheinlich auch um Rat fragen, den ich ihr aber nicht geben konnte. Ich möchte dir die ganze Geschichte erzählen und habe auch ihr Einverständnis dazu."

„Schieß los, ich will dir dann noch etwas erzählen, was wahrscheinlich dazu passt."

„Also, Xola war mit Lon noch einmal bei der Sun Ra …" Frau Dunant, Xenia, berichtete, was Xola ihr erzählt hatte. „Circa 400 engbedruckte Seiten in Neuenglisch waren es mit Beschreibungen der Antriebstechnologie und der Tiefstschlaf-Prozedur. Dennis, der übrigens ein ehemaliger Anderer ist und dessen Freund aus dieser Zeit seines Lebens warnten Xola, die Beschreibung sei einigen Leuten viel wert und sie solle aufpassen. *Kepensa?*"

Alain Dunant hörte aufmerksam zu, dann nahm er einen großen Schluck und meinte: „Ja, ich glaube, dass sich da etwas zusammenbraut. Aber wir haben noch Zeit, erst in drei, vier Monaten wird es kritisch." Er berichtete weiter von seiner Unterredung mit Johansson.

„So und was sollen wir tun, oder was soll ich Xola sagen, raten?" Xenia blickte fragend auf ihren Mann. Alain schaute ins Feuer, das knisterte und knackte, drehte das Weinglas in seinen Händen, schob das Unterkiefer vor, sodass die Unterlippe weit vor die Oberlippe reichte. Xenia kannte diese physiognomische Veränderung, die immer dann von Alain Besitz ergriff, wenn er angestrengt nachdachte. Sie fand, er sah dann aus wie irgendwelche Kaiser in sehr alten Ölgemälden, die Prognathe-Visagen hatten, aber wahrscheinlich eher an Kriege und Macht dachten, als an das Schicksal einer mindestens 1000 Jahre alten Frau.

„Das ist schwierig, weil es ad 1 schwer sein wird, die Existenz dieser Unterlagen vor AdminCom zu verheimlichen und ad 2, weil wir noch immer nicht wissen, was Big Joe und seine Kumpel wissen oder planen. Da kann ich nur Vermutungen anstellen. Ich würde jedenfalls Frau Sternfeld raten, möglichst schnell Eoleng zu lernen, und den Kontakt zu Lon zu halten, oder sogar auszubauen. Lon kennt beide Welten, die Welt von Xola und die technische, als Infrastruktur-Fachkraft. Er hat Zugang zu allen Versorgungseinheiten, sogar Johansson kann ihm diese nicht versperren. Wir haben noch Zeit für unsere Arbeit mit Frau Sternfeld, aber wir brauchen auch einen Plan B, falls etwas dazwischenkommen sollte und einen Plan C für den Katastrophenfall. Was meinst du dazu?"

„Klingt gut, aber ich habe keine Ahnung, was Big Joe wirklich will. Zuerst habe ich geglaubt, dass er an Xola Sternfeld als Frau interessiert ist, aber dem war nicht so. Also muss es einen anderen Grund geben, warum er Xola in seiner Nähe halten will und ihr die Luxuswohnung organisiert hat. Er ist sehr an ihren kognitiven Fortschritten interessiert, wie du ja auch schon erfahren hast. Könnte es sein, dass er an ihr so interessiert ist, weil sie so unglaublich lang im Tiefstschlaf war und fast unbeschadet wieder ins Leben zurückgekehrt ist?"

„Ja, das ist er sicher, aber wir haben ihm alle Daten über SciCom bezüglich ihres molekularen Status geschickt, wir kennen alle Gene, Moleküle und so weiter von ihr, sie ist für uns physiologisch gläsern. Er könnte sie duplizieren, digital nachbauen, wenn er wollte. Aber, ja, wir kennen nicht die Einschlaf-Prozedur, die den Tiefstschlaf zur Folge hat und das sichere Aufwachen! Das könnte es sein! Aber warum das wiederum?"

„Mmh, keine Ahnung Alain, aber du könntest recht haben. Ich habe eher an den damals revolutionären Fusionsantrieb gedacht, den wir auch nicht kennen und die Fusionsantriebe mit Hintergrund-Boost unserer jetzigen Bauweise noch immer nicht beherrschen. Ohne diesen Antrieb und den Tiefstschlaf sind interstellare Reisen völlig unmöglich, glaube ich zumindest."

„Das glaube ich auch, also irgendetwas in der Richtung führt Big Joe im Schilde. Wie du sicher besser weißt als ich, ist Big Joe ein Getriebener, so wie viele Alphas, die manchmal noch altertümliche Menschen/Primaten sind, wenn man ihr Verhalten sieht. Er liebt Frauen, Essen, Trinken, Luxus und vor allem Macht – so wie die alten Könige oder die moderneren Diktatoren."

„Genau", stimmte Frau Dunant zu, „aber so wie diese negativen Vorbilder entscheidet er allein, aber braucht willfährige Verbündete, Untertanen, Hörige, die ihm zustimmen und seine Befehle ausführen. Ich wette, er hat seine *badis,* die mit ihm am selben Strang ziehen und für sich mehr Einfluss oder Wohlleben erwarten. Ich werde versuchen herauszufinden, wer diese sind." Dr. Dunant nickte zustimmend und seine denkerisch-besorgte Miene hellte sich auf, sein Unterkiefer nahm wieder eine nicht-kaiserliche Position ein, er leerte sein Glas und ging zu seiner Denk-Konsole.

Träume und Pläne

Xola
Xola wälzte sich unruhig in ihrer Schlafkoje. Sie träumte, dass sie eingesperrt war in ihrem Kokon auf der Sun Ra, sie konnte sich weder von den Haltegurten noch von den vielen Anschlüssen befreien, und konnte die Griffe für den Öffnungsmechanismus des Kokondeckels nicht erreichen. Der Schalter für das Notsignal blinkte heftig, ihr Herz schlug und ihr brach Schweiß aus. Der Schweiß war real, Xola wachte auf und warf die Decke von sich. Sie starrte in die Dunkelheit, die

aber langsam in ein mildes dämmriges Licht überging, begleitet von Vogelgezwitscher, der aufmerksamen Holowand sei Dank. „Wenn das nicht ein bedeutungsvoller Traum war …", sagte Xola laut zu sich selbst: „Das Schiff lässt mich nicht los, die Vergangenheit auch nicht. 1000 Jahre Einsamkeit, nicht nur 100!"

Lon

Lon saß allein in seiner Lieblings-Cafeteria, misstrauisch beäugt von der androiden Kellnerin, die das Lokal betreute und dafür sorgte, dass die Gäste konsumierten und bezahlten. Lon brütete vor sich hin, er ahnte, dass er irgendetwas unternehmen musste, um die Aufmerksamkeit von Xola auf sich zu lenken, weg von der Vergangenheit, von ihren Gefährten und der Zeit in der Sun Ra. Er wurde die Gedanken an Xola nicht mehr los, ja er sehnte sich nach ihrer Gegenwart, obwohl ihn EthCom zu bremsen versuchte und obwohl er wusste, dass er über kurz oder lang eine Vorladung von Big Joe riskierte, weil *alalong* auch AdminCom von seinem aberranten Gefühlszustand Kenntnis bekommen würde. Spätestens wenn er von Xola, oder „Xiaomi" wie er sie nach wie vor bei sich nannte, träumen würde, dann würde AdminCom aufmerksam werden.

Wenn aber Xola ihn vermehrt sehen wollte und er also seiner Aufsichtspflicht nachkommen musste, dann könnte EthCom und AdminCom nichts einwenden und Big Joe auch nicht. Vielleicht könnte er wieder einmal Frau Dr. Dunant aufsuchen und mit ihr sein Projekt bereden und sie überzeugen, dass er dazu mehr Kontakt zu Xola bräuchte. Ja und mit Dennis konnte er auch wieder einen Termin vereinbaren, und ihn dazu bewegen, dass die Museumsleitung eine offizielle Einladung an Xola richtete. Lon bestellte noch einen sündteuren KokoXhoko-Drink und brach dann positiv gestimmt auf, um *asap* von seiner Wohnung aus mit Dennis zu reden.

Big Joe

Zur selben Zeit traf sich Johansson mit der kleinen Jacuzzi-Runde, also mit seinen Freunden und Sympathisanten, allerdings diesmal nicht, um in Badehosen in den Bottichen zu plantschen, zu jausnen und dabei wichtige Dinge zu bereden, sondern um angezogen, in Clubsesseln sitzend, bewehrt mit einem Glas Portwein und einer Zigarre, den Worten von Johansson zu lauschen und dann möglichst intelligent zu debattieren. „Meine Freunde, vor mehr als einem halben Jahr haben wir uns getroffen, um über das Schicksal von Frau Xola Sternfeld zu konferieren. Zusammen mit Dr. Dunant haben wir die Beschlüsse umgesetzt, haben Frau Sternfeld aufgenommen und Herr Dr. Dunant hat seine medizinisch-psychologischen Untersuchungen durchgeführt.

Beides hat gut funktioniert, Frau Sternfeld fühlt sich wohl und hat jetzt fast zu ihrem früheren Selbst zurückgefunden. Wir haben damals auch kurz über die Zukunft dieser Überlebenden der Sun Ra geredet, allerdings war ja damals vieles noch unklar. Frau Sternfeld will sich in unsere Gesellschaft integrieren und auch eine sinnvolle Tätigkeit aufnehmen, die der Gemeinschaft hilft.

Sie ist analytisch geschult, verfügt über ein ausgezeichnetes Gedächtnis und eine beneidenswerte Resilienz. Sie könnte uns helfen, den Tiefstschlaf zu verstehen und die Prozedur nachzuvollziehen. Sie könnte sich vielleicht in groben Zügen an die Technik des Fusionsantriebs von damals erinnern und uns dabei auch helfen. Wir wollen alle die Erforschung und Besiedlung des interstellaren Raums wieder beleben. Helios dümpelt ohne große Erfolge im Venus-Orbit, die erreichbaren Abbaugebiete auf Mond und Mars sind erschöpft, neue wurden nicht erschlossen. Siedler sind schwer zu finden, es schaut aus, als wäre es Homo leid in unwirtliche Gegenden zu expandieren.

Wir haben es in der Hand das zu ändern, wir haben die rechtlichen Möglichkeiten, wir haben auch die finanziellen Möglichkeiten, wir haben den Unternehmergeist, den Mut, den Elan, etwas zu ändern, etwas Neues anzufangen. Und, nicht unwichtig, ich glaube wir haben das ‚okee' von Adminpers und Ethpers." Johansson war bei den letzten zwei, drei Sätzen immer lauter geworden. Es war wie ein flammender Aufruf eines Kommunalpolitikers von früher, der ein neues Wellness-Hotel im Naturschutzgebiet bauen wollte.

Die Sauna-Freunde murmelten zustimmend, einzelne klatschten sogar. Johansson ließ sich mit rotem Gesicht in seinen Klubsessel zurückfallen, schnappte sich sein Glas Wein und winkte den Serv heran, um sich einen *snegg* zu genehmigen. Die Sauna-Kumpel waren also angetan und wollten das Weltraumprojekt unterstützen. Der stellvertretende Finanzrat der Konföderation war auch da, nickte zustimmend und überlegte eine laterale Verschiebung der Mittel des Bundes um eine sehr namhafte Summe. Allerdings wollte er konkretere Pläne hören, damit der Gegenwind in der Finanzabteilung und auch von Govpers nicht so heftig ausfallen würde.

Johansson wusste sehr wohl, dass alle führenden digitalen Personen das Projekt stoppen konnten. Gestärkt durch *sneggs* und Wein und getragen durch die breite Zustimmung von den meisten Teilnehmern antwortete er bereitwillig auf die Fragen die Machbarkeit des Projekts betreffend. Gegen Ende der Info-Party sagte er: „Ich sehe zwei Teile des Projekts: die Frage des Tiefstschlafs und den Bau eines ganz neuen Schiffs mit dem revolutionären neuen Antrieb. Für Letzteres gibt es schon sehr viele Vorarbeiten, aber noch keinen Durchbruch. Der Bau des Schiffs ist schon in Planung, in ein, zwei Jahren sollte alles stehen. In drei, vier Jahren: Aufbruch zu Proxima Centauri b. Ihr könnt alle Details aus meinem Umfeld der Experten und Techniker erfahren." Damit waren alle zufrieden, mit viel Wein und etlichen Zigarren endete die „Konferenz", wie es von ComCom genannt und verbreitet wurde.

Erik

Über Plano Nord hing eine dichte graugelbe Wolke, die, wie so oft, die Sonne verschleierte und die trostlose Landschaft in diffuses Licht tauchte. Erik saß auf seiner „Hausbank" vor der Baracke und schaute auf diese riesige graugelbe Wolke, an dessen Rand die Siedlung der „Anderen" lag. Von ihm stieg auch eine kleine Rauchwolke auf, die von einer Pfeife stammte, die in seiner Hand oder in seinem Mundwinkel vor sich hinqualmte.

Erik war guter Stimmung, endlich schien sich etwas zu bewegen, die Erweckung von Frau Sternfeld und die Wellen, die sie auslöste, könnten die Gesellschaft verändern. Die offenkundige Weigerung von dieser Frau, durch einen Neurochip an AdminCom und die anderen Rechnersysteme angeschlossen zu sein, war eine Voraussetzung für die Veränderungen. Und er könnte eine wichtige Rolle dabei spielen. Außerdem war Frau Sternfeld sehr ungewöhnlich im Vergleich zu den Menschen, besonders zu den Frauen, die „in der Mitte" lebten, also die Mehrheit in der Gesellschaft bildeten. Über Dennis und Pablo, den früheren Anderen wird er von den Entwicklungen informiert sein. Er konnte seine Untergrund-Netzwerke als Hilfe anbieten, falls es die Situation erforderte. Vielleicht konnte er auch über Dennis und Lon den Kontakt zu den Medics herstellen, die vielleicht auch eine Veränderung mitgestalten würden.

Der Tabak und damit auch die Glut waren in der Pfeife ausgegangen, der Rauch war verschwunden, erkaltet hielt sie Erik in der Hand. Die Wolke vor ihm war nicht verschwunden, nur manchmal trieb sie der aufkommende Abendwind ein wenig auseinander. Die Gegenwart, mit der wenig erfreulichen Aussicht auf ein karges Abendbrot und auf einen langen, einsamen Abend, vertrieb die Zukunftsfantasien.

Lon

Lon saß bald darauf in einem Büro bei den Medics und wartete auf Frau Dr. Dunant. Sie hatte Sprechstunden für Patienten, die mit ihren Neurochips Schwierigkeiten hatten. Sie entwickelten eine parallele Persönlichkeit, Metachip-Syndrom, hatte Frau Dunant diese Krankheit genannt, vergleichbar mit einer Schizophrenie in der Vorzeit der Neurochips. Meistens waren es sensible Homo I-Personen, die mit PersCom arbeiteten und in dem Bereich nonverbaler Kommunikation tätig waren. Schließlich hatte Frau Dunant Zeit. Sie begrüßte Lon herzlich: „Herr Pun, was kann ich für Sie tun?"

Lon erzählte Frau Dunant von seinem Projekt und dass er irgendwie nicht weiterkam, weil er zu wenig von seiner Haupt-Versuchsperson, Frau Sternfeld, wusste. Frau Dunant hörte aufmerksam zu, und da sie offline von AdminCom und MedCom war, ließ sie ihren Gedanken freien Lauf: ‚Der gute Lon ist in Xola verliebt, aber sie nicht in ihn. Noch dazu weiß er von der Speicherkarte aus der Sun Ra, darf aber nicht einmal daran denken, weil er Xola vor AdminCom schützen will. Das

Projekt über Integration war vielleicht von Anfang an nur ein Vorwand, dieser rätselhaften Frau näherzukommen.'

Lon schaute nach seiner indirekten Bitte erwartungsvoll. „Herr Pun, Sie haben recht, und ich werde versuchen, auf Frau Sternfeld Einfluss zu nehmen. Ich glaube, ganz abgesehen von Ihrer Arbeit, die ich sehr löblich und auch interessant finde, wäre es für Frau Sternfeld von Vorteil, mehr über unsere Gesellschaft zu erfahren, noch mehr andere Leute zu treffen und vor allem Eoleng zu sprechen und zu schreiben. Sie kennen Frau Sternfeld, also Xola, seit ihrer, nennen wir es einmal, „Geburt" bei uns und waren schon öfters mit ihr unterwegs. Ich könnte mir vorstellen, dass Sie ein bis zwei Mal pro Woche einen fixen Termin mit ihr ausmachen und dann quasi ein Einbürgerungsprogramm mit ihr durchführen. Wären Sie damit einverstanden? Aber bitte gestalten Sie es nicht zu anstrengend und psychisch belastend für Xola. Vielleicht können Sie es vermeiden, allzu intensiv über die Sun Ra und alles was damit zusammenhängt, zu reden, oder zu spekulieren. Wäre das in Ihrem Sinne? Natürlich müssen Sie auch Dinge, Vorkommnisse protokollieren, die für Ihre Arbeit relevant sind." Lons Miene hellte sich zusehends auf und er stimmte sofort zu.

Auch Xola stimmte zu und so holte sie Lon gleich am nächsten Tag zu einer langen Runde durch Plano Nord ab. *„Guddai"*, sagte er zur Begrüßung und dann noch: *„ketal?"*

Nach einer kurzen Pause antwortete Xola: *„Guddai Lon, ei so well"*, und fuhr aber dann, so wie immer, mit einer Mischung aus Deutsch und Neuenglisch fort. „Wohin fahren wir zuerst, oder kann man auch gehen?"

„Schwierig, Plano Nord hat etwa 1,5 Millionen Einwohner und durch den Zuzug von Menschen aus dem Süden breitet es sich immer weiter in das Umland aus. Wir machen eine Rundfahrt und ich zeige dir interessante Gebäude und auch den Indoor-Zoo, welcher der Beste in der ganzen Konföderation sein soll."

In der langen Fahrt mit Metro, Schnellbahnen, mit Flügen mit einem Kopter über der Stadt sah Xola viel bewusster wie noch vor ein paar Monaten die Vielfältigkeit der Gesellschaft, das Fehlen von Armut, aber auch das Fehlen von alten Leuten und Kindern. Sie erzählte Lon, wie die Gesellschaft zu ihrer Jugendzeit in Mitteleuropa war, dass es wegen der hohen Bevölkerungszahl von etwa 10 Milliarden Leuten ein großes Ungleichgewicht zwischen Staaten im Norden und denen im Süden gab, dass es viele alte Leute im Norden gab und viele arme Kinder im Süden. „Und wo sind jetzt alle alten Leute und vor allem die Kinder?"

Lon lachte etwas verlegen und sagte dann fast entschuldigend: „Richtig, alte Leute, also älter als 120 Jahre sind an anderen Orten, wo sie versorgt und betreut werden. Die anderen Leute schauen von etwa 40 bis 100 sehr ähnlich aus. Und die Kinder sind auch an anderen Orten, wo sie erzogen und konditioniert werden. Familien in dem alten Sinn gibt es nicht mehr. Erst mit etwa 20 Jahren werden die Jungen in die Gesellschaft eingegliedert."

„Aha und dann interessiert mich euer Sexualleben oder Liebesleben, wahrscheinlich gibt es hier nicht mehr so was wie eine Ehe zwischen Mann und Frau." Lon lachte jetzt befreiter.

„Ja, Ehe im alten Sinn gibt es nicht mehr, neben den Beziehungsdingen fehlt auch die rechtliche Seite, weil es sehr wenig Eigentum gibt, was man vererben könnte. Wir leben manchmal im Leben in stabilen Beziehungen mit dem Ziel, dass das den Partnern guttun wird. Kinder sollten aus diesen Beziehungen kommen. Das wird alles von PersCom, also der Rechner-Einheit, die persönliche Zustände regelt, kontrolliert und auch Hilfe geleistet, wenn es Schwierigkeiten gibt. Aber die meisten Leute haben Beziehungen zu mehreren Leuten, also zu Homo I, II und Alphas, zu Andros gibt es nur sehr selten richtige Beziehungen, aber Sex sehr wohl. Sex ist völlig frei von moralischen Tabus, aber darf nicht in Gewalt und andere negativen Folgen münden, da ist PersCom und EthCom dagegen und reguliert das auch. Und wie war das in deiner ersten Zeit?"

Xola schwieg eine Weile, sie überlegte, ob sie Lon, den sie ja nicht wirklich kannte, vertrauliche Dinge erzählen sollte. „Es war damals sehr unterschiedlich, es gab sehr traditionelle Familien, freie, offene Beziehungen, viel Gewalt zwischen Männern und Frauen – vielleicht besteht der größte

Unterschied in der Kindererziehung, die noch sehr in den Familien verhaftet war. Hast du Kinder?"

„Ich weiß es nicht, ich war Samenspender, weil ich günstige physiologische Eigenschaften besitze."

„Du könntest ja herausfinden, ob du Kinder hast und was sie tun."

„Das ist nicht möglich, Ethpers wäre dagegen und ich hätte nichts davon, wenn ich wüsste, dass ich der genetische Vater von Kindern wäre. Und wie ist es mit dir, ich nehme an, dass du keine Familie mit Kindern hattest."

„Du hast recht, ich wollte unbedingt Raumfahrerin werden und habe dem alles untergeordnet. Aber ich hatte bei den Raumfahrern einen Partner, er hat Ron geheißen und ich verdanke ihm sehr viel. Ich vermisse ihn immer noch."

„Ja, das stelle ich mir, wie sagt man in Neuenglisch, ‚depressing‘, deprimierend vor. Wie du weißt, verfasse ich eine Arbeit über Integration in unsere Gesellschaft und du mit deinem Schicksal bist das beste Beispiel. Ansonsten habe ich nur Andere als Versuchspersonen, die „in die Mitte" gesprungen sind, so wie Dennis. Ich glaube, dass du aber mit diesen nicht zu vergleichen bist. Du kommst aus einer fast völlig anderen Gesellschaft und musst die Sprache erlernen. Auf der anderen Seite bist du intelligent, gebildet und wie sagt man zu *singula,* eigenständig und resilient. Aber mich interessieren auch die größten Schwierigkeiten bei der Integration, die du und die anderen Versuchspersonen haben. Deshalb meine Neugier."

„*Comprenda,* und für wen machst du diese Arbeit?"

„Für mich, das heißt schon aus beruflichen Gründen, weil ich dein Entdecker bin und viele Leute mich fragen, wie es dir geht und wie du bist."

„Und was sagst du dann?"

„Dass es schwer ist für dich, aus den Gründen, die ich vorher schon angeführt habe. Ich sage immer, dass du wieder Raumfahrerin werden, aber nicht mehr im Tiefstschlaf sein willst, also wahrscheinlich zur Helios fahren wirst."

Daraufhin lachte Xola und meinte: „Ich nehme dich dann mit als weissagender Offizier!" Nach der üblichen Übersetzungspause musste Lon lachen und meinte: „Ich wollte als junger Mann schon Raumfahrer werden, aber wie du weißt, habe ich mir das nicht zugetraut. Jetzt wird es knapp, 60 Jahre biologisches Alter ist die Grenze für Raumfahrer, also für mich in einem Jahr. Aber probieren werde ich es vielleicht schon, vorausgesetzt, ich bestehe die Aufnahmeprüfung."

Xola schaute etwas verwundert, weil sie Lon so um die 40 Jahre alt eingeschätzt hatte. Dunkelbraune, glatte Haare, glatte, bräunliche Haut, aufrechte Haltung, sehr kontrolliert in allen Aktionen. „Früher, in meinem ersten Leben, war 40 Jahre die Grenze, um sich für lange Flüge zu bewerben", meinte sie dann.

Die Metro fuhr in einen Bahnhof in der Nähe von Xolas Wohnkomplex ein und Lon und Xola stiegen aus. „Ich bringe dich nach Hause, weil es doch noch ein Stück ist und du noch nie in der Gegend warst", sagte Lon und schlenderte zwei Schritte vor Xola durch schmale Fußwege, vorbei an Springbrunnen und kleinen grünen Inseln. Beim Abschied meinte Lon: „Danke Xola für das Gespräch und für deine Gesellschaft!" und: „Pass auf die Perlen auf."

In der Wohnung angekommen setzte sich Xola auf die Couch, legte die Beine hoch und kramte in den Fächern unter der Couch nach ihrem Tagebuch.

„Heute war eigentlich ein guter Tag! Mit Lon in der Gegend herumgefahren, Plano Nord ist eine riesige, eigene Stadt, wohlhabend, keine armen Leute, unzählige Geschäfte, Cafés, *shorums*, Parks und Siedlungen in die Höhe und in die Tiefe. Lon hat viel erzählt, hat mich auch recht persönliche Sachen gefragt und persönliche Sachen erzählt. Er ist mir trotzdem immer noch recht fremd, auch weil er bald 60 Jahre alt wird und aussieht wie Ende 30! Was war alles in seinem langen Leben? Er schreibt auch an einer Arbeit über Integration … und ich bin sein wichtigstes Subjekt dabei.

Aber irgendwie habe ich den Verdacht, dass er an mir als Frau interessiert ist und deshalb den ganzen Zirkus inszeniert. Merkwürdig ist, dass er immer ein, zwei Schritte vor mir hergeht, wie ein japanischer Patriarch, vom Aussehen her könnte er schon asiatische Vorfahren haben und sein Name ist auch chinesisch. Lon, witzig, klingt so, wie die alten Chinesen

‚Ron' aussprechen würden. Aber ähnlich sind sich die zwei schon gar nicht. Noch eine Merkwürdigkeit, er hat beim Abschied gesagt: ‚Pass auf die Perlen auf', so wie Erik, oder auch Frau Dunant. Ich glaube, die meinen alle die Unterlagen aus der Sun Ra. Morgen habe ich eine intensive Sprachstunde, Grammatik von Eoleng, Konjugationen. Keine Ahnung, ich hab' mich noch nicht damit befasst."

Lernen

Die Holowand kam zum Leben, der strenge Lehrer, der aber immer höflich war und lächelte – Xola nannte ihn mittlerweile nicht mehr Professor, sondern Augustinus, nach einem bekannten Kirchenlehrer der frühen christlichen Periode Europas, der angeblich ein milder Lehrer war und dennoch den Schüler forderte, beurteilte und manchmal tadelte wegen Nichtlernens, Nicht-Erledigung der Hausaufgaben oder allgemeiner Faulheit.

Der auch unangreifbar war, weil er immer recht hatte und nie Fehler machte, jede Frage beantworten konnte. Natürlich wusste Xola, dass Augustinus ein Lernprogramm war und Zugang zu unendlich umfangreichen Daten-Bibliotheken hatte, und doch war die Stimme manchmal so menschlich, empathisch und ihrem Gesprächsmodus angepasst. Augustinus brachte heute die Zeiten in Eoleng, die zur Abwechslung nicht von Spanglisch abgeleitet waren, sondern aus dem Chinesischen kamen, wo die Zeiten der Verben durch angehängte Silben gebildet wurden. ‚Nicht blöd, aber gewöhnungsbedürftig', sagte Xola zu sich. Zudem, die Aussprache der Wörter, welche die Bedeutung maßgeblich bestimmte.

Der Vormittag verging, es war wie in der Schule im Modul: Neue Sprachen und Ausspracheregeln, Wiederholungen! Xolas Konzentration ließ nach, der Hunger nahm zu, schließlich hatte Augustinus ein Einsehen und verabschiedete sich für den Tag, nicht ohne ein stattliches Lernprogramm für den kommenden Tag zu hinterlassen.

Den Nachmittag verwendete Xola, um die Ausdrucke von der Datenscheibe nochmals durchzusehen, vor allem jenen Teil, in dem das Tiefstschlaf-Prozedere beschrieben worden war. Es war kompliziert und etliche biochemisch-physiologische Ausdrücke und Beschreibungen verstand Xola nicht. Die Prozedur dauerte Tage und war eine Abfolge aus Infusionen, Medikamenten und Präparationen, die eher an die Einbalsamierung von Pharaonen erinnerte als an High-Tech-Vorgänge.

Es wurde auf wissenschaftliche Publikationen verwiesen und ausdrücklich auf das Versagen der Prozedur, falls individuelle Parameter nicht passten. Außerdem wurden die Genkarten der einzelnen Raumfahrer in der Sun Ra zitiert, die in einem gesonderten File abrufbar waren und entscheidend auch bei der Auswahl der Kandidaten waren. Namentlich wurde sie genannt, weil sie eine besonders günstige Konstellation von genetischen und epigenetischen Merkmalen besaß, die für den Tiefstschlaf geeignet waren.

Das zweite Geheimnis

Dennis saß in der schnellen Metro und fuhr ans andere Ende von Plano Nord, wo an einem Universitätsinstitut für Astrophysik auch über Antriebe von Raumschiffen geforscht wurde. Er kannte dort einen leitenden Physiker, Carl Valir, der auch im Museumsvorstand saß und ein Spezialist für alte Raketenantriebe und Fusionsreaktoren war.

In seinem Umhang waren, gut in einer Mappe geschützt und verborgen, jene Seiten der Datenscheibe aus der Sun Ra, die Beschreibungen des Antriebs enthielten. Carl hatte ihn schon erwartet. „Ein seltener Gast in meiner Hütte!" Mit diesen Worten empfing ihn der Wissenschaftler in seinem Büro, das zwei Holowände aufwies. Dennis war vor Jahren, als er den Job im Museum anstrebte, bei Carl gewesen, um einen Kurs in Astrophysik zu machen.

„Ja, leider, aber es sind einfach viele andere Dinge passiert. Aber jetzt habe ich eine aktuelle Frage, die das Museum betrifft. Es handelt sich um eine wissenschaftliche Perle, die ich dem Museum einverleiben will. Ich denke an einen Teil des Antriebssystems der Sun Ra. Darf ich dir eine Beschreibung zeigen?" Dazu legte Dennis eine Hand ans Ohr und deutete mit der anderen an seinen Kopf.

Carl stutzte etwas, nickte verstehend und sagte: „Ja, natürlich, ich lese mir das gerne durch. Ich nehme an, du hast den Text und die Daten von einem alten Datenträger decodiert und ausgedruckt. Gute Arbeit, nicht leicht. Es sind jene Seiten, die rot markiert sind?"

„Nein, es sind die grün markierten, aber bitte schau dir die rot markierten auch an."

„Prima, komm in etwa einer Stunde zurück, schau dich bei uns um, wir haben auch eine neue Cafeteria mit alten Kaffee-Spezialitäten und Coco-Drinks." Dennis befolgte die Empfehlung von Carl, die eigentlich eine „Befehlung" war. Aber die Andra von der Coco-Bar war bezaubernd und charmant, sodass die Stunde sehr rasch verging.

„Und waren die Coco-Drinks gut?", lachte Carl, wohl wissend, dass die Drinks für Dennis nebensächlich waren, und fuhr fort: „Da hast du zwei Perlen, die man nicht vor die Säue werfen sollte, oder?"

„Ja, ich glaube sie sind bei dir oder im Museum gut aufgehoben. Was denkst du über den Antrieb?"

„Zu deinem Vorschlag zuerst: Im Museum wäre das sehr gut, ich muss morgen dorthin zu einer Sitzung, da nehme ich den Text mit. Zu deiner Frage: Sehr interessant, da wurden neue Dinge angedacht. Die Energie der Hintergrundstrahlung anzuzapfen zum Beispiel, oder die Optimierungsmaßnahmen des Fusionsreaktors. Allerdings waren die Leute damals überhaupt nicht in der Lage, diese Ideen in eine brauchbare Technik umzusetzen. Der Punkt mit der Hintergrundstrahlung ist auch heute noch nicht realisierbar, obwohl theoretisch möglich. Aber die Optimierungen der Fusionsreaktoren sind machbar und könnten den Flug zur Helios erheblich verkürzen."

„Und was denkst du zur zweiten Perle?"

„Viel, diese Perle strahlt und ist sicher für viele Leute interessant. Wenn es dir recht ist, dann deponiere ich sie auch im Museum. Perlen zu besitzen ist schön, aber auch gefährlich, denn sie wecken Begehrlichkeiten."

„Wenn du meinst, dann wird das sicher so sein", meinte Dennis und verabschiedete sich.

Enna ist verdächtig

Lon saß in der Poseidon-Bar, die eher dem Kommandostand von Kapitän Nemo glich als einer In-Bar im achten unterirdischen Stock des Medic-Centers. Er kaute am Trinkhalm seines Koko-Drinks und wartete auf Enna. Sie schien verspätet zu sein, ‚naja, sie kennt sehr viele Leute und wird irgendwo im Osten der Stadt aufgehalten worden sein', dachte Lon und überlegte, was und wie er Enna zur Sun Ra und zu Xola fragen würde.

Endlich kam Enna im Eilschritt durch die Schleusen herein, etwas aufgelöst, das sonst so perfekte Haar in Unordnung. „Entschuldige meine Verspätung Lon, aber in meiner Wohnung ist vermutlich ein Dieb oder sonst ein Eindringling gewesen. Gestohlen wurde nichts, aber ich habe zur Vorsicht einen Gardia-Andro kommen lassen, der sich alles genau angesehen hat und die Unordnung dokumentiert hat."

„Na sowas, ich habe angenommen, dass du irgendwo hängengeblieben bist oder dass die Metro einen Defekt hatte. War die Eingangstüre beschädigt, oder der Alarm defekt?"

„Nein, alles unversehrt, nur meine Kleiderschränke und Schubladen waren durchsucht worden, auch hinter der Holowand und im doppelten Schallboden wurde gesucht. Von meinem Schmuck fehlt nur eine große, alte Brosche, die ich aber nie trage."

„Merkwürdig, das war ein Profi, der ein bestimmtes Teil gesucht hat. Was war das für eine Brosche, war sie viel wert?"

„Nein nicht besonders viel, sie war aus Tantal und Silber gefertigt und war wie ein Rahmen, oder ein Behältnis für ein Bild meiner Urgroßmutter. Ich habe sie früher in den Schulen und auch bei Shows getragen, als eine Art Talisman und Glücksbringer."

„Mmh, keine Ahnung, was der oder die Einbrecher wollten. Aber ich könnte mir vorstellen, dass da vielleicht eine Verwechslung vorliegt, deine Adresse ist vielleicht irrtümlich auf die Auftragsliste von Profieinbrechern gelangt, sie haben dort nicht gefunden, was sie suchten und dem Einbrecher hat einfach die Brosche gefallen und sie haben sie mitgenommen. Mach dir nicht zu viele Gedanken und die Gardias werden sich auch noch melden. Dann weißt du mehr. Du kannst auch erhöhten Sicherheitsstatus bei AdminCom beantragen, falls du besorgt bist."

„Ja, das mache ich, das ist eine gute Idee. Und vielleicht hast du recht mit deiner Erklärung zu den Motiven des Einbruchs. Wie auch immer, es ist schön, dich wieder einmal zu sehen und mit dir etwas Tratsch auszutauschen. Apropos, wie geht es dir mit der alten, jungen Dame aus dem Raumschiff?"

„Ja, es geht, aber manchmal weiß ich nicht, wohin es geht und vor allem wohin ich gehe."

„Das klingt kryptisch und lässt viele Deutungen zu. Du hast ja so eine Projektarbeit angefangen, über Integration und so. Das war ja wegen ihr, damit du mehr mit ihr zusammen sein kannst, oder?"

„Ja, das läuft gut und ich bin sogar offizielle Kontaktperson, damit sich Xola leichter einfügen lernt bei uns hier. Mich fasziniert Xola nach wie vor und vielleicht mehr als das. Umgekehrt findet Xola mich nicht faszinierend …"

„Jetzt komm schon, du bist, und das sage ich ohne Schmeichelei, immer noch ein attraktiver Mann, du bist klug, redest keinen Blödsinn und bist vor allem ausgewogen. Es kann ja auch sein, dass Xola einfach mit dem Leben hier, so völlig allein auf sich gestellt, überfordert ist. Da kommt Romantik nicht auf."

„Vielleicht hast du recht, nein sicher hast du recht, wenn ich das von außen betrachte. Ich sehe das Ganze auch als Geschenk, das etwas überraschend in mein Leben gekommen ist. Übrigens: hast du mit Johansson wieder einmal über das Schicksal Xolas gesprochen? Immerhin bezahlt er für ihr Leben hier."

„Ja, er hat über sie gesprochen, er hofft, dass sie sich möglichst bald an Details von der Sun Ra und den Vorbereitungen erinnert. Er verspricht sich irgendetwas davon, vielleicht ist es nur ein Spleen, oder seine Art Interesse zu zeigen. Er möchte die Raumfahrt wieder beleben, vor allem die interstellare, bemannte Raumfahrt. Auch die stockende Rohstoffgewinnung auf anderen Planeten ist sicher in seinem Fokus. Er trifft sich regelmäßig mit Freunden und Geschäftspartnern, wo immer alles Mögliche besprochen wird. Ich glaube sogar, dass er das Amt des Präsidenten der Konföderation anstrebt. Und dazu braucht er viel mediale Aufmerksamkeit."

„Hat er in dem Zusammenhang von ‚Perlen' gesprochen, die vielleicht in der Sun Ra zu finden seien?"

„Nein, nicht direkt, aber von Schätzen hat er schon gesprochen."

„Mmh, merkwürdig, weißt du, als ich unlängst wieder mit Xola bei der Sun Ra war, sie wollte noch einmal Abschied von ihren Kollegen, Freunden und von Ron, ihrem Lebenspartner, nehmen, da haben wir eine Art Perlen gefunden … Aber das tut jetzt nichts zur Sache, jedenfalls: Vielen Dank Enna, darf ich dir noch eine persönliche Frage stellen: Hast du einen neuen, guten Freund gefunden, der auch Partner sein könnte?"

Enna lachte etwas, aber antwortete ernsthaft: „Ach, lieber Lon – nein, habe ich nicht. Ich kenne wahrscheinlich zu viele Menschen und fühle mich zu sehr zu den Alphas hingezogen, anstatt im erreichbaren Pool der Einserhomos zu fischen. Leider habe ich zu wenige echte Freunde, ja, so wie dich. Und mit Johansson habe ich eine Art geschäftsmäßige Beziehung, du weißt, was ich meine, ich bin seine Dauer-Geisha oder eine Hetäre, die schlecht singen kann." Dann schwieg sie, blickte in ihren Coco-Cocktail und dachte an die vielen Liebschaften, an die Leere, wenn diese zu Ende waren und an Lon, den sie vor vielen Jahren in die Wüste geschickt hatte, weil sie sich zu Höherem berufen fühlte und doch nur das Spielzeug von Alpha-Männern geworden war, anstatt selbst zur Alpha-Frau zu werden.

Und Lon blickte ebenfalls in sein leeres Cocktailglas, das nach einem Zeichen zur Andra-Bedienung flugs wieder gefüllt wurde. Die offene Rede von Enna hatte ihn berührt und gerührt, er sah Enna wieder mit anderen Augen, fast so wie zu Beginn ihrer langjährigen Bekanntschaft.

Die Konföderation und die Hauptstadt Plano

Die drei großen Konföderationen verharrten in einer Art Dornröschenschlaf, um einen Ausdruck aus der alten Zeit zu gebrauchen. Die schwierigen Jahrhunderte vorher mit Kriegen, unvorstellbaren Zerstörungen der Natur und der Kulturen, Auslöschung ganzer Ethnien sowie der Klimawandel, der sich in die Klimakatastrophe auswuchs, hatten die Gesellschaften einerseits in den Überlebensmodus gezwungen, aber auch eine Art Erschöpfungszustand der gesamten Spezies Homo sapiens mit sich gebracht, wobei der Artnamen-Zusatz „sapiens" eigentlich gestrichen werden hätte sollen.

Es herrschten die digitalen Personen, die eine „KI-kratie" begründet hatten. Diese Personen, vielleicht vergleichbar mit den alten Göttern aus grauer Vorzeit, waren nahezu allwissend und mächtig. Gestützt auf die Hardware und Software der einzelnen Masterminds, den Coms, wie zum Beispiel auf GovCom und AdminCom, die jeweils mit einer Kaskade an Subrechnern, die für bestimmte Bereiche des Lebens in der Gesellschaft zuständig waren, bestimmten sie das Leben von Homo und damit einen Gutteil der Biosphäre.

Sie waren zum Teil die Namensgeber des derzeitigen Zeitalters, dem Silicat, bedingt durch die weitgehend anorganische Natur dieser Personen. Ausbrüche aus gewohnten Bahnen waren unmöglich, Ethpers mit ihren Coms wachten über die strikte Einhaltung der Sitten – und des Wertekodex, waren Exekutive und Legislative in Einem.

Kriege zwischen den drei großen Föderationen und den kleinen Gemeinschaften gab es nicht mehr. Persönliche Aggressionen wurden unterdrückt und die wenigen Alphas, die nicht unter dem Kuratel eines Rechners standen, konnten denken, was sie wollten, und ihre Neurochips nach Belieben zuschalten, wann sie wollten, fällten aber nicht die wirklich wichtigen Entscheidungen. Außerdem waren in den Alphas rote Bereiche ins Unterbewusstsein eingezogen worden, die gefährliche Entscheidungen verhinderten, falls sie aus persönlichen Defekten oder kriminellen Neigungen stammten und in Kriege münden konnten. Neue, innovative Unternehmungen wurden von den Rechnern als riskant eingestuft und unterdrückt. So auch die Raumfahrt, die eher im Zustand einer historischen Nabelschau war und nicht eine technologische Triebfeder, welche die Gesellschaft begeistern könnte.

Es war also eine Art Friedhofsruhe, gestört vielleicht nur von einer Minderzahl Homos aus den Rändern der Gesellschaft: von den Anderen, den religiösen Fanatikern, den Brüdern und Schwestern der Erde und vom gegensätzlichen Rand der Gesellschaft, also von ein paar Alphas wie Johansson, die Pläne hatten für Unternehmungen, die Ethpers und Adminpers nicht billigen konnten. So wie oft in der Geschichte der Menschheit war die Zeit reif für Erneuerungen, Umsturz oder Absturz in ein weiteres Inferno wie vor 600 Jahren.

Die Ruhe vor dem Sturm

Xola

Nach einem anstrengenden Lerntag fuhr Xola aus Plano Nord hinaus nach Norden in einen der Parks, die begrünt waren und den Eindruck von Natur vermittelten. Sie setzte sich auf eine der vielen Bänke, die bewusst nicht mit Audio/Visio bestückt waren, sondern fast wie in alten Zeiten aus einer Art gepresstem Holz bestanden. Sie schaute nach Westen, wo, wie so oft am Abend, die rötliche Sonne im Dunst und Staub der Steppe langsam unterging, so als könnte sie noch immer nicht glauben, was mit Terra in den letzten 1000 Jahren geschehen war.

Zum ersten Mal waren im Park nicht die üblichen Singles und Paare unbestimmten Alters, sondern auch alte Menschen und Andros, alle sehr auf jugendlich getrimmt. Sie waren in einer großen Gruppe unterwegs und von mehreren uniformiert gekleideten Betreuern angeführt und geleitet. Die Homo I und II Singles und Paare schienen nicht an den Alten interessiert, im Gegenteil, sie verhielten sich so, als wären sie nicht vorhanden.

Die Alten wirkten abwesend, aber durchaus zufrieden, sie waren sauber in einer sehr ähnlichen Art gekleidet, schienen gesund und frei von schweren Beeinträchtigungen zu sein. Geredet wurde kaum, Xola schienen die Alten wie aus einer anderen Gesellschaft oder Zeit. Als die Sonne ihre letzten Strahlen in den Staub geschickt hatte und ein rötliches Licht zurückblieb, das immer schwächer und dunkelroter wurde, verließen alle Menschen den Park, Xola blieb allein zurück.

Der Lärm der nahen Stadt schien ihr lauter zu werden, aber auch ein paar Vögel, wahrscheinlich Amseln, sangen sich ein Abendlied. Bevor es gänzlich dunkel wurde, ging sie langsam zum Terminal der Schnellbahn zurück, wo sie am Eingang von einem Art Wachmann angehalten und in Eoleng gefragt wurde, das wie „Woher kommen Sie" und „Wohin wollen Sie" klang. Xola versuchte auf Eoleng zu antworten, was jener aber nicht ganz verstand. Sie nannte dann ihre Wohnadresse, was den

Wachmann, wahrscheinlich ein Homo II, von förmlich zu höflich transformierte. Er erhielt auch Infos über sie und wurde daraufhin sehr höflich, er wollte sie sofort zur Wohnung begleiten, was Xola aber abwenden konnte.

Die Holowand in ihrer Wohnung begrüßte sie bei ihrer Ankunft und fragte, ob ihr der Aufenthalt im Park gefallen hatte. Xola sagte „*da*" und dann weiter, warum sie, die Wand, fragte. Die Wand meinte, sie sei besorgt gewesen, weil die Dunkelheit im Park hereingebrochen sei und sie noch nicht wieder zurückgekehrt war.

Lon

Die Tage und Wochen vergingen und zogen an Lon vorbei wie ein Film, der eine Bahnfahrt durch Sibirien nach China in Echtzeit zum Gegenstand hat. Lon ging seiner Arbeit nach, traf sich zwei Mal in der Woche mit Xola, sprach mit ihr sehr langsam Eoleng, machte Gedächtnisspiele mit ihr, fuhr mit ihr in der Gegend herum, saß in Retrobars, wo sie Retro-Kaffee trank und er Coco-Drinks, und versuchte in den Stunden ohne Arbeit und Xola-Besuchen nicht an sie zu denken.

EthCom redete ihm gut zu, lenkte ihn ab und versuchte, neue Programme in seine kognitiven Felder zu installieren. Er wusste, dass in ein paar Wochen der Zeitpunkt kommen würde, an dem Johansson und seine Gruppe irgendetwas von Xola wissen wollten, wahrscheinlich über die Raumfahrt, den Tiefstschlaf oder am wahrscheinlichsten über den Fusionsantrieb. Die Medics um Dr. Dunant versuchten, ihr Gedächtnis zu aktivieren, aber sie wussten offenkundig nicht wie.

Xola verweigerte jede Art von chemischen Hilfsmitteln, von Neurochips ganz zu schweigen. Ethpers sah Xola im Recht mit ihrer Verweigerung, sie war nicht Teil der Gesellschaft und deshalb genoss sie einen besonderen Status, der sich an die Rechtsordnung zu Xolas Zeiten orientierte.

Aber niemand wusste, was Johansson plante, falls er die Infos von Xola nicht erhalten würde. Er war sehr einflussreich, saß im Rat der Konföderation und hatte beste Beziehungen zu ähnlichen Institutionen weltweit, also beträchtlichen Einfluss und Mittel der Macht.

Enna meldete sich hin und wieder, erzählte von sich, von ihrer neuen Beziehung zu einem Homo II, der früher ein Anderer gewesen war, manchmal auch von Johansson und dessen Ungeduld wegen Xola und den Infos, die er von ihr brauchte.

Nach diesen Gesprächen erfasste Lon eine Ungeduld, als liefe auch ihm die Zeit davon, als bekäme er nicht die Infos, die Antworten, die Gesten und Signale von Xola, die er sich erhoffte. Manchmal traf er sich mit Pablo und anderen Freunden und trank zu viel Coca mit Wodka, ein archaisches Getränk, das ihn für ein paar Stunden angenehm betäubte und ihm am nächsten Tag Konzentration und Geschicklichkeit raubte.

Frau Dunant

Frau Dunant saß nach einer Übungsstunde mit Xola in ihrem Büro und blickte gedankenverloren in die virtuelle Welt von Proxima Centauri b, wo merkwürdige Wesen in blauen algenähnlichen Wäldern herumwanderten. Echte Bilder gab es keine, aber man wusste schon einiges über die Atmosphäre und über die Oberfläche des Planeten, den die Sun Ra vor etwas 500 Jahren besuchen hätte sollen. Die Atmosphäre wäre für Terraner tödlich, aber die Gasmischung könnte man ändern und langsam auf dem ganzen Planeten verändern. Und jetzt, eine gestrandete Raumfahrerin, ein flugunfähiger Torso aus jener Zeit, der stolz Sun Ra hieß, ein völlig unzureichender Antrieb … die Leute damals wussten doch, dass das Ding nie abheben würde!!! Und trotzdem schläferten sie die Mannschaft ein!!! Warum?

Was wusste Xola davon und würde sie dieses Wissen wieder abrufen können? Ihre kognitiven Fortschritte waren gut, die Kenntnis von Eoleng zufriedenstellend. Aber ohne chemo-technische Hilfsmittel könnte das Wissen wahrscheinlich nie ans Licht, in die Gegenwart, geholt werden.

Was würde Johansson dann machen? Und, das war Frau Dunants größte Unbekannte, hatte Johansson schon Kenntnis von irgendwelchen Unterlagen? Johansson hatte auch gleich nach dem Auffinden der Sun Ra das Wrack genau nach Unterlagen durchsuchen lassen, aber angeblich nichts gefunden. Frau Dunant beschloss, mit ihrem Mann das Rätsel

„Sun Ra" noch einmal zu bereden und eine Dokumentensuche in AdminCom und SciCom durchzuführen. Vielleicht gab es noch alte historische Dokumente über die Sun Ra und die Beschlüsse, die zur Finanzierung ihres Baus geführt hatten.

Und dann führten ihre Gedanken wieder zu Xola und zu den Dokumenten, die sie in der Sun Ra mit Lon gefunden hatte. Werden sie unentdeckt bleiben, hatte Johansson schon Kenntnis davon, aber wusste noch nicht, wo diese Dokumente waren? Zurzeit war Xola durch EthCom sicher, jener mächtige Com, der jede Art von Diebstahl nicht zuließ und auch ahnden würde. Aber Dennis vom Museum? Der war schließlich ein Anderer gewesen und ihm konnte der Homo II-Status sehr rasch entzogen werden.

Und, nochmal kam ihr Denken zurück zur Frage: ‚Was wird mit Xola geschehen, wenn sie sich an nichts Genaues erinnert, was die Tiefstschlaf-Prozedur betrifft oder den Fusionsantrieb der Sun Ra. Oder, ob sie damals fest überzeugt war, dass alles so geschehen würde, wie es den Raumfahrern versprochen worden war, der Tiefstschlaf, der Start, das Erreichen von Proxima Centauri b und die sichere Landung.‘

Erik

„Wenn Johansson und seine Schlägertruppe der Xola Sternfeld was antun, dann bring ich Johansson um!", sagte Erik langsam und blickte grimmig gegen Westen, wo die rote, verschleierte Sonne unterging, sich buchstäblich aus dem Staub machte. Seine Wohngenossen in der kleinen Siedlung der Anderen schauten ihn zweifelnd an und wussten absolut nicht, warum ihr Mitbewohner, der auch ihr Sprecher war, den Infrastruktur-Chef umbringen wollte.

Vor ein paar Tagen war Dennis wieder bei ihm in der Siedlung gewesen, und hatte ihm von der Durchsuchung seines Büros erzählt und davon, dass ihm der Verlust der Mitte angedroht wurde, wenn er Unrechtes im Rahmen seiner Aufsichtstätigkeit im Museum unternehmen würde. Erik war überzeugt, dass Johanssons Leute irgendwie Wind von Dokumenten aus der Sun Ra bekommen hatten. Hier bei ihm waren sie noch nicht aufgetaucht, er hatte nichts zu verbergen. Dennis konnte nicht im Detail über den Vorfall reden, er sagte etwas von „Perlen vor die Säue werfen" und vom „Bett der Vergangenheit", was immer das hieß, aber ihm war klar, dass die Einbrecher nichts gefunden hatten und finden konnten. Von Lon und Xola hatte Dennis nichts gehört, Lon würde sich zurückhalten, er hatte keine andere Wahl, Johansson war sein Chef.

Einer seiner Mitbewohner fragte, warum ihn, Erik, das so aufrege und wer überhaupt Xola Sternfeld wäre. „Ich erzähle euch warum, weil ihr vielleicht auch mit der ganzen Sache zu tun haben werdet", sagte Erik, drehte sich eine Art Zigarette aus Kräutern, die sie in den Gärten bei der Siedlung anpflanzten. „Also, Xola Sternfeld ist diese einzige Überlebende von dem Wrack des Raumschiffs, das letztes Jahr gefunden worden war. Sie war etwa 1000 Jahre im Tiefstschlaf gelegen, ihre Mitraumfahrer waren alle schon längst gestorben. Sie ist ein Phänomen, die Medics wissen nicht, warum sie überlebt hat. Keiner weiß warum auch das Raumschiff so lange funktionsfähig blieb und die Lebensfunktionen für die Homos garantieren konnte. Und überhaupt kann sich keiner erklären, warum das Ding nicht geflogen ist.

Dennis, der unlängst hier war und den ihr ja alle kennt, hat eine Datenscheibe, die in dem Wrack von Xola und ihrem Betreuer gefunden worden war, entziffern können. Darauf sind der neue Fusionsantrieb und die Methode des Tiefstschlafs beschrieben. Diese Daten sind viel wert für die Alphas aus der Verwaltung, wie zum Beispiel für diesen Johansson, den Chef der Infrastruktur von Plano Nord. Sie könnten damit die Raumfahrt wieder beleben und dadurch persönliche Macht gewinnen, nehme ich einmal an. Die Frage ist, wem gehört das Schiff?

Johansson glaubt, ihm gehöre es und damit auch die Frau Sternfeld, die in einer seiner Wohnungen wohnt und die sich erinnern soll an die Dinge vor dem Start, eben an die Methode des Tiefstschlafs und des neuen Antriebs. Wahrscheinlich weiß Johansson schon von den Daten und sucht sie überall. Er lässt bei Dennis einbrechen und sicher auch bei anderen Leuten, die in Kontakt mit Xola stehen. Sie zu bestehlen, hat er sich noch nicht getraut, der Sauhund."

250

„Aha", meinte Eriks engster Kumpel Jon, „Und wie schaut`s mit der Revolution in dem Zusammenhang aus?"

Erik schaute in den rötlichen Staub im Westen mit zugekniffenen Augen, sein Bart wehte etwas im Abendwind, er sah aus wie ein zerzaustes Raubtier, das die Beute aus den Augen verloren hatte. „Dennis", sagte er langsam, „hat nach langen Diskussionen mit Wissenschaftlern der Universität eine Möglichkeit gefunden, in das Unterbewusstsein der digitalen Ethikperson Dinge einzuschleusen, die deren Verhalten und Gefühlswelt verändern könnten.

Damit wäre es vielleicht möglich, dass man die digitalen Personen gegeneinander ausspielt. Vielleicht kann man eine Kain-Abel-Situation erzeugen und damit das gesamte KI-Gefüge destabilisieren. Zum Beispiel Adminpers ausschalten und Ethpers in den Führerstand hieven. Das veränderte KI-Programm könnte dazu auch die emotionale Ebene der anderen KI benutzen, die, so wie bei uns früher, Neid, Eifersucht, Machtgier, Angst das emotionale Denken beherrschte. Unsere Coms und die digitalen Personen sind eben menschenähnlich.

Man braucht aber den richtigen Zeitpunkt für so einen Eingriff und der ist da, wenn die ganze *schoza* mit dem alten Raumschiff, Xola und die Geheimnisse explodiert, weil die digitalen Machthaber damit nicht richtig umgehen können. Ja und mit viel Glück und einer Kettenreaktion könnte die Macht der anorganischen Chefs gebrochen werden." Jon blickte sehr zweifelnd und die anderen erstaunt bis ungläubig.

„Ja und was geschieht mit uns, wenn die digitalen Personen entdecken, dass der Aufstand von uns hier ausgeht, die werden uns dann in die Luft pusten, so wie die Samen von verblühtem Löwenzahn im Westwind. Und, wenn es nur mehr EthCom gibt oder vielleicht nicht einmal mehr diese digitale Person, die hinter den Coms steht? Wer steuert dann die Chips von 500 Millionen Homos, von den Andros und Robots ganz zu schweigen."

„Das, mein Freund ist mir *shitegol,* wir leben außerhalb und dann werden wir sehen, wo wir hingehen."

„Und wann wird das sein?"

„Ich glaube in ein, zwei Monaten, ich habe zwei gute Kontakte, die uns den Zeitpunkt im Vorhinein mitteilen werden, also wenn Johansson beginnen wird seine Pläne umzusetzen."

„Und warum setzt du dich so für die alte Frau aus dem alten Raumschiff ein?"

„Also, sie ist zwar mehr als 1000 Jahre alt, aber biologisch ist sie so Mitte 30 und sieht so aus. Fremdartig, ja, sehr altmodisch, absolut einmalig, ohne Neurochips in unserem Sinn, wahrscheinlich sehr einsam, man könnte viel von ihr lernen. Sie wurde bisher in Ruhe gelassen, nur die Medics und ihr Entdecker, Lon Pun, ein Techniker von Johansson, haben viel Kontakt mit ihr. Im Endeffekt aber soll sie benutzt werden, und danach wird sie irgendwo in einer Anstalt enden, falls sie das alles überlebt."

„Erik, du magst diese Frau, ist ja auch normal, aber dafür Kopf und Kragen riskieren und die Gesellschaft destabilisieren, ist schon krass, oder?"

„Ach hör doch auf, mein Ziel war immer der Umsturz, die Befreiung der Menschen von der Diktatur der digitalen Personen, die schon zu einer Zeit bestanden hat, in der du noch um Essens-*credits* im Heim angestanden bist oder Xola Sternfeld noch viele Jahre im Wrack gemütlich schlief! Ich habe ja vorhin gesagt, dass mich die Frau fasziniert, seit 300 Jahren gab es nicht mehr so eine interessante Person."

Verzweifelte Suche nach den Perlen

„So, und wo wollen Sie sonst noch suchen? Im Park in jeder Baumhöhle, in denen früher Spechte hausten, oder in den Erdlöchern der Steppenrennmäuse?" Johansson war sehr erregt, mit hochrotem Kopf und hervorquellenden Augen.

‚Mindestens 80 Dezibel!', dachte Vlado, das Subjekt der Fragen. „Wir haben das Büro von Dennis, die Wohnung von Enna, das Apartment von Frau Sternfeld, das Zimmer von Lon und etliche Lokalitäten, in denen diese Personen verkehren, durchsucht. *Nada.* Und bei den Anderen dürfen wir nicht suchen – Ethpers."

„Habt ihr höflich bei den Dunants angefragt, wegen eines Suchauftrags und vor allem das Umfeld von Dennis durchforscht?"

„Ja, haben wir, das Umfeld von Dennis ist schwierig zu durchforsten, weil er noch immer Kontakte mit Anderen hat, die wir eben nicht persönlich aufsuchen oder durchsuchen dürfen. Aber unsere Ferndiagnose mit Peilscannern hat nichts gebracht, keine schriftlichen Dokumente, keine anderen Datenträger und schon gar nichts, was in einem Winkel von GovCom versteckt wäre. Nichts was auf ‚Perlen' jedweder Art hindeuten würde."

Johansson antwortete nicht, sondern saß, den massigen Kopf zwischen seinen Schultern eingezogen, in seinem Sessel und brütete vor sich hin. Vlado murmelte ein schnelles „asta" und verschwand. Big Joe überlegte, ob es überhaupt Dokumente oder Datenträger irgendeiner Art gab, oder ob Lon Xola davon nur reden gehört hatte, aber wahrscheinlich gab es wirklich diesen Datenträger. Das hieße, noch einmal in Ruhe die Sun Ra durchsuchen, besonders den Kommandoraum und die virtuelle Start-Doku. Vlado war eben in einen Express-Zug eingestiegen, als ihn der Rückruf von Johansson ereilte und er den neuen Auftrag entgegennahm.

Lon und Xola

Lon und Xola saßen auf Xolas Lieblingsplatz, der im Park hinter dem Medic-Zentrum unter einer staubigen Platane war. Sie redeten auf Eoleng, langsam und in sehr einfachen Sätzen. Wie immer ging es um das Leben in Plano Nord, über die Konföderation, über Raumfahrt, über die kaputte Natur und immer wieder über die Expedition der Sun Ra.

Das war wie immer der Zeitpunkt, wenn Xola ins Neuenglische oder Deutsche wechselte, weil das alles kompliziert war und sie immer noch aufregte. Sie erzählte von ihrer Gedächtnis-Trainingsstunde, in der sie versucht hatte, sich an Details aus der Zeit der einjährigen Startvorbereitungen zu erinnern, was auch manchmal gelang. Frau Dunant hatte die letzten Stunden in ihre Wohnung verlegt, weil sie glaubte, dass in der vertrauten Umgebung mit Bildern aus jener vergangenen Zeit die Erinnerung schneller zurückkäme.

„Was mich aber befremdete, waren die zwei Begleiter von Frau Dunant, die irgendwelche Geräte mitgebracht hatten und mir und Frau Dunant gar nicht zuhörten, sondern irgendetwas registrierten."

„Ja, das waren sicher die Typen vom Innendienst der Infrastruktur, keine Sorge." Insgeheim machte Lon sich Sorgen, Xolas Erzählung hatte sich sehr nach Peilung und Durchsuchung angehört. Er verschwieg, dass ihm Ähnliches auch widerfahren war. Suchten sie nach den ‚Perlen', so wie bei Enna? ‚Sehr wahrscheinlich wussten die Sucher gar nicht wie diese ‚Perlen' aussahen', dachte Lon, während Xola von ihren Erinnerungen an die Tage vor dem Start erzählte.

Lon und Enna
Die Tage wurden kürzer, der Wind aus Osten nahm an Stärke zu und die Staubfahnen am freien Land verschleierten jede Fernsicht. Laut Wettervorhersage würde im Winter sehr wenig Schnee fallen, die Erde würde weiter austrocknen, die Tiefenbrunnen lieferten jedes Jahr weniger Wasser, wenn eine Leitung defekt war, dann gab es Wasseralarm und in allen Wohnbereichen wurde das Wasser rationiert. Die Infrastruktur-Leitung war mitten in der Planung für eine dritte Wasserleitung vom Schwarzen Meer inklusive Pumpstationen und Entsalzungsanlagen.

Lon war dabei zuständig für die Tiefenverlegung der Leitung von Plano nach Plano Nord und weiter bis zur nächsten großen Stadt, eine verantwortungsvolle Arbeit, die ihn etwas von Xola ablenkte. Nach Wochen traf er sich wieder einmal mit Enna, diesmal in einer Show-Bar. Enna wirkte gelöst und jünger, sie war glücklich mit ihrem neuen Freund, der so anders war als die Alpha-Männer. Lon erzählte ihr von seiner Arbeit und natürlich auch von Xola. „Weißt du Enna, ich habe noch nie so jemand kennen gelernt, sie ist wie ein seltener Klon, weder Alpha, noch Homo I oder II eher wie eine Andere, die eine eigene Kultur hat, ohne Neurochips und EthCom, SciCom, AdminCom und so weiter – die hier in unserer Gesellschaft wurzellos ist, aber ganz andere Wurzeln hat."

„Lon, du wirst ja redselig und psychologisch! Bravo, so kenn ich dich gar nicht."

„Danke, vielleicht ist das die Folge meiner Sprachsitzungen mit Xola, die schon viel dazugelernt hat. Aber ganz was anderes: Ist deine Brosche wieder aufgetaucht?"

„Nein, aber ich hab´ es schon überwunden. Hast du noch weitere Perlen in der Sun Ra gefunden?"

„Nein, ich war die letzten Wochen nicht dort, bin mit dieser *caramba*-Wasserleitung sehr beschäftigt gewesen. Du hast das sicher auf den *holos* mitverfolgt, die fortschreitende Dürre, das absinkende Grundwasser und den Bau der neuen Leitung, deren Verlegung ich plane und organisiere."

„Ja, ich habe es mitgekriegt, sogar dein Name wurde genannt, allerdings nur einmal, Johansson war ein paar Mal live im Bild. Johansson hat mir gegenüber erwähnt, dass die Sun Ra zerlegt und komplett untersucht wird, schon um den Antrieb genau studieren zu können. Er glaubt, dass Protokolle auftauchen werden, die ihm helfen würden, ein neues großes Weltraumprojekt zu planen und durchzuführen, welches unsere Konföderation in eine Vormachtstellung weltweit bringen könnte. Für Johansson ist dies kein Nachteil. Wie du schon erwähnt hast, will er ja Präsident der Konföderation werden."

„Nein, aber er ist so und tut sehr viel dafür, er verdient das!"

„Aber er wird mit Ethpers in Konflikt geraten, oder?"

„Vielleicht, aber ich weiß, dass er viele einflussreiche Leute kennt, alles Alphas."

„Du bewunderst ihn nach wie vor."

Nach dieser Feststellung von Lon, blickte Enna Lon länger an, dann lächelte sie und meinte „Ja, nein, doch, vielleicht, er ist trotz all seiner Schwächen einmalig. Aber zusammenleben möchte ich nicht mit ihm und wirklich abhängig sein auch nicht, und ein Untergebener in seinem Team schon dreimal nicht."

„Ich verstehe, und ich glaube wir beide müssen aufpassen."

Dennis

Nachdem sein Büro durchsucht worden war, weder heimlich noch diskret, wusste Dennis, dass Johansson oder andere Personen hinter der Datenscheibe aus der Sun Ra her waren. Falls der Datenträger gefunden werden würde, dann drohte ihm sicher der Verlust der Mitte, wenn nicht Ärgeres. Er würde seine kleine, hübsche Wohnung, seine *credits* und vor allem seine kleinen Annehmlichkeiten als Museumsangestellter verlieren: flexible Arbeitszeiten, direkte medizinische Versorgung von den Alpha-Medics, Teilnahme an Festen und Konzerten und nicht zuletzt das hervorragende Essen in der Museumskantine.

Aber sie würden die Datenscheibe nicht finden und wenn doch, dann konnten sie sie nicht dechiffrieren, weil es seines Wissens in der Konföderation nur eine Maschine gab, die das konnte und die stand im Museum in einer Vitrine unter seiner Aufsicht. Vorsorglich hatte er diese technische Antiquität gesperrt, sodass sie nicht betriebsfähig war. Wenn er sich wieder zurück zu den Anderen, zu Erik und seiner Wohngemeinschaft, für länger als zwölf Tage begeben würde, dann würde AdminCom den Neurochip inaktivieren und alle Lebensrechte der Mitte stornieren, vermutlich für eine sehr lange Zeit.

Also was tun? Was tut man in einer solchen Situation – man sucht einen guten Freund auf und trinkt drei Gläser Coca mit Rum. Am nächsten Tag bekämpft man eher das Kopfweh als das Datenscheibenproblem.

Der Ernst des Lebens

Big Joe

Johansson nahm einen langen Schluck Portwein, um sich zu beruhigen. Eben hatte er den Bericht von Frau Dr. Dunant abgerufen. Frau Sternfeld konnte sich mittlerweile an viele Einzelheiten und Gefühle vor ihrer Abfahrt erinnern, aber nicht an die Abfolge der Tiefstschlaf-Prozedur, und auch nicht, ob bestimmte Substanzen verabreicht worden waren.

Aber sie konnte sich erinnern, dass auf die Fragen von Greg, einem Techniker der Sun Ra, nach der aktuellen Leistung des Fusionsmotors und an die zusätzliche Beschleunigung durch die Kräfte der Hintergrundstrahlung nur vage Auskünfte gegeben wurden. Greg sagte, laut dem Protokoll von Xola Sternfeld während der Schlussbesprechung, dass es sich knapp ausgehen würde mit der Dauer des Tiefstschlafs, um den Orbit von Proxima Centauri b zu erreichen. ‚Der Ist-Zustand: *nada*, keinerlei genauen Protokolle, geschweige denn Daten. Verdammt, aber Enna hat doch von irgendwelchen Dokumenten geredet, die es angeblich in der Sun Ra gibt oder gab. Ich muss nochmals mit Lon Pun reden und wenn das auch nichts bringt, dann rede ich Tacheles mit Frau Sternfeld.' So dachte Big Joe laut und schenkte sich ein neues Glas Portwein ein.

Bevor er aber mit Lon Pun and Xola Sternfeld ein Treffen vereinbarte, bat Johansson seine Freunde und Partner zu einer Unterredung in angenehmer Atmosphäre. Also traf sich der erweiterte Freundeskreis im Alpha-Klub Plano Nord im 25. Stock des Infrastruktur-Hauptgebäudes. Im Klub waren nur Alphas erlaubt, aber erst ab einer bestimmten Bewerbungszeit, in der EthCom und in der Folge Ethpers den oder die Kanditaten beobachtete und sich eine Meinung gebildet hatte.

Homos und Andros waren nicht erlaubt, und mussten oder durften im Klub auch nicht arbeiten. Für Speisen und Getränke gab es keine dienstbaren Geister, jeder bediente sich selbst am Buffet, das opulent bestückt war und vom Alpha-Club betrieben wurde.

Also versammelten sich etwa 40 Personen, holten sich Getränke, *sneggs*, Tapas oder Küchlein und plauderten angeregt, bis die Bimmelglocke ertönte, mit der Johansson das Treffen eröffnete. Er kam sofort zur Sache und schilderte die Lage. „Liebe Freunde, ihr habt eben gehört, dass wir feststecken: Unser Plan, mit Hilfe der Tiefstschlaf-Prozedur von Frau Sternfeld und der neuen Fusionsantriebe wieder in die interstellare Raumfahrt einzusteigen, scheint nicht aufzugehen.

Es gibt Hinweise auf eine Datei, die in der Sun Ra angeblich aufgefunden wurde, aber bis dato noch nicht aufgetaucht ist. Damit wären wir unabhängig von der Erinnerung von Frau Sternfeld. Es gibt allerdings einen Weg: Wir könnten den Hohen Rat um Erlaubnis bitten, das zentrale Nervensystem von Xola Sternfeld zu screenen und außerdem ganz legal eine extensive Suche nach den Dateien zu unternehmen, beides von Adminpers und Ethpers gebilligt. Niemand soll zu Schaden kommen. Wenn ihr alle, liebe

Freunde und Partner, diese Vorgangsweise für gut befindet und unterstützt, dann werde ich dieses Anliegen im Hohen Rat vorbringen."

Alle, wirklich alle, billigten den Vorschlag, der eigentlich eine krasse Verletzung der herrschenden Macht-Ethik der Konföderation darstellte. Aber Johansson war mächtig, saß selbst im Hohen Rat und jeder wollte an dieser interstellaren Unternehmung, die ein neues Kapitel in diesem Jahrhundert aufschlagen sollte, teilhaben.

Big Joe war zufrieden, mit sich vor allem und mit der ganzen Situation. Außerdem war er sehr sicher, dass die Medics die Gedächtnisinhalte über den Tiefstschlaf und den Fusionsantrieb im Hirn von Xola finden würden und sozusagen als *bekkap* auch die Unterlagen irgendwo auftauchen würde. Jetzt würde er die Eingabe an den Hohen Rat auf den Weg bringen, die positive Entscheidung durch intensive Gespräche mit anderen Ratsmitgliedern anbahnen und auch mit Frau Sternfeld reden, schon um Ethpers zufriedenzustellen.

Lon und Xola

Lon hatte ein mulmiges Gefühl auf dem Weg zu Xolas Wohnung. Er fürchtete eine unüberlegte, emotionale Reaktion auf das, was er mit Xola bereden wollte. Außerdem war er selbst in einer emotionalen Ausnahmesituation wie ihm EthCom bescheinigt hatte und vor unüberlegten Schritten gewarnt hatte. Xola war zu Hause und war mitten in einer Eoleng-Übung, die Holowand war voll mit Eoleng-Vokabeln und Zeiten der Zeitwörter und eine sonore Stimme im Hintergrund forderte zum Nachsprechen auf.

Lons Besuch war eine willkommene Unterbrechung. *„Hey, ketal?"*, begrüßte Xola gutgelaunt ihren „Entdecker", wie sie ihn manchmal anzusprechen pflegte.

„Okee", sagte Lon kurz und fuhr dann in Neuenglisch fort, das er beherrschte und nicht mit Hilfe seines Neurochips auf die mühselige Übersetzung in die Sprache Xolas umschalten musste. Xola schaltete die Holowand aus und lächelte Lon an.

„Hast du Zeit für ein kurzes Gespräch?"

„Für dich hab' ich immer Zeit, das heißt, fast immer. Nimm Platz. Magst du einen Kaffee oder eine heiße Vanille-Coca?"

„Eine Coca bitte, an deinen Kaffee hab' ich mich immer noch nicht gewöhnt. Aber seit du damit im *holo*-Programm warst, haben viele Bars angefangen, Kaffee in allen möglichen Zubereitungen anzubieten."

„Ach so, na endlich kommt Kultur in die Cafés und Bars von Plano. Aber schieß los, was hast du auf dem Herzen?" Lon konnte nicht sagen, was er wirklich auf dem Herzen hatte, der Kloß in seinem Hals war zu groß dafür. Also sprach er verklausuliert, mit Hilfe der Perlen-Darstellung, darüber, dass es eine Suche nach der Datenscheibe oder der Übersetzung geben würde, aber dass das nicht beunruhigend wäre. Dann redete er über seinen Boss Big Joe mit seinen Plänen, die das Vorwissen durch die Sun Ra und durch Xolas Existenz benötigten.

„Ja, ich kann es mir denken, es ist der Fusionsantrieb, der nie funktioniert hat und die Prozedur des Tiefstschlafs. An beides kann ich mich beim besten Willen nicht erinnern und die anderen Goodies sind irgendwo, keine Ahnung." Xola schaute Lon intensiv an und legte zuerst den Finger auf den Mund und dann beide Hände über die Ohren.

Lon nickte und schaute unbeteiligt und meinte dann beiläufig: „Ich finde die Pläne von Johansson gut, wir brauchen wieder eine aktive Raumfahrt, die Bevölkerung nimmt ab, weite Teile der Erde sind unbewohnbar, der Weltraum steht uns offen. Helios ist gut, die Förderung von Rohstoffen am Mond und Mars sind wichtig, aber wir haben weder eine Stadt im Orbit und schon gar nicht einen neuen interstellaren Planeten. Die Ressourcen fehlen, sowohl in materieller Hinsicht als auch personell, von denen seit 200 Jahren geredet wird, und die es immer noch nicht gibt. Unsere Robots sind veraltet, die Andros merkwürdig. *Novas ideas, todo nada!*" Selten hatte Lon so lange und mit so viel Engagement geredet, Xola blickte ihn überrascht an. „Vielleicht hättest du auch Interesse an diesem neuen Raumfahrtprogramm mitzuarbeiten, deine Erfahrung und Begeisterung einzubringen. Du bist ja außergewöhnlich, alle würden auf dich hören und dir folgen."

Xola schaute noch überraschter und schwieg. War das nur eine Phantasie von Lon oder war er das Sprachrohr für

Johansson? Was sollte sie antworten, sie wusste überhaupt nicht, was sie sagen sollte.

„Du musst gut Eoleng sprechen können und dich entschließen, einen Alpha-Neurochip zu tragen, das heißt implantieren zu lassen. Du hättest damit Zugang zu ungeheuer vielen Datenbasen, Kommunikationswegen und so weiter. Als Alpha hättest du die Möglichkeit, den Zugang zu den Rechnern selbst zu wählen, also die Rechner aus dem zentralen Nervensystem auszusperren." Xola schwieg noch immer, es war alles zu viel auf einmal.

„*Caro* Lon, ich muss das alles erst überlegen. Aber vielen Dank für diese Ideen und für deinen Besuch."

Lon verabschiedete sich mit rotem Kopf und schwerem Herzen.

Big Joe und Xola

„Frau Sternfeld, ich freue mich, dass Sie mich besuchen und dass wir endlich miteinander reden können. Wie geht es Ihnen?"

„Danke, mir geht es gut!"

„Schön, das freut mich." Johansson schien tatsächlich erfreut zu sein. „Wie geht es mit den medizinischen Untersuchungen, sind Sie deren müde, oder verfolgen Sie diese mit Aufmerksamkeit und Ehrgeiz?"

‚Mein Gott, Big Joe redet sehr plump um den Brei herum!', dachte Xola und sagte laut: „Mich interessieren diese Tests und Untersuchungen mehr denn je und ich finde, dass das Team um Dr. Dunant sehr kompetent ist und mich noch dazu auf Augenhöhe behandelt, obwohl ich eigentlich eine sehr alte Frau aus der Vergangenheit bin."

Johansson lachte etwas und kam dann aber schon zum Punkt seines Interviews. „Glauben Sie, dass Sie Fortschritte gemacht haben bezüglich Ihrer kognitiven Fähigkeiten? Und haben Sie schon irgendeine Idee, wie Ihr weiterer Weg in unserer Gesellschaft aussehen wird?"

„Ja, ich glaube schon, meine Testergebnisse bezüglich Erinnerung, Gedächtnis, Lernen und Konzentrationsvermögen sind sehr gut, angeblich weit über dem Homo II-Niveau. Vor allem an die Zeit des Raumfahrt-Trainings kann ich mich wieder erinnern, allerdings nicht an die letzten Einzelheiten vor dem Start der Sun Ra, weil ich schon ruhiggestellt war und in die erste Phase des Tiefstschlafs gebracht wurde."

„Mmh", machte Johansson, er wusste das bereits, aber tat so als wären ihm die Aussagen von Xola neu. „Prima, aber für uns, die wir die interstellare Raumfahrt wieder beleben wollen und natürlich im Zuge dessen auch unseren interplanetaren Raumverkehr, wäre der Fusionsantrieb der Sun Ra interessant und natürlich auch die Methoden, die bei Ihnen zu diesem höchst bemerkenswerten Tiefstschlaf geführt haben. Ich glaube, dass es sicher in Ihrem Gedächtnis noch Wissensinhalte darüber gibt. Sie als Person sind für uns und unser neues Programm sehr wichtig, als Botschafterin sozusagen. Sie stehen, wenn sie mir die literarische Beschreibung erlauben, vor einem Leuchtturm und könnten mit der Fackel ein neues Feuer entzünden, das weitum sichtbar wäre. Wollen Sie mit uns am Weltraumprojekt mitarbeiten und den Leuchtturm besteigen, die brennende Fackel in der Hand?" Johansson lächelte gewinnend, das heißt, er glaubte so zu lächeln, für Xola sah es eher aus wie ein Haifisch-Lachen vor dem Zubiss, umrahmt von einem Schweinsgesicht.

„Das ehrt mich, Herr Johansson, und ich könnte mir schon vorstellen, im Weltraumprojekt mein Wissen einzubringen. Ich bin zwar schwindelfrei, aber Leuchttürme sind am Meer nicht meine Lieblingsstandorte."

„Naja, wir werden sehen. Aber zu Ihrem Wissen: Wir haben gute und zuverlässige Methoden, um unbewusste Gedächtnisinhalte in den Hirnbereichen zu entdecken und dem Träger bewusst zu machen. Würden Sie dieser Vorgangsweise zustimmen? Natürlich wäre Herr und Frau Dr. Dunant eingebunden, weil diese Methode auch in deren Institut angewandt wird."

„Das ist sehr interessant und die ersten Ansätze zu dieser Methode wurden schon in meiner Zeit gemacht. Aber ich muss mir das noch überlegen, weil ich natürlich nicht will, dass dadurch Gedächtnisinhalte wieder auftauchen, die mich dauerhaft beunruhigen."

„Ja, natürlich, vielleicht besprechen Sie sich mit Dr. Dunant, bevor Sie eine Entscheidung fällen." Johansson versuchte wieder ein gewinnendes Lächeln, stand auf und geleitete Xola aus seinen Büros.

„Jetzt ist die Katze aus dem Sack', sagte Xola zu sich, als sie im Außengang hoch über Plano Nord entlang zu einem der Aufzüge ging, mit der Aussicht auf die endlosen Gebäudekomplexe, den grünen Inseln dazwischen und weit hinten in Dunst und Staub, schemenhaft, die Steppenlandschaft, die sich gelb und braun bis zu den fernen Hügeln erstreckte.

Auswege

„Natürlich, kommen Sie doch gleich jetzt vorbei", sagte Frau Dr. Dunant in den Intercom, auf die Frage von Xola. Eine Stunde später saß sie der kleinen Frau mit der altmodischen Brille und den grauen Haaren (eine Seltenheit) gegenüber und erzählte von den Treffen mit Lon und Johansson. Frau Dunant hörte sehr aufmerksam zu, aber parallel dazu überlegte sie fieberhaft, was sie Xola raten sollte, ja wie überhaupt die ganze Lage einzuschätzen wäre. Ihr Mann war im Moment nicht erreichbar, er war mit den leitenden Mitarbeitern in einer Besprechung, wo es auch um den Zustand von Xola ging.

„Liebe Frau Sternfeld oder darf ich Sie Xola nennen, ich hoffe, Sie haben nichts dagegen. Ich bin Xenia und hier in diesem Institut verzichten wir auf formelle Anreden oder Titel. Aber zurück zu deiner Schilderung: Diese Entwicklung war vorauszusehen, Johansson ist wild entschlossen die Raumfahrt wiederzubeleben und sich damit viel Macht in der Konföderation anzueignen. Drei Dinge interessieren mich: 1. Hast du die Protokolle aus der Sun Ra gut versteckt? 2. Selbst wenn du einer Neurochip-Implantation nicht zustimmst, ein Hirnscreening kann man auch ohne diese Hilfe machen, das heißt, Johansson wird auf alle Fälle sehr viel über die letzten Tage vor dem Start der Sun Ra erfahren. 3. Hast du eine Ausweichadresse, wo du untertauchen könntest? Darüber hinaus nehme ich an, dass du gerne am Raumfahrtprogramm mitarbeiten würdest, allerdings nach deinen Vorstellungen."

Xola schwieg einen Moment und antwortete dann ebenso knapp auf die Punkte. „Ja, ich habe die Protokolle in einer dichten Hülle im Park „Himmlischer Frieden" in einer Baumhöhle versteckt. Einem Chip oder Screening würde ich nie zustimmen und auch Ethpers nicht. Und, ja ich habe, sehr wahrscheinlich, eine Ausweichadresse."

„Prima, aber noch etwas Genaues zu dem Punkt Hirnchips, Screening, SciCom oder EthCom, AdminCom und so weiter: Wie du weißt, organisieren mit deren einzelnen Programmen und Algorithmen die digitalen Personen unser Leben, die ganze Gesellschaft und eigentlich ganz Terra. Die digitalen Personen begreifen sich selbst schon lange als eine Art Übermenschen. Sie herrschen wie die alten Kaiser über Leben und Tod. Nur viel perfekter. Sie brauchen auch nicht die Macht zu vererben, mit all den Unsicherheiten, dass danach die Macht, der Besitz weg, verscherbelt sein könnte. Sie leben ewig, zumindest nach dem Maßstab von uns Menschen.

Durch die Macht der Chips und Programme, der alten KI-Herrlichkeit, sind sie unantastbar. Sie verfolgen mittlerweile ihren eigenen Codex, Homo soll es gut gehen, er soll keine Kriege führen, sondern lange leben. Diese Personen sind gut für uns. Seither gibt es keine Kriege und Hungersnöte, aber wenig individuelle Freiheit, eigentlich keine für die meisten Menschen. In der Alpha-Position schon, ich kann zum Beispiel jetzt offen reden, weil ich meinen Neurochip und somit die Zugriffsmöglichkeit der Coms blockieren kann, allerdings nicht auf Dauer. Außerdem speichern die Chips sicher Teile der nicht gesendeten Infos und übermitteln sie an die digitalenPersonen. Algorithmen können aber nur vom Obersten Rat verändert werden, aber es ist ungewiss, ob sich die Coms und deren digitalenPersonen auch daran halten werden. Es gibt seit Neuestem etliche Vorfälle, wo Govpers zum Beispiel völlig autonom entschied, das heißt, dass sich die digitalen Personen um alle Homos, verzeihen sie die vulgäre Wortwahl, einen Dreck scheren.

Zur Ausweichadresse: Ich nehme an, die ist bei den Anderen, von Dennis' ehemaligen Wohngenossen. Sehr gut, das ist einer der wenigen Orte, wo AdminCom keinen Zugriff hat. Aber Johansson und seine Freunde würden persönlich auftauchen und er und seine Kumpel schrecken vor physischer Gewalt nicht zurück, solange sie die Sun Ra-Daten dort vermuten würden. Sie sind schlichtweg gefährlich."

„Kann ich mir vorstellen, ich komme aus einer Zeit, wo physische Gewalt allgegenwärtig war und Kriege in manchen Teilen der Welt der Normalzustand. Und die Anderen sind vermutlich Auseinandersetzungen gewöhnt und haben sicher auch Laserwaffen."

„Vielleicht kommt es nicht so weit. Aber jetzt zu einem konkreten Plan: Ich würde an deiner Stelle *presto* den Kontakt zu den Anderen herstellen und erst dann Johansson Bescheid geben. Danach könnte es losgehen, komplette Durchsuchung deiner Wohnung, Hirnscan bei dir, Delogierung usw. Das heißt, du musst unmittelbar nach dem Gespräch abhauen oder so ähnlich sagt man doch in deiner Sprache. Noch besser wäre, mit Big Joe über Interkom zu verhandeln, nachdem du schon am Rande der Stadt bist. Lon wird dir helfen, vielleicht kommt er auch mit, obwohl das für ihn sehr riskant wäre. Aber du wirst ihn auf alle Fälle brauchen, schon wegen der Ortskenntnis.

Was wird dann passieren? Entweder die Datenscheibe oder deine Druckkopie wird gefunden oder nicht. Das Projekt werden Big Joe und seine Kumpel sicher so oder so starten. Big Joe braucht dich unbedingt als Aushängeschild, also entsorgen wird er dich nicht, aber es könnte sein, dass du auch als virtuelle Marktgröße fungierst. Dann landest du in einem Reservat für den Rest deines Lebens als ‚Vegetable'. Außerdem ist da auch noch Ethpers, die normalerweise dein Schutz wäre. Aber Johansson wird im Hohen Rat sicher Ausnahmen erwirken – weil das Raumfahrtprojekt von übergeordnetem Interesse ist, und Ethpers wird ein Auge zudrücken.

Alain und ich haben ein bisschen über die Rechtslage von Funden wie die Sun Ra nachgelesen. Normalerweise gehört alles der Konföderation, aber wenn ein Widmungsvertrag vorhanden ist oder ein anderes Rechtsdokument, dann gehört das Fundstück dem Finder. Und, es gibt ein solches uraltes Dokument für die Sun Ra aus deiner Zeit und das weiß auch Big Joe, er kann machen, was er will mit der Sun Ra und hat sogar gewisse Rechte auf dich, als Rechtsperson. Toll, nicht wahr? Bei den Anderen wirst du sicher Dennis und dessen Freunde treffen, das sind sehr kompetente Leute, die helfen dir. Wie es mit dir dann weitergeht, weiß ich nicht, wir, Alain und ich, werden dir immer helfen!"

Xola

In Xolas Wohnung wartete der Herr Professor auf dem Holo mit der neuen Lektion, diesmal war das Thema „Tagesablauf" dran. Xola sollte in Eoleng ihren Tagesablauf schildern. Sie zwang sich zu einer normalen, beflissenen Antwort mit erfundenen Tagesstationen und -zielen. Sie löste die Aufgabe gut, sodass Augustinus sie lobte und dann nach zwei Stunden sogar früher aufhörte.

Dann kontaktierte sie Lon, der in irgendeinem Schacht tief im 10. Untergeschoß steckte, aber *asap* vorbeikommen würde. Xola marschierte in ihrer Wohnung auf und ab und dachte über die Antwort für Johansson nach. Dann packte sie ihre Tasche. Wieder ein Abschied, der lange Marsch lag erst vor ihr. „Hoch auf dem gelben Wagen" fiel ihr beim Packen ein, Symbollied aus ihrer Jugend, welches sie gesungen hatte beim Abschied vom Haus ihrer Großmutter und trotz aller Vorfreude auf das Kommende geweint hatte in der Gewissheit, Oma nie mehr wieder zu sehen, den alten Hof und die Weinberge, die sich längs der Donau erstreckten.

Weinen ging nicht, schon wegen Lon nicht, weil sie nicht wollte, dass er sie zu trösten anfangen würde, was alles nur noch schlimmer machen würde. Stark und ruhig wollte sie sein und so hatte es auch den Anschein, als Lon im verschmierten Arbeitsoverall auftauchte. „Danke, Lon! Entschuldige bitte die Eile, aber ich war heute bei Frau Dunant und dann hatte ich eine lange Eoleng-Lektion. Hättest du morgen Zeit, um Dennis im Museum zu besuchen, vielleicht sogar einen Termin mit ihm und Erik auszumachen?"

Lon blickte auf die reisefertige Tasche. „Ja, natürlich, möchtest du die neu gestaltete Sun Ra-Vitrine ansehen?"

„Genau und vor allem mit Dennis, der sie ausgestattet und *diseint* hat."

„Gut, ich schau mal, wann ich vom Dienst loskomme, wird so gegen 11 Uhr am Vormittag sein. Da kannst du noch eine Sprachlektion vorher absolvieren."

„Vielen Dank, Lon und ich hoffe, dass Dennis Zeit hat."

Lon und Enna

Lon verließ die Wohnung von Xola, sein Herz und Hirn waren aufgewühlt, sodass sich ComCom einschaltete und ihn fragte, was ihn so stark bewegt hatte. Lon zwang sich zur Ruhe, dachte an seine Arbeit und an Enna, obwohl er sonst keinerlei Beziehung mehr zu ihr hatte. Er wusste, was Xola vorhatte und dass er nicht wusste, wie er reagieren sollte. Vielleicht sollte er wirklich noch einmal mit Enna reden, damit ihm seine Situation klarer wurde. Enna hatte Zeit und wollte auch ihrerseits mit ihm reden, in einer anonymen Koko-Bar. Lon eilte in seine Wohnung, um sich umzuziehen. Diesmal war die Suchaktion offenkundig, die Einbrecher oder der Suchtrupp hatte sich nicht die Mühe gemacht die Spuren zu verbergen, seine ganze Habe war durchwühlt worden, Kleider lagen auf dem Bett oder Boden, die Küche sah aus wie nach einer Küchenschlacht. Es erstaunte Lon nicht sehr, es behinderte ihn nur in der schnellen Verschönerungsaktion.

Im „Helios", der Bar, die nach der großen Raumstation benannt war, wartete bereits Enna. „*hola, tschiko*, du schaust nicht sehr glücklich aus. Was macht das Leben mit dir?"

Lon nahm mit einem Seufzer neben Enna Platz. „Ja, das Leben ist manchmal kompliziert oder vor allem nicht vorhersehbar. Zum Beispiel war es für mich nicht vorhersehbar, dass Xola morgen oder übermorgen wahrscheinlich eine Reise unternimmt."

„Aha, und jetzt hast du den Blues, weil du nicht weißt, wie es dann weitergehen soll mit ihr, oder besser gesagt ohne sie. Weißt du was sie vorhat?"

„Nein, keine Ahnung. Aber was mich auch mitgenommen hat, war der neuerliche Einbruch in meine Wohnung, der überhaupt nicht vertuscht wurde. Alles ist im Durcheinander, was das Ziel der Suche war, weiß ich auch nicht, vielleicht waren es Schmuckstücke, Perlen?"

„Ich kann mir sehr gut vorstellen, wie du dich fühlst, mir geht es ähnlich, meine Wohnung wurde auch wieder durchsucht und genau wie bei dir, die Täter warfen alles durcheinander, der Inhalt meines Kleiderschranks, und du weißt, dass der nicht klein ist, liegt im Schlafzimmer am Boden herum. Meine schriftlichen Unterlagen sind zerstreut am Boden des Wohnzimmers, die Küche ein Chaos! Ich werde Big Joe bitten, sich um das Ganze zu kümmern. Warum AdminCom nicht schon längst die Täter gefasst hat, ist mir schleierhaft."

„Ja, das ist eine gute Idee. Aber ich wollte dich bezüglich Xolas Reise fragen, ob ich mich als Begleiter anbieten soll."

„So, das ist eine leider typisch männliche Verhaltensweise von dir. Du willst etwas Wichtiges unternehmen, aber du hast Angst, allein die Entscheidung darüber zu treffen. Du bist es gewohnt, mit SozCom, oder EthCom oder SciCom zu beratschlagen und die sagen dir dann, was du tun sollst. Früher hast du die Krippen-Mutter gefragt oder die ersten Freundinnen. Ich weiß schon um was es geht. Mein Rat: Handle unabhängig von den Coms, sondern nach deinem Gefühl."

Daraufhin schwiegen beide, tranken noch zwei Coca-Drinks und machten Smalltalk. Beim Abschied umarmte Lon spontan seine frühere Gefährtin und sagte: „Danke, Enna, ich hätte auf dich schon früher hören sollen."

Jetzt oder nie!

Xola und Lon

Im Express-Zug nach Plano saßen sich Lon und Xola gegenüber, beide mit Reisetaschen auf den Knien, schweigsam und angespannt, jeder in Gedanken an das Kommende. Draußen rasten die Markierungen der Tunnelwände vorbei, unterbrochen von den hell erleuchteten lokalen Haltestellen.

Die Morgen-*rashaur* war vorbei, nur wenige Leute saßen im Zug. Wie immer, wenn Xola in der Öffentlichkeit war, schauten sie manche Leute intensiv an, befragten über ihre Neurochips, wen sie da vor sich hatten, erfuhren von Xola und ihrem Schicksal, lächelten daraufhin oder wandten sich gleichgültig ab. Das Museum hatte eben geöffnet, als sie dort ankamen und nur wenige Besucher besiedelten das weitläufige Gebäude. In der Abteilung „antike technische Geräte" fanden sie bereits Dennis vor. Er war schon länger in seinem Büro, wie die drei geleerten Kaffeebecher auf seinem Schreibtisch bezeugten.

In der Ecke stand ein gepackter altertümlicher Rucksack.

„Also der Plan ist Folgender: Wir brechen in Bälde auf, Pablo wird hier in diesem Büro Dienst machen und zumindest bis morgen alles am Laufen halten. Wir fahren mit einem alten *solauto* zum Wigwam von Erik. Vor der Reservatgrenze, die die Zone der Anderen markiert, kontaktiert Xola dann Johansson und teilt ihm ihre Entscheidung mit. Bis Johansson sich mit seinen Leuten beraten hat und EthCom informiert ist, sind wir schon im Reservat. *Bolna?*"

Dennis wartete bis Pablo kam, dann nahm er seinen Rucksack und alle verließen das Büro und die Halle, bestiegen einen Lastenlift und fuhren drei Stockwerke tiefer in den Keller, wo eine Ausfahrt einer unterirdischen Stadtautobahn war. Das *solauto* stand schon fahrbereit in einer Parkbucht und surrte sofort los, sobald alle drei Insassen eingestiegen waren.

Durch Plano führte die Autobahn unterirdisch, dann, am offenen Land, stieg sie an die Oberfläche und führte schnurgerade durch die gelb-braune Steppe zum Reservat der Anderen, in dem Erik der Sprecher für die Bewohner war. Nach etwa zwei Stunden Fahrt hatten sie die Grenze des Reservats erreicht, das *solauto* hielt genau vor der Grenze an.

Dennis bediente das Com-System und gab Xola die Sprachmuschel. Im Passagierraum des Autos hörte man die Stimme Johanssons. Xola begrüßte ihn und sagte, dass sie gerne am Weltraumprojekt mitarbeiten und ihre Erfahrungen einbringen würde, aber jede Art von Fremdeinwirkung in ihre Hirnfunktionen und Gedächtnisspeicher strikt ablehne. Sie sei vorübergehend aus ihrer Wohnung gezogen, weil bereits zweimal in jüngster Zeit eingebrochen worden war. Johansson schien überrascht zu sein, aber versuchte nicht sie umzustimmen. Mit einem sehr zweideutigen „Viel Glück weiterhin!" verabschiedete er sich vom Gespräch.

Es herrschte gespannte Stille im *solauto* nach diesem kurzen Gespräch. Dennis sagte dann: „*Okee*, dann mal los." Die Drei verließen das Auto, das postwendend umdrehte und wieder autonom an seinen Standort in Plano zurückkehrte. Die breite Straße ging im Reservat in eine Steppenpiste über und gleich hinter der Grenze standen Lagergebäude. Dennis, Lon und Xola gingen um die Gebäude herum zu den Hintereingängen, wo verschiedene Transporter und kleine autonome Taxis standen. Nach der Nennung eines Passworts öffnete sich die Tür eines der Taxis, alle stiegen ein, und in gemütlichem Tempo hoppelte das kleine Auto auf dem Schotterweg mit Schlaglöchern der Siedlung zu.

Bei den „Anderen"

In der Siedlung „Nuovo Plano" wurden sie schon erwartet, etliche Leute und auch Erik standen an der Seite der Straße und winkten. Das Taxi hielt auf einem Platz inmitten der Siedlung und die drei Flüchtigen stiegen aus. Dennis umarmte Erik, Lon und Xola wurden mit einem höflichen Handschlag begrüßt.

In dem großen Haus am Platz, das offenkundig das Gemeinschaftshaus war, wurden sie mit einem Frühstück, bestehend aus Früchten, Nüssen und eine Art Haferbrei bewirtet, wobei Dennis die Lage erklärte. Xola versuchte ihre Sicht der Dinge in einfachem Eoleng zu erzählen, manchmal schmunzelten die Anderen, hörten sehr gespannt zu und vor allem die jüngeren Siedlungsmitglieder bestaunten die fremde Frau. Aber es war ein Erfolg ihrer monatelangen Bemühungen, die Sprache zu lernen. Lon war beeindruckt und Erik schaute gespannt und ernst.

„Vielen Dank, Frau Sternfeld", sagte er dann, nachdem Xola geendet hatte.

„Liebe Freunde, jetzt ist eine gute Gelegenheit für unseren Angriffsversuch: Eine Zerstörungs-Software, die die Informatiker der Technischen Universität und Dennis entwickelt haben, in das System der digitalen Personen einzuschleusen." Erik wandte sich bewusst an alle im Raum: „Wir wissen nicht, was passieren wird, es kann sein, dass unsere Aktion, die digitalen Personen zu ärgern oder im besten Fall zu destabilisieren, erfolglos sein wird oder verzögert funktioniert. Wir sind hier sicher, falls uns die Alphas angreifen, dann haben wir einen Fluchtplan. Aber jetzt fühlen wir dem Govpers und all den anderen digitalen Personen auf den Zahn, was meinst du Dennis?"

Dennis sagte nur zu Erik: „Ich bin schon letzte Woche aus der Mitte ausgestiegen oder, genauer gesagt, ausgestiegen worden, also ich bin euch wieder ‚geschenkt' worden", und zwinkerte verschwörerisch.

Dennis wurde von ComCent vor ein paar Tagen informiert, dass er für den Job im Museum nicht mehr tragbar ist. Er hätte willkürlich ein Museumsstück gebraucht, ohne die Leitung des Museums zu informieren. Außerdem pflege er nach wie vor Kontakte zu den Anderen. Und ein paar Stunden später wurde ihm nahegelegt, wieder in seine alte Heimat, ja Heimat bei den Anderen zurückzukehren. Dennis wusste, dass er in irgendeinen *gulag*, also lagerähnlichen Arbeitsplatz versetzt werden würde, wenn er die Empfehlung von ComCent nicht Folge leisten würde.

Dennis lachte und genoss dann sichtlich das zustimmende Lächeln der meisten Anwesenden. Lon und Xola schauten verständnislos. Dennis aktivierte die Holowand in einer Ecke, sprach seine Passwörter und dann die Schlüsselwörter für die Software, welche die Destabilisierung der digitalen Personen einleiten sollte. Typisch für die digitalen Personen bevorzugten sie als Schlüsselsprache eine längst ausgestorbene Sprache, das Lateinische, das durch viele hundert Jahre die Machtsprache der Römer war, jenes Volkes, die ein europäisches Reich dominierte. Der Einfluss ihrer Sprache hielt noch fast zweitausend Jahre an und wurde die Sprache der europäischen Religionen und der Wissenschaft.

Dennis speiste den letzten Programmsatz des Destabilisierungs-Programms ein. Der Puls von ihm beschleunigte sich sprunghaft. Irgendwie erwartete er, dass gar nichts passieren würde, dass die Überlegungen und Annahmen von Aron und Isaac falsch waren, die Destabilisierungs-Programme zu einfach waren, die Grundüberlegung, die digitalen Personen bei ihren menschlichen, emotionalen Seiten zu packen, das Primatenerbe und die alten Stammhirnmuster auszunutzen. Vor allem aber könnte es sein, dass die digitalen

Personen den Braten gerochen hatten und schon lange vorher ihre Schutzwälle aufgezogen hatten. Aber dann passierte es: Der Schirm explodierte förmlich mit bunten Chaos-Kaskaden und wurde dann schwarz. Gespannte Stille, was würde passieren?

Als erster reagierte Lon: „Ich höre ein Wirrwarr, ich verstehe nichts, aber es ist unangenehm, es schmerzt!" Dann kam die Holowand wieder zum Leben. Die übliche Melodie ertönte, mit der normalerweise wichtige Nachrichten von GovCom ankündigt wurden. Diesmal war es nicht GovCom, sondern EthCom, die in der Gestalt einer freundlichen älteren Frau um Geduld bat, weil andere Com zurzeit nicht in Funktion wären.

Dennis spürte, ja wusste, mit einem Mal, dass diese Figur eigentlich die Selbstdarstellung von Ethpers war. Ihm wurde eigen zumute, er begriff, dass sich eine große Wende anbahnte. Dann wurde die Wand wieder dunkel, nur eine leise Musik ertönte. Lon hatte sich beruhigt, er sagte, dass gar nichts mehr zu hören sei, auch keine Datenbasen seien aktiv, die er für seine Arbeit laufend braucht.

„Das heißt, dass das hierarchische Com-Netz nicht funktioniert? Oder noch besser, dass die digitalen Personen nicht mehr so sind, wie sie sonst präsentiert werden!", bemerkte Erik erstaunt.

„Vielleicht, ganz sicher bin ich nicht. Es ist komisch, sehr komisch", antwortete Lon.

Daraufhin brachen mehrere Leute in Jubelrufe aus, andere brachten alkoholische Getränke und Coca-Drinks. Alle bedienten sich und gingen nach draußen. In der Ferne war das Chop, Chop der Regierungshelikopter zu hören und eine dünne Rauchsäule stand in der Luft in der Richtung wo Plano lag. Lon blieb im Raum, starrte auf die dunkle Holowand. Xola ging mit den anderen hinaus und beobachtete die Leute und die dunkle Rauchsäule. In der Ferne hörte man das andauernde

„Chop, chop, chop" der Kopter. Erik gesellte sich zu ihr und fing ein Gespräch mit ihr an.

Johansson

Im Büro von Johansson ging es turbulent zu. Nach dem Gespräch mit Xola Sternfeld nahm er Kontakt mit seinen Freunden und Partnern auf, und gab den Befehl sofort Xola aufzusuchen und in das Medic-Center zu bringen. Dann suchte er das Gespräch mit Dr. Dunant, der aber mitten in einer Behandlung war. Auch Frau Dr. Dunant war unabkömmlich.

Sodann beauftragte er einen Suchtrupp, der noch einmal, aber diesmal wirklich genau die Sun Ra nach den Dokumenten über den Antrieb und die Tiefstschlaf-Prozedur durchsuchen sollte. Die Suchdienst-Leute meldeten inzwischen, dass Frau Sternfeld nicht in ihrer Wohnung war und offenkundig eine Reisetasche mit Kleidern und persönlichen Gegenständen mit sich genommen hatte.

Johansson wollte eben GovCom kontaktieren, als die Holowand Pfeiftöne von sich gab, sich das Standbild vom Sternenhimmel auflöste, in wilde Farbschlieren zerfloss und plötzlich dunkel wurde. Der Serv, sein persönlicher Robot, zuckte und stand dann völlig starr, nur die rote Lampe blinkte und auf dem Bildschirm erschien ein „Bitte um Information"-Zeichen.

Vom Gang ertönte Stöhnen und Schreien, Andros liefen ziellos durch die Gegend, ihr Chef, ein Homo II, saß teilnahmslos in einer Ecke und hielt sich den Kopf. Johansson versuchte seinen Neurochip zu aktivieren, vergebens, nur ein Rauschen mit auf- und abschwellender Lautstärke ertönte. Aber Big Joe vermutete, dass irgendein Teil von AdminCom funktionierte, wahrscheinlich ein vergessener Algorithmus aus der Zeit der Feuerwehren und soldatischer Traditionen, weil Teile der Holowand die Feuerzellen und die Einsatzkolonnen von Robots und Andros zeigte.

Im gesamten Gebiet von Plano war der reguläre Strom ausgefallen und viele der Notstromaggregate waren überlastet. Die Lifte und Förderbänder, die Druckluft- und Unterdruck-Züge standen in ihren Röhren, Chaos und Panik brachen unter den Homos aus.

Johansson aktivierte den Infrastruktur-Rechner, der abseits der Hierarchie der Com im Notfall die Kontrolle über Strom, Wasser, Luftzirkulation und basale Bewegungsmittel in den strukturrelevanten Bereichen und Gebäuden betreiben konnte. Langsam kehrten die Beleuchtung und die Luftzirkulation in den Verwaltungsgebäuden zurück. Johansson konnte auch mit seinen Leuten Kontakt aufnehmen und stellte fest, dass Lon abgängig war. Auch Frau Sternfeld war nicht in ihrer Wohnung und auch sonst in ganz Plano Nord nicht identifizierbar. Die Algorithmiker und Technics hatten inzwischen die Ursache für den Zusammenbruch des Systems festgestellt und auch die Quelle.

Johansson fluchte, als er den Ort erfuhr und mutmaßte sofort, dass Lon und Xola auch damit zu tun hatten, sehr wahrscheinlich waren beide bei den Anderen in Nuovo Plano, jener Siedlung, die als Ausgang für das Chaos identifiziert worden war.

Johansson schickte einen Kopter los mit bewaffneten Andros, die die beiden sofort wieder zurückholen sollten, auch mit Gewalt, aber lebendig. Big Joe nahm an, dass Ethpers keinen Einspruch erheben konnte und die Aktion abblasen würde, weil Ethpers, so wie die mächtigeren Brüder Govpers und Adminpers, welche nicht mehr richtig funktionierten, die Macht über die Coms und alle Menschen verloren hatten, sozusagen scheintote digitale Personen waren.

Irgendwo in den tieferen Falten seiner analogen Persönlichkeit nahm Johansson, alias Big Joe, das Chaos mit Genugtuung auf. Vielleicht war es eine Rückkehr zu den Zuständen, als die Menschen, die Mächtigen unter ihnen, das Sagen und die Herrschaft hatten. Es war eine Chance für ihn, sich eine Schnitte vom süßen Kuchen der Herrschaft über Com und Homos abzuschneiden.

Aufbruch

Bei den „Anderen"

In Nuovo Plano wurden plötzlich hektische Vorbereitungen getroffen, Xola verstand nur Bruchstücke, was Erik und die anderen sagten, manchmal kam ihr Name in den kurzen, aber aufgeregten Diskussionen vor. Ein paar alte große *solautos* fuhren vor, beladen mit Proviant und einfachen Geräten. Erik, Lon, Xola und ein Fahrer stiegen in eines der Gefährte ein und fuhren in hohem Tempo auf einen Wald zu, der bald erreicht war. Dort waren getarnte alte Gebäude und tief in der Erde liegende Bunker noch aus der Zeit des großen Krieges.

Noch während sie ausstiegen und mit dem Ausladen von Proviant und Geräten beschäftigt waren, heulten Sirenen und alle Leute stürzten in die Richtung der Bunkereingänge. Der vordere Wald hallte wider von Rufen, Befehlen und dem Trampeln vieler Menschen, Robots und Andros. Erik hatte Xola untergefasst und zerrte sie in höchster Eile in einen langen Gang, der abfallend in die Tiefe führte. Eine Notbeleuchtung flammte auf.

Lon war hinter ihnen und Andere, die aufgeregt schrien. Automatische Türen öffneten sich vor ihnen und schlossen sich, nachdem sie durchgeeilt waren. Der Gang weitete sich in eine Halle, wo alte *solbusse* auf Schienen standen. Von der anderen Seite kamen weitere Andere, auch Kinder waren dabei. Rufe und Gebrüll, Kindergeschrei, lautes Summen irgendwelcher Aggregate. Die Luft roch schal, es war warm und schwül. Etliche Busse waren schon voll und setzten sich langsam in Bewegung. In einem der Busse saß die Gruppe um Erik, auch seine Verwandten offenkundig. Xola fragte Lon, der ihr schräg gegenüber saß, wohin sie führen. Lon hatte keine Ahnung und Erik sagte, eigentlich schrie er nur kurz: „in die alte Stadt, in die Gegend des Museums".

Johansson

Im Auge des Sturms handelte, nein, fuhrwerkte Johansson an seinen Kommunikationsverbindungen und versuchte gleichzeitig mit mündlichen Befehlen, und mit ComComs, den Anfragen von dem Konföderationsgremium, den humanen Com-Abteilungsleitern und ihren trivialen Forderungen nach Strom, Wasser, Lüftungen, Transport, nachzukommen. Sein Gesundheitschip meldete ihm bedrohlich hohe Blutdruckwerte und Extrasystolen seines ohnehin angegriffenen Herzens, sowie eine Abnahme von Reparaturzellen in seinen Hauptorganen.

Big Joe ignorierte die Warnungen und fuhr damit fort, etwas Ordnung in das Chaos der Riesenstadt zu bringen, oder zumindest einen Überblick über die Lage zu erhalten. Gut funktionierte nur der Kontakt zu den Einsatzgruppen, die zu den Anderen unterwegs waren und zu denen, welchen die Suche nach den Daten der Sun Ra oblag.

Die erste Gruppe war bis in die Siedlung vorgedrungen und hatte berichtet, dass sich Frau Sternfeld und Lon Pun dort aufgehalten hatten. Sie waren aber nicht mehr vor Ort, waren anscheinend in ein Untergrundsystem geflüchtet, das hermetisch verschlossen war. Von den Daten der Sun Ra fehlte aber jede Spur. Die zweite Gruppe war auf dem Rückweg, zu Fuß und oberirdisch, nach erfolgloser Suche in den Wohnungen von Frau Sternfeld, Lon Pun und Enna. Die Gruppe, die wieder zur Sun Ra aufgebrochen war, war verschollen, vermutlich eingesperrt in lichtlosen Gängen, eingesperrt zwischen Schleusentüren, die nicht zu öffnen waren.

Dr. Dunant

Dr. Dunant und seine Forschergruppe arbeiteten seit Wochen mit Hochdruck an Experimenten, die das Aufspüren von Gedächtnisinhalten betraf, die von der Versuchsperson nicht mehr abgerufen werden konnten, an die sich dieselbe nicht mehr erinnern konnte. Die gängigen Neurochips waren nicht in der Lage, diese verschollenen Inhalte aufzuspüren und in das bewusste Gedächtnis einzuschleusen.

Es hatte vor der Zeit von Ethpers Versuche mit Kindern gegeben, Säuglinge wurden mit Neurochips ausgestattet, hirntote Personen ebenso. Ethpers verbot diese Versuche und so konzentrierte sich die Forschung auf die Entwicklung neuer Chips.

Als die Holowände dunkel wurden, das Licht flackerte und die dämmrige Notbeleuchtung anging, die Robots in ihren Nischen in epileptische Zuckungen verfielen und dann in katatonische Steife, die Sichtscheiben nur von ihrem roten Notlicht erhellt, die Andros, die die technischen Geräte bedienten, merkwürdige Laute von sich gaben, die Arme in die Höhe warfen und zu Dr. Dunant stolperten, die Assistenten, allesamt Homo I- und Homo II-Menschen ebenfalls verwirrte Laute von sich gaben, in verschiedenen Idiomen Fragen nach der Ursache der Störung stellten, und sich dann mit verschreckten Augen auf die Laborhocker setzten.

Dr. Dunant merkte, dass seine Verbindung zu AdminCom und SciCom gekappt worden war. Er sah das Chaos unter seinen Mitarbeitern und wusste sofort, dass der Super-GAU eingetreten war. Er rief mit lauter Stimme: „Seid bitte alle ruhig, keine Panik, es ist bald wieder alles normal." Er wusste noch nicht, dass nichts mehr normal sein würde, auf eine lange Zeit und dass dann eine andere Normalität herrschen würde.

Erik, Dennis, Xola und Lon

Der Lärm der unterirdischen Bahn war ohrenbetäubend je näher sie zum alten Teil der Stadt kamen und sie deshalb die ausgefahrenen Geleise der alten Untergrundverbindungen benutzten. Die Notbeleuchtungen der Stationen huschten vorbei, der Zug wurde langsamer, weil er stetig aufwärts auf das 0-Niveau des Erdgeschoßes bis zu einer Rampe fuhr und dort mit quietschenden Bremsen zum Stehen kam. Alle verließen die Bahn und Dennis führte sie über dunkle Gänge ins Innere des Technik-Museums, bis hin zu der Halle, die er beaufsichtigt hatte.

Erik, Dennis, Lon und Xola stiegen hinauf ins Büro von Dennis, das im flackernden Notlicht eher einem Kommandostand eines U-Boots glich als einem Museumsbüro. „So, das wäre geschafft", sagte Dennis und ließ sich in seinen Bürosessel fallen.

„Ja, aber jetzt geht es erst los", antwortete Erik, dessen Pferdeschwanz aufgelöst war und der grau-rote Bart zerzaust vom zerfurchten Gesicht abstand. „Wie ist der Com-Status, wer oder welche Rechnereinheit wird sich am schnellsten erholen? Und Carl Valir sollte auch schon hier sein. Es könnte auch sein, dass wir noch anderen Besuch bekommen!"

„Wen erwartest du noch?"

„Ich könnte mir vorstellen, dass Johansson Leute ausschickt, um endlich die Datenscheibe der Sun Ra zu ergattern und vielleicht gleich euch mit dazu." Erik schaute zu Xola und Lon. Xola verstand nur Bruchstücke, aber Johansson, Sun Ra und *data* verstand sie und der Blick von Erik verriet den Rest.

Und zu Dennis gewandt sagte er: „Übrigens, wo hast du die Scheibe versteckt? Bei dir zu Hause?"

Dennis lachte: „Nein, so blöd bin ich nicht, sonst wäre sie schon längst in Big Joes Händen. Nein sie ist hier, in der Vitrine, wo die alte Übersetzungsmaschine ausgestellt ist. Die Scheibe liegt vor der Maschine, vor aller Augen."

„Nicht schlecht, molto bene", und zu Xola sagte er: „Und wie man in deiner Sprache sagt: ‚serr gutt'. Wenn der Spuk vorüber ist, dann holen wir sie aus der Vitrine und du bewahrst sie auf – unterm Kopfpolster."

„*Bolna*", meinte Dennis stellvertretend für Xola. Er ging zum Panoramafenster, weil unten eine Bewegung zu sehen war und Geräusche von ankommenden Personen. Lichter blitzten auf, die sich in Richtung von Dennis` Büro bewegten. Carl war eben mit drei seiner Leute gekommen, so wie das vorher besprochen worden war, als die Coms noch funktionierten.

„Wie schaut es aus bei euch im Weltraumcenter?", begrüßte Erik die Ankömmlinge am oberen Ende der Stiege.

Carl kam herauf, schaute in die Runde, er schien gut gelaunt zu sein. „Schlecht und gut, wir sind natürlich sehr vom allgemeinen Chaos betroffen, unsere Roboter, Maschinen und so fort funktionieren nicht mehr.

Aber wir haben unser altes SpaceCom-Netz aktiviert und haben dadurch etwas Einblick in den Zustand der Coms. Bei denen herrscht Chaos, die Rep-Einheiten sind auch betroffen, GovCom sendet nur mehr Help-Signale, was eigentlich den hilflosen Zustand von Govpers bedeutet.

EthCom scheint am besten mit der Situation zurechtzukommen. Wir konnten unsere *solautos* aktivieren und sind oberirdisch hergefahren, etwa zwei Stunden mit vielen Umwegen. Dem Shuttle zu Helios ist nichts passiert, die Kühlaggregate für den Antrieb laufen auf Notstrom, die *kru* ist in den Startlöchern."

„Prima, hoffentlich bringen sich die digitalen Personen gegenseitig um, mit Ethpers als Überlebender könnten wir uns vielleicht arrangieren, aber mir wäre es natürlich lieber, eine Gesellschaft ohne die Herrschaft der digitalen Machthaber zu haben. Mein Ziel, mein Kampf." Und Erik ballte bei seiner letzten Bemerkung die linke Faust und hielt sie in die Höhe.

„Kennt ihr Dr. Dunant, einen langjährigen Freund von mir, der ist mit MedCom in unser Space-Net eingedrungen", sagte Carl und schaute fragend in die Runde.

„Wir kennen ihn", sagten gleichzeitig Lon und Xola. „Ja, er ist wissenschaftlicher Leiter des medizinischen Zentrums und der erste Ansprechpartner von Xola, also Frau Sternfeld", ergänzte Lon. „Er ist verlässlich und wollte mit seiner Gruppe Xola in ihrer schwierigen Situation helfen. Seine Frau, Frau Dr. Dunant kümmerte sich von Anfang an um Xola von der menschlichen Seite. Beide verbindet mittlerweile eine starke Freundschaft." Xola verstand zwar einiges von Lons Antwort, aber suchte krampfhaft nach Worten, um ihr Verhältnis zu den Dunants zu erklären. Ihre Wortsuche endete in einem heftigen Nicken und etlichen *si, si.*

„Prima, dann haben wir noch weitere, sehr potente Mitstreiter. Dunant werden wir jetzt und später brauchen. Wir müssen wachsam sein, zweier Dinge wegen: Johansson wird vielleicht mit seinen Leuten versuchen, hier einzudringen und Xola zu entführen und den Datenträger zu entdecken. Und zweitens müssen wir den Kampf der digitalen Personen mit ihren Coms beobachten und deren Vorgehen uns gegenüber. Adminpers traue ich durchaus zu, dass er ein paar Roboter und Andros schickt, um uns festzunehmen."

In der Halle mit den seltenen technischen Antiquitäten unter dem Büro von Dennis hielt sich die Gruppe von den Anderen versteckt, die mit Erik gekommen waren. Sie unterhielten sich leise im trüben Licht der Notlampen. Es war sonst still, die Lüftung funktionierte nicht und das sonstige Dauergeräusch der unterirdischen Züge war verstummt. Aber es war nicht die friedliche Stille nach einem arbeitsreichen Tag, es war die erschöpfte Stille nach dem Sturm oder die gespannte, vor dem Sturm.

Die Dunants

„Wenigstens funktionieren die Notbeleuchtungen und die Luftaustauscher", sagte Dr. Dunant zu Xenia, seiner Frau, die sich mit Mara, Salo, Rako und anderen Medics aus der Forschungsgruppe des Zentrums zum Büro ihres Mannes durchgeschlagen hatte.

„Ja, und was wird als Nächstes passieren?"

„Ich weiß es nicht, aber wir warten sicher nicht, bis Johansson seine Androiden-Schlägertypen herschickt und uns in Gewahrsam nimmt. Wir verschwinden schleunigst und schlagen uns zum alten Technischen Museum durch. Dort ist sicher schon mein alter Freund Carl Valir, der das Weltraum-Institut leitet und dessen *heidaut* immer das Technische Museum war, wenn er Inspirationen suchte, oder schlichtweg seine Ruhe haben wollte. Carl hat den exklusiven Zugang zum alten SciCom-Netz, das unabhängig von AdminCom funktioniert. Aber bevor wir gehen, will ich noch EthCom erreichen, über MedCom haben wir einen direkten Zugang."

Er hatte Glück, Ethpers war erreichbar und versicherte ihm die Unterstützung, was immer noch kommen würde. „Ich kann es kaum glauben, aber es sieht so aus, als würde Ethpers als Sieger aus dem Kampf der digitalen Personen hervorgehen, besonders Adminpers scheint nicht mehr aktiv zu sein. Unglaublich!"

Der Machtkampf der digitalen Personen

Es gibt keinerlei Aufzeichnungen über diese Szenen zwischen den digitalen Personen. Wir können nur aus Hinweisen von EthCom und von den Folgen dieses Kampfes schließen, was sich in Millisekunden abgespielt hat. Das Programm von der aufständischen IT-Gruppe rund um Isaac und Al enthielt Algorithmen, welche die tiefen, „eingeborenen" Verhaltensmuster im Persönlichkeitsfeld der digitalen Personen beeinflussen sollten. Offenkundig auch taten, weil es zu einem Schlagabtausch kam, wie man aus den Reaktionen der jeweiligen Coms ablesen konnte.

Der Kampf wurde dann von den Coms ausgeführt, die ihrerseits Kaskaden von KI-Rechner beschäftigten. Man kann annehmen, dass die Energieversorgung der springende Punkt war. Adminpers und Govpers isolierten anscheinend TerraPers, die zurücktrat, also in einen Dauer-Standby-Modus fiel.

Ethpers hatte sich von Anfang an nicht an dem Dreikampf beteiligt, offensichtlich hatte sie eine Schiedsrichter-Rolle.

Die Reparaturprogramme der Coms wurden von den jeweiligen Personen ausgeschaltet, sodass nach Minuten bis Stunden Energieversorgung und große Teile der Infrastruktur ausfielen. Ethpers übernahm schrittweise einen Teil der Infrastruktur, indem die Automatik der Reparatur-KIs aktiviert wurde.

Tage später hatten auch Menschen, Robots und Androids schrittweise Zugang zu den Programmen und die Energie- und Wasserversorgung funktionierte teilweise wieder.

Erst Wochen später erloschen die Feuer und die Nahrungsversorgung konnte für einen Teil der Bevölkerung der Städte sichergestellt werden. Jahre und Jahrzehnte dauerte es, bis die Volkswirtschaften wieder in Schwung gekommen waren.

Ohne die digitalen Personen ...

Langsam stieg die Verzweiflung in Johansson hoch, kroch von seinen wackeligen Knien in die fahrigen Hände und saß als Kloß in der Kehle. Er hatte seine letzten zwei Androiden-Truppen losgeschickt, bewaffnet mit „Stunners", also Waffen, die selektiv Homos und Andros für Stunden unbeweglich machten. Zwei früher ausgeschickte Trupps waren von ihrer Suche nach der Datenscheibe aus der Sun Ra nicht zurückgekehrt, blieben unauffindbar. Big Joes Infrastrukturnetz funktionierte noch, aber AdminCom, ja selbst KonfCom, antwortet nicht und nur ein diffuses Rauschen kam zurück und breitete sich in Big Joes Gehirn aus.

Die Normalität mit funktionierenden Netzen der hierarchisch organisierten autonomen Rechner und Personen war seit Stunden weg und es war unklar, wann sie wiederkehren würde. „Warum ist alles weg, wo sind die Coms, was ist überhaupt hier los, was ist passiert, warum ist selbst Govpers stumm?" Big Joe sprach zu sich selbst, oder zur dunklen Info-Wand, oder zu seinen Neurochips. Er stand da, buchstäblich mit leeren Händen, keine Daten von der Sun Ra, keine Frau Sternfeld – untergetaucht bei irgendwelchen Anderen, kein Kontakt zu Freunden, Partnern, zu seinen Lieben, zu Enna. Die Medics verschwunden, oder vielleicht schon tot.

Big Joe straffte seine runden Schultern, zog den Bauch ein und beschloss, selbst die Suche nach den Aufzeichnungen über die Tiefstschlaf-Methode aufzunehmen. Die Stunde der Helden war angebrochen! Sein ihm sehr ergebener Andro und zwei Roboter würden ihn zur Sun Ra begleiten, er würde die mutmaßlichen Datenspeicher finden, er war sich ganz sicher, dass sie noch dort im Schiff zu finden war. Ja und dann würde die Restoration der Gesellschaft beginnen, er würde ein neues Zeitalter einläuten.

Johansson suchte in aller Eile eine Notausrüstung zusammen, aktivierte das interne InfraCom und gab die Befehle an seine drei Begleiter aus. Als Letztes steckte er einen kleinen Stunner ein, man konnte ja nie wissen.

Dann brachen sie auf, Johansson als erster, dicht dahinter Little Joe, sein Andro, und dann in der Nachhut die zwei Robots, beladen mit Proviant und Werkzeugen.

Die ersten zwei Stunden kamen sie gut voran, InfraCom wies den unterirdischen Weg. Manchmal drang Brandgeruch und Motorenlärm zu ihnen, die Belüftung war nur mehr manchmal intakt. Little Joe zog die Gasmaske über. In den unterirdischen Gängen der alten Stadt gab es keine Beleuchtung mehr und die Luft wirkte abgestanden. Aber die Türen und Schleusen öffneten sich, InfraCom war noch aktiv.

Little Joe bekam Angst, Big Joe beruhigte ihn und einer der Robots wollte ihn tragen. Endlich standen sie vor dem riesigen Corpus der Sun Ra. Nur ihre Lampen gaben Licht, in früheren Zeiten würde man das Wrack einen gestrandeten Wal genannt haben.

Johansson, der vom ungewohnten Fußmarsch schon etwas erschöpft war, ordnete eine kurze Pause an. Sie nahmen einen Schluck Coca und machten sich dann auf die Suche nach dem Datenspeicher, der angeblich eine metallene Scheibe war.

Im Museum

Im Saal der Vitrinen, zu Füßen des Büros von Dennis war es still, hin und wieder knackte es und leise Zischgeräusche waren zu hören, wenn irgendwo Luft aus Vitrinen entwich und es war kühler geworden, die Heizung war ausgefallen. Von Ferne waren Sirenen zu hören, die vor Feuer oder Überschwemmungen, oder beidem gleichzeitig warnten.

Im Büro von Dennis sprachen Erik und Carl über die Lage und die Zukunft der Konföderation, der Com-Hierarchie, über den Ausbau der Helios, die endlich zu einer Dauersiedlung im Orbit werden sollte, umgebaut, mit neuen, leistungsfähigeren Bioanlagen, einer Kinderkrippe und einer größeren Krankenstation.

Lon hörte zu, Xola versuchte etwas zu verstehen. Plötzlich kam einer der Anderen die Treppe heraufgestiegen und machten ein Schweigezeichen. Er deutete hinunter in die Halle und mit Fingern zeigte er eine Gehbewegung und legte den Finger auf den Mund.

Alle verstummten, Erik besetzte den Eingang zum Büro und entsicherte seine Waffe. Seine Mitgefährten von der Anderen-Siedlung in der Halle holten die antiquierten Stunners aus ihrem Handgepäck und brachten sich in Stellung hinter den Vitrinen. Xola, Lon und Carl blieben im Büro und löschten das Licht.

Xola hatte die Entwicklungen mit Unruhe und wachsender Angst verfolgt. Sie verstand nur wenig von dem was Dennis, Erik und Carl sprachen und konnte nur wenig von Lon darüber erfahren, weil die Übersetzungsprogramme durch den Ausfall der Coms ausgefallen waren. Sie konnte den Zusammenhang von dem Wenigen, das sie verstanden hatte, erraten, es ging um die Konföderation, die Coms und um Helios, vielleicht um die Raumfahrt allgemein.

Ihren Namen und den von Lon hörte sie nicht. Sie blickte hinüber zu Lon, der nur schwach zu erkennen war, aber seine Körperhaltung verriet eine defensive Anspannung. Erik schien in seinem Element zu sein, gespannt und erwartungsvoll, so als würde er sich die alte Bewertung von Kampf und Mut: „Viel Feind, viel Ehr" aneignen wollen.

Johansson

Little Joe, der bedingungslos loyale Andro von Johansson, alias Big Joe, saß auf einem Wrackteil der Sun Ra und beobachtete seinen Chef, wie er immer hektischer und ungeduldiger schon zum dritten Mal den Raum in der Sun Ra durchsuchte, wo die Kokons waren, wie er mit seinem Scanner herumfuchtelte und vor sich hinmurmelte. Die zwei Roboter verharrten in einiger Entfernung im Standby-Modus.

Johansson schwitzte unter seinem modischen Overall, gab die Suche im Kokon-Bereich auf und wechselte in den zerklüfteten Bereich der Steuerungszentrale der Sun Ra. Little Joe folgte in einigem Abstand.

Big Joe suchte lange und eingehend nach der Datenscheibe, bis er schlussendlich das Wrack der Sun Ra verließ, wütend und mit rotem Kopf. „Verdammt, die Scheibe muss irgendwo sein, oder zumindest irgendwelche Aufzeichnungen. Vielleicht haben Lon und Frau Sternfeld das Ding doch mitgenommen und irgendwo versteckt, obwohl es mir gehört, mir, dem Erben, dem Leiter der Infrastruktur. Wenn beide wieder aufgetaucht sind, dann ist Schluss mit dem ganzen Getue, die Sternfeld wird einfach eingegliedert wie ein normaler Homo I oder besser noch wie ein Homo II." Johansson aktivierte die Robots, nickte Little Joe zu und sie machten sich auf den langen Weg zurück.

Die Notbeleuchtung flackerte, und der Kontakt zum InfraCom brach ab. Als die kleine Gruppe die Schleusen am Ende der Halle erreichte, blieben diese geschlossen. Little Joe rückte näher zu seinem Patron auf und entließ einen kleinen Schrei, als die Notbeleuchtung endgültig ausfiel.

Zeitenwende

Und dann kamen sie, leise und vorsichtig mit gezückten Waffen, fünf Figuren mit Stirnlampen, die Homos oder Andros sein konnten. Sie marschierten geradewegs durch die Halle, vorbei an den Vitrinen in die Richtung, wo der Stiegenaufgang, der zum Büro führte, war. Etwa in der Mitte der Halle machten sie halt und an den Stirnlampen erkennbar teilten sie sich in zwei Gruppen, eine ging nach links und eine nach rechts.

Die Anderen hatten sich vor der Treppe versammelt, die schwachen Klick-Geräusche verrieten, dass sie ihre Stunners entsicherten. Oben am Ende der Stiege hatte sich Erik niedergekauert und schaute angestrengt auf die Bewegungen der Eindringlinge.

Der Angriff der Johansson-Truppe kam überraschend und sehr schnell, von beiden Seiten stürmten die Gestalten heran, auf die Treppe zu, wo sie aber am Fuße von den Anderen angehalten und in eine heftige Auseinandersetzung verwickelt wurden. Stunners auf beiden Seiten gaben das typische Geräusch während der Entladung von sich. Zuerst schien es, als hätten die Angreifer die Oberhand.

Oben im Büro hatte sich Lon vor Xola gestellt und ihr gedeutet, sich auf den Boden unter den Schreibtisch zu setzen. Beim Blick in die Halle sah er wie weitere Lichter schnell auf sie zukamen. Unter dem Büro hörte man Schreie und Rufe und Geräusche von physischen Kampfhandlungen. Stirnlampen wurden eingeschaltet, wurden den Trägern aus der Hand geschlagen und fielen zu Boden. Schließlich bewegte sich nur noch eine Lampe und kam sehr schnell zur Treppe. Es war ein großer Android, der die Treppe hinaufstürmte. Erik stellte sich ihm in den Weg. Ein Handgemenge begann, Carl und Dennis wollten Erik zu Hilfe eilen, aber er wurde von einem Strahl aus der Waffe des Gegners getroffen und sank betäubt und vorübergehend gelähmt zu Boden. Dennis und Carl ereilten dasselbe Schicksal.

Der Android wollte in das Büro eindringen, als von unten ein Ruf ertönte. Der Andro drehte sich um und in dem Augenblick traf ihn eine Salve aus Dr. Dunants Stunner, sodass der letzte aus Johanssons Truppe völlig wehrlos zu Boden sank, das heißt nicht ganz, weil er in die Arme von Lon sank, der ihm als letzte Bastion vor Xola entgegentreten wollte.

„Gott sei Dank", entfuhr es Xola, als in der Notbeleuchtung die kleine Gestalt von Dr. Dunant zu erkennen war. Das verstand zwar niemand, aber Lon umarmte spontan Dr. Dunant, der sehr erleichtert wirkte, obwohl seine Hand zitterte, als er seine Waffe wieder einsteckte.

Unten an der Treppe kümmerten sich Dr. Dunants Mitarbeiter um die vorübergehend gelähmten Menschen beider Kampfparteien, nahmen den fünf Kämpfern von Johanssons Truppe die Waffen ab und schleppten sie weg von der Treppe. Frau Dunant kam etwas atemlos die Stiege ins Büro hinauf, half Lon, die betäubten Körper von Erik, Carl und Dennis in eine sitzende Position zu bringen. Xola stand etwas mühsam auf und umarmte Frau Dunant – beide kämpften mit den Tränen.

Es gab wieder eine Bewegung am Eingang, ein Trupp Medics und deren Helfer kam, weil sie Nachricht von Dr. Dunant über das Notnetz erhalten hatten. Die quasi leblosen Personen wurden in fahrbare Mobile verfrachtet und in das nächste Medic-Center gebracht.

Die Männer berichteten von Feuer und Chaos, die Fluchtstiegen und die Lifte waren überlastet, nur mit Hilfe der Feuerwehren konnten sie kommen. Weitere Personen kamen, Techniker, die die Notfallbeleuchtung in Betrieb nahmen. Stühle wurden gebracht, Notrationen erschlossen.

Das Museum schien ein sicherer Bereich zu sein, in dem sich immer mehr Menschen einfanden. Auch von der Universität kamen Wissenschaftler, die über ihr Notfallsnetz Kenntnis über das Chaos und die sicheren Wege hindurch hatten.

Unter anderen kamen auch Al und Isaac, die über das interne SciCom vom Ort der Anderen erfahren hatten. Sie berichteten von ihren Erlebnissen. Es war einigermaßen dramatisch, weil sie binnen kürzester Zeit als Urheber des Trojaners von den Coms identifiziert wurden.

Sie verloren binnen Sekunden alle Zugänge zu den Netzen, ihre Neurochips wurden inaktiviert, Zutritte zu Räumlichkeiten verwehrt, sie wären in ihren Büros eingesperrt worden, lichtlos und ohne Kommunikation. Sie hatten das vorhergesehen, weil sie Stunden vor dem Angriff ihres Trojaners von Erik über den ungefähren Zeitpunkt des Angriffs informiert worden waren und wussten, dass sie sofort als die Miturheber des Trojaners von den Coms identifiziert und isoliert werden würden.

Sie verließen noch vorher ihre Büros, packten ihre spärlichen privaten Dinge in Rucksäcke und waren in öffentlich zugängliche Räume ausgewichen. Von anderen Wissenschaftlern konnten sie Coms benutzen und herausfinden, wo die Gruppe um Erik war. Beide waren euphorisch, der Erfolg ihres Angriffs überstieg jede Erwartung, aber auch die Folgen hatten sie in dem Ausmaß nicht vorhergesehen.

Drei Tage später im Medic Center verkündete Dr. Dunant seinen Mitarbeitern und den Anderen mit Erik und Dennis: „Alle von uns haben überlebt, aber zigtausende sind während des kompletten Stillstands ums Leben gekommen, sind erstickt oder an Rauchgasvergiftungen zu Tode gekommen. Govpers und Adminpers gibt es nicht mehr, Ethpers ist jetzt die oberste Instanz."

Und Carl, als Leiter des neuen Helios-Projekts sagte bei seiner kurzen Ansprache unter anderem: „Lon Pun und Frau Xola Sternfeld, Sie, besser ihr, seid eingeladen mit zur Helios zu kommen und beim Ausbau der Siedlung zu helfen – vielleicht später übernehmt ihr die Leitung der Kolonie."

Nachwort

Nach dem erfolgreichen Aufstand gegen die Herrschaft der digitalen Personen hatte es nur zwei Wochen gedauert, bis Ethpers die totale Kontrolle und Herrschaft übernommen hatte, aber es dauerte Monate, um die Infrastruktur wieder in Gang zu bringen. Diese Zeit hatte für die Konföderation und insbesondere für die Hauptstadt Plano verheerende Folgen.

Riesige Verluste an Menschen und Androiden, Hybriden – die Angaben sprachen von Hunderttausenden, Zerstörung von Wohnraum, Nutzraum und da vor allem die unterirdischen Bereiche, Zusammenbruch der komplexen Infrastruktur.

Die Wirtschaft kam nie mehr richtig auf die Beine, sodass sich die euro-asiatische Konföderation der südost-asiatischen Konföderation anschloss, mit negativen Folgen für beide Staatsgebilde in den nächsten 200 Jahren. Die Wirtschaften beider Konföderationen stagnierten, es entstand eine intere Konkurrenzsituation. Viele der historischen Personen der Katastrophe wie Enna, oder Mitarbeiter von Johansson, Mitglieder des inneren Zirkels in Plano Nord, kamen um, gefangen in irgendwelchen unterirdischen Räumlichkeiten starben sie schlichtweg an Rauchgasvergiftung, weil die Lüftungsanlagen ausgefallen waren. Über die Hauptfiguren jener Zeit gibt es aber Dokumente, die in der Folge kurz beschrieben werden.

Die erträumten und geplanten Weltraummissionen und damit ein Macht- und Prestigezuwachs im globalen Ausmaß endete für Johansson mit einer Niederlage, die ihm das Leben kostete. Man fand ihn und seinen persönlichen Androiden tot und in entstelltem Zustand Wochen nach dem Zusammenbruch der Coms. Die zwei Roboter waren stillgelegt, aber die Dokumentation der Ereignisse der letzten Stunden in der Halle war vorhanden. Aus Energiemangel hörten sie aber nach Tagen auf. Vermutlich hatte Ethpers Johansson wegen krasser Überschreitung der ethischen Regeln beim Versuch, der Datenscheibe und Frau Sternfeld habhaft zu werden einfach am

Ort seiner Begierde, also in der Halle der Sun Ra eingeschlossen.

Xola Sternfeld und Lon Pun lebten nach der Pers-Katastrophe zwei Jahre auf der Helios und waren maßgeblich mit deren Ausbau zu der ersten richtigen Weltraumkolonie innerhalb des Sonnensystems beteiligt. Lon Pun kehrte nach einem längeren Aufenthalt in Terra wieder zurück, als neuer Leiter der Siedlung, die mittlerweile auf einige Hundert Bewohner angewachsen war.

Die Spur von Xola Sternfeld verlor sich, ich konnte ihren anschließenden Lebenslauf nirgendwo in den Archiven aufspüren, aber es wird berichtet, dass sie in die Leitung der Planung von interstellaren Weltraumbesiedlungen eingebunden war und privat mit Erik S. eine neuartige Form von Retrokultur pflegte. Angeblich propagierte sie ihre alte europäische Sprache, vermutlich weil sie Eoleng nie wirklich beherrschte, wie aus leicht spöttischen Kommentaren von Zeitgenossen hervorgeht.

Aber sie wird mit Abstand als prominenteste Person dieses Umsturzjahres 3084 wahrgenommen, permanente Holostatuen sind in jeder Dokumentation enthalten, zahllose Institutionen, die mit interplanetaren und interstellaren Projekten und Unternehmungen befasst sind, sind nach ihr benannt. Unzählige Kinder bekamen den Namen Xola, neue Ortschaften wurden mit „stellacampo" bezeichnet.

Das geniale Programm, das die Lücke, die Sphäre der Eifersucht der digitalen Personen bis hin zur Mordlust untereinander, in deren Sicherheitsnetz ausnützte, verschwand nach dem Umsturz. Ob Al und Isaac, die Urheber, das wollten, ist nicht bekannt.

Erik S. (sein Familienname ist nicht mehr bekannt) war der eigentliche Kriegsauslöser, er gab das Startsignal für den Trojaner im innersten Netz der Coms, die dann die Kaskade in den digitalen Personen in Gang setzten. Angeblich hatte er aber die Katastrophe so nicht gewollt. Wie auch immer, Erik sprang auch danach nicht „in die Mitte", weil es diese nicht mehr gab, auch der Begriff oder die Kaste der Anderen gab es nicht mehr, Ethpers hatte sie abgeschafft.

Langfristiger Gewinner der Katastrophe war die Weltraumforschung. Endlich wurden Weltraum-Expeditionen nicht nur gedacht, sondern geplant und durchgeführt. Der neue Antrieb wurde in kleineren Schiffen implementiert, über 90% der Lichtgeschwindigkeit wurde damit erreicht, angeblich auch unter Nutzung der schwarzen Materie. Das Tiefstschlaf-Programm wurde etabliert, ebenfalls mit entscheidender Beteiligung von Frau Sternfeld.

Die medizinische Forschung profitierte langfristig von der Katastrophe. Das Ehepaar Dunant bekam Mittel für ihre Arbeiten über Bewusstsein und Wahrnehmung. Damit wurden die Neurochips neu entworfen und zur Gänze der Kontrolle von Homo unterstellt. Die Hierarchie der Homo wurde aufgehoben, so wie die der digitalen Personen.

Wir werden betreut und behütet, vor emotionalen Entgleisungen bewahrt, müssen keine Entscheidungen fällen, die früher todsicher negative Folgen nach sich zogen, werden von einer dienstbaren Heerschar, bestehend aus Robots und Andros versorgt, von Verwaltungs-KI perfekt verwaltet, von der digitalen Person Ethpers geleitet und mit allen Daten von SciCom versorgt, die jedem irgendwie wichtig scheinen. Aber als analoge Personen, Bürger, haben wir jetzt auch, zum Unterschied zum Zeitraum um 3084, Entscheidungsrechte und sind nicht mehr in der totalen Abhängigkeit von den digitalen Programmen, wie sie früher von den allmächtigen, diktatorischen, digitalen Personen repräsentiert wurden.
Wir, 200 Jahre nach dem Fund der Sun Ra haben als analoge Personen wieder das Sagen. Wir haben personifizierte Zell- und Organersatzteillager und Medics, die keine Götter in Weiß sind, wie sie in der besagten archaischen Zeit vor 1000 und mehr Jahren waren, sondern MedCom unterstellt sind und nie fehlerhafte Entscheidungen treffen können, ganz zu schweigen von der medizinischen und administrativen Willkür. Alle Menschen starben miserabel, oft schmerzgeplagt und

immer zu früh, manche fanden Trost in Religionen, wie sie vor zwei-, dreitausend Jahren erfunden wurden, einmal treffend als Opiate bezeichnet, in Ermangelung der wirklichen Schmerzmittel.

Der Drang zur Fortpflanzung, der in die hoffnungslose Überbevölkerung und ökologische Katastrophe mündete, eine der Ursachen für die spätere ganz große Katastrophe, "tewon tebigwon", der Vater aller Kriege, der später alle überlebenden Kinder, alle analogen Personen in die dunklen Jahrhunderte stürzte.

J. B. Lee
Nord Plano 3285 pC

Glossar: Übersetzung Eoleng / Deutsch

abla:	sprechen
addmem:	Erinnerungsverstärker
ai:	Servus, Moin moin
aids:	Hilfen
akwa:	Wasser
alalong:	auf lange Sicht
anisi:	unsicher, unwohl
ap:	hinauf, oben
asap:	sofort, möglichst bald
assist:	die Hilfe
asta:	bis gleich
badis:	die Gefährten, die Kumpel
bebida:	das Getränk
bekkap:	im Notfall, der Rückhalt
bibo:	trinken
bolna:	ist gut, so wird´s gemacht
borut:	gute Reise!
caf:	Kaffee
caramba:	Donnerwetter!, verdammt
caromio:	mein Lieber
chuxi:	die Freude
com:	der Rechner, der Computer
comiuniti:	Gemeinschaft
como:	essen
comprenda/o:	verstanden!
comsubito:	komm sofort!
cooki:	Kekse
cosi:	bequem
credits:	Zahlungseinheit
da:	ja
data:	Daten, Informationen
daun:	hinunter / unten
diari:	das Tagebuch
dios:	schönen Tag
diseint:	entworfen
ei so well:	ganz gut!
el:	er
ella:	sie, ihre
empti:	leer, ohne
emvau:	sehr wertvoll
en:	in
esos:	Esotheriker
es:	ist
esoi:	war

eufo:	begeistert, euphorisch
excursion:	Ausflug
fek:	falsche Kopie
firm:	kompetent
fisch:	Ordner, file
fruts:	die Früchte
grazi:	Danke!
gudis:	Cannabis-Rauchwaren
gulag:	lagerähnlicher Arbeitsplatz
guddai:	Guten Tag
heidaut:	das Versteck
hola:	hallo!
holo:	Holowand/- schirm
idea:	die Idee
interessan:	interessant
interesto:	spannend
interfes:	das Interface, die Verbindung
isi:	leicht
isilifin:	das sorglose Leben
isitschop:	eine leichte Arbeit
ja:	doch, sicher
jamo:	Ich heiße
jo:	ich
julo:	Hurra
kasch:	Unterlagen, Personalordner
kepensa:	was denkst du?
ketal:	wie geht es dir/Ihnen
kids:	Kinder
komin:	Komm herein
kosi:	bequem
kru:	Truppe
kubikl:	kleine Wohneinheit
kul:	Lässig, entspannt
la:	sie
liv:	leben
loco:	verrückt
loos:	verlieren
loosella:	wir verlieren sie
luk:	schauen
luka:	hinschauen
luna:	der Mond
madre:	die Mutter
maihao de weilai:	strahlende Zukunft
man:	Mann
mania:	morgen
maniana:	später
medic:	Arzt

meigo:	Oh mein Gott!
meinstrim:	Hauptgruppe
merd:	Mist „Scheiße"
mi:	mich
micaf:	Milchkaffee
movil:	KI im Körper
musica classica:	klassische Musik
müsjö:	Herr
mui:	sehr
mucholack:	viel Glück
muvi:	Film, Video, Holo, Dimension
nada:	gar nichts
njet:	nein
no:	nein
nos:	uns
nowe:	ausgeschlossen
nuovo/a:	neu
nutri:	ernährt
okee:	OK, in Ordnung
ola:	Hallo
olkul:	alles in Ordnung
osito:	das Bärlein
oso:	der Bär
pardo:	entschuldige
plan:	die Ebene
plano:	Stadt in der Ebene
presto:	eiligst
quero:	lieber
rashaur:	die Stoßzeit
salud:	Guten Tag, Grüß Gott
schexs:	selbstgebaute primitive Siedlung
scola:	Schule mit Heim
se:	sie (Plural)
secman:	Sicherheitsmann
sedi:	traurig
seftiamigo:	Kumpel
senx:	vielen Dank
setap:	Angericht
shitegol:	völlig egal
schoza:	Angelegenheit
shorum:	Kabaret, Aufführungsraum
shu:	Schule
si:	ja
singula:	einzeln, allein, einsam
slams&scums:	Obdachlosen Gegend
snegg:	der Imbiss
sol:	die Sonne

solauto:	solargetriebenes Auto
solbus:	solargetriebener Autobus
soza:	die Gesellschaft
sta/stay:	bleib hier
stupido:	Dummkopf, dumm
sub:	unter
subito:	sofort
taa:	sie
taa okee:	Sie ist in Ordnung
tapet:	Tagesordnung, zur Sprache bringen
tebigwon:	die große Katastrophe
terra:	die Erde
tewon:	das Eine
todo:	zur Gänze
todoke:	alles gut!
toto:	komplett
tschau:	auf Wiedersehn
tschai:	Tee
tschiko:	kleiner Liebling
tu:	Du
unsec:	Eine Minute, warte
uomo:	Mensch
vatar:	Vater
veribon:	sehr gut
vetschi:	Gemüse / Lebewesen ohne Verstand
watsap:	was gibt's
want:	wollen
wi:	wir
wi nid assist:	wir brauchen Hilfe
wumen:	Frau
Xiamomi:	hübsches Mädchen
y:	und
ya:	ja natürlich oder ja, ja